国家社科基金项目"现代中国文学的语言选择与文体革新研究"（15BZW151）结项成果

天津社会科学院学术著作出版资助项目

国家社科基金丛书

GUOJIA SHEKE JIJIN CONGSHU

现代中国文学的
语言选择与文体革新

Language Choice and Stylistic Innovation
in Modern Chinese Literature

时世平 著

人民出版社

目　录

序一　现代中国文学语言建构仍在路上

王泽龙

历史久远、渊源深厚的中国文学语言传统,何以在 20 世纪之初五四白话运动中发生突然性现代转折与变革? 这样一场文学语言变革与中国政治、思想革命有着怎样互生互动的关系? 它与古代文化传统与文学语言呈现为怎样的复杂性关联与冲突? 文学变革为何必须首先是语言的变革? 外来文学语言革新运动为五四白话文学运动提供了怎样一些经验? 面对传统文化的复兴,我们今天的文学语言建设怎样以五四文学语言变革为镜鉴? 时世平的著作《现代中国文学的语言选择与文体革新研究》,为我们提供了回答与启示,体现了这一代青年学者关注当下,回应学术前沿问题的人文情怀。

五四白话运动,是一场旨在以现代白话代替传统文言的文学革命,具有突发性。反映现实、表达思想观念是语言的一种重要功能。时著认为,语言不仅是人类重要的交际工具,人类文化信息的载体,也是人类认知世界的手段,语言与思想相伴而行。现代中国文学语言问题与社会救亡、启蒙的主题紧密联系在一起。与社会政治变革不同,一般来说,文化形态的语言基本上是渐变的;而社会的急剧变动,也会带来语言变革的突发性,如法国大革命时期、苏联的十月革命时期以及我国五四新文化运动时期的语言革新运动就是如此。文言与白话的变革,表面上看似汉语内部的一种语言选择与嬗变,但实际上是关乎社会的发展以及整个民族思想观念、思维言说方式的一种质变。作为一种根深蒂固的传统文化的载体与显现形式，文言在某种意义上圈限了近代以来的思想变革，也在一定程度上决定了主张白话不废文言的裴廷梁、黄遵宪等人的语言变革主张，不会从根本上对文言构成解体的威胁，与五四新文化运动中胡适、陈独秀诸人主张废除文言而提倡白话为正宗的理论有着根本差别。胡适代表的文学语言观，是以白话为正宗，以白话为国语，在全社会打破文白界限，把文言话语与白话俗语，书面语与白话口语统一为国语，真正建立了一套现代语言机制，实现了文言合一的现代转换。五四时期的白话文运动不仅是文学文体的解放，同时也是思想的解放，在现代民族国家建构中发挥了重要作用。

近代中国社会变革所具有的强烈的民主意识与自由精神要求言文一致，僵化的文言已不能容纳新思想，在适应表达和传播新思想、新精神、新变化上也远远不如白话。从这一点来讲，白话取代文言的突发性，也就成了一种历史的偶然性与必然性叠加的双重选择。五四前，清末民初一系列的语言文字改革运动，包括新式学校教育的推广，现代报刊的流行与西方文化的传播，近代"三界革命"的经验与教训，都可以看作是文学语言渐变的过程与准备，从这个意义上看，五四文学语言的变革与成功，不是从天而降的突变事件，是中国社会世纪转型的文化革新成果。在中国 3000 多年的中国文学历史变革中，五四文学语言变革与任何历史时期的文学变革都不同，是一个开天辟地的文学革命事件，是中国文学新变的历史纪念碑。这也是我们认识五四白话文学运动与文学语言革命应有的现代立场。语言既是呈现历史变迁的载体，又负载着思想变革的观念与内容，内含着民族的话语表达方式、思维方式。时著充分阐释了五四文学语言变革呈现的现代性意义。

由古代文学语言到现代文学语言变革的突变性观念是不是就意味着现代白话与古代文言的彻底对立或断裂呢？在五四一代新文学人那里文白二元论、新旧对立论中是否存在复杂的思想信息、矛盾元素？著者从近现代文学语言变革的历史生态回顾与文献史料辨析中做出评判,给我们提供了有别于文学史的结论。文言与白话,作为汉语书面语的两种不同形态在语言发展过程中,一直存在互动,既相互渗透,也相互吸纳,总体上是共生共存的。五四语言变革,起始让白话在应用领域成为全民所共有的交流工具;让白话更加精致化,通过"国语的文学"创作出"文学的国语",是五四后期语言变革的任务。语言变革由"应用"经"文艺"又再次回到了"应用",后一应用并非前一应用,而是语言的升华与普及,从这个意义上提升为一种成熟的国语。白话口语与书面语也并非花开两朵,各自争春,而是相互影响,在互动过程中,口语成分进入书面语,增加书面语的"活"性,而书面语也会渗透进口语中,增加口语的"雅"化,最后是二者融合并存、共同提升。这一认识与文白对立观点殊异。

著者认为,同样的文白互鉴情形也出现在新文学的构建中。周作人针对文言与白话的分殊,认为在说理方面古文不太适宜,在民众语言生动活泼的社会生活中显得不够用。国语的创制如果仅以民众掌握的有限知识和语言为根本,那么只会限制国语的发展,不可能生发出具有精密性与艺术性的国语文学。因此,他建议国语的改造,应该注重"活"在当下,以白话为基础,吸收古文、方言俚语以及外来语等。[①] 经过文白分离的文学语言,要想在文学现代性进程中,不断适应时代的语言样式以及文学表达,就必须借鉴古今。应该说五四白话文运动在文学语言变革中,以对立性策略突破了文言堡垒,取得了历史的合法性地位后,应该发展建设现代文学语言的观念,回头重新理性审视传统,纠正偏见,吸取传统有益营养,化古为新,建构新知。中国文学传统源远流长,文学类型多种多样;文言凝练、含蓄,具有韵律美和节奏感;而白话则显豁、生动,具有生活气息和当下性特点。同时,也各自形成了影响巨大的各类文体。时著指出,在言文一致的基础上,进一步寻求文白共生互鉴对于白话文学

---

① 周作人:《理想的国语》,《国语周刊》第13期,1925年9月6日。该信写于1925年7月26日。

来讲更为重要。对外寻求创作经验,对内师法文言经验,是现代白话走向成熟的重要途径。五四时期的现代白话文运动,没能恰当地处理好传承与开拓的关系,没有顾及文言与白话的内在联系理路,带有时代局限性,这也是我们应该吸取的教训。

在五四文学运动中,文白之争,本来就存在多样复杂的观点,变革派、守旧派、中间派等多元并存,文学革新派也不全是文白对立论者,像蔡元培、傅斯年等就是主张白话向文言借鉴的。时著对章太炎白话离不开文言、白话文需要雅化的语言观的认可,就值得我们思考。历史的叙述是每一个时代的选择,进化论、现代性的白话文学史观的历史合法性与局限性兼具。时著对文白关系的辨析与讨论,体现了这一代学者秉持多元文化观的一种新阐释。

中国现代文学语言的古今新变与他者经验紧密相关。对这样一个现代文学史观念的共识,时著从语言嬗变的具体层面做了深入而创新的阐述。外来文学语言革新运动,给晚清知识分子以思想的指导与知识的借鉴。清末民初的翻译实践,为语言变革现代转型起到了"试错"作用。从语言角度而言,译意、意译、译述、编译、改译、直译、重演、重译、译演、述译甚至改头换面的伪译或伪作等,不同的翻译策略层出不穷。翻译所选用的汉语也大相径庭,古奥渊雅的有之,浅显的文言有之,通俗的白话有之,文白相间的也有之。以严复、林纾等为代表的归化式翻译,以鲁迅、周作人等为代表的异化式翻译,都从文学语言内部促使了古文义法的崩坏。时著认为,它们的翻译并行不悖,各有其价值,翻译实践促使了"文言的终结"。翻译所带来的外国文学的主题、形式和内容,对于现代中国文学语言的建构都提供了经验与教训。正是清末以来翻译家五花八门的各种试验,以及对于现代语言的大量采用与创制,现代中国文学的语言词汇才得以丰富,句子更加严密,句法更加规范,语言的逻辑、思维得以新变,现代文学语言和现代文学各类文体开始从试验中走向成熟。

文言文翻译的意义长期被低估,时著另出新论。在异质文化的翻译交流碰撞过程中,西洋的新思想,连同西人的思维方式、言语方式等,不可避免地对一向僵化守成的古代汉语体系造成一定程度的侵蚀与瓦解。严复以文言翻译西学,对于用字取词以及篇章大意的斟酌取量都很审慎,竭力维护古文的尊严与完整性。但我们也要看到,正是这种文言翻译西学的力不从心以及勉力为之,为古文系统向现代语言的递变打开了缺口,使得文言的权威性一步步地被侵蚀,一向颠扑不破的文言传统就在外因与内因的共同作用下开始破绽百出,呈现出大厦将倾的衰落趋势。通过《域外小说集》的异化式翻译,我们可以看到周氏兄弟的文化立场带有极强的精英主义色彩。他们的文言复古翻译实验在中西文化交流中,将文言对于现代思想的涵纳能力作了最大限度的发挥,他们的不成功也预示着在中西文化交流中文言对于西方文化翻译的失败。在与白话文的博弈中,文言文的此路不通,让白话文获得了知识精英们的进一步信任,白话文地位、新文学文体观、现代文学审美观等得以进一步确立。这样的早期近代文坛的翻译试错的历史述论与分析,令人耳目一新。

论著在他者经验的史实疏解中,为我们深入阐述了中国文学语言现代性样板的日本经验,弥补了我们文学史较多局限于呈现英语文学运动与英美为代表的西方诗学经验的短板。在以谋求国家富强和民族振兴相同的历史境遇之下,中国和日本先后掀起了影响深远的白话文运动。在晚清的语言变革中,日本通过言文一致而至现代化的成功实践,成为黄遵宪、梁启超、裘廷梁等人的理论借鉴资源,也是五四前后包括鲁迅、周作人、陈独秀、郭沫若、田汉、郁达夫等一大批留日知识分子的思想资源。日本的文字革新运动与中国不同,汉字并不是日本的本国语,汉字的改革并不能从根本上动摇日本的传统。在日本"脱亚入欧"国家意志的主导下,借助于消减汉字而引入西文的文字改革运动,成功实现了言文一致,并实现了现代转型。

19 世纪后叶,随着资本主义的全球扩张趋势日益加剧,政治制度、科技等相较之下较为落后的东亚各国普遍面临着国族的危机。为救亡图存,各国开始学习欧美进行改革。中日语言文字革新运动的共同性,均是为引进西方思想和政治制度作铺垫。中日两国语言普遍存在着口语和书面语两个体系,在民族国家建立过程中追求合而为一,实现文体变革;这种变革并非仅仅是为适应社会对启蒙和开化的需要,而是建设民族国家现代文化的内在需求。近代以来,日本实行脱亚入欧的国策,选择放弃中华东方文明,转而学习、效仿西方,中华文明与汉语成了一种异质文化。但是,正如文化的发展有其内在逻辑与规律一样,语言的发展也要遵循自身原则与逻辑,突变式的政治运动虽然能在短时间内影响语言的改革,但却无法完全主导语言的发展规律。于是,日本的言文一致运动以折中的结局告终,汉字仍在日语中发挥着内在的重要作用。近年来,有关中国近现代语言变革的观念影响与文学语言改革实践的日本经验教训研究,已经开始为学界普遍重视,时著的深入阐述,为我们在文学语言重建中对他者经验认知拓展了新视野。

文学语言与中国文学现代变革之关系的研究,近来尚没有受到学界普遍重视。时著对现代文学语言滥觞期的历史变革做了较全面的梳理、阐释,从宏观的历史语境透视与历史经典案例深入剖析结合中,从古今文学语言传统与中外文学语言运动的比较中,凸显文学语言现代性变革与建构中的问题,不为已有结论束缚,大胆而稳健推陈出新,把现代中国文学语言与文体变革关系研究推进到一个新水平,是 21 世纪以来从文学语言视角深化中国文学历史研究的一个不可多得的新成果。中国文学语言的现代性建构历程依然艰辛,当代文学语言的现状并不令人满意,我们的文学语言的现代性建构仍在路上。这部著作为我们当代文学语言现代性建构提供了新思考与新启示。

世平负责一个知名综合性学术期刊的工作,兼顾学术,这部著作是他多年来与灯结伴,在文学语言研究领域深耕细作的又一新的成果。这里写下的是我阅读这部著作后的述略与感想,希望能给读者一个引导。是为序。

2023 年 7 月 30 日于贵阳花溪旅居中

序二　关于五四白话文运动的一点思考

宋剑华

关于五四白话文运动的历史意义,目前已经取得了许多研究成果,但梳理一下学界的主流观点,无非就是在强调白话文作为"西化"启蒙的工具作用。因为"西化"启蒙需要用现代汉语在知识精英与平民大众之间架起一座思想桥梁,所以五四白话文运动也就被定格在启蒙主义的价值层面上。这种形而上学的观点非常值得我们去商榷。

实际上,胡适在发动这场白话文运动的初始阶段,就已经明确指出"白话文"取代"文言文"是一种汉语自身的渐变过程,而"文"本身无论是过去还是现在都与平民大众无关,故它应是一场属于知识分子范围内的文体变革运动。然而伴随着"西化"启蒙大潮的猛烈冲击,人们便开始混淆"白话"与"白话文"的概念区别,进而将其纳入现代思想文化革命的领域中,有意或无意地遮蔽了这场语言变革运动的历史真相。因为"白话"原本就是中国人古已有之的生活语言,识不识字都可以通过口头交流去表达自己的思想感情。但"白话文"就完全不同了,以"白话"去行"文"固然可以解决中国文化"文言分离"的奇特现象,却并不能从根本上彻底解决平民大众"文言分离"的现实窘境,即便文人认为"白话文"通俗易懂而平民大众也是看不懂的。所以"白话文"同"文言文"一样,都只能是知识分子拥有的话语权力;不仅不可能导通知识精英与平民大众之间的思想交流，反倒是造成启蒙者与被启蒙者之间思想隔阂的巨大障碍。"白话文"后来之所以能够在全国范围内大面积推广普及，并成为现代中国人表达思想感情的书写方式，原因其实并不在白话文运动本身，而应该归功于近百年来无数次的扫盲运动。因为"白话文"虽然创建了现代汉语和现代文体，但并没有改变汉字的"难认"与"难写"问题，这也是新文学的影响力仅仅局限于知识分子的小圈子内，很难实现其社会大众化的主要原因。另外，学界主流观点还认为，"白话文"对于"文言文"的彻底扬弃，是中国文学走向世界的必由之路，这种"西化论"观点同样值得商榷。实际上，从"文言文"到"白话文"的文体变革，并非是一种中国传统文化的自我否定，而是中国传统文化在新形势下的自我调正。因为无论是"文言文"还是"白话文"，都离不开汉字这一书写基础，"白话文"只不过改变了"文言文"的文体形式，使其更适合于现代中国人的思想表达，却并没有消解汉字表意性的文化特质。故我们绝不能将文体形式的变革视为文化理念的变革，否则将会犯文化"断代说"的理论错误。

五四白话文运动虽然发生于知识精英层面，但是他们那种致力于社会变革的先锋意识，却伴随着社会大众的文化普及，逐渐呈现出民族复兴的启蒙效应。因此，将以白话文为基础的现代汉语和现代文体视为思想启蒙的工具利器，我们必须客观务实地去对其构成因素与价值实现进行科学分析。正是出于对这一问题的强烈关注，世平兄在其新著《现代中国文学的语言选择与文体革新》（以下简称《文体革新》）一书中，运用翔实的历史资料与睿智的学理探析，对于前人的研究成果在理论上取得了巨大的突破，不仅为我们提供了一种解读五四白话文运动的全新思路，同时也厘清了许多纠缠不清的概念问题。世平兄早在攻读博士学位期间，就开始潜心于现代汉语与现代文体方面的理论研究；博士毕业后所承担的国家社科基金项目，更是进一步拓展深化了这一研究课题。总体而言，《文体革新》一书从语言学与文体学、宏观性与微观性入手，全面论述了现代中国文学的语言选择与文体变革的历史过程，其中包括文白转型的逻辑理路与实践路径,现代中国文学语言选择的主题变奏,梁启超、章太炎、胡适、鲁迅等先驱者的历史功绩与经验教训,汉字改革中存废两极论争的时代背景,异域经验与中国文学文体变革的辩证关系等八个问题,不仅充分展示了世平兄深厚扎实的学术功底,更是深刻反映了他思维敏捷的问题意识。尤其是在"文白"之争的意义辨析、"文白"转换的承续关系、语言自觉的文体实践等方面,他都表现出了勇于探索的巨大勇气。

综观《文体革新》一书,我认为其最大的特点就是透过现象看本质,对于从晚清到五四的白话文运动,做了符合历史原貌的精辟论述。在作者本人看来,白话文运动原本是一场语言变革的学理性讨论,但是由于它置身于"救亡图存"的特殊年代,因此也被那一时代赋予了思想启蒙的神圣使命,而这一点几乎又成为学界研究五四新文学的唯一视角。然而,五四白话文运动的历史原貌并非如此简单。当年胡适发动白话文运动的真实目的,是希望用"白话文"取代"文言文",彻底改变现代中国人的思维结构与表达方式,进而推动中国传统文化的现代转型。可是陈独秀却将白话文运动硬性诠释为一场社会革命运动,最终使这一运动的理论与实践,都陷入一种难以自圆其说的逻辑怪圈——知识精英试图利用白话文去传播西方社会的现代理念,启蒙社会大众打破传统的束缚去寻求自我解放;但知识精英用"白话文"所阐释的启蒙主张,对于一个文盲社会来说根本就不会发生任何实际作用。所以,白话文运动虽然解决了知识分子场域中的"文言合一"问题,却并没有解决社会大众场域中的"文言分离"问题,故思想启蒙的社会效应也只能停留在知识分子阶层,社会大众仍然在黑暗的"铁屋子"里沉睡。迄今为止,学界不仅没有意识到这一运动的历史缺憾,甚至还坚持认为白话文运动就是一场全民性的启蒙运动。比如知识分子"岗位说",就非常具有新时期"人文精神"的学理代表性。这一学说避开白话文运动的自身规律,一再强调从晚清到五四的白话文运动,就是源自"救亡图存"运动的直接产物,而非汉语文体历史变革的自然延续。西方文化的大量输入,使中国知识分子迅速觉醒,纷纷从传统的"庙堂"走向了现代的"广场",并站在民间社会的思想立场上,成为人民大众的自觉代言人。思想启蒙离不开语言文字工具,故五四白话文运动便因此而生。这一观点在逻辑上很难说得通。如果说白话文运动的兴起原因,就是为了要服从思想启蒙的客观需求,那么启蒙者所要去进行启蒙的对象当然就是指社会大众;但由于"白话"与"白话文"在民间社会中又呈现出一种严重背离的矛盾状态,因而启蒙对象根本就无法通过"白话文"去接受启蒙思想。从知识分子"岗位说"出发,认为知识精英的"广场"意识,使以白话文为表现形式的五四新文学变成了一种全民参与的精神狂欢,这种说法同样经不起推敲。因为社会大众既不知道白话文在说些什么,也读不懂那些用白话文写成的新文学作品;倘若一定要把五四新文学理解为一种"广场式"的精神狂欢,那也只能是一种因启蒙对象缺席而由知识精英自我表演的精神狂欢,新文学更是一种没有大众读者的"平民文学"。为此,《文体革新》一书明确指出,五四白话文运动只注重其思想启蒙的意识形态导向性,把本来是一场具有历史连贯性且事关语言文体变革性质的学理性讨论,用了一种不容异议的"决绝态度与信念,表明白话代替文言的不容置疑性,可以说,这更像一种话语夺权,而非学术讨论。由是,也就遮蔽了讨论文言白话转型的学术理据与理论的公正性"。这一论断精辟之至,极有见地,因为现代知识精英走出了传统的"庙堂",认为掌握了"白话文"便走向了"广场"大众;殊不知对于那些不识字的平民大众来说,"白话文"不仅没有消除他们与知识分子之间的思想隔阂,反倒是重新建立起了一座难以沟通的现代"庙堂"。因此,现代知识精英用"白话文"取代了"文言文",实现了他们对传统知识精英的话语夺权,却并没有把话语权力真正还给"广场"和"大众",白话文仍为文人所有而与大众无缘。

谈到"话语夺权"问题,《文体革新》一书对于当年那场"文白"之争,也从语言学的角度切入,公开阐明了自己的独特看法。在世平兄看来,"文言文"绝不是一种"死文字"那么简单,它在几千年的发展过程中,有着十分复杂的历史背景。因为中国古代社会之所以会"文言分离",完全受制于社会经济的客观条件；由于书写与印刷工具的落后，"文言文"也只能以简约化与精粹性去表情达意。但这种文体形式并非是一成不变的，伴随着社会历史的自然进化，它也在不断地进行自我调整。比如在中国古代社会里，生活"口语"不断被"文言文"所接纳，以丰富汉语书写的文字"活性"，与此同时，"书面语也会对口语产生一定的影响，从而促进了口语的规范化发展"。另外，由于文字发展往往落后于语言发展，所以伴随着生活语言的快速增长，"文言文"也在这种生活口语的推动下，呈现出一种逐渐进化的发展趋势。最显著的一个特征，就是现实生活中出现的大量双音词，渐渐被移植到"文言文"中，于是便"大大增加了词义表达的内容，使词义越来越丰富化"，彻底改变了"文言文"单音节词独霸天下的历史局面。《文体革新》一书还认为，胡适倡导白话文运动的思想出发点，原本是充分借鉴汉语变革的历史经验，并以"文学改良刍议"的温和方式，去进一步推动汉语文字以及书写文体的现代变革。胡适这种做法完全符合语言发展的内在规律，"所以他在提倡白话时总是以学术研究的心态来提出问题，相比于陈独秀的一意独断，更具有合理性。但是，为时势所逼，这种学术研究式的'提倡'被意识形态式的'夺权'所替代。虽然现代中国文学语言的变革进入了快车道，但是，由于转型仓促和准备不充分，以现代白话文为主体的现代中国文学所缺失的语言课，一直到现在，我们仍在努力补救完善中"。《文体革新》一书当然不是在刻意抹杀五四白话文运动对于思想启蒙的历史功绩，而是在充分肯定五四白话文运动伟大意义的基础上，客观分析了这场运动所客观存在的历史缺陷与理论短板。比如，五四白话文运动那种急功近利、揠苗助长所留下的许多后遗症，直到今天我们仍在有意识或无意识地进行着自我修正。这无疑是一种实事求是的科学态度。因为无论学界如何去进行辩解，五四将"文言文"视为一种"死文字"，将"文言文学"视为一种"死文学"，"极力主张废弃文言，不能批判地继承，'泼水倒掉孩子'，没能恰当地处理好传承与开拓的关系，割裂了文言与白话的内在联系理路，带有时代局限性。没有了文言的借鉴与学习，欧化白话文在一定程度上使汉语的表达现代化和明确化，这是其'功'所在，但是，文言的废黜也导致了传统文化内涵的某种失落"。这种理性反思绝非凭空而来，只要回归历史原场我们便不难发现，"新文化运动虽然提倡白话，但是从创作实绩来讲，却未能达到与理论提倡适应的层面，因为，完全放弃文言数千年经过锤炼而来的精美的艺术表现形式，白话很难在艺术高度和审美层面达到文言曾取得的成就。古代白话的发展，特别是白话小说，都有着文人的参与，因此，四大名著能够影响至今。但现代白话在创作层面上来讲放弃了中国主流的文学经验，初期白话诗歌在放弃诗词格律的情况下，又没有现代诗经典作为参照，因此，只能在传统与现代之间徘徊彷徨，做一个'中间者'"。

以白话文为基础的现代汉语，无疑创造了一种现代文体的书写范式，由于长期以来研究者一直都将"形式层面的要素"视为中国文学由古典转向现代的重要支点，因此便形成了一种为学界所热捧的五四与传统的"断裂说"（陈平原语）。从"断裂说"的视角去观察中国现代文学的文体变革，研究者几乎都在大谈西方文化的深刻影响。这种做法固然有其合理性，但中国现代文学首先是"中国"的然后才是"世界"的，如果仅从"白话文"的形式层面和"立人""树人"的内容层面去看问题，恐怕还难以还原五四新文学"现代性"与"民族性"相融合的文体特性。因为"这种割裂的二元的文学史叙述逻辑，在一定程度上忽略了语言文字的演变与文体选择的关系，无视语言在文学变革中所起到的重要作用，究其根柢，也就割裂了中国古今文化，放大区别，泯灭联系。殊不知，中华数千年的文明传承，岂能说断裂就断裂"。为了充分说明现代文体与传统文体之间具有不可分割的内在联系，《文体革新》一书还深入探讨了它们二者之间的诸多相似性。首先，尽管五四新文学以白话文为表现形式，但它并没有完全摆脱中国古典文学"重内容轻形式"的美学特征。比如，中国古典现实主义的基本内涵，就是主张"文以载道"，由于古代先贤早已把"文"界定为是"道"的载体，故"文"的重要性往往就被"道"的重要性所遮蔽了。五四以后，儒家之"道"被启蒙之"道"所代替，无论是小说、戏剧还是诗歌、散文统统都是以启蒙之"道"为己任,这就造成了五四新文学思想性大于艺术性的鲜明特征。用《文体革新》中的话来说,五四新文学与古典文学一样,都在强调"传道"而相对忽略了"传道"之"器"的自我历练,因此文体之变并没有真正改变中国文学"经国治世"的固有传统。其次,以白话文为基础建立起来的现代汉语体系,因汉字的表意特征并没有发生改变,故文学语言与文体形式之间的密切关系,也不可能发生实质性的根本改变。这就要求我们在进行文学史研究时,必须重视文学语言学的本体研究,应"改变一般文学史叙述中,或以历史背景来分期,或以'重文学的关系'来划分界限的做法,从文学语言的演变出发,探讨文学本身之演变规律与特征"。特别是在叙事方式与意象生成等方面,应注重观察分析"道"与"器"的历史延续性及其现代变体,从中寻找汉语文体古今异同的演进规律。尤其是对五四先驱者们强烈排斥古代文学语言、过分宠溺新文学粗糙幼稚等不成熟的文体表现,我们更应该清醒地以理性精神去加以公正评判。再者,中国新文学从"我手写我口"的理想诉求,到"不避俗语俗字"的具体实践,所体现的恰恰是中国现代作家的"文体自觉";而这种"文体自觉",又表现为中国现代作家对于汉语文化的深刻理解与灵活运用,并在最大程度上去发挥现代汉语的语言魅力。《文体革新》一书认为,中国新文学语言文体的历史变革,先后经历了一个由崇尚欧化到回归本土的发展过程,这种"回归"并非意味着"复古",而是"萃取文言的韵味、借鉴外来语的句法、吸纳口语的生动活泼,以写出本土味儿的现代语言"。通俗地讲,就是在汉语文字的基础上,通过"杂糅调和"去创造一种能够表达现代中国人思想观念的书写文体。这种"文体自觉"背后所反映的其实就是一种中国文人的"民族自觉",即"立足中国,走向世界,创造'中国故事''中国形象''中国旋律',发出中国的最强声,我们这一代,任重而道远"。

《文体革新》一书充满了问题意识以及解决问题的创新精神,不仅深入探讨了五四白话文运动与现代文体变革的历史真相,而且明确指出了学界在白话文研究方面的不足之处,这对于我们重新认识中国现代文学的发生学,毫无疑问是大有帮助的。因为我们现在所看到的各种版本的《中国现代文学史》，基本上都是以"启蒙"与"革命"为核心话语建构起来的现代思想史，文学语言学与文学文体学并没有被纳入编撰者的考量之中，进而很难反映出中国现代文学发展史的真实面貌。故《文体革新》一书所主张的进行"道"与"器"的平衡研究，就为学界提供了一种属于文学本体论的全新思路。现在不是有许多学者都在提倡文学的"内化"研究吗？而文学语言学和文学文体学正是文学"内化"研究最重要的组成部分。

说实话，在我个人的印象当中，世平兄是一位为人低调的谦谦君子，刚拿到书稿时，我并没有想到他会如此目光如炬、言辞犀利，从头至尾都表现出了一种质疑前人成果的批判理性精神。特别是对于一些在学界中早已成为定论的重大命题，他都能够抽丝剥茧、披沙拣金去重新论证，这种只求"真理"而绝不"从众"的学术态度实在令人敬佩。现在学界有一种心气浮躁、急功近利的风气，不少年轻学者不甘心躲进书斋去安心治学，反倒热衷以自我标榜去获得别人的"点赞"为荣，甚至把学术视为博取"名"和"利"的途径和工具。所以，我希望世平兄能够不受这种不良风气的影响和冲击，坚持将这一课题继续深入进行下去，并通过对具有代表性的个体作家展开研究，彻底解决中国文学"道"与"器"之间古今转换的机制问题。如果把这一问题说清楚，那么关于中国现代文学的现代性问题，即究竟是"西化"还是"化西"的学理争论，也就迎刃而解了。对此，我个人表示非常期待。

世平兄嘱我为《文体革新》一书作序，而作序又不是我的特长，所以只能将我的一些阅读感受写出来，就算是向世平兄交差吧！由于我个人的学术水准有限，如果对该书的理解有何不当之处，那是我个人的问题而与世平兄无关。我相信读者只要细读这本学术著作，定能够获得比我更为深刻的思想启迪。

2023 年 8 月 10 日于云南腾冲

第一章　文白转型的逻辑
　　　　理路与实践路径

通常意义上的汉语,一般分为古代汉语和现代汉语。古代汉语多为文言,从语言学角度讲,古代汉语所涉及的,过去一般用"小学"①称之。文字、音韵、训诂,成为传统知识传输过程的必修内容。中国古典文学所构设的文体与修辞表达,皆用文言,文言简括、灵动、凝练、典雅,生成了讲求韵律、语音和谐的诗文传统。文言成为中国传统文化的重要载体和表达工具,自《诗经》《史记》《左传》等始,诗歌与古典散文成为中国文学生态系统中重要的文体形式,并形成了"雅正""文雅"的精英表达方式,汉语语言的精练凝固、韵律和谐、修辞表达的恰切性以及言意之辩,都由是而显现出来。但是,任何事物都是相对的,汉语语言在显示出"雅"的同时,也产生了一定的弊端,这也是自晚清以来倡导白话甚至现代汉语写作者所诟病的甚至在"言文一致"提倡中一再加以攻击的。如胡适《文学改良刍议》提出的"一曰,须言之有物。二曰,不模仿古人。三曰,须讲求文法。四曰,不作无病之呻吟。五曰,务去烂调套语。六曰,

---

① "小学"一词,初见于《大戴礼记·保傅篇》:"及太子少长,知妃色,则入于小学,小学者,所学之宫也。"这里的"小学"与当今通常所言小学在含义上基本一致,指的是少年从学的机构。同时,小学也指在此一时期所学习的内容。周代的贵族子弟入小学要学习礼、乐、射、御、书、数这六艺(这些知识与"大学"所学的齐家治国之学相对应)。后来,经学成为正统的学术,小学范畴也由六艺转变为语言文字之学。隋唐以后,小学成为文字学、音韵学和训诂学的统称。

不用典。七曰，不讲对仗。八曰，不避俗字俗语"①，就是针对文言的俗规套律提出的。胡适、鲁迅、钱玄同以及清末以来白话之提倡者，其实对于文言的处理都有权宜之计的考量，特别是新文化运动以来要为白话文学争地位，不得不抓其一点而攻之，人为性地放大两者的差别，而并未兼顾全面。

现今我们已经无须为文言白话谁为正宗而争论，在时人研究的视角下，我们要关注文言和白话的关系问题，让承载着中国传统文化精髓的古代汉语与面向当下的现代汉语二者相结合，共同创造出具有强大影响力的中国文学经典，还需要将文言与白话二者互取其长，互补其短。在今天，文言成分在现代汉语中随处可见，大量使用的成语或是诗词，就是明证。如今，白话文经过近百年的发展，已取得丰硕的成果，但并不是说可以停滞不前了，当年黄遵宪构想"我手写我口"，胡适提出"说得出，听得懂"②的白话文学蓝图，还须我们进一步努力，共同为实现"文学的国语，国语的文学"而奋斗。基于此，"现代汉语书面语要基于口语，又高于口语，形成这样一种书面语"③，就必须将重心放在"高于"上，不仅恰当吸收古文的词汇，也要学习其意境表达，使现代汉语书面语的表达更丰富，更具张力和美感，这就需要处理好文言与白话的关系。

第一节　书面语/口语：言文发展的基础逻辑

中国自古就有书面语、共同语和口语等并行的传统。汉语的口语和书面语是从语体角度划分出的两大系统，"文字的出现造成了书面语与口语的分

---

① 胡适：《文学改良刍议》，《新青年》第 2 卷第 5 号，1917 年 1 月。

② 胡适 1928 年 6 月 5 日在为《白话文学史》撰写的"自序"中提出："我把'白话文学'的范围放的很大，故包括旧文学中那些明白清楚近于说话的作品。我从前曾说过，'白话'有三个意思：一是戏台上说白的'白'，就是说得出，听得懂的话；二是清白的'白'，就是不加粉饰的话；三是明白的'白'，就是明白晓畅的话。"胡适：《白话文学史》，北京大学出版社 2017 年版，"自序"第 7～8 页。

③ 蒋绍愚：《也谈文言和白话》，《清华大学学报(哲学社会科学版)》2019 年第 2 期。

立,而社会阶层的分化则推动书面语和口头语言的进一步分离"①。从这一角度讲,要厘清文言与白话之源流脉络及二者的冲突矛盾,就需先论述口语、书面语。

不管是口语还是书面语,都是用汉字来记录的,这样来看,口语和书面语实际上归属于一种语言系统,二者的区别,只是是否加工的问题,具体地讲,二者的差异在于修辞表达和言语风格方面的差异。更进一步讲,口语是书面语的基础,书面语以口语为源泉,又反过来影响口语。诚然,古代汉语的书面语也是以当时的口语为基础的,而且最初也应该是基本统一的,虽然其间也有简繁之别。多数语言学家认为,作为语言的载体,文字与语言在初期发展中应该是一致的,时间越向上推逆,就越一致,中国最早的甲骨文就被学者们推定为"是在当时的口语基础上进行加工的书面语","可以反映当时口语的全貌",而且,这种文字与语言的一致性甚至一直延续到西汉时期②。但是,一方面,由于口语的不断发展,书面语总是落在口语的后面;另一方面,由于长期的封建统治,只有封建统治者及其文人掌握着"笔杆子",他们往往拘守于旧的书面语,竭力仿古,使书面语与口语越来越脱离,以至发展到一般劳动人民甚至完全听不懂的程度,书面语成了统治者手里的工具。由于书写保存了语音,也就给人以传之久远的永恒感,对于重视经典和"天不变,道亦不变"的统治者来讲,无疑书面的文字更契合其需要;同时,文言作为流布于知识阶层的语言,更强化了文字这一记录工具的重要,这样,书面语的文言借助于文字而成为上层知识阶层的专用语言,而普通大众则操持着口语进行日常的生活。上层/文

---

① 宋婧婧:《现代汉语口语研究》,厦门大学出版社 2015 年版,第 25 页。

② 郭锡良:《汉语历代书面语和口语的关系》,载《汉语史论集》,商务印书馆 1997 年版。书面语与口语最初是否一致学界尚存争议。正如郭锡良先生所讲,甲骨文记载是否与口语一致的前提是"承认甲骨刻辞是在当时口语的基础上进行加工的书面语,而不是口语的摘要,那么,这样大数量的语料库就必然可以反映当时口语的全貌"。笔者认可学界的另一种提法,书面语与口语自初期开始就有差别,只是这种差别随着时间的推移越来越大而已。毕竟,在认定口语与书面语一致的学者的论述上,我们多见"可能""基本上"等词语表述,说明学者对自己的推断还是很审慎的,也说明这一论断因距今久远,无法有确证,故难定一尊。

言/雅/传统、下层/白话/俗/现代,就成了中国汉语发展的一道颇有意味的景观。比如,直到晚清时期,群众口头语已经接近现代汉语了,但一般文人学者仍在用"文言"写作,而这种"文言"甚至和秦汉之际的书面语没有多大差别。古代的学者,除了扬雄、郭璞等少数人,很少有人曾经研究过方言口语;即使研究了,他们的著作也并不是口语的实际记录,比如扬雄还是一个专爱用古字古词的学者。综观古代汉语书面语的发展情况,大致可以分为两个系统:一个是以先秦口语为基础而形成的书面语,它包括先秦两汉的书面语以及后代模仿而写的文言文;另一个系统是以北方话为基础的书面语(即"古白话"),它从六朝开始,包括像唐五代的变文、宋元话本、明清小说等。我们平常所说的古代汉语,实际上主要是以前者为研究对象。从这个意义上讲,古代汉语称作"文言",也具有一定的正确性①。

梳理汉语发展史,我们会发现,其实自有文字开始,书面语就与口语并非一一对应、完全一致。这种发展取决于书写工具,也就是说器物的匮乏与选择,决定了最初的书写本就趋简。其实,在中国文字学与书法专业里,也有器物质地决定字形、字体的说法。如甲骨文,骨甲质地决定其多用直线,线条细瘦;再如金文,金属的质地坚硬,金文大多用笔方整。循着阮元的思路,书写材料的多寡决定记录内容的多少与快慢;在造纸术发明之前,书写材质一般为龟甲、青铜器、竹片、丝帛等,或者难以书写,或者造价不菲,或者加工起来非常困难。如竹简的制作,就得经过火烤刀削等繁杂程序。现在的"汗青"一词就是竹简制作程序形象概括。丝帛因其造价昂贵,也不可能大量使用。这种种因素决定,书面语并不可能是对于声音的完全的"复制",而是要略有精简加工。如鲁迅在《汉文学史纲要》第一篇《自文字至文章》中指出:"简策繁重,书削为劳,故复当俭约其文,以省物力,或因旧习,仍作韵言。"②这种记录的不完全

---

① 这并不是绝对的,而是相对而言。现今如果我们要研究古代汉语,必须以五四以前的所有语言资料为研究对象。这一研究范围,也是当今中文系古代汉语学科所认同并坚持的。

② 鲁迅:《汉文学史纲要》,上海古籍出版社2005年版,第4页。

性,也就造成了人类的语言不能够完全传达出人的思想,需要人去揣摩,正所谓言有尽而意无穷。

虽然说文字对于语言的记录并不是完全的复制,但是,从文字产生的功用——作为语言的记载工具——来讲,在文字初产生之时,人类的口语与书面语的差别应当比较小。正如鲁迅在《汉文学史纲要》中指出的,"初始之文,殆本与语言稍异,当有藻韵,以便传诵"①,不过,虽然"稍异",但就长时段来分析,书面语应当基本上与口语一致,语言学界也大多持这种观点,也就是说,流传下来的书面语,可以认定大体上是当时口语的实录。如鲁迅所言的以便传诵的"藻韵",孔子就有"不学诗,无以言"的说法。例如,在《左传》中记载了许多列国外交酬酢,背诵《诗经》的例子。再如,一般认为,在诸子百家的著述中,作为语录体的《论语》,因为记载的多为孔子或其弟子的言行,也就是口语的记录,学界一般认为这比较典型地反映了当时的口语情况。现在我们阅读《论语·学而》,感觉与现代语言差异不是太大,话语的理解也无古今的隔阂之感。如常为大家引用的欢迎朋友的名言:"有朋自远方来,不亦乐乎?"与现代汉语比较,也就是作为单音节词的"朋""乐",现在经过词汇的双音节发展,变成了"朋友""快乐",其他变化不大。当然,"朋"与"友"在古代是有区分的。例如,《论语·学而》曰,"与朋友交而不信乎",又如,《周易·兑卦》曰,"君子以朋友讲习"。与现代汉语看似相同的"朋友",实则有着区分。孔颖达对《周易·兑卦》"君子以朋友讲习"一句疏:"同门曰朋,同志曰友。"也就是说,同门,即在同一个老师门下学习的人,也就是相当于现在的同学。同志则是指志趣相投的人。这样看来,如今的复合词朋友,实则是古代的单音词"友"。同样,"有朋自远方来,不亦乐乎?"是反问句式,与现代汉语"不是……吗?"的结构不仅基本相同,而且在表达的感情色彩上也大略相同。张中行先生在《文言和白话》一书中认为:"是文言和白话,各有各的行文习惯,或说得具

---

① 鲁迅:《汉文学史纲要》,上海古籍出版社 2005 年版,第 4 页。

体些,一部分词汇和句法有独占性,不通用。"他列举了欧阳修《丰乐亭记》、《京本通俗小说·菩萨蛮》、鲁迅《汉文学史纲要》以及鲁迅《朝花夕拾·无常》中的片断,虽然前两者属于宋代作品,而鲁迅作品属于现代,但稍稍按常识判断,上举《丰乐亭记》《汉文学史纲要》属于文言,而《京本通俗小说·菩萨蛮》《朝花夕拾·无常》属于白话,这种区分判断的标准,就是张中行先生所说的文言和白话两种书面语在词汇和句法上的独占性①。他具体分析说,"按其图记"的"按"独属于文言,而"还了房宿钱"的"还"文言则不用。更明显的是虚词,表完成义时,文言不用"了",白话不用"矣"。在行文习惯上,文言在字形上多通假、异体、繁体;在字音上则又有上古、中古、近古等的声音流变,上古音节比现代汉语长,中古音的声母比现代汉语多出全浊声母,而韵母也比现在多得多;在词上多以单音节词为主,用法灵活;在句式上则形体简短,主谓关系多用偏正,省略较多,倒装句使用常态化;在篇章上则篇幅大多较短小,押韵文体较多,写法上有明确规格,多有对偶、用典等体例要求。凡此种种,都将古代汉语与现代汉语分成了看似两种不同的语言类别。

历史在发展,社会在进步,语言一旦形成,便会处于相对保守的发展变化中。不过,对于汉语来讲,由于方言的存在,口语逐渐带有各方言区的特征,而作为书面语,则因文字记载的稳固性而保持相对的稳定状态。也就是说,书面语一旦与口语相区别,它也就会自成一体,遵循自身的发展规律而变化,在某种意义上讲,书面语已经与口语分道扬镳。当然,书面语虽然自成一体,但并非铁板一块,它为了自身的发展,也会逐渐将口语中一些较具代表性的成分,吸纳进书面语中,为书面语添加"活性"因素;同时,书面语也对口语产生一定的影响,从而促进了口语的规范化发展。这一点在经典作品中表现得尤为突出。如《史记》、《红楼梦》、《三国演义》、鲁迅的作品等,无不对口语的规范化做出了贡献。

---

① 张中行:《文言和白话》,中华书局2007年版,第7~8页。

考察语言的发展,我们发现,汉语书面语中文白的差异,是由汉语书面语远远滞后于口语的发展造成的。书面语之所以滞后于口语的发展,主要是因为汉字。与西方拼音文字不同,汉字为表意文字。拼音文字属于音素文字,其独立符号(也就是字母)所记录的是音素。而汉字则属于语素—音节文字,单个汉字记录的是语素(词素①)或音节。大体而言,世界上的各种文字约略可分为记音和记言两种,其根本区别是记录语言的单位不同。在语言结构的层次上,记音文字居于语言的底层,即语音层;记言文字则居于语言的上层,即音义结合层。但汉字却是将自然物象与字形相联系,重在表意,早期的形象文字让人视而可知其义,不管语音如何变化,不同的方言区说着不同的语音,但是,记载他们的汉字却又都是一个,这样一来,只要识字,不管进入何种方言区,都可以通过汉字来交流,而且,这种交流很顺畅。正如我们现在学外语,虽然对于外语的发音也许因各种原因听来各异,但是记录语音的单词却成了交际的媒介。也正是因为汉字字形的这种稳固性,它使得书面语跨越时空而使中华文化传承至今。这也使得书面语与口语虽然都用同样的汉字表达,但中国语言文字一直处于言文不一致的状态中,这也成为晚清以来语言文字变革运动的缘由。

正是因为书面语是依赖文字而存在的,而文字具有稳定性和不变性的特点,易流失的口语往往仍在书面语中保存和复活。这种书面语的保守性,在传承上具有一定的优越性。但是,伴随着社会的发展和语言的丰富,这种保守性却显现出一定的桎梏作用。在论述"文的惰性"特征时,张中行指出:"语言的惰性总是更多地更明显地表现在书面语上。这自然是有原因的,一是没有录音设备的长远时期,口语是旋生旋灭,文字写在书面上,它就必致长久不变。二是不变,后来的人就会甚至愿意照老路子写。三是这老路子,由于种种原因,会被许多人视为雅训,因而就更进一步,不容许变。这样,口语和书面语的

---

① 语素与词素是两种不同的说法,现在一般取消词素的说法,通行的用法是语素。

发展变化的路程就有如故事里讲的龟兔竞走的前段,口语像兔,就跳跃着向前跑了,龟却在后面慢慢爬。其结果当然是距离渐渐加大,就文言说,是成形之后,在原地踏步不进,以至于成为完全不像口语的另一套语言。"①同时,这种两道分行的发展模式,又使得文言与白话成为上层知识阶层与下层大众的"专利语言",雅与俗的分野由是显现,在晚清后需要最大限度地动员民众"开启民智"时,从对于文言的改革、对于白话的提倡之"文字救国",到新文化运动所发动的旨在白话"文学救国"的运动,白话的地位由居于边缘而逐渐向主流及中心地带发展,甚至取代文言。当然,文言与白话应该二者互取所长。

第二节   文言/白话:汉语书面语的两种形态

现在通行的文言文,一直以先秦两汉的语言为楷模,后来出现的骈体文,也讲求韵律和用典,朝着典雅的方向发展。中国书面语一直有文言与白话两大分化。文言主要流行于上层阶级,要掌握文言需要有专门的学习与训练,所谓的小学(音韵、文字、训诂)的学习与使用是晋身上层阶级的重要途径,也是保证上层荣誉与权利的重要手段。由此,熟知典章,文章雅训,言而能文,也就自然地与"俗"区分开来,可以称为脱俗,这种对于脱俗的追求,更加强化了文言与白话的分野。而且,文言一旦成为脱俗的凭借,就成了上层阶级的专利和身份象征。语言是思想的外在表现,文言一旦固化成型,它也就强化着上层阶级的身份意识,维护着其纯洁性。小说《镜花缘》中写到这样一个情节,唐敖、林之洋、多九公三人在酒楼遇到一个酒保,戴着眼镜,"儒巾素服",拿着文人惯用的折扇,满嘴"之乎者也",三人对此非常不适应,这其实就是一个下层阶级"侵犯"上层阶级文化权利的写照。在《红楼梦》中,我们看到,作为流行于

---

① 张中行:《文言和白话》,中华书局 2007 年版,第 26~27 页。

俗的小说,其情节典故、词句是不得进入诗文的,一旦进入诗文,便被文人所不齿①,甚至还有丢官的危险②。

上层阶层为了力求语言典雅,经常会引经据典,以壮声色。我们在文学阅读中经常会看到"诗云""子曰"这样的表述,此时,我们大多会不由自主地"脑补"上一个摇头晃脑地自我陶醉的形象。再者,文言在遣词造句时,也有意识地趋旧避新,喜用古字、古词,引用经典,在文言的典籍规范里打转转,不以创新为务,而以师古为己任。我们在读先秦著作时,如《论语》《孟子》等,感觉虽为先秦典籍,却浅易流畅,但从唐代古文运动至明前后七子,一直到清末,文章复古之风大盛。影响所及,清代的文学翻译活动会不自觉地追求在古义中寻绎新词,如严复、鲁迅等的翻译,不管是归化还是异化翻译,都力求古奥。1920年3月,鲁迅在《域外小说集序》中说,"我看这书的译文,不但句子生硬,'诘诎聱牙'"③;在1934年《集外集·序言》中,鲁迅就说"此后又受了章太炎先生的影响,古了起来"④。这是一佐证。对于文言文的用典,胡适就曾在给陈独秀的信中批评说:"适尝谓凡人用典或用陈套语者,大抵皆因自己无才力,不能自铸新辞,故用古典套语,转一湾子,含糊过去,其避难趋易,最可鄙薄!"⑤胡适在《文学改良刍议》中所言文学"八事"针对的就是这种僵化的模式化。陈独秀《文学革命论》中所倡导的推翻雕琢的、陈腐的、迂晦的这三个"推倒",也是看到了文言的这种"死气沉沉"、毫无生机。不过,在晚清民初甚

---

① 袁枚曾经讽刺:"崔念陵进士诗才极佳,惜有五古一篇,责关羽华容道上放曹操一事,小说演义语也,何可入诗。何屺瞻作札,有'生瑜生亮'之语,被毛西河诮其无稽,终身惭愧。某孝廉作关庙对联,竟有用'秉烛达旦'者,俚俗乃尔。"(清)袁枚:《随园诗话》卷十三,乾隆刻本。

② 如清代雍正时期,护军参领郎坤在奏折中引《三国演义》小说中内容作典故,受到"著革职,枷号三个月,鞭一百发落"的严惩。要知道郎坤在奏折中引用了小说,批阅奏折的人也必然知道这是小说中的典故,试想,不看何以知之! 只是没人敢去责问皇帝。参见袁进:《中国文学的近代变迁》,广西师范大学出版社2006年版,第63页。

③ 鲁迅:《域外小说集序》(最初署名为周作人),载《鲁迅全集》第10卷,人民文学出版社2005年版,第177页。

④ 《鲁迅全集》第7卷,人民文学出版社、人民文学出版社2005年版,第4页。

⑤ 《胡适说文学变迁》,上海古籍出版社1999年版,第13页。

至五四新文化运动时,一味主张废弃文言,甚至将之定为"死文字",却忽略了其作为传统文化精华的载体。废弃了文言,传统文化何以立足?再如章太炎始终主张汉文化,其文多古奥文言。鲁迅并没有明确主张废弃文言,但鉴于"传统文化的吃人",他主张不读或少读古书,本身也就抛弃了文言,而这一点,契合了废文言张白话的时代潮流。文言与传统文化的关系是否处理得恰当,就成为清末民初以至五四新文化运动能否合理进行的一个关键。在清末民初对文言的讨伐中,立论者过多地忽略了此问题。

白话与文言都为汉字记录的书面语。正如张中行先生所说:"文言,意思是只见于文而不用口说的语言。白话,白是说,话是所说,总的意思是口说的语言。"①作为用同一文字记载的同一语言的两种不同表现形式,文言和白话的区别,也是相对而言的。随着社会的发展,语言也在时刻变化,在时刻变化中则孕育着新词的产生(因为"用",新词记录着变化新生的事物),同时,这变化也使得一些不合时宜的词语消失(因为"无用",不再作为语言的记录,而只成为文献意义上的存在)。正是这种"用"与"不用",使语言在自我发展过程中,淘汰旧词,创造新词,语言在总体保持稳定的状态下缓慢发展,我们一般称之为语言的渐变。语言的渐变非常重要,它既保证了语言的稳固性(这种稳固性的极致,后来也就成为反对文言者所批判的"死"),也不至于使得语言总在新变(新变是优点,使语言鲜活,但过于求快的新变,会弱化甚至剥夺语言最基本的交际功能,一般我们称之为语言的突变;但需要强调的是,语言的突变也必须基于渐变的基础,瞬息万变、不切实际的方案因有悖于语言发展的通则,会很快消失,清末以来主张语言变革的各种瞬生即灭的方案就是很好的明证,最终保留的,还是保存了基于汉字、汉语特征的变革方案)。唐代李白《把酒问月·故人贾淳令予问之》中说:"人攀明月不可得,月行却与人相随。……今人不见古时月,今月曾经照古人。古人今人若流水,共看明月皆如

---

①　张中行:《文言和白话》,中华书局 2007 年版,"概说"第 1 页。

此。"李白这首诗一直被视为吟月的经典,但如果转换视角,我们将之用来思考语言问题,也颇有启发意义。即我们视诗中的月为语言,就会发现,语言是一种社会性的行为,个人不可能改变语言,但语言却从古至今一直伴随着社会的发展,记录着人们的生产生活和悲欢离合;因为语音的易逝,现在的人已经不能亲耳听见古人的语言,但现在我们使用的语言文字,却是从古至今发展而来的,其中的一大部分,则是从古代流传至今(文言经典等就是鲜活的例证)。不管是古代人还是现代人,都是社会发展过程中的一部分,对于中国人来讲,数千年的发展,数千年的文明传承,语言在其中发挥着重要的作用,我们现在看书面语,不管是文言还是白话,甚至现代汉语,都是用汉字记载记录的,清末以来反对汉字者的说法——汉字不亡,中国文化就不会消亡,认识还是比较到位的,但这也从另一方面成为汉语传承之"功"的明证。

如上所述,文言与白话,作为汉语书面语的两种不同形态,基于同为汉字所记载的原因,文言与白话在发展过程中,也一直在互动,既相互渗透,也相互吸纳,虽然在语言发展中,有时文言占统治地位,而有时白话占统治地位,但自古迄今,文言白话还是共生共存的。人类语言发展的理想状态,就是王充《论衡·自纪篇》提到的"文犹语",一直以来,这也是主张言文一致者所追求的理想。不管怎样,应用才是语言最大的功用。郭绍虞指出:"大抵文学史上第一种文学革新的运动,方其初,无不注意在应用方面,但是此种革新运动之成功却不在应用而在其艺术,在其文艺的价值;到最后,使此革新运动奠定其巩固的基础者,则又必适合应用的需要,才能说是此种运动之成熟。"[1]这一说法可谓准确精辟。考之以晚清以来的语言变革和文体革新,无不大致遵循这一理路。初始时,主要在"应用"方面,如裴廷梁、梁启超等,都欲借通行于下层人民中间的白话,来达到开发民智、启蒙思想的目的,这一目的的根本指向就是强国,摆脱受欺侮的地位。及至五四,文字救国已经取得一定的成效,又开始

---

[1]　郭绍虞:《新文艺运动应走的新途径——从文艺的路到应用的路》,载《语文通论》,开明书店 1941 年版,第 85 页。

注重在"文艺"方面,则要在文字普及应用的基础上,从文艺角度来巩固成果,在审美层面达到文艺作品应有的精神熏陶的作用。于是,我们看到,文体观念有了很大的改观,中国作为诗歌国度,诗词歌赋一直作为主流文学的文体,但在白话普及的情况下,小说开始上升为主流文学样式,并且发挥着重要的启蒙作用。但其时我们也应看到,文言尚未退居幕后,大多的应用之文还是选用文言,而白话只用于文学创作中。于是,如何将白话从文学创作领域拓展到应用领域,也就是说,让白话成为全民所共有的交流工具,让白话文学也就是现代文学作品更加精致化,也就成为五四后语言变革的任务。语言变革由"应用"经"文艺"又再次回到了"应用",但后一应用并非前一应用,而是其升华与普及。

语言作为交际的工具,其基本功能必然要求"应用",也就是言文一致,但书面语与文字的发展与其又非同步,这导致了先秦的"文"与后来"文"的差异,这些差异就是各时代的"言"之不同导致的。如,司马迁的《史记》是文言文的经典之作,但它所用的语言与《尚书》相比已经不尽相同①。在这样的发展趋向下,口语与书面语也并非花开两朵、各自争春,而是相互影响,在此互动过程中,口语成分进入书面语,增加了书面语的"活"性,而书面语也会渗透进口语中,增加了口语的"雅"化,进而以古白话为媒介的小说等俗文学,其品位也会变得"雅"起来。在通俗文学中的"有诗为证"等,就是雅俗并生的一种典型表现。这方面最有代表性的是明清小说。据有学者考证,虽然明代是俗文学的盛行期,社会上尚俗风气颇为盛行,但是,从明代文坛的创作来看,其还是延续了宋代文坛,士人们骨子里还是崇雅避俗,趋奉雅正文化传统,奉行"随其所宜而适"的雅俗接受规则,并有着根深蒂固的雅美偏好,在诗文创作中注重以古为雅,在最能代表"俗"的戏曲或说部的编订上也多以雅训为主调。明代文学创作的繁盛,雅俗文学互鉴竞开,追求"越俗越雅"的审美境界,在尚雅

---

① 如《尚书·虞书·尧典》的"庶绩咸熙"在《史记》中记作"众功皆兴"。

共谋中适当地吸取了俗文化的合理因子而发展了文人创作,这也可成为文言与白话作为雅俗代表互动相生的一个生动的显例①。

因为本自汉字而生,文言文与白话文既有分别又无法割裂的同根同生的"窝里斗"局面会一直进行下去。这种斗争有时平和,是渐变的;但有时又比较激烈,是突变的。但不管如何斗争,最后的结局是二者融合并存、共同提升,甚至合而为一。

同样的文白互鉴情形也出现在新文学的构建中。新文化运动虽然强调白话文学的正宗性,但对于白话文学却又有着不同的见解,现今来看,其时的一些主张也颇有益义。如1925年在关于理想的国语的讨论中,周作人针对文言与白话的分殊,认为在说理方面古文不太适宜,而在民众语言方面也因生动活泼的社会生活而显得不够用。国语的创制如果仅以民众掌握的有限知识和语言为根本,那么只会限制国语未来的发展,更不可能在此基础上生发出具有精密性与艺术性的国语文学来。因此,他建议国语的改造,应该注重"活"在当下,以白话为基础,吸收古文、方言俚语以及外来语等。② 现在来看,周作人此论颇有见地,经过文白分离的汉语言,要想在文学现代性进程中开发出适应于时代的语言样式以及文学表达,就必须借鉴古今,不独以二者之一种为是。钱玄同对周作人的观点进行了回应,并做了具体化与可行性分析,提出国语应该兼顾活泼、自由和丰富三个特点,应该以北京话为主干,结合周作人所说的古文、方言和外来语等。③

中国文学传统源远流长,文学类型多种多样,文言与白话都产生了适用于自身特点的杰出作品,文言凝练、含蓄,具有韵律美和节奏感;白话则显豁、生动,具有生活气息和当下性特点。同时,也各自形成了影响巨大的各类文体。

---

① 李桂奎:《明代士人的雅文化立场与文坛尚雅共谋》,《天津社会科学》2018年第6期。

② 周作人:《理想的国语》,《国语周刊》第13期,1925年9月6日。该信写于1925年7月26日。

③ 钱玄同:《理想的国语》,《国语周刊》第13期,1925年9月6日。该信写于1925年9月2日。

中国是一个诗歌的国度，诗词歌赋等韵文是主流文体，但小说等通俗文学也有着旺盛的生命力。胡适在《白话文学史》中对于白话文学的源流考察与分析，足可见出其丰富性。虽然提倡言文一致者有着种种美好的期许，但是，这只是语言学的一个最基本的维度。从更深一层来讲，在言文一致的基础上，还要寻求内容与形式的艺术性结合，因此，文白共生互鉴就成为一种出路，对于白话文学来讲这更为重要。新文化运动虽然提倡白话，但是从创作实绩来讲，却未能达到与理论提倡适应的层面，因为，完全放弃文言数千年经过锤炼而来的精美的艺术表现形式，白话很难在艺术高度和审美层面达到文言曾取得的成就。古代白话的发展，特别是白话小说，都有着文人的参与，因此，四大名著能够影响至今。但现代白话在创作层面上来讲放弃了中国主流的文学经验，初期白话诗歌在放弃诗词格律的情况下，又没有现代诗经典作为参照，因此，只能在传统与现代之间徘徊彷徨，做一个"中间者"。在现代小说的创作中，鲁迅的《狂人日记》可谓横空出世，以文言小序与白话的正文相结合，将文言传统与白话经验各取其精华，这既得益于直译外国文学的经典，也归功于他对传统小说深厚的研究。应该说，作为一种新的书面语形式，现代白话文的品位和表现力相比于文言作品或国外作品，还有很大的差距，因此，对外寻求创作经验与对内师法文言，是现代白话走向成熟的必由之路。五四时期的现代白话文运动，极力主张废弃文言，不能批判地继承，"泼水倒掉孩子"，没能恰当地处理好传承与开拓的关系，割裂了文言与白话的内在联系理路，带有时代局限性。没有了文言的借鉴与学习，欧化白话文在一定程度上使汉语的表达现代化和明确化，这是其"功"所在，但是，文言的废黜也导致了传统文化内涵的某种失落。这一点值得我们进一步探讨，这也是五四新文化运动被诟病之处。

第三节　语言的渐变性与文白转型

语言是不断发展演变的。语言的发展变化主要包括语言结构和语言职能的变化两种,而且,二者一般成正比关系。语言的发展具有渐变性和不平衡性的特点。在语言学中,有一个著名的"巴别塔故事"。该故事出自《圣经·旧约·创世记》第十一章,说的是人类联合起来建造通往天堂的高塔,上帝为阻止人类的计划,就让人类说不同的语言,这样,建造计划就因为语言不通而彻底失败。这虽然是一个神话传说,但却传神地说出了语言突变对于人类交流的毁灭性打击。

任何一种语言的语法都是某一民族的社会习惯,都是使用这种语言的人们在长期的社会交际、社会实践中形成的,这是语法的社会性。任何语言的各语言要素都有其系统,其组词成句的规律也各有自己的系统,这是语法的系统性。在语言各要素的系统中,它们遵循着各自的规律向前发展,但是,它们的发展不会是平等的——比如词汇系统最活跃,对社会关系的反映最直捷,因而发展也最快,而语法系统的发展则较为缓慢——这是语法的稳固性。语言同社会相联系,同思维相联系,随着社会和人类思维的发展,语法也要随着产生一定的变化,这是语法的渐进性。社会性、系统性、稳固性和渐变性是语法系统发展的一般特点。

汉语文言白话的演变在一定程度上反映了语言发展的必然。梁启超说:"文学之进化,有一大关键,即由古语之文学,变为俗语之文学。各国文学史之开展,靡不循此轨道。"①梁启超的这段话,实际上反映了一种语体选择的趋势。这种白话文学的萌生、勃发,是语言随着时代的发展而进行内部调适的结果。胡适在《白话文学史》第八章《论唐以前三百年中的文学趋势》中,也关注到了这种白话文学的发展趋势,从民间俗谣到知识分子的有意为之的谐诗,从应璩《百一诗》述说玄言的诗的拙朴而至陶渊明诗的体悟玄言的"天然雕饰",这些都是白话文学发展的趋势所致②。实际上,文学创作的基本目的也是传

---

① 梁启超:《小说丛话》,载陈平原、夏晓虹编:《二十世纪中国小说理论资料》第1卷,北京大学出版社1997年版,第82页。

② 胡适:《白话文学史》,团结出版社2006年版,第110页。

达,只不过与口语的交际相比,它更注重传达的艺术性与审美性,因此,中国文学史上的每一次文体的革新,基本上都是时代"活"的语言和文学要素对于已有文体的冲击与渗透。再比如,中国旧体格律诗中的"拗"与"救",其中的"拗"就是不合格律规范,这对于有着严格形式要求的格律诗来讲,就是一种不和谐,"拗"的存在对格律诗体来讲是一种挑战,为了抵消这种"另类现象",弥补格律之失,就发明了句内自救和下句补救。当大量"拗"出现在诗中时,对格律诗而言就是一种自我解体。盛唐之后,开始出现有意识的"拗"的使用,即有意识地突破律诗的平仄的严格限制(律诗发展到成熟,虽具有音乐的和谐韵律,但同时也使创作格局转小,风格细柔,无法表现慷慨激烈的情感),整首诗完全不依格律,常用失粘、失对等,于是拗体诗产生。拗体诗是律诗盛唐期的一种变体,直接影响了宋诗风格。从某种程度上讲,这就是律诗为表达需要而做的自我调适,在一定程度上扩大了律诗只表达细柔的风格,而为慷慨激烈的情感表达提供了一种书写形式。朱光潜指出,"语言的实质就是情感思想的实质,语言的形式也就是情感思想的形式,情感思想和语言本是平行一致的"[①]。正是因为需要表达有异于格律诗内容的慷慨激情,才会选用相关的语言文字,这些语言文字的使用则破坏了格律诗的固有规范,就出现了"拗"的情况。可以说,这也是一种基于语言文字使用的文体的发展。

语言是人类思维的反映,词是表达概念的,社会发展中新事物层出不穷,就必须有新的词汇来表现。一般而言,新词是在旧词的基础上产生的,它可以从旧词义的基础上产生新的词义,来指称新事物或新思想,也可以利用旧有的语言材料产生新的词汇。古代汉语是以单音节词为主,在字数大致不增减的情况下,社会发展和人类进步所产生的新生事物、新生概念等,都需要汉字来记录,于是,出现了一词多义的现象。一词多义虽然在书面语上中有所区分,但在口头表达时却依然难以区分同音字。解决这种情况,有两种方法,一是新

---

① 朱光潜:《诗论》,人民出版社 2010 年版,第 75 页。

造汉字,也就是大量形声字的出现。如莫、暮就是一例。但这也出现一种情况,就是虽然在书面语上有所区分,在语音上仍难区分。于是,就出现了第二种方法,即增加音节。人们就借助音节增加的方法,双音节或多音节词开始产生,并逐渐运用到社会生产生活中。事实证明,词的双音节或多音节化,是语言表达愈加丰富的有力手段和保证。

汉语词汇化的发展趋势除了社会发展变化的外因使然,也与汉字本身有关。古代汉语一般是一字一词,其中,词义是一个词的重要部分,汉字由单音节词发展为双音节或多音节词,主要是因词义的区分越来越精细化。汉语由文言以单音节词为主过渡到白话以双音节词为主的内在动因,主要就体现在词义的表达渐趋于分析。一般而言,词义必须适应社会的发展而不断发展,客观世界不断涌现的新生事物,需要相应的词汇来进行标记。关于词义的区分,一般认为,与人类生活密切的,其词类区分会更加严密。如中国古代,与人们日常生活最近的马、羊等,就按颜色、身高、雌雄等分别以一个单音节词表示。如白马叫皫、黑马叫骊;公马叫骘、母马叫骒。汉字一旦产生,单纯的再造新字是非常不经济、不科学的,因为这将会影响语言的交际功能,极大地增加人们记忆的难度,这是不符合语言的交际原则的。于是,汉语开始通过增加限定语完成表达词义的功能,而且就认识的规律而言,人们总是借由已知的事物来认识未知的事物——因为在人们的认识中,新事物的产生与人类已知事物总是有着各种各样、或多或少的联系,通过联系而概括总结需要命名事物的特征就成为一种可行的路径。如,骘称为公马,而骒则称为母马。这种偏正结构的词组,马是类别,而公或母则是区别特征,汉语的构词能力由此增加,而且还不会给人们的交际带来麻烦。

由骒到母马、由骘到公马,单音词演变为双音节词,大大增加了词义表达的内容,使词义越来越丰富化,也就使先秦时期文言的综合趋势渐变为之后古白话的分析模式。如树叶,先秦时称为"叶"("桑之未落,其叶沃若",《诗经·卫风·氓》),汉代则称为"树叶"("有虫食树叶成文字",《汉书·眭弘传》）。再如，先秦"发怒"称"怒"（"王怒"，《国语·周语上》），汉代则演变为"发怒"（"帝发怒"，《后汉书·杨震传》）。由举例可见，先秦以前汉语多为一字一义，秦汉以来，双音节或多音词增加。双音节词一般分为偏正式、并列式、动宾式、动补式、主谓式等结构形式，以这一时期双音词主要的结构形式——并列式、偏正式来看，据学者程湘清统计，《论语》（东周）中的复合词中，偏正式占比为 37.2%，并列式占比 26.7%；《孟子》一书中偏正式占 30%，并列式占26.9%；《世说新语》中偏正式占 26.9%，并列式占 43.6%。① 总括而言，《论语》中的双音节词占比为 63.9%，《孟子》中的双音节词占比为 56.9%，《世说新语》中的双音节词占比为 70.5%。这种双音节词相对于单音节词占比增多的趋势说明，多义词必然造成语言表达的不明晰性，因此，战国时期以后，为了表达的精确性，单义同义词开始大量转变为并列词组，比如，原来单音节词的"臂"，在后来用双音节词"手臂"来表示，原来的单音节词"波"，后来用双音节词的"水波"和"波浪"来分化语义的表达。不仅名词如此，动词和形容词也是如此。如单音节动词"启"所表示的语义，后期会用"启户"和"开启"分别表示；单音节动词"言"所表示的语义，后来分化为"发言""陈言""举言""启言""兴言"等分别表示。单音节形容词"广"表示的语义，后期可以用"广大""广阔""广袤"等分别表示。这种由单音节词向双音节词甚至多音节词转化的趋势，本身也就是文白分化的语言动因。文言文仍然秉持单音节语的表达方式，而白话，则反映了语言双音节化之后的面貌，文白的分化和割裂趋向明显。但是，这种双音节化，却使汉语出现一种"文犹语"的趋向。

这种语言发展的规律，被其时秉持进化论观念的胡适所体认。胡适提出"白话并非文言之退化，乃是文言之进化"，并勾勒出进化的四种路径与

---

① 参见程湘清：《先秦双音词研究》，载程湘清主编：《先秦汉语研究》，山东教育出版社1982 年版；程湘清：《〈世说新语〉双音词研究》，载程湘清主编：《魏晋南北朝汉语研究》，山东教育出版社 1992 年版。

趋势:其一就是"从单音的进而为复音的"。① 应该说,胡适此论符合语言发展规律,所以他在提倡白话时总是以学术研究的心态来提出问题,相比于陈独秀的一意独断,更具有合理性。但是,为时势所逼,这种学术研究式的"提倡"被意识形态式的"夺权"所替代。虽然现代中国文学语言的变革进入了快车道,但是,由于转型仓促和准备不充分,以现代白话文为主体的现代中国文学所缺失的语言课,一直到现在,我们仍在努力补救完善中。

第四节　语言的突变性与文白转型

语言是交际的工具,其突变会影响交际的进行,因而除了激烈的社会变革或有意为之,语言基本上是渐变的,这样,既保证了交际的顺利进行,同时也受社会发展的影响而进化。社会的急剧变动,一定会反映到语言上。如法国大革命时期、苏联的十月革命时期,以及我国的清末民初、五四新文化运动时期和社会主义革命时期,社会的剧烈变动和民族间语言的接触,语言变化剧烈,表现在词义变化上,就是一些旧词消失了,大批的新词产生,同时,一些词汇的意义发生了变化。而且,甚至在外来文化的比对与冲击下,旧有的语言因社会政治、经济、文化等各个方面的相对落后,被迫作为社会变革者启蒙民众、普及知识而致富国强兵的媒介,而不得不参与社会改革思潮,并扮演着相当重要的角色。

语言是人类重要的交际工具,也是人类认知世界的手段,同时还是人类文化信息的载体。语言总是与思想相伴而行。海德格尔说,"语言是存在之家","任何存在者的存在居住于词语之中"。② 因此,维特根斯坦指出,"想象

---

① 胡适:《逼上梁山》,载《胡适说文学变迁》,上海古籍出版社 1999 年版,第 197 页。
② 孙周兴选编:《海德格尔选集》,上海三联书店 1996 年版,第 314、1068 页。

一种语言意味着想象一种生活方式"①（To imagine a language means to imagine a form of life）。就文言向白话的转变而言，推动汉语言文白转型的外部因素是社会的变革和现代生活内容的更新和丰富，其显现为文化范型的冲突，也就是传统文化与现代文化二者之间的矛盾冲突，而其表征形式则是话语方式的交锋。

文言与白话的转变，是清末民初以来，特别是五四新文化运动中汉语的重大变动。这一文白转型，表面上看似是汉语内部的一种语言选择与嬗变，但实际上是关乎社会的发展以及整个民族的思维言说方式的一种质变。因此，关于白话文替代文言文，我们可以将之看作汉语在其自身发展过程中，因民族危机与西学东渐的进程等"民族的状况中猝然发生的某种骚动，加速了语言的发展"②，在这种时代的转变过程中表现为一种话语权的争夺。主张白话者，以陈独秀、胡适等人为代表。如胡适就将文言定性为死文字，文言文则为死文学；白话则为活文字，白话文学则为活文学。这一死一活的定义，就在于谁更能贴近言文一致。③ 陈独秀更是一意独断，在给胡适的回信中说："改良文学之声，已起于国中，赞成反对者各居其半。鄙意容纳异议，自由讨论，固为学术发达之原则；独至改良中国文学，当以白话为文学正宗之说，其是非甚明，必不容反对者有讨论之余地，必以吾辈所主张者为绝对之是，而不容他人之匡正也。"④这是主张白话者的声音，我们要特别注意的是陈独秀的态度。这种不容异议的"吾辈断则断矣"的决绝态度与信念，表明白话代替文言的不容置疑性，可以说，这更像一种话语夺权，而非学术讨论。由是，也就遮蔽了讨论文言白话转型的学术理据与理论的公正性。

---

① Ludwig Wittgenstein, *Philosophical Investigations*, Cambridge：Blackwell publishers, 1963, TELL I, PART I, P.8°.

② ［瑞士］索绪尔：《普通语言学教程》，高名凯译，商务印书馆1999年版，第210页。

③ 胡适：《文学改良刍议》，载《胡适说文学变迁》，上海古籍出版社1999年版，第24~25页。

④ 胡适：《胡适说文学变迁》，上海古籍出版社1999年版，第38页，《寄陈独秀》附录《陈独秀答书》。

而维护文言的如林纾,在批驳胡适《文学改良刍议》专门写就的《论古文之不当废》中,提出文言不当废,"吾识其理,乃不能道其所以然"。这篇文章被胡适记于 1917 年 4 月 7 日的日记全文收录,并对某些地方做了"不通"的评语①,进而被刘半农、钱玄同等人攻讦。实际上,林纾发表此文,其要旨并不是要反对白话,而是反对尽废古文。这一点,从其个人经历中便可看出。1897年,林纾就在福州刻印过白话诗集《闽中新乐府》,而且此后经常在白话报上发表文章,1913 年还在北京《平报》上开辟了"讽喻新乐府"专栏。实际上,在读到胡适的《文学改良刍议》时,林纾"预感到一场尽废古文的运动行将到来,而欲'力延古文之一线'"②。但无论如何,林纾也并不是出于一种学术探讨,"乃不能道其所以然",而是一种信念。这一点,他在 1919 年 2 月 26 日发表于《新申报》上的《林琴南再答蔡孑民书》一信中一再申明的"拼我残年,极力卫道,必使反舌无声",足以作为一佐证。

简·爱切生指出:"语言跟潮汐一样涨涨落落,就我们所知,它既不进步,也不退化。破坏性的倾向和修补性的倾向相互竞争,没有一种会完全胜利或失败,于是形成一种不断对峙的状态。"③语言一旦出现了大的变动,往往与外部的变动有关,清末民初的亡国危机、灭种之灾,正是这一语言巨变的外部变动根由。由此,不管是陈独秀、胡适等人的白话倡导,还是林纾等主张的古文不当废,都对于五四时期的文言白话的转型缺少必要或准确的学理认识。这种学理认识就是:五四时期文白的转型自有其必然规律,即文言与白话互动互补的发展趋势,在一定程度上正体现了文体演变的本质规律。无论从语言自身的发展趋势来讲,还是从思想文化以及思维形式发展的需要来讲,二者的合力促成了汉语的文白转型。

---

① 参见《胡适日记全编(二)(1915—1917)》,曹伯言整理,安徽教育出版社 2001 年版,第 566、568 页。

② 程巍:《为林琴南一辩——"方姚卒不之踣"析》,《中国图书评论》2007 年第 9 期。

③ 〔英〕简·爱切生:《语言的变化:进步还是退步》,徐家祯译,语文出版社 1997 年版,第 282 页。

　　文言既是一种工具性语言,同时又是一种思想性语言。萨丕尔指出:"词不只是钥匙,它也可以是桎梏。"①语言的内在模式与品性决定了运用文言的人表达什么以及如何表达。作为一种根深蒂固的传统文化传统的载体与显现形式,文言在某种意义上囿限了近代以来的思想变革,但同时也在一定程度上圈定了主张白话的裘廷梁、黄遵宪等人的语言变革主张,使其不会从根本上对文言构成解体的威胁。这也就是他们虽然在思想上认识到中西的差距,也主张并实践用白话来实现其救亡与启蒙的思想,但是,用文言的书写来呼吁废文言、崇白话,本身就是一种矛盾。这种矛盾性也就凸显了文言传统在他们思想中的影响之深,这种尝试决定了他们的立场,即文言还是传统文化的主流,代表着一种权威性与雅化,这也是传统知识分子向以自是的立身之本。这与五四新文化运动中胡适、陈独秀诸人主张文言为死文字、文言文为死文学,全力废除文言而提倡白话的理论有着天壤之别。五四时期的白话文运动不仅是文体的解放,同时也是思想体系的解放。就文必秦汉的凝固的文言而言,经过两千年漫长岁月的发展,其不能随着时代的发展而发展的语言形式,显然不能与变化的社会相适应,因而,表现出强烈的守旧性。其在形成之初,与先秦之后的口语相互补充完成了语言的社会功能和交际功用,并在构成和传达封建文化方面起到了不可磨灭的重要作用,随之其与口语的隔膜越来越大,甚至到了分途而治的地步。而近代中国社会变革所具有的强烈的民主意识要求言文一致,发展到了近代,对于日渐产生的新思想、新文化,文言已不能适应表达和传播,也就在容纳新思想、新变化上远远不如白话。从这一点来讲,白话取代文言,自有其合理性。

　　从清末民初以迄五四新文化运动,语言的变革趋势已成必然,问题在于,面对日趋变化的大变局语言应该如何改革,才能既适应社会的变化,又能将中华民族的文化传统保持并发展下去,这才是问题的重点。就其时社会的应对

---

　　① 　[美]爱德华·萨丕尔:《语言论——言语研究导论》,陆卓元译,商务印书馆1985年版,第15页。

方法而言,有三种。

一是改造文言文。文言与西方语言是两套完全不同的语言系统,二者并不能轻易相容交汇。在西学东渐过程中产生的新名词、新术语和新概念,必然在一定程度上影响到国人的思维习惯,并对其价值倾向性予以诱导。如当意识到身处于世界之中的中国人,必然会逐渐改变天下观思维,其时出现的有关地理、时间以及文化、政治、经济、社会新式思想,冲击国人的既有世界观,久而久之,习焉不察,潜移默化,奉为天经地义①。这些大量输入的西学新词于中国而言皆是"新的",这就使得已经凝固的文言体系应接不暇,从而影响或改变文言原有表述系统的内部结构和表述功能。也就是说,就其接受能力而言,文言已经很难容纳西学东渐过程中产生的新名词、新术语和新概念。再者,作为传统文化的显现形式,单靠新名词、新概念以及新术语的输入,文言并不能改变其所内含的传统的世界观和思维方法,因此,改造文言之途,说起来容易做起来难。

二是废汉字而改用西方的拼音文字,也就是全盘西化。但汉字的废除,就是废除以汉字为载体的居于主流的文言,同时也将废除汉字所承载的传统文化。这在文言传统为尊的格局中根本不可能,因此,虽然拼音文字的改革也曾喧嚣一时,但结果却可想而知——根本行不通。

三是借用白话。在古白话的基础上,改造西学东渐过程中产生的新词语,使其为"我"所用,成为中国语言的一部分。当然,这种借用白话的改造形式,其实是中国对伴随西学东渐的现代化和全球化的生存环境的应对和选择。当然,这种应对与选择是一种痛苦的蜕变。当中国古老文明面对外来文明时,军事或经济方面不足,常常会影响到文明优劣的判定。当西方的话语霸权传入,面对古老传统的中国,中国知识阶层表现出既拒且迎的矛盾心态。一方面说明汉语对于西方语言天生的异质性,另一方面说明了汉语对于这一过程的适

---

① 参见黄兴涛:《近代中国新名词的思想史意义发微》,《开放时代》2003 年第 4 期。

应。如上所述,文言完不成这一任务,而放弃汉字改作拼音,又同时意味着放弃了传统。因此,只有白话才能担当起这一重任。一方面,与文言的凝固相比,白话具有随历代口语变化而变化的内在活力,其与时俱进性和吸收新名词、表达新思想的能力非同一般。如现在一般谈到洋泾浜,认为这是一种用汉语语法拼凑的英语语句,实则并不这么简单。洋泾浜作为一种接触性语言,在没有共同语的群体中形成并成为其交际语言,或是帮助交际的进行;但当一方退却时(尤指强势的一方),洋泾浜并不立即废除,还会保留在接触区域的口语中,渗透进白话的表达中。这说明了白话具有很强的接收和吸纳能力,而洋泾浜进入文言则不可能。因此,我们说,白话的自我更新能力非常强,所以在口语交际中成为一种有效的语言。面对西洋文化,白话会产生相应的新词新句,甚至借用外来语言的语法等,借以传达新知识和新事物,这显示了汉语语言的应变能力和再生能力。另一方面,白话与文言都是以汉字为载体的书面语,二者都内含承载着博大精深的厚重的传统文化的血脉。从这方面来讲,改造白话就成了必然的选择,白话既是与文言相对而生的书面语,与文言一样,它兼有中国传统文化的全部,同时,它又以其强大的应变和再生能力,能够吸纳外来文化和思想。由是,以白话取代文言,本身就是一种自觉汇入现代化进程的追求,完成了汉语面对世界开放的表述系统的嬗变与更迭,也就成了一种历史选择。

一个民族的语言的形成发展与成型,其所显示出的智慧、创造性与丰富性,与这个民族文化的进步发展相同步。中华民族经过几千年的发展,中华文明创造了汉字,汉字又将中华文明传承赓续,虽几经风雨,但任尔风狂雨骤,以汉字为载体①的中华文明固若山岳岿然兀立,绵延传承至今。现在

---

① 汉语的功能与书写密切相关,但汉语书写与言语并不发生直接关系,它可以通过字形直接表示意义。一字一意尽管各地读音不同,古今读音不同,但是只要书写出来,就能克服地域、时代的限制,而获得共同的理解。这也使汉字具有超越时空的能力,这也是西方语音中心主义语言所难以企及的。

汉语作为世界上使用人口最多,同时又有着巨大的影响力与辐射力的一种语言,正在伴随着中华民族伟大复兴与强势崛起,越来越发挥着重要的作用。

第二章　现代中国文学语言选择的主题变奏

　　随着人类社会进入现代,语文的现代化也随之提上日程。从世界范围来看,语文现代化是一个世界化的潮流,虽然各个国家进入现代化的时间、过程、主动/被动性各有不同,先发国家的探索性和主动性,后发国家的继承性与批判性,都是语文现代化过程中的普遍现象。现代中国文学语言的演进过程,是在对传统语言的反思与批判中进行的,其间又有国外语言作为参照系,也有翻译文学的译介之功。从语言角度来探讨中国文学的现代化进程,已经成为研究界的热点话题,相关的研究成果非常多,涉及的角度也各有不同。正如有学者指出的:"中国的汉语文现代化运动的基本精神就是言文一致,主要包括国语统一、白话文取代文言文、文字简化拼音化三个方面。"①汉语是中国文学从传统到现代发展演进的载体,也是重要的运思方式,其中关涉汉字汉语的演进、汉字汉语与现代民族国家的建立、汉语与外国语言的优劣区分、汉字汉语与社会文化的适应性等多方面复杂的内容。

　　语言的形成先于文字、宗教、国家的产生。语言是一个民族最为鲜明的文化特征,也是一个族群能以"民族"称之的重要标志之一,其作为一个民族的

① 黄复雄、和晓宇编著:《汉语四千年》,北京时代华文书局 2019 年版,第 108 页。

母语以及由此形成的文化认同,是不同民族的重要区分特征。同时,语言也是一个民族重要的守护者,一种民族语言若被取代,这个民族也就会相应地被同化甚至消失。语言之于民族存在重要性的认识,在世界各国都有不同的表现和诉求,但语言存则民族存的认知却成为一种共通的认知。在中国,清末邓实曾说过:"故一国有一国之语言文字,其语文亡者,则其国亡;其语文存者,则其国存。语言文字者,国界种界之鸿沟,而保国保种之金城汤池也。"①在其他国家,也有同样的认知。例如,普法战争时期,法国作家都德就在著名的《最后一课》中提到:"法语是世界上最美的语言,最明晰,最严谨,应该在我们中间保留它,永远不要忘掉它,因为一个民族沦为奴隶,只要牢牢掌握着自己的语言,就等于掌握了自己牢记的钥匙。"其实这也是 1904 年获得诺贝尔文学奖的法国作家 F.米斯特拉尔所强调指出的:如果他们掌握自己的语言,就掌握了打开自己锁链的钥匙。② 论者虽国别不同、所言时间不同,但都强调了语言之于民族、国家的重要性,此点可谓殊途同归。

索绪尔给语言下了一个定义:"语言是一种表达观念的符号系统。"③维果斯基也强调说,"对现实概括反映是言语的基本特征"④。反映现实、表达观念是语言的一种重要功能。当社会变革发生时,人们的思想或思维也会随之变化,这又会要求语言也要与之相适应而变革,这一情况在社会变革激烈时尤为明显,也呈现得愈加波澜壮阔。克洛克洪指出:"每一种语言都不仅仅是交流信息和观点的手段,都不仅仅是表达感情、泄发情绪,或者指令别人做事的工具。每种语言其实都是一种观察世界以及解释经验的特殊方式,在每种不同

---

①　邓实:《鸡鸣风雨楼独立书·语言文字独立》,载《光绪癸卯政艺丛书·政学文编》卷七,(台湾)文海出版社 1974 年版,第 173~174 页。

②　参见[法]都德:《都德小说选》,郝运译,上海译文出版社 2000 年版,第 448 页。

③　[瑞士]索绪尔:《普通语言学教程》,高名凯译,商务印书馆 1980 年版,第 37 页。

④　[苏联]维果斯基:《思维与语言》,李维译,浙江教育出版社 1997 年版,第 168 页。

的语言里所包含的其实是一整套对世界和对人生的无意识的解释。"①也正是因为语言的这一特性,旧有的强调语言突变论的提法,都忽视了语言的社会性,也就是说,"在任何社会,一种书面语言的转换都需要整个社会的响应与支持,这是需要时间的!因为语言是整个社会交流的工具,它不大可能只由少数人在短短几年时间内支配决定,尤其是书面语言"②。由之,任何一种语言变革,都需要一个长时段的发生、发展过程,同时,由于语言的社会性,它不可避免地受到来自社会变革、文化变革等方面的影响。语言是社会发展变化的"晴雨表"。自清末以来,现代中国的语言选择就与救亡图存、启蒙以及复兴等时代主题同步,甚至语言走到前台,在传统/现代、中/西等二元复杂的纠葛中,折射着救亡、启蒙、复兴等时代主题。但需要说明的是,在相关言说中,救亡、启蒙只是一种表面主题,复兴才是深蕴于根底起决定作用的"纲"。

第一节 现代性焦虑与传统文化的"危机"

无论是对东西方还是对全世界来说,现代性都是一个攸关国家民族的前途,尤其是关乎文化、人性建设等的重大课题。西方文明通过现代化得到长足发展,而东方文明则通过反帝反封建的解放运动以追求民族独立,以迄今日后起国家要走自己特色的现代化建设之路,诸如此类,都包含在世界现代性进程中,虽然具体进程中目标相同但所取的路径各异。

那么,何为现代性?阿兰·斯威伍德提出:"现代性是关于整个社会、意识形态、文化改造的整体概念,它以科学理性为前提,揭露非理性的假面具,指明必要的社会改变之路。所以现代性意味着历史的觉醒,意味着历史渐进的

---

① 转引自潘文国:《语言的定义》,载戴昭铭、陆镜光主编:《语言学问题集刊》,吉林人民出版社 2001 年版,第 22 页。

② 袁进主编:《新文学的先驱——欧化白话文在近代的发生、演变和影响》,复旦大学出版社 2014 年版,"前言"第 1 页。

自觉,意味着过去继续通往改造之路。"①黑格尔认为,所谓"现代"就是"新时代",既然称为"新",自然就有"旧"与之相对照("新"与"旧"相对而称才成立,没有无缘无故的"新",也没有无缘无故的"旧")。由此言之,有学者指出:"现代性首先是一种时代意识,通过这种意识,该时代将自身规定为一个根本不同于过去的时代。"②也即造就了现代性的内在的一种精神气质,即注重现在。具体而言,现代性的内涵包含三个主题,即"精神取向上的主体性;社会运行原则上的合理性;知识模式上的独立性"③。而这三个主题的面向,在晚清的时局下,更多地体现为救亡、启蒙、复兴,即在西方坚船利炮的物质优势以及建立于物质优势基础上的知识优势激起士人救亡、启蒙的爱国热情的同时,也使士人更多地产生了复兴的内在愿望。

对于中国而言,谈论中国的现代性历程,无论如何也无法忽视或漠视向来以"老大帝国"自居的中国于迫不得已中参照西方现代性的事实。鸦片战争将国人从几千年的华夷之辨的优越心理囿限中揪了出来。从某种意义上讲,近代历史是中华民族的屈辱史。数千年的传统与荣光,随着与西方列强的碰撞而沉沦消散。但同时,近代历史也是中华民族的奋斗史,经过数次变法、变革以至革命,中华民族屹立于世界民族之林,发挥着巨大的影响力和辐射力。

王一川指出:"西方的现代性代表着欧美国家的由弱到强的上升,而中国的现代性则代表着中国这一'老大帝国'的衰败,又同时昭示着它的新的转型或复兴。这是衰败中的转型过程。"④于是,师夷长技、道器之辨、救国等成为清末民初士人阶层与报章杂志经常谈及的高频词汇。不过,对于这些高频词汇,也应值得梳理一番。比勒在《语言理论》(1934 年)一书中指出:"语言的

---

　① Alan Swingewood, *Cultural Theory and the Problem of Modernity*, London：Palgrave Macmillan,1998,p.140.中文版参见罗选民主编:《翻译与中国现代性》,清华大学出版社 2017 年版,代序《关于翻译与中国现代性的思考》。

　② 唐文明:《何谓现代性?》,《哲学研究》2000 年第 8 期。

　③ 耿传明:《"现代性"的文学进程》,中国文史出版社 2003 年版,第 2 页。

　④ 王一川:《中国现代性体验的发生》,北京师范大学出版社 2001 年版,第 20 页。

标记与说话者密切相关,并直接表露其内心世界。"①英国语言学家韩礼德也在《语言与社会》一书中指出:"从一个方面看,你使用语言的哪种变体是由你是谁来决定的。""一般说来,你是谁在这种情形中意味着你来自哪里。"②从比勒、韩礼德的表述中,我们可以看出,立足当下,其时所使用的大量的词汇,都涵括多种价值体认,颇值得斟酌。如,华夷之辨、道器之辨。

文化是人类的创造物。梁启超在《什么是文化》一文中指出:"文化者,人类心能所开释出来之有价值的共业也。"③广义的文化包括物质、制度、行为和心态四个层次。一般而言,在人类文化的发展过程中,文化中心的重要作用不容忽视。因为,文化中心是一个国家或地区文化相对集中之地,它不仅可以发挥凝聚作用,也具有生发和辐射作用。由之,文化中心的优势越发凸显,它一般与政治、经济中心相伴共生,三者之间互相影响与促进。

中国传统的天下观一直以其文明优越性而存在。作为一个政治名词,"中国"在古代有京城、京师的义项,专指帝王所在之地。在《诗经·大雅·民劳》中有"惠此中国,以绥四方"一说,这是用来规劝周厉王要先爱护京都的百姓,然后去安抚四方,平定天下。《集解》:"刘熙曰:帝国所都为中,故曰中国。"同时,"中国"一词也指地理学意义上的中华民族聚居的地理空间。作为一个农业国家,水源至关重要,世界上原初文明也大都围绕水源而发展,因此,黄河流域一带成为聚居地,其所在区域在古代称为中国、中原、中土。与"中国"一词一样,"华夏"一词,既可以指民族,也可以指地域。于是,我们看到,在鸦片战争前,国人的内心接受的是一套几千年来固定不变的体验模式,即中国居天下的中央,属于夏,而四邻则属于夷;而且,这种夏夷之分,也存在着政治、经济、文化等方面的优越感。中国是天朝上国,是天下的主宰,《诗经·小

---

① 转引自方维规:《概念的历史分量——近代中国思想的概念史研究》,北京大学出版社2019年版,第1页。
② [英]韩礼德:《语言与社会》,苗兴伟等译,北京大学出版社2015年版,第11页。
③ 梁启超:《什么是文化》,《学灯》1922年12月9日。

雅·北山》曰"普天之下,莫非王土;率土之滨,莫非王臣",正是家国天下的这种认识,其时的中国,还没有民族国家的概念,也不存在着所谓的"国际意识"。正是在这种观念下,中国人在几千年的历史发展进程中,具有了强大的自信力或自恋性幻觉。而与"华""夏"相对称的"夷"及其相关同义近义词,都具有一种贬义的内涵。这种对于"夷"的称谓,在明清后随着欧人东来而扩大内涵,凡是外来人种皆被称为夷,显示了一种人种上的优劣之分,更有一种文化上的优越性存在。

虽然晚清之前,中国历史上也经历了数次华夷之争,甚至被异族侵略甚或统治,异族虽然更改了王朝,但是汉文化展现出的强大的亲和力,使得中华文明绵延至今,没有间断。即使印度佛教的传入,也是经中国主动接受与吸收而具有了本土气息后才得以扎根传播。也就是说,华夷之优劣一直持续着,直至19世纪前半期。况且,中国在亚洲是"东方的庞然大物",为东亚世界打下了深深的中国文化烙印。也正因如此,国人便有了一种幻觉,那就是:由于中国的中心性,也即"天下之中",中国文明是最优的,它根本不可能遭遇来自其他外来的蛮夷文化的根本性挑战。此种心理的各种表现,归纳起来颇为复杂,这里仅举两个极端之例,更能说明。

在清廷处处被逼不得不面对西洋公使时,设立总理衙门成为必要,但为了保持中华世界观的"自尊",按恭亲王的点子,史景迁在《追寻现代中国——1600—1912年的中国历史》指出:"'一切规模,因陋就简,较之各衙门旧制,格外裁减,暗寓不得比于旧有衙门,以存轩轾中外之意'。依照这一意向,总理衙门最终选定的是一所矮小破旧的房子,坐落于皇城东面以前的铁钱局公所。但是掩人耳目似地装上了一扇新的大门,以使洋人相信这个衙门实际上扮演着重要职能。"①更有甚者,直至1928年4月,柯劭忞在《续修四库全书总目提要》的一次编辑会议上,依然郑重提出:"《四库全书》中只收录中国的书籍,据

---

① 　[美]史景迁:《追寻现代中国——1600—1912年的中国历史》,黄纯艳译,上海远东出版社2005年版,第235页。

说西方各国近来学问也有很大的进步，这次的《续修四库全书总目提要》中也收录一些西方蛮夷的著作不好吗?"①

这种自恋性幻觉或美梦被鸦片战争的隆隆炮声所惊醒。对此有切身体验的林则徐说:"彼之大炮，远及十里内外，若我炮不能及彼，彼炮先已及我，是器不良也。彼之放炮，如内地之放排枪，连声不断，我放一炮后，须辗转移时，是技不熟也。"②伴随着鸦片战争以来的节节败退，中国面临着从半封建半殖民地沦为殖民地的严重危机，中国人经历了由传统的文化心理优势到劣势甚至屈辱的巨变，西方坚船利炮所投射的欺辱激发了国人"师夷长技以制夷"的自强思想与行动。但"师夷长技以制夷"的提出，虽然承认西方的物质技术的优势，但本身还有着一种文化上的优越地位。从物质技术到政治体制再到文化体制的引进与学习，中国开始了一次漫长、深刻而痛苦的由古典向现代的转型过程。而这一转型，不仅仅是物质层面的，更重要的是精神层面，也就是整个文化的转型。由是，晚清以来源自近代社会的全面危机下的现代性焦虑自此始生。

历史的任何实践行为都有其显而易见的主旨与行为，也有其潜隐的文化逻辑或根源。一般而言，重返"天下之中"的强国梦是清末民初语言文字变革显在的历史根源，现代化则是最根本、最初始的逻辑起点。这也造成了中国追求现代过程中的焦虑心理，清末民初的文化的一切存在根由、构成特征、复杂矛盾都与此有着根本性的关联。在现代化的进程中，如上所述，晚清的现代性焦虑所表现出的重返"天下之中"的强国主旨，幻化出各种不同进步主义的文化逻辑。这种种进步主义的文化逻辑，又构成了清末民初知识分子的现代性焦虑的根源。

从 19 世纪末到 20 世纪初，进化论是对中国影响最大的观念之一。进化

---

① 参见[日]佐藤慎一:《近代中国的知识分子与文明》，刘岳兵译，江苏人民出版社 2006 年版，第 1~2 页。

② 参见蒋廷黻:《中国近代史》，群言出版社 2015 年版，第 19 页。

论是 19 世纪自然科学的三大发现之一,本来只是一种关于生物物种起源和发展的理论。对中国近代真正产生影响的并非达尔文的进化论本尊,也不是完全赫胥黎意义上的进化论,而是在时势危机逼促下的对于进化论的合乎目的的阐释。严复的《天演论》虽然译自赫胥黎的《进化论与伦理学》,但严氏更多地认同于斯宾塞的进化伦理。因为,在其时中国饱受凌辱的境况下,斯宾塞的进化伦理更为贴近当时强权即公理的列强争霸的现实,如果一味强调赫氏的人类伦理,不仅与中国的现实完全脱节,而且无益于中国的自强和救亡。在救亡启蒙的语境下,要与西方列强抗衡,就要寻求一种足以与西方抗衡并适应时代需要的新的生存之道、强国之路。由是,代表西方现代性文化特征的进化论就成为晚清知识分子的首选,也成为近现代以来中国人普遍持有的进步主义信念的思想基础①。

在时事的逼促下,接受了《天演论》的中国人,痛感其时所处的世界并非过去的华夏中心的优势境况,而是一个西方强势主导的文明世界,这一世界的运行规则是物竞天择、弱肉强食。承认这一事实,弱者或者自甘被吃,或者发愤图强也成为强者。这样,世界上通行的就是一种唯实力与强权是瞻的非道德的竞争伦理。也就是说,其时中国的知识者所关注的,是优胜劣汰这样的丛林法则。这种竞争伦理观念在其时形势的逼促下,唤起了国人的危机感和警醒意识,成为国人思考一切问题的现实与理论源泉。鲁迅强调其时"进化之语,几成常言"②。正是在中西对比中的强弱之别,使得国人在接受进化论时只看重其"进"与"变",并且,这"进"与"变"的仿效标杆,就是让中国备受凌辱与失败的西方。这种进化论模式,让国人不仅认识到在器的层面上西方的强大,甚至文化是否先进的衡量标准也采用了这种实力决定论的差别标准。在他们的思维逻辑中,但凡是国家强大的,其政治、经济乃至文化就都是先进

①　耿传明:《〈天演论〉的回声——清末民初知识群体的心态转换与价值翻转》,《天津社会科学》2007 年第 5 期。

②　鲁迅:《人之历史》,载《鲁迅全集》第 1 卷,人民文学出版社 2005 年版,第 8 页。

的,同理,落后之国的政治、经济、文化就处于落后的地位;而且,落后就要挨打,落后国家必须向强大的西方国家学习,否则就会被淘汰出世界。因此,国人要做的,就是要奋起直追,于是,中西对比中所显现出的差别,被视作一种新的世界图景与旧有传统的二元对立。这种以西为新、唯西是崇的功利与焦虑心态,完全摒弃了中西价值对比中的好坏之分,唯以新旧为分,新旧之别凌驾于好坏之分之上。

《天演论》的影响借助国内危机局势而愈益扩大,国人逐渐开始放弃传统的天理人欲之辨、善恶正邪之分的评判事物的标准,而将这一标准改换为新/旧、中/西、进步/落后、文明/野蛮,传统知识者厚古薄今的心态彻底翻转为厚今薄古,形成一种唯新是崇的心理。新旧之别代替了好坏之分,进步主义所追求的,就是一种新,唯新是崇。这在 20 世纪初的无政府主义者身上表现得较为明显。"它表现为一种把握历史发展的先机,能动地创造历史的使命感。他们通过否定过去来捕捉现代,现代成为相对于'黑暗的过去'的'光明','过去'成为单一的被利用的负面的参照系,为现代人现代化变革提供理由和依据。传统和现代之间发生了彻底的断裂,'现代'成为一种为未来生存,向未来敞开的时代,它以未来的标准要求现在,否定过去。"①在无政府主义者那里,世界是在"时时更新、刻刻进化"的,而且这种进步的趋向滚滚向前,不可遏止,处此世界,顺之则昌,逆之则亡。因此,反动、保守成为时代最大的敌人。正如张汝伦指出的:"进化论在现代中国人心中的无上权威和绝对性,不仅表现在革命的无上权威和决定性,而且也表现在它实际上成为判断一切的价值标准,首先是评判中国历史和传统的价值标准。"②从这方面来讲,当把进化论当成一种"科学根据",并且不顾其是生物界的进化规律,而将其放在人类社会中,将其作为一种优胜劣汰的弱肉强食的解释根据时,我们发现,在其时语

---

① 耿传明:《无政府主义与中国现代文学现代性的起源》,《华东师范大学学报》1999 年第 2 期。

② 张汝伦:《现代中国思想研究》,上海人民出版社 2001 年版,第 60 页。

境下,所谓的强弱一目了然,西方自然成为学习或者超越的对象,但同时,西方也成为反对和抗拒的对象。如果相对比西方的强大与文明,中国的历史似乎是停滞不前的,更与现代无缘,因此,面对救亡图存的时势危局,要进入现代,就必须否弃传统,要进入现代,就必须以西为鉴,于是,不论是中西之争,还是古今之争,西与今都处在优势地位,而古与中则自然就成为落后的代名词。以此种认识来观察近代,有学者指出:"中国之所以不能随世运而进,好落人后者,以尊古薄今也。泰西之所以实事求是,精益求精者,以尊今薄古也。惟尊今薄古,故能今胜于古,而进化无极也。"因此,中国人如要"革命以求进化不可不破好古之成见"。这一对于中外古今认识,颠覆了传统的以尚古的惯性,在清代开始发酵酝酿,至五四则发展到了高峰,转化传统、追求现代成了中国现代思想的主流。流风余韵,至今不绝。①

　　这种唯新是崇的盲目心理散布在社会各个领域,推动了各个领域的变革。这种新必胜旧、今定胜昔的进化论的影响所及,中国的落后原因,除了被归因于科学技术、政治体制和社会制度落后,传统文化也是一个主要原因。其中,"家庭观念、汉字和文言文、道德习俗以及传统学术,更被认为是为祸最烈的几项"②。清末民初的语言文字变革也处在这种唯新是求的氛围中。西方的拼音文字、言文一致的语文观,成为追求现代、富强的国人的一根救命稻草,被紧紧攫取住,他们认定文字应该步武泰西,以语言文字的革新作为面向现代化的途径。具体言之,就是以泰西的拼音文字为优,以数千年来中国使用的汉字为劣,进而提出学习泰西,以切音字母、简字等改变汉字的繁难,将原本"道""器"一体的汉字,逐渐拉下神坛,剥去"道"的神圣外衣,完全向"器"蜕变。而且,在泰西的对比下,在时事危机的逼促下,提出言文一致,进而出现了方言化的言文一致的偏颇。这种偏颇,缺少了文体上的言与文的协调,直到五四以后白话文学的大兴才有所改善。

---

①　张汝伦:《现代中国思想研究》,上海人民出版社2001年版,第60页。
②　张汝伦:《现代中国思想研究》,上海人民出版社2001年版,第60页。

其实,这种以西方马首是瞻的改革思路,本身就内含着一元化梦想,即以西方为新的文明的现代社会的代表。这种一元化梦想,其实是文化发展中的文化普遍主义(cultural universalism)的表现。文化普遍主义认为,某种特定的文化由于其优越性,已经具有一种超越文化相对主义的"普遍"的文化价值。而世界文化的发展,就是以一种不容置疑的基本价值标准为前提,朝一个方向,即朝向优越性文化的方向推进。"从黑格尔到马克思,再到韦伯的普遍主义理论,都是基于欧洲文明的立场来思考世界文化的。这种理论虽然也符合近代以来中国大多数知识分子那种想尽快消除中国与西方的差距,以实现现代化的进化论思想,但正如汤因比在《历史研究》中所指出的,这种观点'是把人类复杂的精神活动处理得太简单了'。而从这种简单化的绝对前提出发,往往会导致文化上的帝国主义,得出只有从西方现有文化中发展出现代化的必然结论。"①这种文化普遍主义,便反映在清末民初的语言文字变革实践中,其发展到极致,就是以《新世纪》派为代表的无政府主义所提倡的废除汉语、径用万国新语的激进主张。

第二节　救亡:文学语言变革的显在动因

鸦片战争只是军事上的失败,并未影响其时国人的天下观和优越心理。1894 年爆发的中日甲午战争才是中国近代史的转折点。作为外源性后发现代性国家,晚清在外国列强坚船利炮的冲击下频遭败局,如果说两次鸦片战争、中法战争败绩还未彻底让清政府清醒,那么,甲午战争被蕞尔小国的日本打败,清政府旧日的荣光一扫而尽。正如严复在《原强》中所讲:"中国至于今日,其积弱不振之势,不待智者而后明矣,深耻大辱,有无可讳焉者。日本以寥寥数舰之舟师,区区数万人之众,一战而夺我最亲之藩属,再战而陪京戒严,三

---

① 邓时忠:《大陆台港比较文学理论研究》,巴蜀书社 2006 年版,第 305 页。

战而夺我最坚之海口,四战而覆我海军。"①从这一点而言,救"三千年未遇之危局",成为清末民初现代性实现路径之各种尝试的显在动因,也成为其时的一种社会心态。现代性认同伴随着救亡图存的痛苦变革,一时汹涌而至,现代性焦虑也由此而来,作为一种普及化的社会心态,成为语言变革的外在社会力量而发挥着重要作用。

列强环伺,国弱受辱,此种处境在其时影响颇巨,各种对国势的忧虑形诸文字。王韬《弢园文录外编·答强弱论》指出:"此古今之创事,天地之变局。"李鸿章在《筹议海防折》中表达了同样的危机意识:"今则东南海疆万余里,各国通商传教往来自如,麇集京师及各省腹地,阳托和好之名,阴怀吞噬之计,一国生事,诸国构煽,实为数千年来未有之变局",而列强又"为数千年以来未有之强敌"。洋务派这种源于对中西军事实力对比下产生的危机意识,随着与西方文化碰撞而转变为自强意识和变革意识。他们意识到,"探源之策,在于自强之术"(奕訢)。于是,曾国藩、李鸿章、左宗棠等人大力支持,并且提出一个个救亡自强的方略。马建忠《富民说》提出"治国以富强为本,求治以致富为先"的主张,郑观应《盛世危言》则提出"非富不能图强,非强不能保富,富与强实相维系也"的建议。从某种程度上讲,国家的存亡,种族的存续,二者皆成为其时国人面临的问题。如果说,国家的存亡更新了国人的天下观为世界观,那么,民族的存续则让国人的文化认同经历了从盲目自信到幻灭再到自觉地重组的过程。

民族国家与语言有着密切关系。中国的救亡启蒙过程,也是中国被动或主动发现西方的过程,在这一过程中,西方无形中成为中国一切变革或行动的参照,也就是可以借之观照自身的他者。进化论思想的传播,让中国人不得不形成一切以西为是、以西为师的薄古尚今的自卑心理。因为,在这里,古意味着中国自身,而今则代表着强大的西方,于是,"西方作为一个整体文明,在其

---

① 王栻主编:《严复集》第 1 册,中华书局 1986 年版,第 7 页。

空前地对中国进行帝国主义侵略的时期,却是这种赞美的对象,这是一种自相矛盾的现象"①。正如美国学者陈志让所说:"中国人最早对'西方'的发现,曾导致进化论作为一种改良哲学而在中国出现。进化论本身,由于把西方与其所象征的未来和有关道德目的的目的论等同起来,助长了关于西方制度的乌托邦观点。"②这一乌托邦观点的想象,也同样出现在清末以来的语言变革、文学改良和文学革命过程中,以西为是、以西为师成为一种社会常态心理。在对现代性的不懈追求中,在亡国灭种的危机逼迫下,中国的知识群体通过语言变革诉求所要实现的,一是现代民族国家的建立,二是实现政治、经济、文化的全面现代化。这两点,在中国语境中,却有着内在的矛盾性:要建立现代民族国家,就要反对西方列强;但是,要实现现代化,却又要不得不以西方为师,向西方学习。在这样的现代性焦虑与矛盾性的行动中,语言,在其自身的自然自觉的渐变发展过程中,又因社会变革而具有了突变式的决裂。而这一渐变与突变的交织与矛盾互动,从一个重要的侧面反映出其时追求国家强盛与现代民族国家的各种面相。近代语言变革追求的是一种不触及文言地位的工具性的语言变革,带有功利性。这看似功利性的诉求,实际上暗含着一种进步,从汉语汉字的"道""器"属性以及亘古不变的精英意识和阶级区分度,转而主张语言的普及性及世俗性。就语言本身来讲,这本身就是一种翻天覆地的变革,而语言性质的改变,在一定程度上也将改变文学语言的叙写模式,从而促进文体的改变。这一点从梁启超的"新文体"以及后来五四运动后现代小说、诗歌的发展成熟可见一斑。

清代经历了各种战败、赔款以及精神的摧残,在经过了最初的以制造、机械等以科学技术等为主要"师夷长技",西方的思想、文化、政治体制等进入晚

① 陈志让:《改良思想中的进化论》,载[美]费正清编:《剑桥中华民国史(1912—1949年)》上卷,杨品泉等译,中国社会科学出版社1994年版,第385页。

② 陈志让:《改良思想中的进化论》,载[美]费正清编:《剑桥中华民国史(1912—1949年)》上卷,杨品泉等译,中国社会科学出版社1994年版,第384页。

清士人、学者的眼中。由民族救亡而引发的进步主义的心态,在无形中便存在一个"西优中劣"的隐性预设前提。于是,一切以西为是也成了其时的一种常态。中国知识分子一直以来的厚古薄今也在时势国运之下变成了厚今薄古,但这"今"是以西为范的。中国传统的天理人欲、伦理善恶、忠孝仁义等评价标准,都被代之以新与旧、先进与落后这样简单的二元区分。于是,在救亡中语言变革这种既不同于器物之变,也不同于制度之变等"务实"行为的"务虚"之举,便也得到了合理的阐发与运作,而且一时成为近代的一种"显学"。

需要提及的是,黄遵宪所著《日本国志》具有强烈的用世之志,其意欲借助史书形式记述日本明治维新成果,并以此作为镜鉴,曲折表达救时思想。同时,黄遵宪参照日本国语运动的经验,在《日本国志》一书中明确提出"言文合一"主张,认为言文合一即通晓语言文字者众多,相反,言文分离则通晓语言文字者少。不可否认,从厚古薄今至厚今薄古的转变,是一种思想的进步,但这种进步所要学习效仿的资源却因语言的不通而无法引进,进而在国内发挥作用,这实为当时一大问题。袁进指出:"黄遵宪的语言改革主张实际分为两方面:从教育来说,必须言文合一,有助于平民受教育,方能保国保种。从文学来说,必须打破禁忌,自铸新辞,'我手写吾口',不受古人的拘牵,方能创作好作品。"①黄遵宪对于语言改革的这一认识,开启了其后的语言改革的言说逻辑。即其后的语言改革者都对汉语言文字的弊端进行了思考与批判:其一,汉字太过繁难,难于学习,不利于向普通百姓普及知识。其二,语言与文字的分离,造成了学习和交流的双重障碍。而民众识字率低则民智不开,而这就是国家衰弱的根源。这一点裘廷梁在《论白话为维新之本》中分析甚明,兹不赘述。其三,由文字繁难而造成的语言不统一,使得全国一盘散沙,使得上下内外不通。也正是在这种逻辑的指导下,语言的变革成为救亡启蒙的重要手段,时人结合时势,对比中西,提出了各种富国强兵的方案。

---

① 袁进:《试论中国近代文学语言的变革》,《上海社会科学院学术季刊》1997年第4期。

话语是言说的总体,涵括说者和听者,是叙述、论述、演讲和谈话等表现形式的集合,话语上有一定的目的性,是一定的权力或权势的表达。因此,可以说,话语本身就是一种意识形态的独特现象,它天生就是政治的。巴赫金强调说:"话语——是一个环境,在那里慢慢在数量上积累着一些变化……话语能够记录下社会变化的一切转折的最微妙和短暂的阶段。"①晚清以来的社会变革,就直接反映在知识阶层对于中国传统语言的体认和诘难上。晚清以来中国民族意识的萌生,源于一种世界观的改变和民族救亡危机的催生。将语言与救亡结合起来,本身就是一种传统语言向现代转化的过程。本尼迪克特·安德森认为,作为一种现代的想象形式,民主主义的产生源于现代性过程中印刷语言的诞生与传播。比如,安德森指出,在欧洲国家民族主义的兴起过程中,各现代民族语言都需挣脱古老神圣语言,进而向地域方言转变,并借由印刷语言,创建所属国家的书面语。②

安德森此说对于欧洲各国现代语言的产生与发展做了精彩的概括,但是,这一理论并不完全适用于解说中国的情况。因为,与欧洲不同,中国通行于古代的文言书面语,先于印刷语言的产生。当然,文言与印刷语言的普遍性与知识的普及性不同,它只通行于士大夫阶层,如此境况,也是中国长时段处于前现代的一种表现。而将语言与救亡相提并论,首先是认识到别国以及其语言的存在,从天下之中到世界观的转变,本身就是一种民族意识的觉醒。

如果说中国的现代性是伴随着战败而被动开展的,那么,中国的语言变革诉求,则是知识阶层主动与世界同轨的爱国行为。其开展始于启蒙民众,救亡图存,有着知识阶层的爱国情怀和远大理想。但不可否认的是,晚清以来的现代化道路的实现,是与反对列强、救亡图存等相提并现的。这也就导致了一种

---

① [苏联]巴赫金:《马克思主义与语言哲学》,载《巴赫金全集》第2卷,李辉凡等译,河北教育出版社1998年版,第359~360页。
② [美]本尼迪克特·安德森:《想象的共同体——民族主义的起源与散布》,吴叡人译,上海人民出版社2003年版,第50、52~53页。

既追求现代而反传统,又要反对列强侵略而张扬民族性,主张保持传统因语言而形成的文化认同和民族认同。表现在语言上,就是主张语言普及而反对文言。沈凤楼的演说可说明这一点。沈凤楼指出:"识字不多而觊国家之富且强也,得乎? 国家富强之源,不在一二上流社会之人才,而在多数下流社会之识字。"①从这一点来讲,晚清以来渐次展开的语言变革运动,其目的在于普及教育、启蒙民众,更深层的考量在于救亡和强国,但其中又萌发了在中西对比下的,对于中国民族国家文化符号的构拟,这在一定程度上促进了民族意识的发展,也促进了现代化的发展。

这使得在救亡背景下的语言变革成了一个矛盾体。清末民初的语言文字变革,就是在救亡启蒙的主题催促下,在现代性焦虑的驱使下,知识阶层以泰西、日本为镜鉴,为了开发民智、启蒙强国而做的种种尝试。在突变式的语言变革中,语言文字被国族命运所绑架,而不得不背负起"愚民"与"启蒙"的双重对立的命运。清末民初语言之"愚民"与"启蒙"的双重对立命运,却产生了语言的阶级、优劣之分。我们知道,语言本无阶级、优劣之别,但文言作为特权语言而被改革,白话因世俗性而成为"启蒙"的首要选择。清末知识阶层的语言文字变革,并非基于语言自身特性来探讨言文一致问题,而是出于启蒙、愈愚、动员,这种带有强烈功利色彩的语言文字运动,在现代性焦虑的驱使下,不仅在本国语言中内在地设定了文言与白话的分殊与差别,更在列强坚船利炮的逼迫下,内在地区分出了中/西两个对立的想象主体,中西矛盾又幻化为传统与现代的矛盾。要实现现代化,就要学习西方,就要否弃传统的一切。西方语言的言文一致,也就成为西方现代的一个方面而被学习与借鉴,文言作为传统的载体而被无情地打入另册。要实现现代化,就要摒弃传统,就要先扬弃传统的载体——语言文字。于是,原本无阶级、优劣之分的语言文字,就因为这种畸形的中西优劣观而具有了阶级、优劣之分。更有甚者,在《新世纪》派那

① 沈凤楼:《江宁简字半日学堂师范班开学演说文》,载《清末文字改革文集》,文字改革出版社 1958 年版,第 53 页。

里,西方表音文字成为科学的代表,而象形文字的汉字却成了非科学的代表。可想而知,当科学成为评判一种语言优劣的标准时,何谓科学的事先界定就内在地决定了这种评判的结果。唯科学主义的错误在于,科学只是人类社会发展前进的一翼,而思想文化的评判是不能以是否符合科学而判定的。

第三节　启蒙:文学语言变革的工具选择

中国近代以来的历史,可以视为世界史的浓缩,伴随着国人对于世界的认知、认同与抗争,有殖民、救亡、启蒙、强国、复兴,是一个充满着矛盾与向往的现代追寻之路。不可否认,虽然如上所述,救亡成为其时不可回避的时代命题,但是,不得不说,从近现代至今,启蒙却是最重要的论说话语与社会思潮。从某种程度上讲,救亡实际上是针对一种逐渐认同的民族国家存亡的拯救,也就是说,救亡一方面要反帝,实现民主独立,但另一方面也是现代民族国家建立的过程,即实现国家富强。而其实现的路径,无疑就归结于启蒙。

"启蒙"是一个众说纷纭、难定一尊的词语。据《现代汉语词典》(第7版)的解释:"1.使初学的人得到基本的、入门的知识;2.普及新知识,使摆脱愚昧和迷信。"应该说,对于处于蒙昧的知识未开化状态的人予以启蒙教育,是传统社会乃至现今社会构建理想秩序的重要思想和践履路径。但是,这种理想的学术理路上的启蒙,放在鸦片战争以来处于内忧外患危机中的中国历史现实中,却面临着一种复杂的境遇。就其实质而言,近代以来的启蒙,是中国在被动现代化过程中,必须或不得不做出选择的"历史事件"。鸦片战争以来处于内忧外患之水深火热"特定时刻"的中国启蒙运动,它的繁杂面向与发生于欧洲的启蒙运动相比毫不逊色,甚至可以说有过之而无不及。

具体来看,晚清以来在救亡以应对危机之背景下,作为一个"历史事件"的启蒙所需要的构成因素日渐累积,从物质科技到政治体制再到知识形式,各种基于中西对比的在危机中探求新生的做法层出不穷、此起彼伏。由之,在一种对比的视野下,原有的对于"古"(传统)的崇尚,进而变为一种对于"今"(现代)的期待,因此,为了"今",必须采取一种对于"古"的批判立场,这种批判要求批判和改造国民性,开展一场旨在"新民""新文化"的思想启蒙运动。

近代以来的启蒙运动,其主客体皆不甚清晰,每一阶层、每一类型的人,在不同的历史发展阶段,都有处在被启蒙者的境遇。但就长时段来言,由于对于知识体系的掌握程度不一,处于上层者与处于底层者有着不同的境遇。从古代以来,对于知识掌握的多寡,决定着权力的分配。一般而言,知识精英在文字的认读、知识的掌握方面占优势。但是,这是对于封闭的中国历史而言。如果将之放置于中西比较的视野下,则近代以来开眼看世界的知识精英,其所面对西方知识时的震惊与艳羡,与中国历史上的知识阶层和未曾掌握知识体系的底层也大体无异,处于被启蒙的位置。

具体而言,晚清以来以启蒙为宗旨的语言运动有两次。第一次是晚清的"文字救国",表现为文字变革、白话文的提倡和白话报纸的创办。晚清的切音字运动是在进化论的思想启迪下出现的一套新的语言文字观,重在起到与拼音文字一样的语言一致的效果,以解除言文不一而致的国贫民愚、落后挨打的疲敝局面,但是却完全没有考虑到文体改变的问题。究其文字变革态度,主要有两种。一种是以西为是,改良汉字。最早代表人物如卢戆章,其创制切音新字的初衷是为了普及教育,以求得国之富强(卢戆章的切音新字创于1892年,中日甲午战争之前)。而且,书写形式也较为创新,一改传统竖写方式,字母横行拼写,两音以上之词都用连号。但是,由于其"泥今忘古,狃近昧远,遂生种种之缺点",所著《中国切音字》由于36个字母中17个浊音只取了3个而被判定为声母不完全,韵母也无入声,在写法上先写韵母而后写声母,"与古今中外通例相背驰"等三种谬误而"难用为定本,通行全省"。① 另一种是以中为是,以三十六字母为本音,"稍去除其微妙难辨者,以为标准声母若

---

① 参见黎锦熙:《国语运动史纲》,商务印书馆2011年版,第94~95页。

干字",按"四呼"①"四收"②法,参酌古今韵书,制定若干韵母。在声母韵母本土化的基础上,借鉴日本或泰西各国通例,取原字之偏旁造新字,或效仿泰西通例,直接借用罗马字。在新字创制后,"乃依《玉篇》《广韵》等书所注之反切,逐字配合,垂为定程,通行全国"③。此外,吴稚晖也创制了"豆芽字母",因资料不详,难以评说,但确说吴稚晖以其与不认字妻子通信。

不过,虽然切音字的创制者都以西方为参照,但并没有使用"进化"一词。如有学者指出的:"随着严复译《天演论》1898年的出版,进化论思想成为中国各项改革事业的指导思想。'到了1903年或1904年,进化论作为一种'现代化的信仰'已迅速变成精英文化的主流'。在这一思想指导下,中国的语言变革和文学改良从此找到了坚实的理论基础,即把'言文一致'、由文言到白话的发展过程看作是天演之规律,不可抗拒的宇宙法则。"④白话文的提倡也是为了试图"用白话来启蒙民众,尤其是社会中下层民众,具有明确的工具论性质"⑤。也正是在这种对白话的有意识的提倡下,兴起了"新文体"的"通俗文言文",黄遵宪引俗语入诗,提出:"我手写我口,古岂能拘牵?即今流俗语,我若登简编,五千年后人,惊为古烂斑!"梁启超提出"三界革命"的主张,倡导新语句、新意境、旧风格,也多用浅显流畅的语言来做时事评论,创制了为时人所喜爱钦仰的"新民体",并以小说为利器"新国新民"。关于梁启超,后文有专章论述,兹不赘述。此种语言启蒙运动,并没有动摇封建根基,也没有从根本

---

① "四呼"是指发准韵母的方法。《乐府传声》曰:"开齐撮合,谓之四呼。此读字之口法也。开口谓之开,其用力在喉。齐齿谓之齐,其用力在齿。撮口谓之撮,其用力在唇。合口谓之合,其用力在满口。"用现代汉语的说法:凡有汉语拼音字母 i 和其他声母、韵母结合的,叫作齐齿呼,如李、金。凡有汉语拼音字母 u 和其他声母、韵母结合的,叫作合口呼,如陆、尊。凡有汉语拼音字母 ü 和其他声母、韵母结合的,叫作撮口呼,如吕、军。凡是没有 i、u、ü,介于声母和韵母中间的,叫作开口呼,如马、车、镇。参见张迤逦编著:《国学知识一本通》,中国纺织出版社 2015 年版,第 280 页。

② "四收"谓喉音、鼻音 ng、舌齿音 n、唇音 m。

③ 参见黎锦熙:《国语运动史纲》,商务印书馆 2011 年版,第 95 页。

④ 张向东:《语言变革与现代文学的发生》,人民文学出版社 2010 年版,第 295 页。

⑤ 高玉:《中国现当代文学史》,浙江大学出版社 2017 年版,第 8 页。

上改变文言居于上白话行于下的局面。但是,文字作为语言的记载和文学的外在视觉形式,要改善语言,欲新文体,则必须首先解决文字问题。如果考虑本时期启蒙运动的根本宗旨所在,我们可以概括为"文字救国"。但是需要说明的是,本时期也有由文字变革而谈及文学进化的,如梁启超、刘师培等人。但从主要谈及文字进化到主要论及文学进化,还是在新文化运动时期。

第二次语言运动发生在五四时期,实是前一次语言运动的深化与发展,但又有本质的不同,此次已经不再局限于以白话为启蒙工具,而是重在以语言的变革本身作为一种诉求,进而寻求变革现代文体。虽然与文字救国的诉求有一定的相同之处,即都要求变革文字,但是,文学革命绝非止步于此,而是要改变文言的正宗地位,进而以白话文学的提倡为基础,建立符合现代国家特点的新的国民文学。其时,知识界掀起了反对旧文学、提倡新文学的运动。这里的旧文学,特指旧性质的文学,其用文言写成,内容陈腐,是封建思想的载体;而新文学则指与旧文学相对而论,其"新"在于文体用白话,内容新颖,是现代思想的载体,也是现代文学创制的一部分,是其时追求"国语的文学"的诉求和实践。如果说晚清白话的提倡重在启蒙民众之愚,"其目的不是推翻传统文化(尤其是儒家文化),而是利用白话来传播西方现代文化,提高国民素质"①,那么五四白话文运动则重在树人、立人。二者一为工具论,一为本体论,虽有前后相续之根脉,但却有实质的不同。与上述"文字救国"的旨归不同,本次语言运动认为白话是文言的进化,如胡适就提出"白话文并非文言之退化,乃是文言之进化"②,这一进化特征有迹可循,一是从单音进化到复音,二是从不自然文法变为自然的文法,三是文法趋简,四是白话丰富了文言之所无。由此种种特征的申论,进一步强调以白话文学为正宗,动摇了文言文的主导地位,而且在文体上也要与世界同轨共进,我们可以概括为"文学救国"。

---

① 高玉:《中国现当代文学史》,浙江大学出版社 2017 年版,第 8 页。
② 姜义华主编:《胡适学术文集·新文学运动》,中华书局 1993 年版,第 6~7 页。

　　清末以来的"文字救国",究其根本,是源于救亡的压力。在近代救亡语境中,知识阶层在中西对比中发现了"民力已苶,民智已卑,民德已薄"①,出现这种情况的原因,就在于知识的未普及与识字者甚少。严复在《原强》中根据达尔文进化论提出:"民民物物,各争有以自存。其始也,种与种争,及其成群成国,则群与群争,国与国争。而弱者当为强肉,愚者当为智役焉。"②这一论断的论述理路已经不言而喻。正如浦嘉珉在《中国与达尔文》一书中所指出的:"'弱者屈服于强者'——1895 年以后,斯宾塞的著名口号的日语汉译,'优胜劣汰'(the survival of the fittest)——无论这个口号在文言里多么古朴典雅,它在情感上仍然像阿礼国的措辞③那么简练直率,它强行闯入数以千计的文章之中,而且作为几乎所有行动路线的独特理解,支配着此时期的中国编辑思路。"④在严复看来,其时"将不素讲,士不素练,器不素储",而反观身在庙堂的士阶层,却对于国家时势危局毫不知情,所谓知己不知彼,这本身就是一场必败的对抗。这也是严复一直以文言来翻译国外译著的原因,当然严复并不是未能意识到启蒙底层的重要性,而是其中也有其不能为而不妄为的考量在。长期受文言传统熏陶的知识精英,在面对底层民众时,却找不到可以与之交流并传达知识、信息的语言形式。但是,其时中国所处的境状,使得知识分子认识到启蒙民众的重要性。如 1892 年卢戆章就提出:"国之富强,基于格致。格致之兴,基于男妇老幼,皆好学识理。"⑤其时知识阶层皆持同样的论

---

①　严复:《原强》,载王栻主编:《严复集》第 1 册,中华书局 1986 年版,第 20 页。

②　严复:《原强》,载王栻主编:《严复集》第 1 册,中华书局 1986 年版,第 5 页。

③　"阿礼国与达尔文同生于 1809 年,他在中国口岸经过 10 年虽令人恼怒但仍然激动人心的任职之后,于 1855 年在上海写道:'一条自然和道德的法则支配着各民族的活力、成长和衰落,如同作用于人的生命那么清晰……人类追求文明的努力','毫无例外——当那些即将受惠于文明的种族在智力和体力上都比那些正变得文明的民族更低劣和更衰落的时候——有且仅有一个结果:弱者屈服于强者'。"参见[美]浦嘉珉:《中国与达尔文》,钟永强译,江苏人民出版社 2008 年版,第 3 页。

④　[美]浦嘉珉:《中国与达尔文》,钟永强译,江苏人民出版社 2008 年版,第 4 页。

⑤　卢戆章:《中国第一快切音新字原序》,载卢戆章:《一目了然初阶》,文字改革出版社 1956 年版,第 3 页。

断,只是各自践行的路径不同罢了。

应该说,知识阶层在实践中意识到器物层面的变革只是"末务"而未能收到"治本"之效的问题,并且意识到救亡的主体并不在"一二明者"而应是全体的民众,于是,普及教育以达至富强的主张一时为知识阶层所信奉。

语言与社会救亡、启蒙的主题相缠结,这是由于对于语言的内涵与物质的理解各有不同。而不同阶段的认知,决定了其时对于语言变革的提倡力度与话语权归属。一般而言,对于语言的认知有二。

一是工具主义层面上的,即视语言为一种交际的工具,重在提高对于语言的使用能力;如对白话文的提倡就大多基于此。裘廷梁在用文言撰写的《论白话为维新之本》一文中指出,"文字者,天下人公用之留声器也。文字之始,白话而已矣",并提出了白话的八大好处,即省日力、除隔气、免枉读、保圣教、便幼学、炼心力、少弃才、便贫民。这八大好处中的省日力、便幼学、便贫民等,就是白话作为交际工具所应有的,也证实了"文言之光力,不如白话之普照"的优点,并得出结论:"文言兴而后实学废,白话行而后实学兴。实学不兴,是谓无民。"[①]也正因如此,要发动民众,就要使其能够识字,而后可以读书看报获取知识,因此,俗话、白话就成为其时的一种传媒工具。"以通俗之文,推行书报,凡民之稍识字者,皆可家置一编,以助觉民之用,此诚近今中国之急务也。"[②]1897 年 11 月,中国第一份白话报纸《演义白话报》在其《白话报小引》中指出:"中国人要想发愤立志,不吃外人亏,必须讲究外洋情形,天下大势;要想讲究外洋情形、天下大势,必须看报;要想看报,必须从白话起头,方才明明白白。"[③]《苏州白话报》在其创刊号 1901 年第 1 期《简明章程》中坦陈其"启蒙"之良苦用心:"本报为开通人家的智识起见,也教人容易易懂的意思。"

① 裘廷梁:《论白话为维新为本》,载郭绍虞主编、王文生副主编:《中国历代文论选》第 4 册,上海古籍出版社 2001 年版,第 172 页。
② 刘师培:《论文杂记·二》,《国粹学报》1905 年第 1 号。
③ 参见夏晓虹:《晚清社会与文化》,湖北教育出版社 2001 年版,第 115 页。

这也就与晚清以来严复、康有为、梁启超、黄遵宪等知识精英的"开通民智"殊途同归。

在五四白话文运动过程中,胡适起初也立足语言工具论来提倡白话文。在胡适看来,新文化运动之新性质,决定其一定要选用一种更为有效的语言工具。就中国的实际情况来看,新文化运动之"新",就在于反对以文言文为载体的"旧文化",新与旧水火不容,因此,必须用白话来与新思想相匹配,借助于文学改良或革命,先解放文字体裁,再以新文学来传达新的思想、新的精神。① 实际上,文言有两层含义,一是作为传统文学与思想的载体的文字符号,这是从工具层面来讲的。二是作为文体意义上的传统诗词歌赋等文体。与此相比对,白话也就有两层含义,一是工具层面上的记录符号,二是白话文体。但是,正如周作人所认识到的,古文(文言文)和白话文都是用汉字来表达的书面语,都是经过加工而成的文学语言,古文和白话文的区别主要在于文体,古文是主流文体的代表,诗词歌赋及史传、古代散文是其各种文体形式,白话则主要是小说、戏曲等。古文与白话文同为汉字所记载,因此,二者在文法上的区别不如文体的差别大。文法区别取决于文体形式。② 就五四新文化运动而言,其深层追求是一种现代文体的变革。

由之,我们也可以看到,胡适虽然用白话文创作了文学作品,如《尝试集》《终身大事》等,但是,由于在文体方面没有根本的创新,如《两只蝴蝶》的发表便饱受批评,细究起来,不过是用白话写成的旧体格律诗。对于这一点,我们在第九章第一节有专门的探讨,兹不赘述。同时,新文学的突破口在于鲁迅的小说《狂人日记》,而不是诗歌层面的创作。相较而言,清末的白话提倡甚至是"三界革命"的倡导,都是出于语言工具论,其对于文言的"俗"的一面的开发,或是对于汉字的变革以"通行于俗,适用于俗"的操作,也都符合其时知识精英的初衷。但是五四新文化运动则不同,它需要一种语言与文体的双层变

---

① 胡适:《〈尝试集〉自序》,载《胡适文存》第1卷,亚东图书馆1925年版。
② 周作人:《思想革命》,《每周评论》1919年第11期。

革,甚至于文体的变革更为重要,这就不是单单语言工具论就能解决的了。从这一点来讲,在新旧文化转型的五四,单一地讲求语言的工具论,并不能完成新文化运动所设定和背负的历史责任。所以说,清末的提倡者本着其立场有限度地在语言工具论层面利用白话,在一定程度上起到鼓动和启蒙的作用,便并未动摇文言文的根本。但是,五四的初衷已经不是单纯地利用白话作为工具,而是利用白话作为一种现代思想的载体,其对于现代白话文的提倡,与科学、民主的现代诉求结合在一起,对于现代白话文的提倡其根本在于建立现代民族国家和现代社会运行规则。

　　同样,我们可以看到,文言与白话的区分,仅仅只从时间维度来考量并不能分辨清楚。五四新文化运动的一大任务,是用白话文作"国语的文学",并认定文言是死语言,相对地,白话也就成了活语言。对于语言的死活,其判定不能以意识形态为标准,而应以其是否还在应用中为标准。胡适等认为文言为死的文学,就是一种二元论思想在作怪。既然要提倡活的白话文学,那么就必须设定其对立面,也就是文言为死的。实际上,在新文化运动期间,白话文仅限在文学创作,应用文则多用文言。二者还是一种并存并行的关系,只是使用的层面和范围不同而已,不存在死活的区分。比如,章太炎、王国维等用文言写作,是否可以算是"死"的,但其用文言所载的现代思想和现代文艺理论,却是五四所极力提倡的。用现代白话文宣传封建、腐朽思想的也不在少数,如果因是现代白话文而视其为"活",那么对其所记载的封建、腐朽思想该如何对待?再比如,单纯从时间上来判定文白的区别,也不够精密,从研究角度来谈,死语言也有其研究价值,它的"生"与"死"可以作为"活"语言的可资借鉴的对象。从本书的视角,笔者还是赞同文白互生互动的标准,特别是现代白话文学,应从文言中借鉴其雅、正的优点,而提升表达的蕴涵和深度。

　　二是意识形态层面上的,视语言为某一特定阶层的独有权利,语言的使用在于发挥其意识教化功用。文言文的使用就有意识形态的作用,正如厄尔斯特·盖尔纳在《民族与民族主义》一书中指出的,在人类历史发展的农业时期,识字和专门僧侣阶层的出现,是与国家本身的出现同等重要的发展变化。"读写,确立一种比较固定的和标准的书写文字,实际上意味着有可能把文化和认识到的东西储存和集中起来。"①而也正是这种对于文字或者说知识占有的多寡与否,成为一种权力的划分标准。具体到农业识字政体,厄尔斯特·盖尔纳分析说:"在特有的农业识字政体里……无论对于整个阶级还是其中各次生阶层来说,特别强调的是文化变异,而不是同类性。各个阶层的风格越不同,它们之间的摩擦和模棱两可的东西就越少。整个体制提倡的是水平的文化分化,在没有这种水平的文化分化的时候,这个体制便会发明它们,强化它们……其目的是强化这种区别,赋予其权威和永久性。"②也正因如此,厄尔斯特·盖尔纳强调指出:"根据文化进行水平划分的做法有利于特权群体和掌权者的利益,因此这样做不仅吸引人,而且也是可行的、容易操作的。由于农业识字社会的相对稳定,可以把人口明确地划分为不同的社会阶层或者等级,同时维持这样的划分,又不致造成无法容忍的摩擦。另一方面,这种做法使不平等具体化和绝对化。"③

语言具有一定的意识形态属性。具体而言,正是识字与否以及对文言的文的拥有权,区分出了阶级差别。有学者指出,"语言可以特别意识形态化,把人群分成三六九等,下层人民没文化便失去了对文言文的拥有权,可见文言文制定了等级。文言文的晦涩难懂表明了它不是人们共有的事物。思想的共通性必须要有共通的语言,这只有白话文做得到。同时白话文作为大众的语言它还是一种反抗的武器——对传统语言及其思想的反抗"④。可以说,文言

---

① 〔英〕厄尔斯特·盖尔纳:《民族与民族主义》,韩红译,中央编译出版社2002年版,第12页。

② 〔英〕厄尔斯特·盖尔纳:《民族与民族主义》,韩红译,中央编译出版社2002年版,第14~15页。

③ 〔英〕厄尔斯特·盖尔纳:《民族与民族主义》,韩红译,中央编译出版社2002年版,第15~16页。

④ 刘恪:《中国现代小说语言史1902—2012》,百花文艺出版社2013年版,第54页。

正统地位的确立,也同时确立了知识阶层与底层的区隔。英国学者彼得·伯克指出:"语言是帝国的伴随物。"①作为一种意识形态的反映,文言是传统社会的正统语言,清代作为封建社会的最后一个王朝,其消亡必伴随着其语言的衰亡。② 当然,此一说法只是一家之言。正如封建朝代的更迭伴随着血雨腥风和动荡不安,白话地位的确立伴随着与文言的自发或被动的矛盾冲突。但作为一种大众运动的近代思想革命,其要鼓荡革命,发动大众,也必将用大众化的白话,而不能选用仅为社会群体中少数人所使用并且还将维护其利益的文言来担当鼓吹与宣传的任务。正如上面提及的裴廷梁的《论白话为维新之本》用文言写就,而严复的翻译因其古雅佶屈聱牙而饱受诟病,其在一定程度上实都源于其所代表的阶层属性的意愿。

文言与白话实为一种意识形态的对立与分裂,会形成一种竞争,这一竞争也为近代以来白话文的提倡与白话正统地位的确立过程所证实。彼得·伯克指出:"如果在这种竞争中有胜利者的话,显然也一定会有失败者。如果说语言的'兴起'是一种有意义的表达方式,那么这种趋势的出现必然是以牺牲另一种语言为代价。"③在中国白话与文言的角逐过程中,因为源于救亡、启蒙的外在的主要矛盾的影响,处于上层、标榜正宗的文言只能一改过去只为少数人

①　[英]彼得·伯克:《语言文化史》,李霄翔等译,北京大学出版社 2007 年版,第 106 页。

②　持此论者的学者指出:秦汉唐宋明清经过了许多朝代的变更,为什么一直是文言文居于统治地位而没有消亡? 这是因为,整个封建社会体系及性质并没有改变,变更的仅仅是朝代,而清朝灭亡,代替它的是一种资本主义性质的思想,民主共和取代了封建专制。近代语言的变化发生在清代晚期便很好理解了。文言文作为封建体制的上层代表是一种典雅精致的语言现象,但它的精练晦涩不能为广大下层人民所普及使用,而新兴的社会下层人们作为国家的主体力量,显然要改革传统的文言。这个因素也决定了白话文是朴实的乡土语言,用白话文大众人群易于交流。此论有一定的道理,但是,文言与白话的更替,或是传统语言与现代语言的更替,从全世界范围来看,情况比较复杂,就连同是汉文化圈的日本、韩国,其汉字地位的变换也有政治的考量与经济因素的影响等不同进程。以明清小说为代表的白话文在下层民众中的普及与传播,与论者所持有一定相合,但是并没有导致所谓的帝国的更迭。近代以来的文言与白话的更替,更多的是一种知识精英的倡导与发动,虽然有考虑启蒙民众并为下层民众所用的目的在,但其中所暗含的种种冲突与悖谬,却不可简单地一而概之,需要全面分析。

③　[英]彼得·伯克:《语言文化史》,李霄翔等译,北京大学出版社 2007 年版,第 99 页。

所应用的典雅高贵的话语权地位,而不得不针对时势的变动而有所调整,这也就是清末以来知识精英提倡改进文言语体以使之适用于"俗"甚至不惜提倡白话文的用意所在。但是,不得不说,这种以牺牲语言本有特征而强行为之定性的做法,破坏了语言本身自有的进化。我们知道,文言一旦形成,便具有自身的稳定性,它不随时间、空间、地域的变化而变化,同时,它自身也具有相当严格的统一的词汇句法系统,这种跨越时空的超稳定性结构,决定了文言作为一种书面语,可以无视方言、俗语等种种差别,而保持自身的稳定性和纯洁度。当然,这种稳定性和纯洁度,也会随着社会的变化和语言系统内部特别是词汇系统的增益减损而略有不同,但总体特征不会有大的变动。正是因为文言具有这种超稳定性,张中行说:"所以历代大量能文的人愿意用它,不能不用它。这结果在初期,它就容易发荣滋长;形成之后,就势力越来越大,阵地越来越巩固。"[1]文言在发展过程中形成了较多的较巧妙的修辞手法,从这方面来讲,文言存有大量的财富。就文法修辞、表达的手法等,文言明显优于白话。因此,从白话发展而来的现代汉语,如果想要增加表达的张力和吸引力,就最好从文言里汲取养分。这一点,从鲁迅的创作、章太炎的白话演讲稿等可见一斑。当然,因为文言用字数量多,繁体字、异体字、通假字多,生僻字词多,单音节词多,词的用法灵活,常常一字多种语法用途,再者,字音变动快,上古、中古、近古音有巨大的区别,读音令人生疏者颇多,不经过专门的学习与训练,很容易望文生畏。这也决定了文言交流范围的狭窄化和使用群体的限制性,这种不能通告于大多数人的缺陷,是文言不可回避的责任,也是晚清以来文言屡次被责难、变革的原因之一。

社会的变革,使得白话在"正当性"上取得绝对地位,并在后来的发展过程中担当起通行于俗的"全社会"都适用的语言。虽然从社会现代性意义上,这有着不可磨灭的功绩与作用,但是,从语言文学甚至审美上来讲,对其就并

---

① 张中行:《文言和白话》,载《张中行作品集》第 1 卷,中国社会科学出版社 1995 年版,第 30 页。

非全然肯定,错误之处就是在此维度下全盘否定了文言。中国现代文学语言从形成之时起,就一直以胡适所讲的"文学的国语""国语的文学"作为宗旨,但实际上,从文明的角度讲,文言代表的是一种雅化的文明,相对而言,白话则代表一种俗化的文明①,它不可避免地带有野蛮、不加修饰等内在的残缺。这也就是白话自初发期提倡以来,经过国语运动、五四白话文运动,20 世纪 30 年代的"大众语运动",以及新中国成立以来语言建设与规范,虽然成就显著,但并不能取得如古代的诗经、史传、离骚、汉赋、唐诗、宋词、元曲、明清小说一样具有时代特征并可以加入经典行列的标志性书面语体与诗词歌赋等文体规范。文言与白话的区别,使得二者都独占特有的词汇和句法,正是这种独占性,区分出了文言与白话,这是理论意义上的。实际情况是,有许多的文言或白话作品,介于二者之间,非常难以区分,难以泾渭分明地区分开来。不过,作为同源异流的两种语体或是两种书面语形式,这种成熟的不分轩轾的状态却往往更符合汉语发展的规范化、精美性的路数,值得更进一步研究。② 语言变革虽经百年历程,但文学语言不同于日常语言的特性并未得到充分的重视,以通俗、实用、生活化为导向的语言变革与以表达个人情致为主的文学语言之间存在矛盾,一边倒的语言变革导致的文学语言贫瘠、粗糙、陋俗化的倾向,已为不少作家所认识,并思考突破之道。这将是一个已经开始、正在进行并且会被长期探讨的话题。

---

①　当然,这种俗是相对于经过几千年发展已经形成体制完整、文体完备、语言体制化的成熟的文言而论,并不是说白话就是一种粗野的语言。只是如孔子所说的"文"与"质"的比例不同而已。《论语·雍也》:"质胜文则野;文胜质则史。文质彬彬;然后君子。"作为中国语言的两极,文言与白话实为"同源异流",二者不可截然对立,而是要相辅相成,才可生发出中国语的魅力与特质。

②　现代汉语在表述过程中,如果运用典故、成语等修辞手段,会显得雅致。在正式文件或讲话中,这种现象也存在。但一味地掉书袋,就让人有"践文"的感觉。由此也可以说,文言与白话的结合,更需要一个适度的原则,不讲究不行,同样,过犹不及。

第四节　复兴:文学语言变革的根本动因

比勒(Karl Bühler)在《语言理论——语言的描写功能》一书中指出:"语言的标记与说话者密切相关,并直接表露其内心世界。"①上文提到,救亡是文学语言变革的显在动因,但这种基于现代性基础上的救亡是一个矛盾体。经历了鸦片战争之后的败而自省,从洋务运动开始,中国就开始在矛盾中追求现代性。一方面,对现代性充满渴望;另一方面,又质疑和排斥现代性。渴求现代性是因为在与西方坚船利炮的对抗下认识到了不足,在抵抗列强的一连串失败面前,中国知识分子开始寻求自强之路,综合而之,即师夷长技;同时,民众在对西方日常用品的体验中也看到了西方现代化产品的优长。但是,中国追求现代性的过程,同时又伴随着国族独立的抗争,要国族独立,就要反抗西方列强的压迫,建立民族国家。这就形成了一个悖论,悖论的结果就使得中国对现代性的追求一直在矛盾中行进。在这种欲拒还迎的矛盾心态中,对现代性的接受具有片面性和不彻底性,也就体现了对现代性的焦虑。焦虑,按《现代汉语词典》的解释为"焦急忧虑"。焦虑的产生总是与"紧张关头"相关联,也就是与超过自身应对能力范围的"危急关头"相联系,对于具体的境遇,只有身在其中者才能体会,而旁观者无法产生焦虑。而且,焦虑总是与恐惧相伴随,这种恐惧源于面对危机时的无力感,即无法解决(无力)或无法预测(未知),正是这种未知或无能为力,主体精神上受到打击,表现出痛苦、焦虑甚至难以自制。这种情况适用于鸦片战争特别是中日甲午战争以来的中国。败于英美法等国尚可谅,毕竟中国只在科技、物质甚至政治体制上有不如,但士人的信心尚未被打破,中日甲午战争败于蕞尔小国日本,这是一种全面的彻底的打击。

---

① 转引自方维规:《概念的历史力量——近代中国思想的概念史研究》,北京大学出版社2018年版,第1页。

在救亡启蒙的时代主题逼促下,国人对于现代化的渴望和极度焦虑情绪,引发了一种"宗教性的现代性"。① 对于现代的追求化为一种朝圣,而指向了一种道德理想主义的极致境界。清末民初的现代性焦虑,正是源于对失去国族的恐惧。正如鲁迅所言:"许多人所怕的,是'中国人'这名目要消失;我所怕的,是中国人要从'世界人'中挤出。"②就其时的情境,再加之进化论的影响,其时从进化论视角谈论中国不如何必将亡的判断论式比比皆是。正是在这种现代性的焦虑与唯恐"国将不国"的威胁下,在晚清以来的启蒙运动中,一方面表现出末世情结;另一方面,又在乌托邦的构想中,表达富强的帝国梦,而重返富强帝国的"强国梦",则成为现代性焦虑的根源。

作为有着五千年文明的大国,中国有着承传已久的天下情怀。"穷则独善其身,达则兼济天下"(《孟子·尽心上》),"以天下之目视,则无不见也;以天下之耳听,则无不闻也;以天下之心虑,则无不知也"(《管子·九守》),"溥天之下,莫非王土;率土之滨,莫非王臣"(《诗经·小雅·北山之什·北山》),"日月所照,风雨所至,莫不从服"(《史记·帝喾本纪》),这种宏阔的天下观,不仅指涉中国,还兼有寰宇。对于国家强盛的渴望,在清末饱受外侮的情况下,更为激烈,并在近代拟乌托邦小说中找到了这种希冀国家强盛的文学表达。耿传明的《决绝与眷恋:清末民初社会心态与文学转型》一书对此做过深刻的剖析。③ 在另一篇论文《清末民初"乌托邦"文学综论》中,耿传明按照内容与现实的距离远近,分为远景、中景和近景三种不同类型的乌托邦书写。远景式类型体现于哲学层面,如《大同书》(康有为)、《新年梦》(蔡元培)、《新石头记》(吴趼人);中景式类型体现于政治层面,如梁启超等的政治小说;近景

---

① 耿传明:《无政府主义与中国现代文学现代性的起源》,《华东师范大学学报》1999 年第2 期。

② 唐俟(鲁迅):《随感录(三十六)》,《新青年》第 5 卷第 5 号,1918 年 10 月。

③ 耿传明:《决绝与眷恋:清末民初社会心态与文学转型》,复旦大学出版社 2010 年版,第52~57 页。

式类型则是一种应激反应,出于本能。① 三种类型虽然各有不同的表达思路与实现路径,但共同的一点是,在中国面临亡国灭种、被"从'世界人'中挤出"的危机下,对于国家强盛之路的理想是其共同的思想旨归。有一个小细节可以窥出这种强国的内在诉求,即,在语言文字变革的提倡者眼中,语言文字与国族的振兴是联系在一起的,从对所创建语言文字的命名中,其强国之念可见一斑。最早的方案命名是"切音快字"(卢戆章)、"传音快字"(蔡锡勇)、"盛世无音"(沈学)、"闽腔快字"(力杰三)、"官司话合声字母"(王照)以及"拼音字谱"(香港人王炳耀),这些设计方案初衷也是为了强国,但大多局限于一隅,而作试验之用;后经梁启超、吴稚晖等的呼吁,设计方案开始放诸全国,"国语""国音""国文""国字"等的称呼开始大行,语言与国族的关联度更加紧密,设计者的宏大抱负也可见一斑。比如曾参加公车上书的陈虬则指出,作为曾经富强的国家,正是因为文字的守旧,不能与世界相沟通而逐渐走向贫弱,因此,只有造出新字,才是让国家富强的对症的良方,"当那富强药方的本草"②。而且,我们也可以看到,其时的各种拼音字母方案,都是经过严肃思考的,其创设过程本身就是在思考国家富强的一种实践操作。

具体而言,就方案的创制来讲,其最初都是为了国家富强的渴慕与期盼。而且,这种期盼在国家危难之际,则更具有紧迫感与冲击力。方案的制订者,都有一种对于拼音字母方案的绝对的崇信,那就是,西方借助拼音字母,文化优越于我们、国力强于我们,武力更不用说,这已经被几次战争所证实了。不过,我们看这种由比较得来的方案创制,他们都在论证中树立了一个假想敌,那就是中国汉字。作为被假定为落后的中国汉字,有着繁难而阻碍知识普及的原罪。因此,要想富强,必定改变中国既有的语言模式。但是,方案设计者毕竟生于中国,他们创制的目的也是为了国家富强,因此,我们说,他们的方案

---

① 耿传明:《清末民初"乌托邦"文学综论》,《中国社会科学》2008 年第 4 期。
② 陈虬:《新字瓯文学堂开学演说》,载《清末文字改革文集》,文字改革出版社 1958 年版,第 40~41 页。

设计并不会与中国旧有的传统相割裂,各种切音字的制定,都是作为汉字的辅助语而设计,作为与汉字并行的注音方案而存在。如王炳耀就曾指出,拼音字谱的制定,是为了在给汉字添加拼读方法,用这种拼音字来拼切各地的方言,可使操不同方言的人,都可以看书识字、告别蒙昧。他们的初衷与理想,就是让天下人都能读书识字,让愚昧的国民从蒙昧状态中走出来。梁启超有形象的比喻,汉字美而不适用,拼音文字虽然适用但却不美。① 由这种对汉字的看法我们可知,梁启超等知识阶层依然持一种精英主义的立场,因为在他们的心中,汉字是美的,这其实是他们对于既有汉字的认同。正是因为可以读书识字,他们占有着知识,享受着汉字给予他们的特权。也正是这种知识特权,让梁启超、劳乃宣等人都认可如下方案,即拼音字母或简字等方案,只能与汉字并行,却不能取代汉字。应该说,他们表现出了那个时代对于汉字以及传统文化的矛盾心态,同时,也对代表着先进的拼音文字有着暧昧的态度。

但是,不管拼音文字创制的文字如何,他们都流行于下层普通民众中,而未能成为"国"字头的方案。由于为时代所限,他们对于汉字只能采取"缝缝补补"的策略,而不可能彻底推翻。胡适就曾用"我们"与"你们"的区别②,来为清末的知识分子方案定性,他们依然深爱着赋予自己特权的文言,注定了清末民初汉字改革的不彻底性。这也是清末民初语言文字变革与五四时期白话文运动的根本的不同点。

这些不同的方案实际上都是针对汉语言文字之言文分离的弊端而提出的言文一致的改革目标。言文一致可以引发两个层面的问题:一是书写符号上的,要求口说的言与手写的字一致,即怎么说就怎么写,这一层面的问题就是实行拼音化的创制者所要解决的,他们侧重于普通百姓的识字考虑。如上所述,正如有学者指出的:"晚清有许多拼音字母的创制大都为拼写土音而

---

① 刘进才:《语言运动与中国现代文学》,中华书局2007年版,第42页。
② 胡适:《五十年来中国之文学》,载欧阳哲生编:《胡适文集》(3),北京大学出版社1998年版,第252页。

设……中国地域辽阔、方言复杂，何况汉语又有官话与方言之别，倘若各种方案都只是考虑到运用某一方音拼写，固然有利于普及某一区域民众的知识，但终因地域所限难以传播久远，也为与其他区域的交流带来不便，进而也似乎与整个富强自新的目标相左。因而仅仅言文一致的拼音改革还远远不够。"[1]于是便有了第二层面上的言文一致，即文体层面上的，要解决的是谁的言与谁的文的一致的问题，要达到书面文章与日常生活的口语的一致。

复兴才是文字变革的深层动因。如上所述，国人之渴望现代化，完全是出于一种应激的反应，因此，时间仓促、理论准备不足、学习借鉴对象考察不全面等原因，使得其时的救亡启蒙文案等出现了各种不同程度的激进或各执一端，不管途径如何，终极目标则是追求现代化，与那些现代国家一样，或更胜于它们。这种追求现代化的朝圣似的渴望，根本目的在于重返"天下之中"，实现中国现代化的跨越式发展之梦。如王韬就提出学习西方且有益于中国的三个方面。他指出："第一，应学西方军火武器，使军队能与其战斗。第二，应学西方轮船，因'轮船用于海，可备寇盗威戎'。最后，应在第一口岸城市都设同文馆，使才智之士能学习西方语言，充当翻译。提出这三项建议后，王韬立即补充说，采用某些西法之所以必要，仅仅是为了战胜西方，舍此并无任何其他方面的合理性。"[2]王韬此说颇具代表性，战胜侵略、重振国威的大国梦是晚清以来国人的夙愿，也是其时文学所反映的一大主题，由是便产生了类乌托邦小说。

近代西方的乌托邦的兴起，与其时西方所发生的工业革命、法国大革命以及声势浩大、影响深远的启蒙运动相关联。中国近代的乌托邦，除了与近代西方乌托邦共享共同的思想资源，还与其时中国的实际处境有很大的关系。因此，我们不能将其仅仅理解为在西方冲击下的应激反应的被动过程，也应看作

---

① 刘进才：《语言运动与中国现代文学》，中华书局 2007 年版，第 43 页。
② ［美］柯文：《在传统与现代性之间——王韬与晚清革命》，雷颐、罗检秋译，江苏人民出版社 1998 年版，第 29 页。

国人主动求变的创新行为,这一行为的初衷是复兴,"重返天下之中"。

梁启超用了将近五年的时间来构思《新中国未来记》。在梁启超的构想中,儒家的大同说则成为乌托邦小说立论的基本立场;君主立宪制是强国富民的正途;军事实力空前强大是基础。王韬的《海外美人》①,借助航海之举实现了征服全球的愿景。可见,正是其时中国的危机与自救,催生了大量乌托邦文学。一般而言,如有学者指出:"乌托邦主要涉及的是一个世界'应该如何'的问题,而这种应然的要求会与实现的现实产生尖锐的冲突,由此推动人们在一个虚拟的环境中以反现实的方式表达其世界'应该如何'的理想。这种实然与应然间的对照、对立,使人们对未来产生强烈的希望感,从而推动人们去追求更合理的生存状态。所以乌托邦的意义不在于其构想能否实现,而在于它对改变现实提供了一种强大动力。正如马克斯·韦伯所说:'人们必须一再为不可能的东西而奋斗,否则他就不可能达到可能的东西了。'"②以上所述的乌托邦主义的世界大同期待,在无政府主义者那里表现得较突出。世界大同观念是《新世纪》派无政府主义思想的重要方面,这种世界大同就是无政府主义,也就是去政府主义,表现为自由、平等、博爱、大同、公道、真理、改良、进化等。而这些所谓的自由、平等、博爱等观念的倡导,本身就超越了国界、阶级、人种等方面的差异,也就是说,这种乌托邦主义的大同期待,所需要的就是一种打破国界、种界的人类的一种道德理想主义的极致境界。如无政府主义者所说:"无政府则无国界;无国界则世界大同矣。人不役人而不役于人,人不倚人而不倚于人,人不害人而不害于人,所谓自由平等博爱是也。"③详言之,就是认为大同世界即将到来,国别族界都要取消,语言也要统一采用"万国新语"即人工发明的"世界语",等等。变革语言的要求不但是看得见的现实需

---

① 严格来讲,这算不上是乌托邦小说,但从小说中反映出的国家富强的愿景考虑,故放在此做一说明。

② 耿传明:《清末民初"乌托邦"文学综论》,《中国社会科学》2008年第4期。

③ 民:《续普及教育》,《新世纪》第17号,1907年10月12日。

要,也是虽看不见但却坚信必定会如此的未来需要。这在清末民初无政府主义者吴稚晖、蔡元培等人身上表现得比较突出。陈独秀、胡适等也受到一定影响。关于《新世纪》派无政府主义思想以及主张推用世界语的偏激,在后面我们还要专门论述,兹不赘述。

如果说文字救国是为了国家富强,但需要强调的是,这种对富强的追求重在"强"上,对于"富"的申论在近代乃至现代文本上并不多见。那么,我们上述的文学救国阶段,也有着同样的富强诉求。如作者阙名的《论中国文章首宜变革》一文,发表于 1902 年,该文认为中国的贫弱之疾根本在于"伪"病,只能"有待于大国手",从中国第一"伪"的文字下手,"余谓改革支那,先非改革其文章,与代风气相并行则不可也"。① 由于中国的现实处境,中国的知识阶层有着一种夏志清所说的"执迷":一是视中国为"病",需要挂急诊,这一认定简单地导致"现代性成了推翻偶像的代名词。直到今天,中国的语言空间中还存留着一个被低估的过去和一个被高估的当代观念的影响"。二是认为中国"因为政治理由和社会危机才向现代转向。现代对于文人来说其价值通常不在自身,而在于它服从于实践的需要。它似乎是治愈病夫中国的保证,那就意味着,首先并非是艺术冲动促使作家同过去作别,而是出于政治上的考量。文学因此主要被看作社会抗议的手段和实际变革的工具";"苦痛因此对于中国作家来说……是为了祖国的现状"。② 大多数作家表现出文学救国的愿望,也创作出一批作品。

鲁迅、周作人兄弟二人就因持着文学救国的愿望而"弃医从文"。正如鲁迅在《域外小说集序》中说:"我们在日本留学时候,有一种茫漠的希望:以为文艺是可以转移性情,改造社会的。因为这意见,便自然而然的想到介绍外国

---

① 《论中国文章首宜变革》,《近代史资料》1963 年第 2 期。

② 参见[德]顾彬:《二十世纪中国文学史》,范劲等译,华东师范大学出版社 2008 年版,第 8~9 页。

新文学这一件事。"①鲁迅的翻译、创作以及"须听将令",都与其"文艺是可以转移性情,改造社会的"的认识有关。鲁迅的翻译选择,看重的是反抗,因此他在翻译时多注重苏俄文学②,因为从中可以看到反抗的希望和勇气。周作人介绍《域外小说集》的选择标准和原则,指出:"所收各国作家偏而不全,但大抵是有一个趋向的,这便是后来所谓东欧的弱小民族。"并且进一步指出:"这里俄国算不得弱小,但是人民受着压迫,所以也就归在一起了。"③这种有选择的翻译,实出于一种复兴自强的愿望,它要昭示一种不改变现状的死局的悲惨境遇,进而激发出奋发抗争的努力与置之死地而后生的策略。这样的策略也在梁启超拟制的《旧中国未来记》中有同样的展示。与《新中国未来记》所展现的乐观、振奋的局面不同,《旧中国未来记》要突出不改变现有局面的悲惨境遇。梁启超指出:"此书体例亦与前同(按:指《新中国未来记》的构想)。惟叙述不变之中国,写其将来之惨状。"④

需要点明的是,在鲁迅看来,中国与俄罗斯同是昔日的帝国,只是现在没落了。苏联文学就是没落帝国的复兴表现,为中国改变落后面貌提供了可能性榜样,坚定了中国复兴往日强国的信心与决心。这种期望,在《祝中俄文字之交》一文中鲁迅做了详细的说明,正是苏联的胜利,让俄国文学成为中国的导师与朋友,中国也应该有信心强大起来⑤,只是与苏联相比,各自所思考的路径不同罢了。鲁迅欲"借用外国的药方,医治中国旧思想上的瘤疾",正是出于民族救亡的立场,更出于要恢复往日荣耀的潜隐理想,当然,在救亡启蒙的大形势下,复兴的意愿并没有彰显,而是暗流涌动,激荡着国人。

---

① 鲁迅:《域外小说集序》,载《鲁迅全集》第10卷,人民文学出版社2005年版,第176页。
② 鲁迅:《我怎么做起小说来》,载《鲁迅全集》第4卷,人民出版社2005年版,第525页。
③ 周作人:《知堂回想录》,(香港)三育图书文具公司1974年版,第232页。
④ 梁启超:《中国唯一之文学报新小说》,载黄霖编:《中国历代小说批评史料汇编校释》,百花洲文艺出版社2009年版,第770页。
⑤ 《鲁迅全集》第4卷,人民文学出版社2005年版,第472~475页。

第三章　梁启超与清末文学
语言的转型

　　一般论及白话文学运动，多是从五四谈起。正如王德威所做出的判断："没有晚清，何来五四"，晚清以梁启超为代表的先知先觉者发起的"三界"革命乃是五四白话文运动的先声。

　　文言与白话本是文体问题，但晚清文学语言的转型并不是语言、文学自身发展演变的结果，主要是源于"救国"的政治动因。旧文体已经无法满足社会政治改革的需要，政治改革者急切需要通过语言文字的变革达到开化民智的效果。有识之士发起文体改革的运动，通过语言的变革普及教育、开启民智以达"新民"目的，乃是建立现代民族国家总体方案的一部分，主要是下层社会教育普及的需要，有着明确的价值诉求。"识字不多而觊国家之富且强也，得乎？国家富强之源，不在一二上流社会之人才，而在多数下流社会之识字。"①清末文学语言的转型是社会政治改革直接推动下的文学语言变革，也有对日本明治维新成功经验的借鉴。我们在这里并非要从文学的角度谈晚清文学语言的变化，而是从语言的变化谈文学"革命"。

---

　　① 　沈凤楼：《江宁简字半日学堂师范班开学演说文》，载《清末文字改革文集》，文字改革出版社 1958 年版，第 53 页。

第一节　新语句·新意境·旧风格

19 世纪与 20 世纪之交,梁启超提出了"三界革命"的主张。1899 年 12 月梁启超赴美游历时所记日记,于 1900 年 2 月在《清议报》以《汗漫录》①之名发表,正式提出"诗界革命"的口号,并首次提出"文界革命"的口号。"小说界革命"则稍晚于"诗界革命"与"文界革命",于 1902 年在《论小说与群治之关系》中指出。

"革命"一词是梁启超受日译 Revolution 的启发引入中国的,而非中国传统文化中"汤武革命""殷革夏命"式的改朝换代之意。梁启超的最大功绩在于把"革命"一词从政治层面引入了文学领域。1902 年,在《释革》一文中,梁启超对"革命"做出解释,他指出:淘汰,就是变革,存在于一切事物的发展变化中,并不仅仅独用于政治。用日本人的翻译,宗教、道德、学术、文学、风俗、产业等方面的变革,都可用革命来命名。就算是今日中国接受新学的人,也经常说经学革命、史学革命、小说界革命、文字革命等。革命其实就是变革的意思,那些听闻革命二字就大惊失色的人,实在是不知革命的本义。梁启超反问道,政治革命令人惊骇,难道变革就不让人惊骇吗? 因此,对革命二字谈虎色变的人应该好好反思一下。② 上述种种"革命",蕴含着许多划时代的命题,乃是希冀通过国民改造以达国家强盛之目的而提出的,是建立现代民族国家这一整体工程的有机组成部分,目的在于通过新思想、新观念的输入,推动中国文学、文化的变革,使国人知识体系得以转变,以重建民族精神、促进社会政治改革。

晚清"三界革命"名声最大的要数"诗界革命"。这是晚清知识分子对当时诗坛师法宋代"江西诗派",讲究"无一字无来处"的拟古主义创作方法不

---

① 收入《饮冰室合集》时改名为《夏威夷游记》。
② 梁启超:《释革》,载《梁启超全集》第 3 卷,北京出版社 1999 年版,第 760 页。

满，认为这种形式主义的创作方法无法满足急剧变化的社会需要，主张言为心声、言文一致，为诗歌开辟新的发展道路所作的努力。说起"诗界革命"，人们首先想到的是黄遵宪，他在 1868 年所作的五首《杂感》中说："我手写我口，古岂能拘牵。即今流俗语，我若登简编，五千年后人，惊为古斓斑。"①这一追求诗歌形式解放的呼声对传统诗歌形成了冲击。梁启超也极力鼓吹黄遵宪的贡献。1896 年，在为沈学的《盛世元音》所作的《〈沈氏音书〉序》中，梁启超指出："吾乡黄君公度之言曰：'语言与文字离，则通文者少。语言与文字合，则通文者多'。"②言文一致成为开启民智的重要途径。事实上，梁启超才是"诗界革命"的中心人物。黄遵宪虽在《人境庐诗草·自序》中感慨说："今之世异于古，今之人亦何必与古同。……举今日之官书会典方言俗谚，以及古人未有之物，未辟之境，耳目所历，皆笔而书之。"③黄遵宪这一认识仍然是创作经验之谈，直到梁启超在《夏威夷游记》中，才对"诗界革命"进行了全面的总结。

诗文历来被视为文学之正宗，历代诗歌也多讲究用典，模仿古人，追求典雅。这就导致了古典诗歌往往是古奥难懂的，没有一定知识积累是读不懂的。当然，以白居易为代表的一些现实主义诗人也追求诗歌直接反映生活，致力于诗歌浅显生动，但总的来说，这类诗作数量较少，且不被重视，反而是"文必秦汉，诗必盛唐"的诗文创作法受到推崇。

1899 年 12 月 25 日，梁启超从日本横滨赴美游历时所记日记，1900 年 2 月 10 日以《汗漫录》(收入《饮冰室合集》时改名为《夏威夷游记》)之名发表在《清议报》第 35 册上，"诗界革命"正式被提出。梁启超对"鹦鹉名士"所作陈陈相因、无病呻吟的旧诗深恶痛绝，以哥伦布、玛赛郎(今译作麦哲伦)为喻，期待敢于探索、创造的新诗人的出现。在他看来，古典诗歌已经失去创新活力，"犹欧洲之地力已尽"，呼唤"诗界之哥伦布、玛赛郎"为中国诗界开疆辟

---

① 黄遵宪：《〈杂感〉(五首)》，载《黄遵宪集》上，天津人民出版社 2003 年版，第 90 页。
② 梁启超：《〈沈氏音书〉序》，载《梁启超全集》第 1 卷，北京出版社 1999 年版，第 90 页。
③ 黄遵宪：《人境庐诗草·自序》，载《黄遵宪集》上，天津人民出版社 2003 年版，第 79 页。

土,发现诗歌新大陆。① 梁启超认为,"诗界革命"在如下三个方面上下功夫,即意境要新(新意境)、语句要新(新语句),同时还要兼采古人之风格。梁启超将这三者称为"三长",强调诗界革命一定要这"三长"都"具备"。综观梁启超的创作实践,可以说,他个人的新文体写作很好地实践了这"三长"。在梁启超看来,此三大纲领为"诗界革命"之具体内容和创作要求,针对旧文体的传统诗歌,梁启超大声疾呼,发出"支那非有诗界革命,则诗运殆将绝"②的感慨,极力主张诗歌变革。

当然,对于中国的知识阶层来讲,兼采古人之风格入诗,是最容易达到的要求,甚至可以说,对受传统文化熏陶、熟知旧体诗写作的知识阶层来讲,不让他们采古人之风格入诗才是难题。从晚清提倡白话写作到新文化运动再到20世纪30年代,对于传统知识阶层而言,白话写作难于文言写作,因为他们所接受的正统的传统文化,主要从文言的阅读、吟诵和写作之中得到,其提笔撰述,也是文言,文言写作乃属顺势而为。后来在写作以及学术研究意义上的讨论中,将古代汉语中的文辞纳入白话文,以增加白话文的精致化与内涵,成为一种颇有见地而且行之有效的做法。至今,正式的行文或言论,还讲究文字的雅致,"言之无文,行而不远"犹有其原则性指导意义。

至于如何获得新语句、新意境,梁启超主张求于"外"。在《夏威夷游记》中,梁启超对于欧洲文学寄予了厚望,认为欧洲的文学语言,语句意境,繁富而玮异,如果能够学会欧洲的"意境语句",则可以涵括一切文学形式,凌驾于数千年的中国文学之上。③ 其实,梁启超对于求诸外的期望有点过高,后来的文学发展事实也证明了一味地学习欧洲的句式语段,也并非一蹴而就而臻于成功。其实,中国古典诗歌的意境、白话的语式,在语言渐变的情况下,都有借鉴的意义。为何独求之于"外"? 实则,当不同的文明类型相碰撞时,处于经济、

---

① 梁启超:《夏威夷游记》,载《梁启超全集》第4卷,北京出版社1999年版,第1219页。
② 梁启超:《夏威夷游记》,载《梁启超全集》第4卷,北京出版社1999年版,第1219页。
③ 梁启超:《夏威夷游记》,载《梁启超全集》第4卷,北京出版社1999年版,第1219页。

政治、科技等弱势地位者,则自视为文明或文化不及于"外"。正是这种不"及",使得急于变革者便视国势强者一切为"优",并且目之以"新"。当然,中国的被动拖入现代化进程并主动求变的境遇,要现代化,就必须融入现代因素,因此,文学语言的变革也就成为文体现代变革的必经之路、必然之途。取法欧洲,这也是梁启超为现代文学语言变革找到的一个捷径。

诗歌的变革与诗歌语言的创新有着分不开的关系。梁启超以历史的眼光来论证"诗界革命"求于"外"的必要性。不过,梁启超他们所汲取的不再是佛理、佛典,而是"欧洲之意境语句"。梁启超不是要对传统诗歌形式作出彻底改变,而是在旧形式中插入新语句、新事物、新理想,后他又在《饮冰室诗话》中进一步提炼为"以旧风格含新意境""熔铸新理想以入旧风格",可谓旧瓶装新酒。在梁启超看来,"古人之风格"也就是诗歌的形式具有相对的稳定性,否则"如移木星、金星之动物以实美洲,瑰伟则瑰伟矣,其如不类何!"这一观念与五四时期前期新月派倡导的格律诗的观念有相似性,"旧风格"不但在旧诗与新诗之间架起了一道桥梁,而且容易被人所接受。对于身处"过渡时代"的梁启超来说,他已经达到了那个时代之人所能达到的高度。在《夏威夷游记》中,梁启超还举例对"新诗"进行形象化说明。梁启超将诗界革命的三大主力黄遵宪、夏曾佑和谭嗣同所做的诗歌进行了对比。

梁启超指出,虽然夏、黄、谭三人的诗已具备新诗的雏形,但还达不到"三长"兼备。他品评黄遵宪的诗有"新意境""古风格",但"新语句尚少"。梁启超认为这是由于黄诗古风格与新语句的矛盾所致。其实,以新语句进入古风格,并且还能成为"诗",是非常不容易的。我们知道,中国古诗有着严格的规范,而且,由于汉字的表意特点,每一个汉字本身就自带一个意境,因此,传统诗歌的创作,其实更多的是选用与意境相称的汉字。这正是来自外的新语句虽能入诗,却会破坏诗的意境的原因之一。因为,用古风格作诗,其仍属于旧体诗的范畴,新语句、新意境是迥然有别于古诗语句与意境的,如果强行将之入诗、作诗,结果只会对古诗的文体、审美造成根本性的破坏。梁启超没有意识到这种蕴含着不协调、不安定因素的新语句、新意境对于古体诗的解构作用,而认为黄遵宪的诗歌中"新语句尚少",这本身就将诗人放在了尴尬的境地,新语句与古风格要达到怎样的一个平衡,才能既算是诗,又突出了新意境,这些都是需要从长计议的。与黄遵宪诗中尚少新语句不同,梁启超认为夏诗与谭诗有"新语句",但"生涩语、佛典语、欧洲语杂用",诗意不足,普通读者难以索解,这又与诗歌要表达诗人心声的期望不符。① 当然,梁启超也注意到了"新语句与古风格,常相背驰",这与"三长"兼备是有冲突的。但诗歌改革又是势在必行的,"非有诗歌革命,则诗运殆将绝"。梁启超在《新民丛报》第四号(1902 年 3 月)开始了"饮冰室诗话"栏目,从理论上对"诗界革命"进行了阐释,这一栏目持续到 1905 年。在《饮冰室诗话》中,梁启超已经意识到"新语句"与"旧风格"的矛盾,又提出新的诗歌改革主张,根据诗歌创作的实际,开始放弃"新语句",主张"以旧风格含新意境","虽间杂一二新名词,亦不为病"。

　　除了理论倡导,梁启超还在其主办的《清议报》《新民丛报》中发表新诗。《清议报》就辟有"诗界潮音集"栏目,发表了一百多位作者的八百多首新诗。1902 年 7 月开始,梁启超在《新民丛报》继续开设"诗界潮音集",发表了五百多位作者的五百多首新诗,这一栏目持续近三年,成为"新诗"的重要园地,体现了"诗界革命"的创作实绩。梁启超还以评价诗友诗歌作品的方式进一步阐发其主张,极大地推动了"诗界革命"的发展。在这些诗作与诗评中,不但大量的新词汇出现,而且维新派的政治理想也蕴含其中。

　　梁启超不但从外来文化中寻求诗歌创新资源,也从中国传统文化中找寻。在 1902 年创刊的以发表小说为主的《新小说》中,也开设有"杂歌谣"栏目,发表"新体诗"与"新粤讴"。尤其是"新粤讴"的开设,将方言、俚语入新诗。也就是说,梁启超提倡的"旧风格"不但是古典诗歌的形式,也包括古代歌谣,这

---

① 　梁启超:《夏威夷游记》,载《梁启超全集》第 4 卷,北京出版社 1999 年版,第 1219 页。

两种形式都在晚清诗歌创作中大量运用。在一些民谣歌体创作中，古代歌谣体焕发出"新意境"。

"诗界革命"虽然是由维新派发起的，致力于维新改良的仁人志士也是其中坚力量，正如梁启超在《饮冰室诗话》中所言"吾党近好言诗界革命"，其形成文学思潮也与维新派人士的互相唱和、支持有关。但实际上，"诗界革命"并没有特定的组织形式，而是社会的、政治的、文学的多种因素合力的结果。一方面，维新派人士不全支持这一说法，比如严复、陈三立的诗论与梁启超等相去甚远；另一方面，革命派的金天翮、丘逢甲等却以他们的诗歌理论与创作实践参与"诗界革命"。

就梁启超来说，他根据诗歌创作实际，在《饮冰室诗话》中也对《夏威夷游记》中提出的观点进行修正，比如认为"当时所谓新诗者，颇喜得扯新名词以自表异"，强调"新意境"而不是"新语句"，对此，他指出，旧体诗向新意境诗的发展过程，必定要对旧体诗进行变革，但这种变革，应该体现在精神上，而不是简单的形式变革。虽然现在有许多人自矜于诗界革命，但是，若纯然以为只要把新的名词放入诗中，那绝不是诗界革命，而是如变法维新一样，是在做改良的表面文章。因此，梁启超强调，能以旧风格含新意境，才算是诗的革命。即使真如此，虽然诗中使用少量的新语句，也不会为人所诟病。①这里所强调的"革其精神，非革其形式"，所提倡的"以旧风格含新意境"，是鉴于突破中国诗歌千年以来所形成的艺术规范是很难的，主张接受古典诗歌在押韵、对仗等方面的形式要求，而突出诗歌所体现的主要源自欧洲的民族国家、启蒙思想等价值观念，以达到诗歌启迪民众、新民的作用。说到底，诗歌革命虽然倡导以旧体诗涵括现代体验，也就是新意境，这在一定程度上限制了诗歌的形式的变革，此外，又因为古体诗的限制而难以完全表达新意境，处于两者之间，最终只能在五、七古风之内做着有限的探索。历史证明，诗界革命只能是起到旧体诗

---

① 梁启超：《饮冰室诗话》，载《梁启超全集》第18卷，北京出版社1999年版，第5327页。

到现代诗的过渡作用,如此而已,诗歌形式有所突破,要到五四白话诗歌运动创作的白话新诗才真正开始。

总之,梁启超等倡导并实践的"诗界革命",依然是功利主义的诗歌观念,其最终目的是为"新民"服务的,也的确起到了陶铸国民精神的作用。

第二节　"言文一致"观念的倡导

晚清"文界革命"也是梁启超在《夏威夷游记》一文中提出来的。戊戌变法失败后,康有为、梁启超被迫避走日本。身在日本的梁启超"广搜日本书而读之。若行山阴道上,应接不暇,脑质为之改易,思想言论与前者若出两人"①。他在中日、中西对比中,开始跳出了传统文化的囿限,对中国语言文字、文学的改革有了更深层的认识。在1899年12月由日本横滨至夏威夷的船上,梁启超读了日本三大新闻主笔之一德富苏峰的著作,感慨良多,遂提出"文界革命"的口号。梁启超说:"余既戒为诗,乃日以读书消遣。读德富苏峰所著《将来之日本》及《国民丛书》数种。德富氏为日本三大新闻主笔之一,其文雄放隽快,善以欧西文思入日本文,实为文界开一别生面者,余甚爱之。中国若有文界革命,当亦不可不起点于是也。苏峰在日本鼓吹平民主义甚有功,又不仅以文豪者。"②德富苏峰以"欧西文思"入的日本文,能用日文自如地传播西方文化精神,并"鼓吹平民主义",给梁启超带来"别开生面"的感受,对他产生了很大的影响,也成为他对中国散文改革构想的重要参照。以"欧西文思"入中国之"文",开展文界革命的构想,乃是输入西方文化以改造中国文化的需要,同时更利于"平民主义"。

"文界革命"再次出现是在1902年的《新民丛报》创刊号上。在《绍介新著·原富》中,梁启超先是盛赞严复的译作,同时又指出其文笔过于古雅,并

① 梁启超:《夏威夷游记》,载《梁启超全集》第4卷,北京出版社1999年版,第1217页。

② 梁启超:《夏威夷游记》,载《梁启超全集》第4卷,北京出版社1999年版,第1220页。

重提"文界革命"。梁启超说:"其文笔太务渊雅,刻意模仿先秦文体,非多读古书之人,一翻殆难索解。夫文界之宜革命久矣。欧美日本诸国文体之变化,常与其文明程度成比例,况此等学理邃赜之书,非以流畅锐达之笔行之,安得使学童受其益乎? 著译之业,将以播文明思想于国民也,非为藏山不朽之名誉也。文人积习,吾不能为贤者讳矣。"①当然,需要说明的是,严复对此批评并不认同。在严复的读者认定中,并不是所有的人都是《原富》的理想读者。严复指出:"精理微言,用汉以前字法句法,则为达易;用近世利俗文字,则求达难。"②正是因为这样的考量,严复说:"窃以谓文辞者,载理想之羽翼,而以达情感之音声也。是故理之精者不能载以粗犷之词,而情之正者不可达以鄙俗之气。"③梁启超认为严复的翻译不利于通行于俗,而严复则认为,他所翻译的西方著作"学理邃赜之书,并以饷学僮其受益也。吾译正以待多读中国古书之人"④。

梁启超批判了"刻意摹仿先秦文体"的"文人积习",认为这种文体不容易让普通读者理解,肯定了文章著作"以播文明思想于国民"之"觉世"目的,而"非为藏山不朽之名誉"的"传世"为目的,倡导"流畅锐达"的文风,再次呼吁"文界之宜革命久矣"。"文界革命"的主要对象乃是当时一统文坛的桐城派古文。梁启超认为作为思想表达工具的语言要"流畅锐达",才有利于思想的传播。严复则表示了反对,认为"若徒为近俗之辞,以取便市井乡僻之不学,此于文界,乃所谓凌迟,非革命也"⑤。作为晚清思想家、翻译家,严复的开明是毋庸置疑的,但是他却将桐城派散文奉为圭臬,不能不说他的这一观念不是与时俱进的。

梁启超曾多次论及不喜欢严复所推崇的桐城派古文。在《清代学术概

---

① 《绍介新著·原富》,《新民丛报》第1号,1902年。
② 〔英〕赫胥黎:《天演论》,严复译,商务印书馆1981年版,"译例言"。
③ 严复致梁启超的信。参见王栻编:《严复集》第3册,中华书局1986年版,第516页。
④ 严复致梁启超的信。参见王栻编:《严复集》第3册,中华书局1986年版,第516~517页。
⑤ 严复致梁启超的信。参见王栻编:《严复集》第3册,中华书局1986年版,第516页。

论》中,对桐城派古文进行批判的同时,还进一步倡导"新文体"。他指出:"启超夙不喜桐城派古文,幼年为文,学晚汉魏晋,颇尚矜炼,至是自解放,务为平易畅达,时杂以俚语韵语及外国语法,纵笔所至不检束,学者竞效之,号新文体。老辈则痛恨,诋为野狐。然其文条理明晰,笔锋常带情感,对于读者,别有一种魔力焉。"①梁启超的新文体迥异于晦涩难懂的桐城派古文,"平易畅达",兼借用"俚语韵语",同时,文句自我更新,使用外国语法。这也是他写作经验的总结。这一"笔锋常带情感"的新文体适合大众口味,"对于读者,别有一种魔力",更有利于传播新思想,也可见出他对这种"新文体"还是很满意的。梁启超"文界革命"实现的两大途径是以"欧西文思"人文与言文一致的新文体,这是从内容与形式两方面都提出了要求。

王国维指出:"言语者,思想之代表也,故新思想之输入,即新言语输入之意味也。"②中国和日本都曾长期处于言文分离的状态,随着西方列强的入侵,西方的现代思想也开始进入,但与传统文化却是格格不入的。近代中日都面临着文化、文学转型,向西方学习以达国家富强、民族振兴之目的是中日两国的共同追求。以福泽谕吉为代表的日本先觉者主张平易文风,二叶亭四迷的《浮云》等小说实践了言文一致,加上坪内逍遥等的提倡,共同促进了日本言文一致的成功。黄遵宪、梁启超、裘廷梁等人都是受日本的触动,从日本借鉴的理论资源。日本直接学习欧美,而中国又从日本借鉴,晚清文学语言的变革受日本的直接影响。戊戌变法失败后,在日本的康有为、梁启超等认识到开启民智的重要性,梁启超创办《清议报》《新民丛报》宣扬变法思想。"三界革命"就是在这样的背景下产生的。自1896年梁启超、汪康年等在上海创办《时务报》,就开始倡导文体革新,逐渐形成"报章体"这种新文体。梁启超在《清代学术概论》中所倡导的言文一致的"新文体"利于知识普及、开启民智。

①　梁启超:《清代学术概论》,载《梁启超全集》第10卷,北京出版社1999年版,第3100页。
②　王国维:《论新学语之输入》,载《王国维文集》第3卷,中国文史出版社1997年版,第41页。

早在 1887 年,黄遵宪《日本国志·学术志》中对日本语言文字的发展现状进行了系统阐述,对明治维新以来日文的片假名这一"言文一致"的文字在政治改革中发挥的作用给予了极大的肯定。黄遵宪指出:"泰西论者谓五部州中,以中国文字最古,学中国文字最难。亦谓语言、文字之不相合也。然中国文字自虫鱼云鸟,屡变其体,而后为隶书、为草书,余乌知夫他日者不又变一字体,为愈趋于简、愈趋于便者乎?"①前述"诗界革命"中提出的"我手写我口",黄遵宪也是针对语言、文字分离的状况而发出的。这里他再次以各国语言变革为先例,针对汉语书面语与口语分离这一弊端,进一步强调言文一致的重要性。随后,谭嗣同、裘廷梁、梁启超、严复、章太炎等都参与了这一讨论,其中裘廷梁的《白话为维新之本》详细阐述了文言文的弊端与白话文的优长,明确将白话文作为中国文字改革的方向。在各类文章中,梁启超主要采用白话的方式写作,但吊诡的是,裘廷梁的《论白话为维新之本》一文是用文言文写成的,严复、章太炎的文字也是古奥的。这可见出"过渡时代"语言文字改革的复杂性,就连提出"小说为文学最上乘"的梁启超,也不认为小说可以"藏之名山"。文言传统对他们的影响是根深蒂固的,他们用文言文来写作提倡白话文的文章,本身就是个矛盾体。言文一致的要求乃是出于保国保种的需要,是一种很功利化的主张。这与五四白话文运动有着本质的不同,五四时期文体的解放与思想的解放具有了同一性。

"言文一致"即书面语与口语一致。中国传统文化以"士农工商"将人归为四民,士乃四民之首,而书面语也就是文言文就是士大夫所使用的语言,使用文言甚至成为身份的象征,比如孔乙己就强调茴字的四种写法。长期以来,文与言是二分的,作为书写工具的文言文与作为口头表达的语言方式不一致,公文、诗歌、散文有着自身的语言规范,不能采用引车卖浆者的语言。只有登不得大雅之堂的小说,才会采用世俗化的白话文作为表达工具。为何时至晚

---

① 陈铮编:《黄遵宪全集》下册,中华书局 2005 年版,第 1420 页。

清才提出这一问题呢？晚清面临"三千年未有之大变局"，救国、新民成为晚清的时代主题。要完成这一社会使命，就得找寻一种便于传播新知识的载体，正是在这一时代背景下，长期以来言文分离的古汉语才成为语言交际的障碍。黄遵宪根据日本文字、文学改革的经验，开始注意到如下情况，他概括指出："盖语言与文字离，则通文者少；语言与文字合，则通文者多，其势然也。"①黄遵宪由于深切感受到中国文字难写、难读造成的交流障碍，才提出言文一致的主张："欲令天下之农工商妇女幼稚皆能通文字之用，其不得不于此求一简易之法哉！"②言文之间的藩篱影响了文化的普及与交流，阻碍了救亡图存思想的传播以及改革方案的实施，"我国言与文相离，故教育不能普及，而国不能强盛"③。自觉承担起救国图存使命的知识分子受西学东渐的影响以及日本文字改革的镜鉴作用，加之认识到开启民智的重要性，将语言的转型与国家兴亡相联系，语言文字变革关乎国家强弱，于是语言转型成为"救国"的重要途径。出于知识普及以及救国、启蒙的需要，更加注重的是语言的实用性，对文学语言其实是相对忽视的。

在《变法通义·论幼学》一文中，梁启超通过中西文字比较，分析文字"衍形"与"衍声"的差异，并由此对汉字弊端做出分析。梁启超指出："中国文字畸于形，宜于通人博士，笺注词章，文家言也；外国文字畸于声，宜于妇人孺子，日用饮食，质家言也。"④他还说："西人之文，以声为主。故字虽多而识字易，中国之文，以形为主，故字虽少而识字难。"⑤在《新民说·论进步》一文中，他

---

① 黄遵宪：《日本国志·学术志二》，载《中国近代文学大系·文学理论集一》上，上海书店出版社 1994 年版，第 56 页。
② 黄遵宪：《日本国志·学术志二》，载《中国近代文学大系·文学理论集一》上，上海书店出版社 1994 年版，第 56 页。
③ 朱文熊：《江苏新字母·自序》，载《清末文字改革文集》，文字改革出版社 1958 年版，第60 页。
④ 梁启超：《〈沈氏音书〉序》，载《梁启超全集》第 1 卷，北京出版社 1999 年版，第90 页。
⑤ 梁启超：《变法通义·论幼学》，载《梁启超全集》第 1 卷，北京出版社 1999 年版，第37 页。

还以进化论的观念分析"衍声"与"衍形"之别。梁启超指出:"文字为发明道器第一要件,其繁简难易,常与民族文明程度之高下为比例差。列国文字,皆起于衍形;及其进也,则变而衍声。夫人类之语言,递相差异,经千数百年后,而必大远于其朔者,势使然也。故衍声之国,言文常可以相合;衍形之国,言文必日以相离。"①梁启超进一步对言文分离的衍形文字之弊端进行了分析,指出:"言日增而文不增,或受其新者而不能解,或解矣而不能达,故虽有方新之机,亦不得不窒。"②他对那种"瘁毕生精力于说文尔雅之学,无余裕以从事于实用"③的做法不以为然,从实用性的角度对衍声的西方文字与明治维新以来采用片假名使得"言文一致"的日本文字进行了对比。梁启超指出:"泰西、日本妇孺可以操笔札,车夫可以读新闻,而吾中国或有就学十年,而冬烘之头脑如故也。"④正是因为这种情况的存在,梁启超进而主张中国文字改革,他指出:"我国民既不得不疲精力以学难学之文字,学成者固不及什一,即成矣,而犹于当世应用之新事物新学理,多所隔阂,此灵性之浚发所以不锐,而思想之传播所以独迟也。"⑤在梁启超看来,"文者,美观而不适用"的贵族化倾向不但影响了其作为传播工具的实用性,也使得文字发展落后于语言,并且学习起来会有难度。他指出,"颛门之士,或乃穷老尽气,不能通小学;而山海僻壤,百室之族,知书者往往而绝也"⑥。更为令人痛心和焦虑的,是"中国文字,能达于上不能逮于下"⑦。梁启超的文字观也随着他对这一问题探讨的深入有所变化。到了1907年,梁启超在《国文语原解》中,虽然还在讨论衍形文字与衍声文字的差异,但对两种文字的优劣做出了更为客观的评价,也谈到了衍形

---

① 梁启超:《新民说·论进步》,载《梁启超全集》第3卷,北京出版社1999年版,第684页。
② 梁启超:《新民说·论进步》,载《梁启超全集》第3卷,北京出版社1999年版,第684页。
③ 梁启超:《新民说·论进步》,载《梁启超全集》第3卷,北京出版社1999年版,第684页。
④ 梁启超:《新民说·论进步》,载《梁启超全集》第3卷,北京出版社1999年版,第684页。
⑤ 梁启超:《新民说·论进步》,载《梁启超全集》第3卷,北京出版社1999年版,第684页。
⑥ 梁启超:《〈沈氏音书〉序》,载《梁启超全集》第1卷,北京出版社1999年版,第90页。
⑦ 梁启超:《〈沈氏音书〉序》,载《梁启超全集》第1卷,北京出版社1999年版,第90页。

的优点与衍声的缺点,而不像之前那样一味地批判衍行文字。总之,"衍形"文字不随语言的变化而发生相应的变化,导致书面语与口语分离,其实用功能被大大削弱。梁启超认识到文字变革的重要性,但他也理解这一变革的艰巨性,他并不追求像日本片假名那样的改变,而是在目前的基础上引入西方以及日本的语法与词汇,加大白话、俚语的使用,尽量增强汉语的实用功能。

梁启超还对中国古今语言作了比较,他指出:"古人文字与语言合,今人文字与语言离,其利病既缕言之矣。今人出话,皆用今语。而笔下必效古言,故妇孺农氓,靡不以读书为难事。"①对于"俚语"作为书写工具的重要性,梁启超说:"今宜专用俚语,广著群书,上之可以借阐圣教,下之可以杂述史事,近之可以激发国耻,远之可以旁及夷情,乃至宦途丑态,试场恶趣,鸦片顽癖,缠足虐刑,皆可穷极异形,振厉末俗,其为补益,岂有量耶。"②同一年,他在《〈沈氏音书〉序》中指出:"国恶乎强?民智斯国强矣。民恶乎智?尽天下人而读书而识字斯民智矣。德、美二国,其民百人中识字者,殆九十六七人,欧西诸国称是。……中国以文明号于五洲,而百人中识字者,不及二十人,虽曰学校未昌,亦何遽悬绝如是乎?"③言文一致成为变法图强的重要内容。在给袁世凯上书时,梁启超提出,"夫我国不欲自强、不欲开民智则已,如欲开民智以自强,非使人人能读书,人人能识字,人人能阅报章,人人能解诏书示谕不可。虽然时至今日,谈何容易,非有言文合一,字母简便之法不可。"④在晚清的语境中,"言文一致"的要求已经超出语言学的范畴而上升到开启民智以救亡图存的层面。

---

① 梁启超:《变法通义·论幼学》,载《梁启超全集》第 1 卷,北京出版社 1999 年版,第 39 页。
② 梁启超:《变法通义·论幼学》,载《梁启超全集》第 1 卷,北京出版社 1999 年版,第 39 页。
③ 梁启超:《〈沈氏音书〉序》,载《梁启超全集》第 1 卷,北京出版社 1999 年版,第 90 页。
④ 《上直隶总督袁世凯书》,载《清末文字改革文集》,文字改革出版社 1958 年版,第 35 页。

正如列文森所做出的判断,中国近代"语言的变化"①一方面是外国文化知识的渗透带来的词汇对中国思想文化的冲击,另一方面更是在西方冲击下,晚清知识人的知识结构发生了变化。这两种变化带来了语言的变化,自然要折射在最能反映时代情绪的文学之上。作为"言文分离"向"言文一致"过渡的时代,晚清文学语言的变革并不是自然演进,其内在的推动力是社会的变动。这一文体的变革也不仅仅是出于启蒙与开化的需要,乃是建立现代民族国家的需要,是现代性焦虑的表征。

第三节　新文体的倡导与实践

梁启超是"文界革命"的倡导者,也是最有力的实践者。早在时务学堂时期,梁启超就有"学者以觉天下为任"的情怀,提倡"救一时、明一义"的平易通俗之文,这乃是为了取得更好的阅读效果。他在办《时务报》的时候,就自觉地创造出了适合登载在报刊上的"时务文体",一时洛阳纸贵。有学者指出:"当《时务报》盛行,启超名重一时,士大夫爱其语言笔札之妙,争礼下之。自通都大邑,下至僻壤穷陬,无不知有新会梁氏者。"②戊戌变法失败之后,避祸日本的梁启超更意识到"著译之业,将以播文明与国民也,非有藏山不朽之名誉也"。梁启超极力倡导"文界革命",实践"新文体"以之表达其维新主张。对于呆板僵化的八股文,梁启超坚决予以痛斥,认为八股文是"数千年民贼之所以驯伏吾民者"③,必须坚决抛弃,这也是他提倡并创作"新文体"的重要原因之一。在日本避难期间,梁启超排除万难,创办了《清议报》《新民丛报》《新

---

① ［美］列文森:《儒教中国及其现代命运》,郑大华、任菁译,中国社会科学出版社 2000 年版,第 141 页。

② 胡思敬:《党人列传》,载夏晓虹编:《追忆梁启超》,中国广播电视出版社 1997 年版,第 40 页。

③ 梁启超:《中国积弱溯源论》,载《梁启超全集》第 2 卷,北京出版社 1999 年版,第 421 页。

小说》等报章杂志,扩大了"新文体"的影响力,其中发表在《新民丛报》上的《新民说》一文影响最大。

新文体的主体是浅显文言,"杂以俚语、韵语及外国语法"①,同时吸收西方、日本的词汇,注重逻辑性,文气贯通、骈散结合、大气磅礴,颇具感染力。胡适把"新文体"的产生放置在晚清民族危机与维新变法救国的语境之中来分析其重要意义,他指出:"不避排偶,不避长比,不避佛书的名词,不避诗词的典故,不避日本输入的新名词。因此,他的文章最不合'古文义法',但他的应用的魔力也最大。"②胡适所言的魔力到底有多大,从严复的描述中或可见一端。严复指出:"任公文笔,原自畅遂,其甲午以后,于报章文字成绩最多。一纸风行海内,观听为之一耸。"③不只如此,严复认为,梁启超的新文体,具有巨大的鼓动作用。他颇为渲染地指出:"梁任公笔下大有魔力,而实有左右社会之能。故言破坏,则人人以破坏为天经;倡暗杀,则党党以暗杀为地义。"④这种"报章体"成为国人了解社会改革、政治改革必要性的主要途径。以他引进的"帝国主义"一词为例,据陈力卫考证,是《清议报》中使用频率最高的词,自1898年11月到1901年11月,使用高达128次,使用次数排第二的"国家主义"只有22次⑤。

当然,这一"新文体"也就是报章体的提倡,与近代报刊业的兴起有密不可分的关系,也是梁启超对现代媒体成功运作的结果。梁启超创办的《时务报》(1896~1898)、《清议报》(1898~1901)、《新民丛报》(1902~1907)、《新小说》(1902~1906)成为最重要的平台,也对其他报刊的创办具有示范性意义。

---

① 《十五小豪杰》第四回批语,《新民丛报》第6号,1902年。
② 胡适:《五十年来中国之文学》,载《胡适文集》(3),北京大学出版社1998年版,第220页。
③ 王栻主编:《严复集》第3册,中华书局1986年版,第648页。
④ 王栻主编:《严复集》第3册,中华书局1986年版,第645页。
⑤ 陈力卫:《近代各种"主义"的传播与〈清议报〉》,载孙江、陈力卫主编:《亚洲概念史研究》第2辑,生活·读书·新知三联书店2014年版,第276页。

《新民丛报》之"新民",取自《大学》,至于其目的,梁启超指出:"本报取《大学》新民之意,以为欲维新吾国,当先维新吾民。"①这也成为该报的办刊宗旨。梁启超提出"文界革命"并非凭空而来,一是他在维新变法前就已经形成"时务文体",避难日本时更是受日本文的启发,《清议报》初期的文章多模仿日本文体,他深切感受到旧文体与新内容的矛盾,从理论与实践两面极力倡导"文界革命"。梁启超于《清议报》时期发表的《瓜分危言》《破坏主义》《英雄与时势》等文章,其中的日式句子尽管有些拗口,但经由梁启超饱含感情之笔的渲染,"杂以俚语韵语及外国语法",突破了以桐城派古文为代表的散文规范,开一代文风。

梁启超倡导的"文界革命"借助报刊宣扬各种学说,使得学校、报章、演说成为"传播文明三利器②"。报刊在近代传播新思想,在中国文学现代化进程中发挥着重要作用,而报馆则成为具有相同志向者的集聚之地。法国学者托克维尔在论述结社与报刊的关系时说:"当人们之间不再有牢固持久的纽带时,就不可能让大量的人携手共同行动,除非可以从个人利益的角度说服每个需要参与其中的人,从而让他们自愿地与其他人联合起来共同努力。而利用报纸往往可以顺利地做到这一点。只有报纸能够同时将同样的思想灌输到无数人的脑海。"③不仅如此,托克维尔进一步指出:"报刊的作用不但在于为大多数人提出共同的计划,而且还在于为这一共同的计划提供了共同的执行办法。"④具体到晚清的报章,实为现代印刷技术之产物,因此,此时报刊的出现及发展,本身就是中国现代化进程一个不可或缺的部分。报刊的发行,让作者与读者之间的距离缩短甚至直接对话,现代思想的流布传播借助报刊这个平台,具有了一种直接干预现实的功能。报刊上讨论的话题相对集中,有针对

---

① 《本报告白》,《新民丛报》第 1 号,1902 年。
② 梁启超:《传播文明三利器》,载《梁启超全集》第 2 卷,北京出版社 1999 年版,第 359 页。
③ 〔法〕托克维尔:《论美国民主》,吴睿译,群言出版社 2015 年版,第 330 页。
④ 〔法〕托克维尔:《论美国民主》,吴睿译,群言出版社 2015 年版,第 330 页。

性,容易引起舆情,从而对社会时代产生重要的影响。从上述胡适、严复对于梁启超新文体"魔力"的描述可见一端。

正是因为报刊这一思想传播利器的作用,中国的文章写作传统得到了改观。正如陈平原指出的,20世纪的散文,首先发表于报刊,然后才以书的形式出版,这种有异于传统的出版方式,对于文章的体式和文章的风格,产生了重要的影响。①从"时务文体"过渡到"新民体",也可见出梁启超思想的变化。他在《时务报》时期已经以新语句、新思想入文,在《清议报》时期多效仿日文,到了《新民丛报》时期已经形成成熟的文体风格。《新民丛报》自创刊号即连载梁启超的《论新民为今日中国第一急务》等20多篇政论文组合而成的长篇政论文《新民说》,其所论及的国民、人民、政府、制度、自治、自由、世界、欧洲、民族主义、帝国主义、权利、公德、私德等新词汇、新思想的大量引入,是传统散文中没有的话题,不但改变了文章语言,而且表达了新思想,成为"新文体"之"新"的具体体现。正如黄遵宪指出的:"《清议报》胜《时务报》远矣,今之《新民丛报》又胜《清议报》百倍矣。惊心动魄,一字千金,人人笔下所无,却为人人意中所有,虽铁石人亦应感动。从古至今文字之力之大无过于此者矣。"②由之,梁启超的影响力也开始超过他的老师康有为,成为维新派第一主将。

梁启超的报章体文章在19世纪与20世纪之交影响巨大,除了"新民体"的形式,更是源于"新民"的内容。对此,他说:"自报章兴,吾国之文体为之一变,汪洋恣肆,畅所欲言,所谓宗法家法,无复问者。"③新文体输入的新名词、新概念,也丰富了汉语词汇,为中国文化带来了新的活力,因此,高语罕在参加陈独秀的葬礼时发表感言,指出:"谈到中国新文学运动,不应当忘却梁任公先生的开创之功,他在戊戌政变以后,便大胆地运用西洋文法定文章,极力输入日本和西洋的科学上和文化上的一切名词和术语,并把日文和西文的作风

---

① 陈平原:《中国散文小说史》,上海人民出版社2004年版,第193页。
② 黄遵宪:《致梁启超书》,载《黄遵宪集》下,天津人民出版社2003年版,第490页。
③ 梁启超:《中国各报存佚表》,《清议报》第100期,1901年。

移植到中国文学,这在中国新文学运动的初期,可以说是一种启蒙的作用。"①
我们会发现,梁启超以饱含感情之笔、平易畅达之文书写新民、救国之文,"必
择众人目光心力所最趋注者",这也是梁启超启蒙意识的体现。身处时代变
革时期的梁启超对社会政治变革以及公共事务发表意见,以热情、自信之文
"播文明思想于国民",给闭塞的中国读者带来希望。同时代的严复说,"任公
妙才,下笔不能自休。其笔端又有魔力足以动人…… 敢为非常可喜之论"。
后辈的胡适也颇为赞叹,说:"梁先生的文章,明白晓畅之中,带着浓厚的热
情,使读的人不能不跟着他走,不能不跟着他想。"②不仅如此,胡适还高度赞
扬了《新民说》当年对自己的影响,指出:"他在这十几篇文字里,抱着满腔的
血诚,怀着无限的信心,用他那支'笔锋常带情感'的健笔,指挥那无数的历史
例证,组织成那些能使人鼓舞使人掉泪使人感激奋发的文章。"③甚至可以说,
五四新文化运动的主将,没有不受梁启超文风及思想影响的。

　　"文界革命"是在晚清社会面临"三千年未有之大变局"之时,先进的知识
分子借助西方文化以及日本明治维新的经验对中国文学做出的自我更新,使
文学担当起新民、救国、再造文明的重任,部分地改变了晚清文坛的走向,打破
了桐城派古文一统文坛的局面。但梁启超"当革其精神,非革其形式"的观念
又有时代的局限性,未从源头上解决言文不一致的问题。"新文体"只是介于
文言与白话之间的过渡性文体,只能说为白话文取代文言文开辟了道路,真正
的白话文学的到来要到五四白话文运动。"新文体"从理论与实践两方面为
五四白话文的诞生奠定了基础。正如有学者说:"这种新文体,不避俗言俚
语,使古文白话化,使文言白话的距离比较接近,这正是白话文学运动的第一
步,也是文学革命的第一步。"④现代性文体开始得以确立。后来新文化运动

---

　　① 高语罕:《参与陈独秀先生葬仪感言》,《大公报》1942 年 6 月 4 日。
　　② 胡适:《四十自述》,载《胡适文集》(1),北京大学出版社 1998 年版,第 71 页。
　　③ 胡适:《四十自述》,载《胡适文集》(1),北京大学出版社 1998 年版,第 72 页。
　　④ 陈子展:《最近三十年中国文学史》,上海古籍出版社 2000 年版,第 207 页。

时期的"随感录"散文开展文明批评与社会批评,就是继承了新文体的特点,这一文体后经鲁迅等人的努力,形成了现代杂文文体。在这个意义上,"新文体"的理论与实践具有筚路蓝缕的意义。

第四节　进化的文学语言观

中国文学的现代化进程,伴随着进化论的影响而发展。王国维提出"凡一代有一代之文学",他进而论之说:"盖文体通行既久,染指遂多,自成陈套。豪杰之士亦难于中自成新意,故往往遁而作他体,以发表其思想感情。一切文体所以始盛终衰者皆由于此。"①也就是说,时代的发展要求文体也要与时俱进,当一种文体与时代发展不相适应时,它必须发生变化,此乃文体演变之规律,否则,该文体就会被时代所淘汰。从这个意义上说,"新文体"的产生也正是应时代发展的要求。

梁启超把进化论的观念贯穿在"三界革命"之中,使得中国文学开始具有现代雏形。梁启超说:"文学之进化有一大关键,即由古语之文学变为俗语之文学是也。各国文学史之开展,靡不循此轨道。……自宋以后,实为祖国文学之大进化。何以故?俗语文学大发达故。"②他指出,"古语之文学"变为"俗语之文学"是文学进化的关键一步,也符合文学发展的规律。梁启超接着又说:"苟欲思想之普及,则此体非徒小说家当采用而已,凡百文章,莫不有然。"③但理论倡导与实际创作还是有一定的差距,自幼习惯了文言文写作的梁启超那代人,实际上对于俗语的写作也颇为陌生。毕竟,正如梁启超指出的:"自语言、文字相去愈远,今欲为此,诚非易易。"④梁启超道出了那个时代

---

① 王国维:《人间词话》,滕咸惠校注本,齐鲁书社1986年版,第104页。
② 梁启超:《小说丛话》,《新小说》第7号,1903年。
③ 梁启超:《小说丛话》,《新小说》第7号,1903年。
④ 梁启超:《小说丛话》,《新小说》第7号,1903年。

人的写作困境,用不太熟悉的俗语写作,反而不如用平日所习用的文言那样得心应手,有时候不得不"参用文言"。在翻译法国小说家焦士·威尔奴的《十五小豪杰》时,梁启超夫子自道,指出,"本书原拟依《水浒》《红楼》等书体裁,纯用俗话,但翻译之时,甚为困难;参用文言,劳半功倍"①。这也是当时大多数读书人所遇到的尴尬。更何况,白话文还有官话与方言之分,如果全用方言写作,非此方言区的人也难以看明白。

早在1897年,梁启超在《变法通义·论幼学》中就以小说读者多于六经为例,从文学进化论的观念提出"专用俚语"的主张。他说:"古人文字与语言合,今人文字与语言离,其利病既娄言之矣。今人出话,皆用今语,而下笔必效古言,故妇孺农民,靡不以读书为难事,而《水浒》《三国》《红楼》之类,读者反多于六经。……今宜专用俚语,广著群书:上可以借阐圣教,下之可以杂述史事,近之可以激发国耻,远之可以旁及夷情,乃至宦途丑态,试场恶趣,鸦片顽癖,缠足虐刑,皆可穷极异形,振厉末俗,其为补益,岂有量耶!"②此时的梁启超已经意识到了大量使用俗语的小说受众之广。

在康梁变法中,文艺就占有重要地位。变法失败后,避难日本的梁启超在总结戊戌变法失败的教训时,发现日本政治小说"以稗官之异才,写政界之大势"③,在明治维新中起到了推波助澜的作用,于是,他也在《清议报》开设了"政治小说"栏,发表翻译的日本政治小说《雪中梅》《佳人奇遇》,还身体力行创作"政治小说"。个中原因,正如他自己指出的"欲借以吐露其所怀抱之政治思想也"④,看重的是政治启蒙与新知识、新思想的传播。小说的传播范围颇广,梁启超指出:"仅识字之人,有不读经,无有不读小说者。故六经不能

---

① 《十五小豪杰》第四回批语,《新民丛报》第6号,1902年。

② 梁启超:《变法通义·论幼学》,载《梁启超全集》第1卷,北京出版社1999年版,第39页。

③ 梁启超:《〈清议报〉一百册祝辞并论报馆之责任及本馆之经历》,载《梁启超全集》第2卷,北京出版社1999年版,第479页。

④ 《中国唯一之文学报〈新小说〉》,《新民丛报》第14号,1902年。

教,当以小说教之;正史不能入,当以小说入之;语录不能谕,当以小说谕之;律
例不能治,当以小说治之。……英名士某君曰:'小说为国民之魂',岂不然
哉! 岂不然哉!"①志在以"胸中所怀,政治之议论"影响读者,提高民众素质,
改造民众思想,使臣民一变而为具有现代民族国家思想的新民,这正是梁启超
所期望的。正如他所说:"盖今日提倡小说之目的,务以振国民精神,开国民
之智识,非前此海盗海淫诸作可比。……其自著本,处处皆有寄托,全为开导
中国文明进步起见。"②此时,文学成为政治启蒙的工具,文学审美一维被忽视
甚至被遮蔽了。

继《清议报》设置"政治小说"栏目,1902 年 11 月,梁启超又在日本横滨
创办了专门发表小说的杂志《新小说》,正式提出了"小说界革命"。1899 同
时提出"诗界革命""文界革命"的梁启超,认识到"日本之变法,赖俚歌与小说
之力"③,在可以被看作是《新小说》发刊词的《论小说与群治之关系》一文中,
指出中国传统小说是"中国群治腐败之总根源",提出"今日欲改良群治,必自
小说界革命始;欲新民,必自新小说始"。④ "小说界革命"的提出乃是中国现
代性以自身的文化背景所做出的应激反应。作为"小说界革命"的纲领性文
章,《论小说与群治之关系》一文从人性的视角发现,人人都爱读小说,因此,
梁启超从"人类之普通性"的角度提倡小说创作。他看重小说"入人""感人"
的实用价值以及熏、浸、刺、提的作用,提出"欲新一国之民,不可不先新一国
之小说",把小说的变革与国家兴亡相联系。"小说,小道也",原本登不得大
雅之堂,梁启超称"小说为文学之最上乘",极大地提升了小说的地位,当然对
小说创作的繁荣起到了重大作用。但梁启超首先是政治家而不是文学家,他

---

① 梁启超:《译印政治小说序》,载《梁启超全集》第 1 卷,北京出版社 1999 年版,第 172 页。
② 《〈新小说〉第一号》,载陈平原、夏晓虹编:《二十世纪中国小说理论资料》第 1 卷,北京
大学出版社 1997 年版,第 56~57 页。
③ 梁启超:《〈蒙学报〉〈演义报〉合叙》,载《梁启超全集》第 1 卷,北京出版社 1999 年版,第
131 页。
④ 梁启超:《论小说与群治之关系》,《新小说》第 1 号,1902 年。

提升小说地位只是手段不是目的,梁启超把小说的变革与新民、救亡相联系,注重的是小说的实用价值,即教化作用。他真正重视的乃是"群治"。"群"是西方概念的中国化,与民族主义、国家主义之义大体相当。"群"的观念把传统与君相对的"臣民"变为独立的"国民",这乃是对传统君臣思想质的飞跃。在19世纪与20世纪之交的中国,一批与传统士大夫迥异,开始掌握西方文化的现代知识分子出现。他们的出现,改变了传统文人的素质,使得中国文化发生了由传统向现代的转变。

晚清大量涌现的报纸杂志,尤其是专门发表小说的杂志,几乎无出《新小说》之右,都将创刊宗旨与"救国"相联系,有明显的政治意图,就连以"游戏"命名的《游戏报》也不例外。李伯元指出,"慨夫当今之世,国日贫矣,民日疲矣,世风日下……故不得不假游戏之说,以隐寓劝惩,亦觉世之一道也"①,借助"游戏"之名达"醒世"之实。这些报刊对国人的思维模式起到了无可取代的改塑作用,《新世界小说社报》的发刊词甚至指出:"小说势力之伟大,几几乎能造成世界矣。"②直到1915年,在《告小说家》一文中,梁启超还又重提"小说界革命"。③ 梁启超依然认为小说对于"移风易俗"而言,是最便捷的手段。

梁启超在论述"诗界革命""小说界革命"的过程中,都曾谈到戏曲问题,尤其是"小说界革命"直接就包含着"戏曲界革命"。小说、戏曲有很多相似性,浅显易懂,娱乐性更强,与小说同样具有易"入人""感人"的特点。严复、夏曾佑发表的《国闻报附印说部缘起》一文,也将戏曲纳入小说名下。

梁启超还身体力行进行戏曲改革理论与实践。在《中国唯一之文学报

---

① 李伯元:《论〈游戏报〉之本意》,载魏绍昌主编:《中国近代文学大系(1840—1919)·史料索引集》二,上海书店出版社1996年版,第180页。

② 《〈新世界小说社报〉发刊辞》,载陈平原、夏晓虹编:《二十世纪中国小说理论资料》第1卷,北京大学出版社1997年版,第202页。

③ 梁启超:《告小说家》,载《梁启超全集》第5卷,北京出版社1999年版,第2747页。

〈新小说〉》中有言:"欲继索士比亚、福录特尔之风,为中国剧坛起革命军"①,拉开了戏曲改革的序幕。1902~1905 年,梁启超在《新民丛报》《新小说》上发表《劫灰梦》《新罗马》《侠情记》等传奇杂剧,"以中国戏演外国事",让"捉紫髯碧眼儿被以优孟衣冠",用外来文化影响和改造本土文化。他还创作粤剧《班定远平西域》,演义中外兴亡故事,赋予戏曲以"醒世救国"主题。其戏文不被传统戏曲音律所拘束,淡化情节、注重议论,以达"振国民精神"之目的。梁启超大量运用粤方言写剧本,也是个值得关注的文体现象。

在晚清文学语言转型方面,翻译文学也起到了重要的推动作用。梁启超就主张"择当译之本"大量翻译,尤其是文学文本。庚子事变后,清廷实施新政改革以自救,对言论领域的管制也相对放松,加之各个政治派别都利用报刊、小说宣传政治理念,大量报刊涌现出来,汉语已经出现了很多新成分。翻译文学更是使得外国语言直接进入汉语体系,尤其是转自日本的句型、词汇的引入,对国人思维模式的转变起到重要作用。

在梁启超倡导的文体革命中,"小说界革命"的口号提得最晚,甚至梁启超本人肯定了小说"觉世"作用的同时,也不认为小说是可以"藏之名山"的"传世"之文。早在时务学堂时期,他对觉世与传世之文进行了区别,指出:"传世之文,或务渊懿古茂,或务沉博绝丽,或务瑰奇奥诡,无之不可,觉世之文,则辞达而已矣。当以条理细备,词笔锐达为上,不必求工也。"②由此可见,传世之文,在某种意义上对应着文言书面语,而觉世之文,则要求广泛的传播范围和浅显易懂的语言,这些,明显是传世之文所不能做到的。而对于提出小说界革命的梁启超来说,小说显然只能归入他所说的"觉世之文"。胡适也说过:"一面编报纸,写白话文,一面却用深奥古雅的文言进行著作,他们将白话作为一种应用的权宜之计,他们没有真正来提高白话的文学脚注。一边是有

---

① 梁启超:《中国唯一之文学报〈新小说〉》,《新民丛报》第 14 号,1902 年。

② 梁启超:《湖南时务学堂学约》,载《梁启超全集》第 1 卷,北京出版社 1999 年版,第 109 页。

艺术价值的文言文，一边是纯粹应用的白话文。"①但文学的发展却证明了梁启超"小说为文学最上乘"的判断。无论是创作层面还是接受层面，《新小说》杂志创刊之后，小说取代诗文成为 20 世纪最重要的文体。由"小道"走到了文学的中心。也正是过于强调小说的意识形态作用，小说虽然后来成为梁启超所谓的"小说为文学最上乘"，但是，小说本身的艺术性却被过多的意识形态所消弭遮挡。小说因为其意识形态性而上升为主流文学样式，对于小说艺术性与审美性来讲，意识形态性的彰显却成为小说作为文体来讲进一步发展的桎梏。

梁启超在"三界革命"提出的诗歌有"新意境"、散文用"新文体"、小说写"新小说"，此处强调的"新"字，不仅仅是一个时间比较上的新，而且还是一个空间概念上的新，此空间概念暗含着中国传统与西方及其现代文明的对比；而新文学之"新"，则暗含着西方文学所代表的现代文学范式与传统文学的对比，同时也指称文学表现内容与传统相比的新奇、新颖。此处这种颇有现代色彩的"新"，就与中国历史上唐代古文运动"非三代两汉之书不读"、明代前后七子所提倡的"文必秦汉，诗必盛唐"等以复古求革新有着明显的不同；晚清的文学改良不再向传统寻找资源，而主要向西方和日本学习，这种趋新或者今必胜古的文学进化观念一直影响至今。

综上所论，梁启超发起"三界革命"的渊源还是强国梦，是建立现代民族国家的渴望，但他又不认为白话文写作能"藏之名山"，体现出了晚清知识人的复杂心态。以梁启超为代表的晚清知识人倡导的"三界革命"，对中国文学的现代转型起到了催化剂的作用。他们引进新名词、现代西方的政治理念，为了便于议论、说理，外来词汇、语法的大量涌现，改变了传统雅驯的文言，尽量使用通俗易懂的俗语以达新民、救亡之目的。新名词的出现，对口语、俚语的

---

① 胡适：《五十年来中国之文学》，载《胡适文集》（3），北京大学出版社 1998 年版，第 252 页。

吸纳,使得语言通俗化,使得传统贵族化的文学走下神坛,成为向普通读者传播观念的场域,同时,也使得传统文学结构发生变化,传统的文学价值观也受到挑战。可以说,梁启超等所进行的"言文一致"文学形式与内容的探索,为五四白话文运动奠定了基础。但与五四白话文运动的性质又不同。周作人就对两者作过比较,他说:"晚清的白话文和现在的白话文不同,那不是白话文学,只是因为想要变法,要使得国民都认些字,看报纸,对国家政治都可明了一点,所以认为用白话文写文章可以得到较大的效力。……现在的白话文是'话怎么说便怎么写'。那时候却是由八股翻白话……"①周作人的观点虽然不尽准确,但也道出了晚清"言文一致"运动的二元性局限。晚清文学语言的变革主要是出于政治宣传、开通民智的需要,并没有改变文言为"雅"、白话为"俗"的观念,但这种半文半白的语言方式在冲破八股文的束缚和桐城派古文一统的地位方面,又具有进步意义。直到五四白话文运动时期,才彻底地触动了古汉语的根基,以白话文为基础,杂以古语、欧化句的现代汉语得以建立,也建立起现代思想文化,中国文学才完成了现代转型。没有晚清的"三界"革命作铺垫,五四白话文也不会取得决定性胜利。

晚清文学语言的变革虽然不是语言自发的,但是顺应时代发展的产物。正如萨丕尔-沃尔夫的假设——"语言铸造思维模式",文学语言的转型,势必也带来文学本身的变化以及民族思维言说方式的改变。晚清的文体改革并不是从语言问题本身发出的,而是在"救国"话语下,出于启迪民众的需要,乃是思想文化转型的有机组成部分,是典型的现代性事件。

---

① 周作人:《中国新文学的源流》,上海书店出版社 1988 年版,第 96~97 页。

第四章　胡适与五四白话文学运动

　　戊戌变法到五四新文化运动这二十多年，是中国文学语言发生根本变革的时期。索绪尔指出，"民族的状况中猝然发生的某种外部骚动，加速了语言的发展"①，究其根本还是社会的变革推动语言转型。五四白话文运动是在继承晚清以来"言文一致"成果的基础上发展起来的。晚清时期梁启超等提出"三界革命"，与民族危机有着密不可分的关系，尽管当时文学语言的变革已经势不可挡，但是尚未完成根本性转变。中国文学语言的现代转型到新文化运动时期才得以实现，白话不但取代文言成为书写工具，还上升到国语的地位，"言文一致"至此才算告成。这一转型看似是语言内部的嬗变，而实际却是思维方式的转变。作为传统文化载体的文言文在五四时期已不足以容纳现代新思想，"使用一种语言就意味着某种文化承诺，获得一种语言就意味着接受一套概念和价值"②。晚清到五四，白话文取代文言文是必然的趋势，具有历史合理性和时代的必然性。

---

① ［瑞士］索绪尔：《普通语言学教程》，高名凯译，商务印书馆 1999 年版，第 210 页。
② ［英］帕默尔：《语言学概论》，李荣译，商务印书馆 1983 年版，第 148 页。

第一节　白话为文学之正宗

中国文学语言的现代转型始于五四。五四文学革命的焦点问题就是文学语言的问题。在美国留学的胡适成为倡导文学革命的第一人,绝非偶然。

胡适原名胡洪骍,安徽绩溪人,1891 年生于上海。父亲胡传曾任台湾台东直隶州知州,后死于厦门。胡适的母亲非常注重对他的教育,这在胡适的《四十自述》中有详细的回忆。胡适 14 岁被二哥接到上海入新学堂,先后在梅溪学堂、澄衷学堂学习,后又入上海中国公学。在上海期间,胡适开始接触严复的译书,受《天演论》"物竞天择,适者生存"的影响,改名胡适,字适之。1910 年赴美留学,先是在康奈尔大学从事农学的学习,后转学哲学,1915 年 9 月入哥伦比亚大学师从实证主义(胡适译作"实验主义")哲学家杜威学哲学。1917 年 1 月在《新青年》发表《文学改良刍议》,暴得大名,当年以《中国古代哲学方法之进化史》取得博士学位后,7 月回国到北京大学哲学系任教授。

早在上海读中学的时候,他已经注意到白话文的优点并开始白话文写作。1906~1908 年,胡适主编白话报刊《竞业旬报》,并在上面发表白话小说《真如岛》,已经有了很好的白话文训练;在美留学期间,又受美国意象派诗歌运动以及西方文学发展史的影响。有了纵向与横向的双重比较,他对白话文的优点有了认识,在 1915 年就有"文学革命此其时矣"的提法。1916 年,胡适在一篇日记里写有:"吾以为文学在今日不当为少数文人之私产,而当以能普及最大多数之国人为一大能事。"①基于白话终将替代文言文的认识,胡适逐步提出了文学改良的方法,并身体力行进行白话文学创作。胡适倡导白话文运动,并不是凭空而来,是有思想基础与理论根据的。在《新青年》发表被称作是现代文学开始的标志的《文学改良刍议》之前,已经有了很长时间的酝酿过程,

---

① 《胡适留学日记》,安徽教育出版社 1999 年版,第 956 页。

这一点胡适在《逼上梁山》一文中有详细描述。

1915 年暑假,在美国东部留学的胡适、任鸿隽、陈衡哲、梅光迪等在绮色佳,讨论起了中国文字、文学问题。他们成立了"文学科学研究部"(Institute of Arte and Sciences),胡适与赵元任分别在成立大会上发了言。专注于语言学问题的赵元任发言题目是《吾国文字能否采用字母制及其进行方法》,主要论证了汉语罗马字化的可能性。胡适的发言与他一直关注的白话文有关,题目是《如何可使吾国文言易于教授》。胡适认为经过清末文字救国的提倡,白话已经得到了一定程度的认可,现在应该从文字问题转换到文学问题。但是,他的这一白话文学的想法,却遭到了守旧者的反驳,但正是在辩论的过程中,胡适更加坚定了对于白话文学的看法,文学革命的口号也由兹提出。[1] 他称白话是"活文字",古文为"半死的文字",主张用白话文代替文言文。这一观点遭到梅光迪的极力反对。1915 年 9 月,在《送梅觐庄往哈佛大学》一诗中,胡适说:"梅君毋自鄙。神州文学久枯馁,百年未有健者起。新潮之来不可止,文学革命其时矣! 吾辈势不容坐视。且复号召二三子,鞭笞驱除一车鬼,再拜迎入新世纪! 以此报国未云菲:缩地戡天差可拟。梅君梅君毋自鄙。"[2]这应该是胡适首次提出"文学革命"的口号。

当然,当时的胡适的确没有预计到仅仅两年之后,国内真正掀起了一场声势浩大的"文学革命",并由此改变了中国文学发展的走向。1916 年 8 月,胡适在写给朱经农的信中,首次提出"八事"的说法。胡适说:"新文学之要点,约有八事:(一)不用典。(二)不用陈套语。(三)不讲对仗。(四)不避俗字俗语(不嫌以白话作诗词)。(五)须讲求文法(以上为形式的方面)。(六)不作无病之呻吟。(七)不攀仿古人。(八)须言之有物(以上为精神

① 胡适:《逼上梁山》,载欧阳哲生编:《胡适文集》(1),北京大学出版社 1998 年版,第143 页。

② 胡适:《逼上梁山》,载欧阳哲生编:《胡适文集》(1),北京大学出版社 1998 年版,第143~144 页。

'内容'的方面)。"①1916 年 10 月,胡适又将这一思考写信给陈独秀。在这里还是使用"文学革命"的说法,并对他自己的作诗方法做了进一步的论证。如针对"不讲对仗",具体指出了"文当废骈,诗当废律";针对"不摹仿古人",具体强调了"话语中须有个我在";并将"八事"中的一至五的"以上为形式的方面"改换了说法为"此皆形式上之革命也",将六至八的"以上为精神'内容'的方面"改成了"此皆精神之革命也"。② 这里,革命一词被胡适用于文学变革中,虽然明确用到"革命",但实际上,他还是有着一开始的学术讨论的初衷。

胡适在这里针对旧文学"有形式而无精神",正式提出了"文学革命",这一"革命"既是"形式上之革命",也是"精神上之革命"。但在《新青年》上正式发表之时,胡适却舍弃"文学革命"而改称"文学改良",反而是随后陈独秀发表的《文学革命论》③,才使得最先由胡适提出的这一问题更加显豁。

胡适正式提出白话文要取代文言文成为"文学之正宗",正面肯定白话文学的地位。他说,"白话文学之为中国文学之正宗,又为将来文学必用之利器,可断言也"④,拉开"文学革命"的序幕。胡适通过思考,对文学改良的相关举措进行了总结,即"八事"。⑤ 在《文学改良刍议》一文中,胡适不但将之前"文学革命"的提法改为了更为温和的"文学改良",而且所提"八事"的顺序也发生了变化。给朱经农与陈独秀的信中,分别放在第八条、第七条的"须言之有物""不摹仿古人",被放到了第一、第二条,并且着重作了阐述。胡适

---

① 胡适:《逼上梁山》,载欧阳哲生编:《胡适文集》(1),北京大学出版社 1998 年版,第 160~161 页。

② 胡适:《寄陈独秀》,载欧阳哲生编:《胡适文集》(2),北京大学出版社 1998 年版,第 4~5 页。

③ 陈独秀:《文学革命论》,《新青年》第 2 卷第 6 号,1917 年 2 月。

④ 胡适:《文学改良刍议》,《新青年》第 2 卷第 5 号,1917 年 1 月。

⑤ 胡适:《文学改良刍议》,《新青年》第 2 卷第 5 号,1917 年 1 月。

指出:"近世文人沾沾于声调字句之间,既无高远之思想,又无真挚之情感,文学之衰微,此其大因矣。此文胜之害,所谓言之无物者是也。欲救此弊,宜以质救之。质者何? 情与思二者而已。"①这一顺序的变化显然是他有意识的改动。至于为何避开"革命"选择"刍议",胡适后来做了解释:"谓之'刍议',犹云未定草也。伏惟国人同志有以匡纠是正之。"②在《答汪懋祖》的信中,胡适说得更明白。他说,当他在美国时,曾与陈独秀信件探讨文学改良的问题,陈独秀认为文学革命是天经地义的事,因此,不容任何人对之有异议。胡适对于陈独秀的说法其实并不赞同,认为不容任何人对之提出异议、进行探讨,是有点偏执的做法。道理越辩越明,胡适主张应该允许讨论,允许持不同意见的人存在。退一步讲,如果真的像陈独秀所说的是天经地义的事,那么文学变革就不需要提倡了。正因为每个人对文学革命的认识有先后、态度有正反两面,因此,胡适说:"所以本报将来的政策,主张尽管趋于极端,议论定须平心静气。一切有理由的反对,本报一定欢迎,决不致'不容人以讨论。'"③谈到这里,我们也清楚了,在胡适眼中,文学的讨论是一个改良的问题,所谓改良,据《现代汉语词典》,是"去掉事物的个别缺点,使更适合要求",也有"改善"义。而改良主义则"反对从根本上推翻不合理的社会制度,主张在原有社会制度基础上加以改善的思想"。由此可见,改良,是在保留旧有的前提下,使之更好。胡适在具体的行文中采用商量式的学术探讨的口吻,因此,他在定名时曰"改良"、曰"刍议"。也正因本着学术探讨的出发点,所以胡适才会认真详细地探讨文学自身发展演变之规律,意图从中发现改良的可行性论据。而且,胡适 1916 年受陈独秀之请撰写文学改良的宣言时,还曾就该问题与美国友人反复讨论。应该说,胡适完全是以学者的身份,以一种治学的态度对待文学改良

---

① 胡适:《文学改良刍议》,《新青年》第 2 卷第 5 号,1917 年 1 月。
② 胡适:《文学改良刍议》,《新青年》第 2 卷第 5 号,1917 年 1 月。
③ 胡适:《答汪懋祖》,载蔡尚思主编:《中国现代思想史资料简编》第 1 卷,浙江人民出版社 1982 年版,第 273~274 页。

问题,尝试性地提出文学"八事"。从这些细节我们看出,胡适一直在将之作为学术问题来对待,因此才同朋友讨论,才会在措辞上一再斟酌。而陈独秀等提的"革命"则不然。何谓革命,用列宁的观点:"从马克思主义观点来看,革命究竟是什么意思呢? 这就是用暴力打破陈旧的政治上层建筑,即打碎那种由于同新的生产关系发生矛盾而到一定的时候就要瓦解的上层建筑。"①由此可见,革命就必须彻底推翻,正如有学者指出的:"陈独秀则是从社会发展规律上论证文学革命的必要性。……胡适一副学者的神态和气质,与陈独秀无所顾忌、我行我素的精神形成了鲜明对比。"②但不管是改良还是革命,胡适对于陈独秀的狂风骤雨的革命论调还是持支持态度,他后来回忆说,如果文学革命没有陈独秀的一意独断、不容商榷的决绝,其影响力就不会如此大,而且还会经过至少十年的讨论和尝试。

　　1918 年,在《新青年》第 4 卷 4 号刊载的《建设的文学革命论》中,胡适才重新举起了"文学革命"的大旗。胡适认为,提倡文学革命就一定要从破坏一方面下手,但是,旧派文学却没有被破坏的价值,因为与新文学相比,它们本身就会自然消灭③。胡适的这种提法是比较乐观的,也是他允许学术讨论的一个真实写照,但是,我们也看到,胡适提到,当时还没有一种有生气、有价值的真正的"活"文学存在——在胡适看来,"假文学""死文学"会在这种真正的文学出现时,自动灭亡。因此,当务之急就是,"我们提倡文学革命的人,对于那些腐败文学,个个都该存一个'彼可取而代也'的心理,个个都该从建议一方面用力,要在三五十年内替中国创造出一派新中国的活文学"④。胡适这里虽然借用了"革命"的提法,但他并没有破坏的理念,而只是从之前的改良、改善,变为现在的"建设",建设好一个新的,则旧的位置就会自然被取代。实际

---

① 《列宁选集》第 1 卷,人民出版社 1995 年版,第 631 页。
② 张宝明:《启蒙与革命——五四"激进派"的两难》,江西教育出版社 2009 年版,第 27 页。
③ 胡适:《建设的文学革命论》,《新青年》第 4 卷第 4 号,1918 年 4 月。
④ 胡适:《建设的文学革命论》,《新青年》第 4 卷第 4 号,1918 年 4 月。

上,胡适还是秉持了之前的《文学改良刍议》的观点,只是在态度上稍为坚决,不再只是从前的一味商榷的温和罢了。

《文学改良刍议》立足于文学改革,用白话文创作新的文学。表面上看,此文的态度很是温和,对文学改良的要求并不是很高,与晚清梁启超等的观点相比,好像并没有多少推进。但是,如若将"八事"作细致的考量,就会发现,其与晚清白话文运动有着本质的不同。晚清提倡白话文运动,并非是以白话为正宗,用白话文取代文言文,只是将白话文看作是开启民智的工具,依然将文言文看作"雅",将白话文认作"俗"。胡适则不然,主张用白话文取代文言文,"以今世历史进化的眼光观之,则白话文学之为中国文学之正宗,又为将来文学必用之利器,可断言也",正式提出"白话为文学之正宗"。与梁启超等将文言与白话作了雅俗之分不同,胡适则认为文言与白话同为文学表达的工具,而白话取代文言的"正宗"地位是必然的趋势。不可否认,梁启超等倡导"三界革命",客观地提升了白话的地位,而胡适、陈独秀等倡导的白话文运动,直接促进了中国文学的现代转型。

如果说"务去烂调套语""不用典""不讲对仗""不避俗话俗字""须讲求文法"主要针对的是文学形式,那么"须言之有物""不摹仿古人""不作无病之呻吟"等是要求文学内容要反映现实生活,其中以"言之有物"作为统领,这里的"物",指的是文学要有情感、有思想,"文学无此二物,便如无灵魂无脑筋之美人,虽有浓丽富厚之外观,抑亦末矣"。因此,胡适建议,应该摒弃"文以载道"的传统,因为"文以载道则失情感""文以载道则累思想",提出文学应该研究人、表现人生的新文学观,从而使中国文学具有了现代性意涵。

胡适批判模仿古人、无病呻吟、只讲对仗排比的滥调套语的形式主义旧文学,认为讲究用典、对仗,用陈言套语填词作赋是"死文学"。钱玄同就指出:

"胡君不用典之论最精,实足祛千年来腐臭文学之积弊。"①与此相应,胡适发表了对好文学的见解。他的论证逻辑是好文学=文学+好。那么,胡适所认为的文学是什么呢？ 他说,"语言文字都是人类表情达意的工具;达意达的好;表情表的妙,便是文学"。胡适认为,文学是区别于口语的书面语,是口语书面语经过加工后的产物,而且,这加工是使语言文字在达意与表情方面都向着"好"的方向。那么,何谓"好"？ 胡适指出:"第一要明白清楚,第二要有力动人,第三要美。"②要达到这一标准,还"须讲求文法"。胡适强调说,"凡是一种语言,总有他的文法"③,即只有遵循语言本身的规律,才能更加准确地表现内容。讲究对仗的"骈文律诗"言之无物,是"文胜质"的产物,胡适正面提出"不避俗语俗字"的白话文学主张。

综上,《文学改良刍议》涉及文学内容、形式、语言等基本问题,因此,"文学革命"的首倡之功非胡适莫属。随后陈独秀、钱玄同等新文学主将展开的有关文学革命的讨论,基本还是围绕着胡适所提出的"八事"进行的。陈独秀在《文学革命论》中直接使用"文学革命"一词,"所谓革命者,为革故更新之义"④,一方面肯定了胡适的首倡之功,同时又表示了明确的支持。陈独秀说:"文学革命之气运,酝酿已非一日,其首举义旗之急先锋,则为吾友胡适。余甘冒全国学究之敌,高张'文化革命军'大旗,以为吾友之声援,旗上大书特书吾革命军三大主义:曰,推倒雕琢的阿谀的贵族文学,建设平易的抒情的国民文学;曰,推倒陈腐的铺张的古典文学,建设新鲜的立诚的写实文学;曰,推倒迂晦的艰涩的山林文学,建设明了的通俗的社会文学。"⑤陈独秀虽然也是从

---

① 《通信》,《新青年》第 3 卷第 1 号,1917 年 3 月。

② 胡适:《什么是文学(答钱玄同)》,载欧阳哲生编:《胡适文集》(2),北京大学出版社1998 年版,第 149 页。

③ 胡适:《国语文法概论》,载欧阳哲生编:《胡适文集》(2),北京大学出版社 1998 年版,第333 页。

④ 陈独秀:《文学革命论》,《新青年》第 2 卷第 6 号,1917 年 2 月。

⑤ 陈独秀:《文学革命论》,《新青年》第 2 卷第 6 号,1917 年 2 月。

文学的角度发出的,但更强调"革命","际兹文学革新之时代,凡属贵族文学、古典文学、山林文学,均在排斥之列",已超出"文学革新",认为其与"夸张、虚伪、迂阔之国民性"可以相提并论,一视同仁,因此,陈独秀指出,"今欲革新政治,势不得不革新盘踞于运用此政治者精神界之文学"。由此可以见出,陈独秀的真实目的是借用文学革命,进而推动社会思想革命、政治革命。

胡适的"八事"与陈独秀的"三大主义"都意在打破传统文学对人精神上的桎梏。胡适是以学者的姿态,从文学自身出发,提出了文学改良应从"八事"入手,陈独秀提出的"三大主义"更多的是从文学与社会革命、文学与思想革命的层面,提出文学革命的方向。与胡适的经历类似,早在 1904 年 3 月至 1905 年 9 月,陈独秀就曾主办白话文的《安徽俗话报》,还创作过白话小说《黑天奴》,对白话文的优点有切身的体会。胡文有开创之功,陈文起到了弥补胡文不足之处的作用,后来文学革命发展的事实却证明陈独秀的观点占据了上风。尤其是陈文使用了胡文特意避开的"文学革命"一词,更加具有扫荡旧文学的气概。陈独秀后又以《答胡适之》的方式表达了更为坚决的态度,"改良中国文学当以白话为文学正宗之说,其是非甚明,必不容反对者有讨论之余地,必以吾辈所主张为绝对之是,而不容他人之匡正也"①,更为有力地推动了白话文运动。胡适也承认,如果没有陈独秀的决绝态度,"文学革命至少还须经过十年的讨论与尝试"②。钱玄同、刘半农诸君纷纷响应,遂发展成声势浩大的文学革命运动。

第二节　文字形式是文学的工具

"文学革命"的兴起,胡适居首创之功。而陈独秀《文学革命论》的发表,

---

① 陈独秀:《答胡适之》,《新青年》第 3 卷第 4 号,1917 年 6 月。
② 胡适:《五十年来中国之文学》,载欧阳哲生编:《胡适文集》(3),北京大学出版社 1998 年版,第 255 页。

使得这场革命"成了全国的东西,成了一个严重的问题"。胡适对之有三点归纳:一是把文学本体意义的改良变成了借助文学的革命,借以宣传三大主义;二是将文学与伦理道德的革命合二为一,文学成为伦理道德革命的手段;三是因为文学革命主张的提出,排除了许多无谓的讨论争辩,促进了文学革命的展开。① 正是他们的前后呼应,才使得文学革命异军突起,白话文取代了文言文,新文学战胜了旧文学。

钱玄同将文选派与桐城派古人家称作"选学妖孽,桐城谬种",指出旧文学的种种弊端;刘半农的《我的文学改良观》也特别关注诗体改革与创新。为了扩大影响,两人还以化名"王敬轩"演起了双簧。胡适、陈独秀发起提倡白话文、反对文言文的文学革命,得到了以北京大学学生为代表的青年学子的积极响应。《新青年》率先改以白话刊行,《新潮》等白话报刊更是如雨后春笋般出现,有人统计有四百种以上。以白话为传播工具,启蒙思想开始涌向了各个阶层。"文学革命"是晚清以来文学、文化转型以及思想解放的结果,反过来又成为新文化运动的巨大推手。胡适等人倡导的文学改良、文学革命促进了现代白话文的确立,也催生了现代文学,在人文、社会科学各领域都产生了深远影响。

《文学改良刍议》从理论的角度指出了旧文学的弊端,将白话取代文言作为重大问题提了出来,表面上看起来是语言转换的问题,实则包含了丰富的社会文化内容。文言是传统文学创作的工具,文言文是传统思想的载体,作为传统文化的深层基础,彰显的是传统文化体系。提倡白话文学,就是要推翻被士大夫阶层垄断的贵族化的文学,使文学成为平民化、大众化的文学,预示着新的文学时代的到来,无疑具有划时代的意义。白话文运动推进了国民教育的普及,使得科学、民主等现代观念深入人心,启蒙的工作才得以展开。所以,白话文的提倡在更深层次上的影响是带来文化的变革,促使中国传统文化向现

---

① 胡适:《陈独秀与文学革命》,载欧阳哲生编:《胡适文集》(12),北京大学出版社 1998年版,第 37 页。

代转换。历史不再是帝王将相的历史,人民群众开始参与到历史进程中。

　　同样,胡适认为白话也是"文学的工具","文字形式是文学的工具",突出了语言对文学的意义,不但当时受到保守派的攻击,后世也不免有"形式主义"的批判。有人指出,胡适的《文学改良刍议》所提"八事",除了"须言之有物"这一条模糊地说明文学内容的重要性,其余七条针对的是文学形式的变革,算不得真正的"革命"。这种说法有不妥之处。文学形式与内容本来就是一体两面的,如果说晚清时期的"三界革命"主要是新内容要冲破旧形式,五四文学革命要求的新形式必然要容纳新内容。胡适后来说:"文学革命的运动,不论古今中外,大概都是从'文的形式'一方面下手,大概都是先要求语言、文字、文体等方面的大解放";"形式上的束缚使精神不能自由发展,使良好的内容不能充分表现";"不能不先打破那些束缚精神的枷锁镣铐"。① 不可能脱离文学形式而优先强调文学内容的变革,包括陈独秀、李大钊、沈雁冰这些注重文学内容变革者,也认为文学形式的变革是内容变革的前提,比如沈雁冰就强调,"我们……确认白话是建设新文学的必要的工具"②,"新文学运动的第一步一定要是白话运动"③,傅斯年也认为,"新文学就是白话文学"④。强调文学形式变革的重要性可以说是文学革命推动者们共同的认识。文体的解放与思想的解放相与为一,文学形式问题在整个文学革命运动中的地位就显得特别突出,这也是符合历史规律的。至于什么是"白话文学",胡适将"白话文学"的外延做了扩展,也包括旧文学中那些明白浅易的作品。⑤ 强调"白话"的文学革命使得中国文学的语言形式与新文学的观念得以结合起来,为现代文学的出现准备好了外部空间。

　　白话文运动从晚清梁启超等提出"三界革命"之时就已经有了理论与实

---

① 胡适:《谈新诗》,载欧阳哲生编:《胡适文集》(2),北京大学出版社1998年版,第134页。
② 雁冰:《文学界的反动运动》,《文学》第121期,1924年5月。
③ 雁冰:《进一步退两步》,《文学》第122期,1924年。
④ 傅斯年:《怎样做白话文》,《新潮》第1卷第2号,1919年2月。
⑤ 姜义华编:《胡适学术文集·新文学运动》,中华书局1993年版,第142页。

践两方面的实绩,但是他们看重的是白话文开启民智的作用,是把白话文作为启蒙民众的工具,并不以白话文学为正宗,也没有用白话文取代文言文的意图。五四白话文运动则不然,乃是要用白话文取代文言文,反对的声音比晚清时期更甚。反对者不但有桐城派、文选派的古文家,就连跟胡适一样沐浴过欧风美雨的梅光迪、胡先骕等人也反对白话诗。

以白话取代文言,这涉及整个语言体系的改革,受到了保守派的激烈批判。最先反对白话文的是林纾,他是一位受旧学影响极深的桐城派古文家。林纾可以说是将西方小说大规模介绍到中国的第一人,在文学翻译史上的地位是极为重要的。他不懂任何一门外语,其文学翻译必须借助他人的口译,由他用典雅的古文译出。有人统计林纾翻译的小说有一百五十多种,也有人说有一百八十多种,总之数量是很庞大的。加之他的译文精美传神,使得世界文学名著中国化,对当时以及五四新青年都有重大影响。鲁迅、周作人、茅盾等都说过是读了林译小说才知道外国有小说的。林纾是一个文言文的坚定捍卫者,他发表《论古文之不当废》,攻击倡导文学革命之人"不得新而先损其旧""学不新而唯词之新",甚至发出"吾恐国未亡而文字已先之"的哀呼。表面上是文言与白话之争,实质上则是话语权的争夺。林纾提出古文不当废,但又说不出所以然,胡适针对其回应说"则古文之当废也,不亦既明且显耶"①。林纾发表《荆生》等小说,影射陈独秀、胡适、钱玄同等新文化运动的主将,又给时任北京大学校长的蔡元培写公开信,指斥陈独秀、胡适等人"覆孔孟,铲伦常",认为"若尽废古书,行用土语为文字,则都下引车卖浆之徒,所操之语,按之皆有文法……凡京津之稗贩,均可用为教授矣"②,要求蔡元培制止他们反

① 胡适:《寄陈独秀》,载欧阳哲生编:《胡适文集》(2),北京大学出版社1998年版,第25页。

② 《附林琴南原书》,载胡适编选:《中国新文学大系·建设理论集》,上海良友图书印刷公司1935年版,第172页。

对孔孟之道,废除白话文,"为国民端其趋向"。① 作为提倡"思想自由、兼容并包"思想的蔡元培,当然是驳回了林纾的指责,保护新文化运动者。

同样是沐浴过欧风美雨的胡先骕、梅光迪等在文学语言的选择上与胡适等人持不同的意见。他们1922年在南京创办《学衡》杂志,与北京的《新青年》唱起对台戏,企图恢复古文,废除白话文。早在留美期间,胡适就在《吾国历史上的文学革命》中指出:"以韵文而言,文学革命,在吾国史上非创见也。即三百篇变而为《骚》,一大革命也。又变为五言,七言,古诗,二大革命也。赋之变为无韵之骄文,三大革命也。古诗变为律诗,四大革命也。诗之变为词,五大革命也。词之变为曲,为剧本,六大革命也。何独于吾所持文学革命论而疑之?"②尤其是1925年,时任教育总长的章士钊更是试图用手中的权力对白话文进行肆意攻击、污蔑。他不无偏颇地对白话文进行定性:"不成文理,味同嚼蜡,去人意万里";"以鄙佞妄为之笔,窃高文美艺之名;以就下走圹之狂,瘝载道行远之业"。更有甚者,章士钊对白话文的危害进行了渲染,认为白话文对于青年和国家而言有害无益,他认为白话文:"欲进而反退,求文而得野;陷青年于大阱,颓国本于无形。"③章士钊追根溯源,将胡适定为造成此种危害的罪魁祸首:"以适之为大帝,绩溪为上京。遂乃一味于胡氏《文存》中求文章义法,于《尝试集》中求诗歌律令,目无旁骛,笔不暂停。以致酿成今日'的底、他它、吗么、巴咧'之文变。"④对于这样的不当言辞和指名道姓的人身攻击,胡适予以坚决反击。他说:"我们要正告章士钊君:白话文学的运动是一个很严重的运动,有历史的根据,有时代的要求,有他本身的文学的美,可

---

① 《附林琴南原书》,载胡适编选:《中国新文学大系·建设理论集》,上海良友图书印刷公司1935年版,第173页。

② 胡适:《吾国历史上的文学革命》,载《胡适留学日记》,安徽教育出版社1999年版,第284页。

③ 章士钊:《评新学运动》,载郑振铎编选:《中国新文学大系·文学论争集》,上海良友图书印刷公司1935年版,第200页。

④ 章士钊:《评新学运动》,载郑振铎编选:《中国新文学大系·文学论争集》,上海良友图书印刷公司1935年版,第197页。

以使天下睁开眼睛的共见共赏。""章士钊君的漫骂……不能打倒白话文学的大运动。"①新文化运动的倡导者也群起反击章士钊的言论。李大钊在《什么是新文学》中对章士钊的言论予以反驳,他说:"我们所要求的新文学,是为社会写实的文学,不是为个人造名的文学;是以博爱心为基础的文学,不是以好名心为基础的文学。"②

胡适在新文学运动中起到的是理论先导的作用。发表《文学改良刍议》之后,胡适又撰写了一系列阐释新文学的论文,继续对新文学的形式与内容进行深入探讨,为五四新文学的产生奠定了理论基础,引导新青年走上新文学的创作之路。但真正在创作上把文学革命倡导的白话文为文学之正宗的理论完美呈现出来的是鲁迅的《狂人日记》,切实体现了新文学的创作实绩。1918年5月,鲁迅接受钱玄同的劝说,在《新青年》发表白话小说《狂人日记》,实现了新文学形式与内容的统一,被文学史家称作现代文小说的开篇之作。《新青年》自1918年1月第4卷1号改用白话,同年底,李大钊、陈独秀又创办白话文的《每周评论》,傅斯年、罗家伦创办白话文刊物《新潮》,据统计,到了1919年,全国的白话报刊多达四百多种。五四白话文运动开始取得实质性胜利。白话文运动取得最终胜利的标志是1920年教育部下令文言文逐步废止,小学课本改用白话课本,1923年中学课本也采用白话文,至此,白话已经得到社会的认可,成为"国语"。自胡适发表《文学改良刍议》提出白话为文学之正宗,仅仅过去了三年的时间。

白话文学运动的意义远远超出文学本身。以白话文为工具,在以五四运动为代表的群众运动中,白话报刊、白话演讲、白话宣传单都起到了不可估量的宣传作用,打破了社会上下层的壁垒,形成了声势浩大的新文化运动。胡适等倡导的"文学革命",在这个意义上,起到了再造文明的作用,引发了社会变

---

① 胡适:《老章又反叛了》,载郑振铎编选:《中国新文学大系·文学论争集》,上海良友图书印刷公司1935年版,第206~207页。

② 李大钊:《什么是新文学》,《星期日周刊》"社会问题号",1920年1月4日。

革,近代向现代的转型由此完成。

第三节　一时代有一时代之文学

五四新文化运动的主将们在晚清时期大多曾参与或兴办过白话报刊。胡适曾在1906~1908年主编《竞业旬报》,陈独秀在1904~1905年曾创办《安徽俗话报》。胡适将《竞业旬报》的办刊宗旨概括为:"一振兴教育,二提倡民气,三改良社会,四主张自治"①,所刊载的文章大多关注科学、迷信、妇女、婚姻、教育,鼓吹实业救国与教育救国等问题。陈独秀主编《安徽俗话报》的目的也是"第一是要把各处的事体,说给我们安徽人听听,免得大家躲在鼓里,外边事体一件都不知道。……第二要把各项浅近的学问,用通行的俗话演出来,好教我们安徽人无钱多读书的,看了这俗话报,也可以长点见识"②。从办刊宗旨来看,两个刊物的宗旨大体相同。至于为何要办"俗话报",陈独秀也做出了解释。在陈独秀看来,当时的各种报纸都以文言文写作,深文奥义,没有多读书者根本看不懂。针对这种情况,陈独秀主张要用最浅近好懂的俗语,办一种俗语报,将时事、学问等传达给同乡亲戚朋友看。而且,像这样的报纸,上海、杭州、绍兴、宁波、潮州等都已经在发行。③ 陈独秀这里的"俗话"与"白话"的意思是相同的。五四文学革命时期,"胡适、陈独秀们"致力于用白话文取代文言文就是这一白话报刊思想的延续。此时白话报刊的创办以及白话文学的创作,其目的主要是开启民智、启蒙民众,但并没有建设民族语文的目的。文字绝不仅仅是文学的载体,五四文学革命通过文学工具的更换,要创造"国语"。

---

① 胡适:《四十自述》,载欧阳哲生编:《胡适文集》(1),北京大学出版社1998年版,第79页。
② 陈独秀:《开办安徽俗话报的缘故》,《安徽俗话报》第1期,1904年3月。
③ 陈独秀:《开办安徽俗话报的缘故》,《安徽俗话报》第1期,1904年3月。

胡适从文学进化论的观念提出"一时代有一时代之文学"。他否定了失去生命力的古文学，"今日之中国，当造今日之文学"，认为文学不应以模仿古人为能事，"文则下规姚曾，上师韩欧；更上则取法秦汉魏晋，以为六朝以下无文学可言"的"桐城派""文选派"，使得文学走上脱离时代的复古之路，是无病呻吟的文学，极大地扼杀了作者的创造精神，也使得作品缺失生动活泼的时代内容。"适尝谓凡人用典或用陈套语者，大抵皆因自己无才力，不能自铸新辞，故用古典套语，转一湾子，含糊过去，其避难趋易，最可鄙薄。"①

白话文取代文言文绝不仅仅是文学语言的转型问题，正如萨丕尔-沃尔夫假设的，"语言铸造思维模式"，白话本质上是一种现代语言，白话文也隐含着对现代民族国家的想象。语言的统一也与民族共同体的想象有着密切关系。"社会联系有造成语言共同体的倾向，而且也许会给共同的语言烙上某些特征；反过来，语言共同体在某种程度上也会构成民族统一体。一般地说，语言共同体常可以用民族统一体加以解释。"②从晚清"三界革命"到五四文学革命提倡白话文的一以贯之之处，就在于对建立现代民族国家的渴望。

据蔡乐苏统计，清末民初（1900~1911 年）的白话报刊有一百七十多种③，陈万雄统计有 140 多种④。相比于晚清，五四时期创办的白话报刊数量至少有四百种⑤，可见白话报刊的盛况。为何五四时期一定要用白话取代文言，而不是像晚清一样让白话与文言各自发挥其效用呢？对此周作人可以说是一语中的，"古文是为'老爷'用的，白话是为'听差'用的"⑥。尽管晚清黄遵宪、梁

---

①　胡适：《寄陈独秀》，载欧阳哲生编：《胡适文集》（2），北京大学出版社 1998 年版，第 3~4 页。

②　[瑞士]索绪尔：《普通语言学教程》，高名凯译，商务印书馆 1980 年版，第 311 页。

③　蔡乐苏：《清末民初的一百七十余种白话报刊》，载丁守和主编：《辛亥革命时期期刊介绍》（Ⅴ），人民出版社 1987 年版，第 493~546 页。

④　陈万雄：《五四新文化的源流》，生活·读书·新知三联书店 1997 年版，第 134 页。

⑤　胡适：《五十年来中国之文学》，载欧阳哲生编：《胡适文集》（3），北京大学出版社 1998 年版，第 260 页。

⑥　周作人：《中国新文学的源流》，上海书店出版社 1988 年影印版，第 96 页。

启超、裘廷梁等提倡白话文,但骨子里对白话与文言作了雅俗之分。关于这一点,蔡元培颇为深刻地指出:"国文的问题,最重要的就是白话与文言的竞争。"①

梁启超与胡适都对同时代人以及更年轻一代人有着重大影响。胡适就曾多次谈及梁启超对他的影响:"我个人受了梁先生的无穷恩惠。现在追想起来,有两点最分明。第一是他的《新民说》,第二是他的《中国学术思想变迁的大势》……"②"《新民说》诸篇给我开辟了一个新世界,使我彻底相信中国之外还有很高等的民族与很高等的文化;《中国学术思想变迁的大势》也给我开辟了一个新世界,使我知道《四书》《五经》之外中国还有其他学术思想。"③胡适提出白话文学为中国文学之正宗,就是在继承梁启超白话文学理论的基础之上的进一步推进。

早在美国留学期间,胡适就有了"文言是半死之文字""活文字者,日用语言之文字,如英法文是也;如吾国之白话是也"④的提法,他呼吁"文学在今日不当为少数文人之私产,而当以能普及最大多数之国人为一大能事"。他亦提出:"文学者,随时代而变迁者也,一时代有一时代之文学:周秦有周秦之文学,汉魏有汉魏之文学,唐宋元明有唐宋元明之文学。此非吾一人私言,乃文明进化之公理也。……因时进化,不能自止。唐人不当作商周之诗,宋人不当作相如、子云之赋,即令作之,亦必不工。逆天背时,违进化之迹,故不能工也。……以今世历史进化的眼光观之,则白话文学之为中国文学之正宗,又为将来文学必用之利器,可断言也。"⑤他从历史进化论的角度指出文学革命的合理性,"今日之中国,当造今日之文学"⑥。这不仅是文学史观上的创见,更

---

① 蔡元培:《国文之将来》,载《蔡元培选集》,南京大学出版社1977年版,第103页。
② 胡适:《四十自述》,载欧阳哲生编:《胡适文集》(1),北京大学出版社1998年版,第71页。
③ 胡适:《四十自述》,载欧阳哲生编:《胡适文集》(1),北京大学出版社1998年版,第72~73页。
④ 胡适:《〈尝试集〉自序》,载欧阳哲生编:《胡适文集》(9),北京大学出版社1998年版,第72页。
⑤ 《文学改良刍议》,《新青年》第2卷第5号,1917年1月。
⑥ 《文学改良刍议》,《新青年》第2卷第5号,1917年1月。

是对传统贵族文学的挑战。表面看来,五四白话文运动与晚清对白话的提倡是一以贯之的,但要是细究起来,却发现它们有本质的不同。晚清人依然认为文学有雅俗之分,文言文为雅文学,白话文为俗文学,只是"新民"的工具。"五四人"却打破了这一界限,将白话定为"国语",语言不再有雅俗之分。

胡适分析晚清的白话文实践成果,认为晚清以来的提倡白话者,虽然主张办白话报、写白话书,甚至为达到言文一致而提倡官话字母、简字字母,但是,这些都不是有意地主张白话文学,而是有意地主张白话。为什么呢? 胡适解释说,因为晚清提倡白话者,始终还是文言的受益者,他们人为地将社会分成两部分,一部分是启蒙提倡者的"我们",仍旧用着文言,一部分是被启蒙者"他们",应该使用白话。"我们"与"他们"的区分说明,所谓的提倡者"我们"只是为时局所逼而权宜地选择了用白话来启蒙"他们"。对此,胡适形象地指出:"我们不妨仍旧吃肉,但他们下等社会不配吃肉,只好抛块骨头给他们吃去罢。"①这正是胡适的高明之处,他看到了晚清与五四提倡白话文本质的不同,提出五四白话文运动时期,是"有意的主张",不再有"我们"与"他们"的区别,"这个'白话文学工具'的主张,是我们几个青年学生在美洲讨论了一年多的新发明,是向来论文学的人不曾自觉的主张的"②。周作人也有类似看法,他指出,"那时候的白话,是出自政治方面的需求,只是戊戌政变的余波之一,和后来的白话文可以说是没有大关系的"③。胡适、周作文都对用"白话"写作与"白话文学"作了区分。

继发表《文学改良刍议》首倡白话文之后,胡适又陆续创作了一系列讨论新文学的文章,对文学语言形式的革新与文学内容的创新提出意见,对各类文

①　胡适:《五十年来中国之文学》,载欧阳哲生编:《胡适文集》(3),北京大学出版社 1998 年版,第 252 页。

②　胡适:《中国新文学大系·建设理论集·导言》,载胡适编选:《中国新文学大系·建设理论集》,上海良友图书印刷公司 1935 年版,第 19 页。

③　周作人:《中国新文学大系·散文一集·导言》,载周作人编选:《中国新文学大系·散文一集》,上海良友图书印刷公司 1935 年版,第 2 页。

体的写作进行指导,其中一以贯之的就是进化的文学观念。早在 1916 年,胡适就在《吾国历史上的文学革命》中提出了进化的文学观念。在胡适看来,梳理历史可以发现,文学革命至元代达到高峰。元代的各类型文学,如曲、词、小说、剧本等,都以流俗俚语创作,都是一流的"活"文学。但是,这"活"文学却因八股文、明初七子的文学复古运动等原因中断了。否则,我国的文学早已是俚语(白话)的文学了,相应的,我国的语言也早就实现了言文一致。① 1917年 5 月,胡适又在《历史的文学观念论》中用进化的文学观念论证白话取代文言的必然性。在这篇文章中,胡适以"进化论"的眼光指出"一时代有一时代之文学",各个时代的文学有前后继承关系,但"完全抄袭者决不成为真文学",摹仿古人之作,乃文学之"下乘"。主张文言者,看不起白话文学,认为与文言相比,白话终究是小道,不入流,因此并不会竭尽全力地去提倡并创作白话文学。胡适指出:"夫不以全副精神造文学而望文学之发生,此犹不耕而求获,不食而求饱也,亦终不可得矣(施耐庵、曹雪芹诸人所以能有成者,正赖其特别毅力,能以全力为之耳)。"②胡适在这里肯定了施耐庵、曹雪芹等人的白话小说创作。故而"今日之中国,当造今日之文学",因此,当代人应该提振士气,既然古人已经成就了自己时代的文学,当代人也应该创制出属于这个时代的文学来。不言而喻,胡适主张当代人应该全身心地致力于白话文学的提倡和创作,否则,白话永远没有成为文学正宗的机会。

同时,胡适指斥文言文为"死文字","中国若想有活文学,必须用白话,必须用国语,必须做国语的文学"。③ 这就是胡适提出八项文学改良主张的深层原因。"历史的文学进化观念"是胡适文学革命的理论支柱,后来他在《尝试集·自序》中进一步指出,"那时影响我个人最大的,就是我平常所说的'历史

---

① 胡适:《吾国历史上的文学革命》,载《胡适留学日记》,安徽教育出版社 1999 年版,第285 页。

② 胡适:《历史的文学观念论》,载欧阳哲生编:《胡适文集》(2),北京大学出版社 1998 年版,第 27~28 页。

③ 胡适:《建设的文学革命论》,《新青年》第 4 卷第 4 号,1918 年 4 月。

的文学进化观念’。这个观念是我的文学革命的基本理论”①。这是一种典型的现代文学观念。对文学不再作雅俗的区分,而是直接将古文认定为“死文学”,这是五四白话文运动与晚清文学语言变革的最根本区别。

早在美留学期间与梅光迪论争之时,胡适就提出,“文字没有雅俗,却有死活可道”②。在留学日记中也有类似说法:“文字没有古今,却有死活可道。……并无雅俗可言,何必纷纷胡闹?”③这些均是对文字作了“死”与“活”的判断。在《文学改良刍议》中他进一步指出,“吾主张今日作文作诗,宜采用俗语俗字。与其用三千年前之死字,不如用二十世纪之活字;与其作不能行远不能普及之秦汉六朝文字,不如作家喻户晓之《水浒》《西游》文字也。”此时的胡适就已经有了以“白话”文学重构文学史的想法。

胡适的理论并没有停留在“死文字”“活文字”的判断上,而是在此基础上进一步提出:“我们所提倡的文学革命,只是要替中国创造一种国语的文学。”④这里胡适所谓的“国语”的提法,其实是他一直提倡的“白话”,而此“白话”与晚清时期有雅俗之分的白话有本质不同。这里的“白话”之“白”,胡适指出了其三层意涵:即说白之“白”、清白之“白”、明白之“白”,也就是说,与文言相区别,白话要通俗,易懂,不使用文言的引经据典和粉饰性的文字。⑤与胡适提出的文学改良“八事”相比,此三点实为文学改良“八事”的实践版本。以之解读其诗作《两只蝴蝶》,我们发现,胡适已经将这种主张运用于文学创作实践,也算是一种尝试,其开山之功不容忽视。但是,没有了文言的滋养,白话文的提倡还是粗糙得很。这在第九章还有论述,兹不赘述。

---

① 胡适:《尝试集·自序》,载欧阳哲生编:《胡适文集》(9),北京大学出版社1998年版,第74页。

② 胡适:《〈尝试集〉自序》,载欧阳哲生编:《胡适文集》(9),北京大学出版社1998年版,第76页。

③ 《胡适留学日记》,安徽教育出版社1999年版,第366页。

④ 胡适:《建设的文学革命论》,《新青年》第4卷第4号,1918年4月。

⑤ 胡适:《白话文学史·自序》,载欧阳哲生编:《胡适文集》(8),北京大学出版社1998年版,第147页。

作为曾经的《竞业旬报》的主编,在留美之前,胡适已经练就写作白话文的能力,"一面要推倒旧文学,一面要建立白话为一切文学的工具"①。胡适从进化的文学观念出发,认为文学革命是"新时代的要求",既然要表现新思想、新事物,就需要新文字。因此胡适指出,"文字之功用在于达意,而达意的范围以能达到最大多数人为最成功",号召人们"以白话作各种文学"。② 在晚年的口述自传中,胡适依然坚定地认为:"用历史法则来提出文学革命这一命题,其潜力可能比我们想象的更大。把一部中国文学史用一种新观念加以解释,似乎是更具说服力。这种历史成分重于革命成分的解释对读者和一般知识分子都比较更能接受,也更有说服的效力。"③

五四白话文运动之所以取得胜利,与当时的时代背景也有着密不可分的关系。中国社会处于现代转型的关键时期,需要一种比较实用的语言。而文言文作为发展得过于成熟的语言,因过分诗化,成为文人雅士专用的语言,已经不适应社会环境的变化,无法承担实用的任务。故而深受杜威实用主义哲学影响的胡适,将之称作"死文字",并由此掀起了语言变革运动。但是,胡适将语言视作工具的观点也有他的盲点,毕竟文学语言与日常用语还是有差异的。胡适也有着他的局限性。

第四节 "国语的文学"与"文学的国语"

1918 年,胡适提出的"国语的文学,文学的国语"④这一文学革命的终极

---

① 胡适:《中国新文学大系·建设理论集·导言》,载胡适编选:《中国新文学大系·建设理论集》,上海良友图书印刷公司 1935 年版,第 19 页。

② 胡适:《中国新文学大系·建设理论集·导言》,载胡适编选:《中国新文学大系·建设理论集》,上海良友图书印刷公司 1935 年版,第 5 页。

③ 《胡适口述自传》,唐德刚译注,安徽教育出版社 1999 年版,第 192 页。

④ 胡适:《建设的文学革命论》,《新青年》第 4 卷第 4 号,1918 年 4 月。

目标,被称作"文学革命的最堂皇的宣言"①。此时的胡适放弃了"俗语",将白话直接升格为"国语",他指出:"我们所提倡的文学革命,只是要替中国创造一种国语的文学。有了国语的文学,方才可有文学的国语。有了文学的国语,我们的国语才可算得真正的国语。"②"我们提倡文学革命的人,对于那些腐败文学,个个都该存一个'彼可取而代之也的心理',个个都该从建设方面用力,要在三十年内替中国创造出一派新中国的活文学。"③承载"国语"功能的白话在建设新文学上就变得至为关键。他还发表《国语与国语文法》《国语的进化》《中学国文的教授》等文章,在他的影响下,形成了"国语运动"。

白话的文学才是"活文学""国语的文学"。胡适以意大利的但丁与英国的乔夏为例,论证只有建立了"国语的文学",才能达到"文学的国语"的目的。他们将某一地区的语言进行提炼、加工,创作出辉煌的文学作品,从而也建立起了本国的国语。同理,我国的作者用白话从事创作,也将会提炼、加工,使之成为"国语","我们主张文学革新的第一个目的是要使中国有一种国语的文学;是要使中国人都能用白话作诗,作文,著书,演说。因为如此,所以要纯用白话"④,最终目标可概括为"用白话来作一切文学的工具"。"国语"的提法就超越了以方言为基础的"俗语",成为全国通行的标准语。

白话文学不只是用日常语言创作的文学,用白话创作文学也只是完成了"文学革命"的初步目标。对此,李大钊指出,"我的意思以为刚是用白话作的文章,算不得新文学;刚是介绍点新学说、新事实,叙述点新人物,罗列点新名词,也算不得新文学"。那么,什么才是"新文学"呢,"是为文学而创作的文

① 郑振铎:《中国新文学大系·文学论争集·导言》,载郑振铎编选:《中国新文学大系·文学论争集》,上海良友图书印刷公司1935年版,第4页。
② 胡适:《建设的文学革命论》,《新青年》第4卷第4号,1918年4月。
③ 胡适:《建设的文学革命论》,《新青年》第4卷第4号,1918年4月。
④ 胡适:《答黄觉僧君〈折衷的文学革新论〉》,载欧阳哲生编:《胡适文集》(2),北京大学出版社1998年版,第91页。

学,不是为文学本身以外的什么东西而创造的文学"。① 建立"国语的文学,文学的国语"才是终极目标。这与梁启超等将文学仅仅视作"新民"的工具有着本质的不同,晚清白话文称不上现代白话文。如果说"梁启超们"是以"改良群治"为目的,胡适等人的目标则是再造文明。

什么样的语言才能被称作"文学的国语"呢?胡适首先认为《水浒传》《西游记》等十多部明清白话文小说可以称作"模范的白话文学"。这可以说也是胡适"整理国故"的成绩。胡适在五四新文化运动中具有举足轻重的地位,他不但是文学革命的发起者、新文学的创作者,也为古典文学的研究找到了一条新路径。

从"言文一致"的白话文倡导到"国语文学"的提出,是五四白话文运动进一步深化的结果,这也意味着由文学的场域转向了更广阔的现代性论域——白话文成为民族共同语。周作人曾对这一转换作出了描述:"民国六年以至八年文学革命的风潮勃兴,渐以奠定新文学的基础,白话被认为国语了,文学是应当'国语的'了。"②作为文学语言的"白话"最终成为"国语",在这个意义上,现代文学与现代汉语的发生、发展具有同步性。

日本学者柄谷行人在《日本现代文学的起源》一书中,对现代民族国家建构与语言、文字的关系进行了考证。柄谷行人认为,语言在现代民族国家建构中发挥着重要作用。现代民族国家虽然是从传统封建国家"世界帝国"中分离出来的,但是,仅从政治性来考量却有失偏颇,民族国家的建构需要契机,而文学正是这个契机。③ 我们在第二章已经分析,语言具有二重属性,一是工具性,二是意识形态性。看似中立的语言实则含有意识形态。作为"文以载道"

---

① 李大钊:《什么是新文学》,《星期日》社会问题号,1919 年 12 月 28 日。
② 周作人:《中国新文学大系·散文一集·导言》,载周作人编选:《中国新文学大系·散文一集》,上海良友图书印刷公司 1935 年版,第 4 页。
③ [日]柄谷行人:《日本现代文学的起源》,赵京华译,生活·读书·新知三联书店 2003 年版,第 196 页。

工具的文言文,必然是统治阶级的工具,故而白话文运动也是现代民族国家形成的契机。

到了1922年,在《五十年来中国之文学》一文中,胡适总结了几年来白话文学运动的成果,从而得出这一结论:"白话不单是'开通民智'的工具,白话乃是创造中国文学的唯一工具。白话不是只配抛给狗吃的一块骨头,乃是我们全国人都该赏识的一件好宝贝。"胡适、陈独秀等倡导的白话文运动,并非简单的语言文字变革,在胡适、陈独秀的构想下,一旦白话的地位得以确立,其背后的社会、政治、文化都将发生根本改变,平民的时代将正式到来。就像胡适在一次演讲中所说的:"一般的人,把社会分成两个阶级,一种是愚妇顽童稚子,其他一种是智识阶级,如文人学士,绅士官吏。作白话文是为他们——愚夫愚妇,顽童稚子——可以看而作,至于智识阶级者,仍旧去作古文,这种看法,根本的错误了,并不是共和国家应有的现象。"①他指出语言的不平等从而造成的文化不平等是一种愚民文化,他的白话文学主张就是要打破这种不平等,以建立"文学的国语"为宗旨,因为"国语"代表的是平等的语言观念。胡适的这一主张得到了五四新文化运动主将们的积极呼应,白话最终代替文言成为"国语"。由雅俗二分的语言观一变而为一元的"国语",这一词语变迁的背后是"五四人"平等的文学语言观的建立。

五四白话文运动主要体现为语言的变革,但绝不仅仅是语言的变革,更是文化的变革、政治的变革、社会的变革。白话文是面向所有人的"国语",打破了几千年来语言背后的阶级不平等。五四白话文运动是语体的解放、文学的解放,本身就是启蒙运动。

"国语"解决了新文学的语言问题,至于新文学的内容,在文学革命初期虽然有陈独秀等提出了国民文学、写实文学、社会文学,但并没有提供切实可行的操作方法。直到周作人提出"人的文学""平民文学"的主张,新文学的时

---

① 胡适:《新文学运动之意义》,载欧阳哲生编:《胡适文集》(12),北京大学出版社1998年版,第21页。

代才真正来临,文学革命的精神变革才得以真正开始。"我们现在提倡的新文学,简单说一句,是'人的文学',应该排斥的,便是反对非人的文学。"①这里所强调的"人的文学",实际上标榜的是个性解放、人道主义。周作人对"文以载道"的传统文学进行了否定,"中国文学中,人的文学本来极少,从儒教道教出来的文章,几乎都不合格"。② 周作人提出了"平民文学",以与传统的"贵族文学"相对。贵族文学专写"英雄豪杰的事业或才子佳人的幸福",而平民文学反映"世间普通男女的悲欢成败"。③ 但是,平民的文学也不是"田夫野老"都能领会的文学,他反对文学媚俗,而注重文学的启蒙作用。

从胡适提出"八事",到陈独秀倡导"三大主义",再到周作人提出"人的文学""平民文学",五四文学革命不但将文学从文言中解放出来,向大众靠拢,而且要实现启蒙的需要。批判国民性的思想就是在反思传统的基础之上,以西方为参照,对民族性格的再认识。就像李泽厚所说,"尽管新文化运动的自我意识并非政治,而是文化。……但从一开头,其中便明确包含着或暗中潜埋着政治的因素和要素","启蒙的目标,文化的改造,传统的扔弃,仍是为了国家、民族,仍是为了改变中国的政局和社会的面貌"。④

除了散见于报刊中有关文学的论述,胡适还撰写了《五十年来中国之文学》《白话文学史》《国语文学史》,向前追溯到《诗经》中的《国风》,向后直至五四文学革命,对白话文学的发展历史进行梳理,使得白话文学的发展形成一条清晰的线索,"白话文学史就是中国文学史的中心部分"⑤,以此来印证"白话文学之为中国文学之正宗",这种以白话文为中心的新的文学史观对文学史书写产生了深远的影响,为后来中国文学史写作搭建了基本的构架。

---

① 周作人:《人的文学》,《新青年》第 5 卷第 6 号,1918 年 12 月。
② 周作人:《人的文学》,《新青年》第 5 卷第 6 号,1918 年 12 月。
③ 周作人:《平民文学》,《每周评论》第 5 号,1919 年 1 月。
④ 李泽厚:《中国现代思想史论》,东方出版社 1987 年版,第 111~112 页。
⑤ 胡适:《白话文学史》,载欧阳哲生编:《胡适文集》(8),北京大学出版社 1998 年版,第 146 页。

第五节　"作诗如作文"的诗歌观念

作为"文学革命"的首倡者,胡适也积极参与到白话文学创作的实践中——"用白话作文作诗"。不但出版了现代文学史上最早的个人白话新诗集《尝试集》,还模仿易卜生的社会问题剧创作独幕剧《终身大事》,另外用白话文写了大量的文章、通信、译著,成为当时文坛上影响很大的白话文学家。其中影响最大的是他的白话新诗创作。胡适认为,中国是诗的国度,现代中国文学语言的建立,新诗所要面对的挑战最大,相对来讲,白话散文和小说则容易一些。胡适之所以要身体力行创作白话新诗,不只是证明白话可以写诗,还要证明"白话可以做中国文学的一切门类的唯一工具",他认为,"待到白话征服这个诗国时,白话文学的胜利就可说是十足的了"。①《尝试集》就是在这样的背景下产生的。

1916 年,还在美国留学的胡适开始尝试写白话诗,提出"作诗如作文"的主张。"诗国革命何自始? 要使作诗如作文。琢镂粉饰丧元气,貌似未必诗之纯。"②梅光迪反驳道:"诗文截然两途。诗之文字与文之文字,自有诗文以来,无论中西,已分道而驰。"梅光迪认为:"文章体裁不同,小说词曲固可用白话,诗文则不可。"这一观点得到任叔永的响应,他也强调说,"白话自有白话的用处(如作小说演说等),然而却不能用之于诗"。③ 白话之所以不能用于诗歌,是因为从诗三百起,诗歌就走着要精推细敲的精品化路线,格律严格,白话作为交际语言贸然入诗,会对诗歌固有的格律或规范形成冲击。胡适却欲

---

① 胡适:《逼上梁山》,载欧阳哲生编:《胡适文集》(1),北京大学出版社 1998 年版,第 155 页。

② 胡适:《逼上梁山》,载欧阳哲生编:《胡适文集》(1),北京大学出版社 1998 年版,第 144 页。

③ 梅光迪、任鸿隽 1916 年 7 月分别寄给胡适的信。见胡适:《一首白话诗引起的风波》,载《胡适留学日记》,安徽教育出版社 1999 年版,第 375、376、377 页。

对此进行尝试,他称之为"文学的实验主义"①。这种大胆创新、勇于实践且不怕失败的精神,使胡适成为白话新诗第一人。

胡适的白话新诗集《尝试集》于1920年3月出版,这是现代文学史上第一部个人白话新诗集。"我的白话诗的实地试验,不过是我的实验主义的一种应用,所以我的白话诗还没有写得几首,我的诗集已有了名字了,就叫作《尝试集》。"②到1923年,《尝试集》已经出了四版,收入了64首诗。胡适从诗歌的形式到内容都作了大胆的尝试与探索,正如《尝试篇·代序二》中所言,"自古成功在尝试"。胡适用创作实践战胜了反对者。他不但自己用白话作诗、作文,还鼓励同道进行白话文学创作,"国中之有志于文学革命者,请大家齐来尝试尝试耳"③。当然,无论是从诗歌形式还是诗歌内容来看,《尝试集》里的诗作大多算不得好诗,用胡适自己的话说是"大脚穿着绣花鞋",其意义更多的在于开风气之先。正如陈子展在《最近三十年中国文学史》所言:"《尝试集》的真正规范,不在与人以陶醉于其欣赏里的快感,而在与人放胆创造的勇气。尽管你说它是'微末之生存',而'微末之生存不啻已死',但他对于'文学革命'、'诗体革命'的提倡,和他那种'空前千古,下开百世'的先驱者的精神,是不会在一时反对者的舌锋笔锋之下而死灭的。"④

在《尝试集》出版之前,1919年,胡适还写了一篇长文《谈新诗》,这是现代诗歌史上第一篇新诗理论文章。朱自清在1935年写的《现代诗歌导论》中认为:"胡适的《谈新诗》,差不多成为诗的创造和批评的金科玉律了。"胡适用进化论的观点阐述中国诗的变迁,为白话新诗寻找依据,"我们若用历史进化

---

① 胡适:《〈尝试集〉自序》,载欧阳哲生编:《胡适文集》(9),北京大学出版社1998年版,第78页。

② 胡适:《中国新文学大系·建设理论集·导言》,载胡适编选:《中国新文学大系· 建设理论集》,上海良友图书印刷公司1935年版,第23页。

③ 胡适:《寄陈独秀》,载欧阳哲生编:《胡适文集》(2),北京大学出版社1998年版,第26页。

④ 陈子展:《中国近代文学之变迁 最近三十年中国文学史》,徐志啸导读,上海古籍出版社2000年版,第293页。

的眼光来看中国诗的变迁,方可看出自三百篇到现在,诗的进化没有一回不是跟着诗体的进化来的"①。在这篇文章中,胡适把白话新诗的出现称作是"辛亥大革命以来的一件大事"②,胡适提出,"不但要打破五言七言的诗体,并且推翻词调曲谱的种种束缚;不拘格律,不拘平仄,不拘长短;有什么题目,做什么诗"③,后来概括为"作诗如作文"。这些诗不讲究对仗,更不用典,符合《文学改良刍议》中所提的"八事"。这一新诗散文化追求是一种战略选择,具有文学史意义。

白话新诗首先意味着诗体的解放。胡适认为:"文学革命的运动,不论古今中外,大概都是从'文的形式'一方面下手,大概都是先要求语言文字文体等方面的大解放……一次中国文学的革命运动,也是先要求语言文字和文体的解放。"关于文学内容与形式的关系,胡适指出:"形式和内容有密切的关系。形式上的束缚,使精神不能自由发展,使良好的内容不能充分表现。若想有一种新内容和新精神,不能不先打破那些束缚精神的枷锁镣铐。"④只有这样,"丰富的材料,精密的观察,高深的理想,复杂的感情,方才能跑到诗里去"⑤。当然,新形式最终是"做新思想新精神的运输品",他还举例说明细腻的情感、真实的景物描写是旧体诗做不到的,只有新诗才能做到。

新诗的反对者认为新诗的文字不够典雅,还不讲究音韵,算不得诗。梅光迪甚至讥讽说胡适的白话诗是"莲花落"。胡适反驳说:"攻击新诗的人,多说

---

① 胡适:《谈新诗(八年来一件大事)》,载欧阳哲生编:《胡适文集》(2),北京大学出版社1998 年版,第 137 页。

② 胡适:《谈新诗(八年来一件大事)》,载欧阳哲生编:《胡适文集》(2),北京大学出版社1998 年版,第 134 页。

③ 胡适:《谈新诗(八年来一件大事)》,载欧阳哲生编:《胡适文集》(2),北京大学出版社1998 年版,第 138 页。

④ 胡适:《谈新诗(八年来一件大事)》,载欧阳哲生编:《胡适文集》(2),北京大学出版社1998 年版,第 134 页。

⑤ 胡适:《谈新诗(八年来一件大事)》,载欧阳哲生编:《胡适文集》(2),北京大学出版社1998 年版,第 134 页。

新诗没有音节。不幸有一些做新诗的人也以为新诗可以不注意音节。这都是错的。"①他指出，旧体诗人只知韵脚、平仄，而不懂语言中的自然的音节。在胡适看来，自然的音节才是新诗发展的一个大方向。胡适打破了对旧诗格律的迷信，为新诗提供了新的理论，也增加了新诗创作者的写诗的勇气，一大批白话诗人登上文坛，1919 年《新青年》四卷 1 号集中发表了胡适、刘半农、沈尹默的九首白话诗就是具有标志性的事件。

白话新诗的成功，容易造成新诗易写之错觉，俞平伯给出了较为公允的看法："白话诗的难处，不在白话上面，是在诗上面；他是赤裸裸的；没有固定的形式的；前边没有模范的；但是又不能胡诌的；如果当真随意乱来；还成个什么东西呢！所以白话诗的难处，不在白话上面，是在诗上面。"②的确，当时的白话新诗多注重"白话"而忽视了诗的美学特质，但是他们筚路蓝缕的勇气，使得新诗攻破了旧诗这一最难攻的堡垒，开启了中国诗歌新时代。郑振铎在 1935 的总结比较公允："这'伟大的十年间'的一切文坛上的造就，究竟不能不归功于许多勇士的争斗和指示，他们在荆棘丛中，开辟了一条大路，给后人舒坦的走去。虽然有的人很早的便已经沉默下去了，有的人竟还成了进步的阻力，但留在这一节历史的书页之上的却仍是很可崇敬的勇敢的苦斗的功绩。"③

胡适本人也承认白话新诗成功的并不多，"大都是从旧式的诗、词、曲里脱胎出来的"④，胡适将之形象地比作"大脚穿着绣花鞋"。1922 年，胡适在为汪静之的诗集《蕙的风》所作的序中也称："我现在看着这些彻底解放的少年

---

① 胡适：《谈新诗（八年来一件大事）》，载欧阳哲生编：《胡适文集》（2），北京大学出版社1998 年版，第 140 页。

② 俞平伯：《社会上对于新诗的各种心理观》，《新潮》第 2 卷第 1 号，1919 年 10 月。

③ 郑振铎：《中国新文学大系·文学论争集·导言》，载郑振铎编选：《中国新文学大系·文学论争集》，上海良友图书印刷公司 1935 年版，第 17 页。

④ 胡适：《谈新诗（八年来一件大事）》，载欧阳哲生编：《胡适文集》（2），北京大学出版社1998 年版，第 138 页。

诗人,就像一个缠过脚后来放脚的妇人望着那些真正天足的女孩子们跳来跳去,妒在眼里,喜在心头。"①以《尝试集》为代表的早期白话诗,从形式到内容都与旧诗有着质的区别,往往是随着感情的起伏交换长短句,还略显稚拙,但其对现实主义诗歌的形成却有着不可磨灭的历史贡献,中国诗歌也由此完成了现代转型。

综上所论,五四白话文运动之"国语"的形成,并非全部来自口语、俗语、方言,还有相当比例来自具有表意功能的文言文以及欧化语,以弥补白话的粗疏,表达"精密的思想"。"胡适们"在对文学语言进行重构之时,注意表意功能的同时也注意到了白话语言的审美问题,"借思想改造语言,借语言改造思想",使得现代文学语言得以逐步确立。这里借用胡适在《新思潮的意义》一文中提出的"研究问题,输入学理,整理国故,再造文明"作结:批判、继承、输入、创新多管齐下,最终形成典范的"文学的国语"。

以《新青年》与北京大学为中心,以胡适、陈独秀等为主将兴起的这场文学语言革新运动,不但影响了中国文学的历史进程,在世界史上也是罕见的思想文化运动。晚年的陈独秀曾言:"五四运动,是中国现代的社会发展之必然的产物,无论是功是罪,都不应该专归到几个人,可是蔡先生、适之和我,乃是当时在思想言论上负主要责任的人。"②到了周作人等提出"人的文学""平民的文学",鲁迅发出"吃人"的呐喊以及批判国民性,启蒙运动开启,现代文学得以正式确立。

---

① 胡适:《〈蕙的风〉序》,载欧阳哲生编:《胡适文集》(3),北京大学出版社 1998 年版,第628 页。

② 陈独秀:《蔡孑民先生逝世后感言》,载《陈独秀文章选编》(下),生活·读书·新知三联书店 1984 年版,第 642 页。

第五章　汉字改革的存废两极

　　清朝末年正是清政府衰败到极点的时刻。自鸦片战争以来,与西方列强的每一次对峙,都是关乎国家存亡与民族尊严的耻辱记录。再加之西方思潮随着坚船利炮的入侵,以及知识分子对于时局体认的日益炽热,于是,器物层面、政体层面的变革此起彼伏,清王朝风雨飘摇。从学术来看,是传统中国学术衰落而西方学术传入;从政治来看,是专制政治没落和民主政治萌芽;从统治阶层来看,是满人政权消退而汉人势力抬头①;到了民初以后,则是旧文学日渐衰落而新文学得以诞生和发展。

　　在旧文学的衰落和新文学的发生发展过程中,关于现代民族国家与汉字之关系的讨论愈演愈烈。以语言文字的兴废问题为核心的民族语言文字的变革,就摆在了其时知识群体的面前。谈及中国语言文字的废与存,不得不提到以吴稚晖为代表的《新世纪》派,他们基于无政府主义而提出废除汉字、径用万国新语的主张。显然,这种恨铁不成钢的爱国热情值得提倡,但是,这种废弃汉字而使得民族文化无以立根的民族虚无主义的思维逻辑却是不可取、不可行的。《新世纪》派的这种主观废除汉字的极端主张,受到了章太炎的激烈批驳。章太炎基于其汉民族的历史文化观,以其小学修养为根底,提出了立场

---

　　①　张玉法:《中国历代思想家二十一·章炳麟》,(台湾)商务印书馆 1999 年版,第 7 页。

鲜明的保存汉字的汉民族文字观。这与吴稚晖辈的无政府主义的虚无语言观形成了鲜明的对比。

第一节　言语中心主义与汉字改革

文字作为一种记录语言的符号系统,根据记录语音和语义的情况可分为三种,即表音文字、表意文字和意音文字。通常意义上讲,文字具有形、音、义三个要素。表音文字记录音,由音再联系到义,如英语、日文假名;表意文字记录义,再联系到音,如汉字;意音文字记录义和音,从理论上讲,是最理想的文字,如汉字中的形声字。如果从视听方式来看,一般而言,表音文字是用来听的,是一种听的文字;而表意文字则是看的,是一种看的文字。作为记录语言的符号,文字本无优劣之分,因为不同的国家或民族背景形成不同的文字,对于生活于其中的使用者来讲都是"正确、适用"的,评判语言的优劣,应以语言性质的差异为标准,而不应以使用它的民族文化作为评判标准。

但是,西方学者立足于表音文字的立场,将表音文字的优势进一步扩大,形成了言语(语音)中心主义。德里达在1967年出版的《声音与现象》一书中集中讨论了胡塞尔的符号理论。胡塞尔在《逻辑研究》将符号分为两类,一类是在场的、直接呈现意义的符号,如语音;一类是不在场的、间接传达意义的符号,如文字。在胡塞尔看来,所有发声的语音都是在场的、直接呈现意义的符号,因为意义在其中与生俱来,内在于这个有血有肉的话语有机体中,一经说出来就直接呈现自身的意义。较之而言,那种不在场的符号,它的意义却是后来人为附加的,它犹如一幅空白的画布,人们可以在上面尽情打给自己想要的图案。在胡塞尔看来,正是因为语音的在场性,它传达意义具有直接性,而且其意义世界充满了生命气息;文字却不能实现这一点,因为它只是没有生命、冷冰冰的符号,而且意义传达具有不确定性,人们可以任意解读这些文字。例如,对同一部文学作品,不同读者的解读就不同,"一千个读者,就有一千个哈姆雷特"。因此,相比于语音而言,文字只是从属地位的载体和中介,它只是记录和保存语音以起到传承知识的作用。语音优先于文字,而且比文字更重要,原因就在于语音直接呈现了言语者明确的内容和意义;而文字由于不在场,大部分读者无法把握文字所要明确表达的意义。胡塞尔的这一思想遭到了德里达的批判,被德里达归结为"语音中心主义"。在德里达看来,语言不管是用语音还是文字记载,都是有生命的,不能以言语者是否在场来判定语音和文字的优先。[①] 实际上,在德里达看来,这种言语中心主义源于西方"在场"的形而上学史。"在场(presence)是谓逻各斯以言说呈现,言说以词语进行,词语是声音和意义相结合的符号,符号所指的意义来自逻各斯的理性,逻各斯借助言说的意义——声音显示为当下的在场。"[②]

如上所述,对于不同类型的文字或语言,不能以使用它的民族文化作为评判标准。正如语言学家张世禄所说:"语言是人类表达情感思想的一种工具,依着民族社会习惯的分歧和变异,演成错杂不同的现象……究竟哪一种语言可说是属于优等,哪一种可说是属于劣等呢?"[③]循着这一思路,张世禄认为,在一般人看来,当一个民族的文化较优时,它所使用的语言也是好的,相反,当一个民族的文化较劣时,它所使用的语言也是劣的。在这种直观的感觉中,所谓好的语言,表现的内容比较丰富,词句等发展得很完备。这种理论乍一看似乎颇有道理,但没有任何学理依据。晚清以来对于汉语的不同看法和种种争论,大多就是持这种感性或印象式的评判,以在军事、政治上显示出优势的西方文化为优,而以中国的传统文化为劣。实际上,从学术研究的角度看,语言的优劣不应以其所承载的文化甚至文化背后的其他因素作为评判标准,而应

---

① 卢德友:《德里达》,陕西师范大学出版社 2017 年版,第 38~39 页。

② 参见易闻晓:《中国诗法学》,商务印书馆 2017 年版,第 59~60 页。

③ 张世禄:《汉语在世界上之地位》,载《张世禄语言学论文集》,译林出版社 1984 年版,第 104 页。

以其自身的适用性为标准。① 的确,语言在传播推广过程中会受到经济、政治、文明程度等各种因素的影响。一般而言,经济发达或文明程度高的语言,或是某一国家的方言,会成为众相追捧的对象。这也适用于清末以来中国的汉字改革和言文一致的倡导与践行。同样的评价标准也适用于不同类型文字的评价。

张世禄是从语言学研究角度立论的,他所申明的不能以使用语言或文字的民族的文化作为评判语言或文字的标准,属于静态的学术探究。但对于晚清以来出于救亡、启蒙、复兴等考虑而进行的语言文字变革而言,又另当别论。正如我们在第一章所论的,单纯从语言自身内部来考察的,是"往往出于民族的不自觉",这种不自觉,从清以前的文言(文)与白话(文)的关系可以见出,也即属于语言的渐变。而清末民初以来的对于文言(文)和白话(文)的主张,则属于语言的突变,有人为性因素在内,在文字救国时期切音字的创制和白话文的提倡,还有新文化运动中关于白话文作为文学正宗的主张,都是一种语言的突变。霍布斯鲍姆说,"语言民族主义的争夺焦点是书写语言,以及在公共场合所使用的口语"②。在这种语言突变过程中,又有传统/现代、先进/落后等因素的考虑,而建立现代民族国家的诉求起到重要作用。

因为语言的交际功能,在民族交往过程中,首当其冲的语言成为一个民族最为显豁的文化特征。梳理历史上以语言为主题的社会变革,我们发现,民族主义与民族国家的诉求总是在其中起着重要的作用。如欧洲文艺复兴时期,但丁采用意大利语入文,常被研究界看成民族主义观念的起源。一般而言,世界文字主要分为表音系统与表意系统,而汉字则是表意系统的典型代表。中西文化的不同,有一个重要的因素就在于它们的书写系统的差别,西方代表国

---

① 张世禄:《汉语在世界上之地位》,载《张世禄语言学论文集》,译林出版社 1984 年版,第104页。

② [英]霍布斯鲍姆:《民族与民族主义》,李金梅译,上海人民出版社 2000 年版,第134页。

家主要以表音文字为主,而中国则以表意文字——汉字为记录语言的载体。从晚清以来一直谈论的"言文一致"问题,也与对汉字的定位与理解有着颇为直接的关系。我们在第二章曾对语言的工具属性与意识形态属性进行过辨析,兹不赘述。如何认知作为语言的载体的文字,更具体地讲,我们如何对汉字的性质进行定位,自古以来就是中国人一直不断进行并且还将继续下去的一个任务。

一般来讲,对于语言文字的认识,主要有理性与感性认识两种。"感性的认知,可能引发对语言文字的宗教式的狂热,从而将它们神圣化;理性的认知,则能洞悉语言文字的本质,从而更好地加以运用。"①汉字作为一种自源性文字,是汉族在长期生活过程中创造出来的。汉字的神圣性,源于人们对于汉字的感性认识,是以汉字的神秘性、识别性和古老性为基础的。从其创始之日起,人们对汉字持一种感性认识,也就是说,对汉字有一种近乎宗教式的狂热,而对知识意义上的语言不太感兴趣。在旧有的对于语言的认知中,有学者指出:"语言不仅是人性、天道的表现,还是教化、伦理甚至治乱的征象……历久不衰的文字崇拜思想在清末的文化守成主义者那里还有相当市场,反对变革'祖宗之法器,国家之徽章'——语言文字的论者大有人在。"②从汉字产生的各种传说以及其后汉字的用途来看,汉字自产生起,便与生俱来自带神圣性。对于文字的来源,先人也做出了各种假设性的颇具神秘色彩的推断,并逐渐将这种种的假设"神圣化"。如《淮南子·本经训》就记载,仓颉造字之时,竟然会发生"天雨粟,鬼夜哭"的奇异景象。"天雨粟,鬼夜哭",形容天地鬼神知晓仓颉制造了文字,因而惊骇至极,由此可见汉字的神奇力量。汉字的产生充满传奇色彩。根据原始人的巫术两大原理之一的接触律,凡触及神祇者,不管何物,都染有神圣性。如我国的甲骨文,本是一种卜辞,记录甲骨纹(裂痕之纹,

---

① 李柏令:《走下神坛的汉语和汉字》,上海交通大学出版社2017年版,第1页。
② 赵黎明:《"汉字革命"——中国现代文化与文学的起源语境》,中国社会科学出版社2010年版,第7页。

即神的语言），后来逐渐发展成为沟通神人的系统符号。本是占卜副产品的甲骨文具有了神的语言的神圣性，因为其与神灵的指令有关，于是也就具有了统治权力、预言能力等神圣性力量，让人产生一种敬畏感。如借字形造秘符测吉凶、通过人名测命、汉代纬书等，都是借助汉字的神圣性而运作的。这些都是文字神圣性的一个显例。再者，又认为语言是天道的体现，如《尚书·周书·旅獒》曰："志以道宁，言以道接。"许慎《说文解字·序》曰："盖文字者，经艺之本，王政之始。"语言在古人心中，不只是一种具有交际功能的认知规范，更重要的，它还以其承载的文化而成为一种道德规范。这一基调在许慎作《说文解字》时就已经很明显了。在《说文解字·序》中，许慎指出："文字者经艺之本，王政之始。前人所以垂后，后人所认识古。"人们不自觉地将语言问题政治化、伦理化，以虔诚的社会伦理责任之心来寻求汉字背后的神圣的政治、伦理意涵，进而以之用于社会治理以及文化创造中。

中国是典型的以农业社会为基础的国家，因为种种条件的限制，文化的高度差异性成为农业社会的突出特点。在农业社会，知识被特定阶层占有，汉字的神圣性成为一种礼拜模式，在强化知识占有多少的身份及地位区别之时，也赋予这种权力的合法性和传承性，可以以之明确划分出阶层或等级。也正是因为这种上下层的权力分殊、文化分野，汉字所记录的书面语有两种形态，一是流行于上的文言，一是通行于下的白话，文言、白话的分殊和文字的不普及，阻碍了汉字知识传播功能的发挥。晚清以来的语言文字变革，有一定的学术机理，即看到了在言文一致的要求下，汉字因其繁难（当然，也就文言的繁难考量在内）而不能实现广而告之的启蒙任务，当然，也与现代民族国家的建构任务不相符。汉字要实现启蒙的目的，就必须使受启蒙者能够接受启蒙内容。如卢戆章在《中国切音新字说》中强调，切音地新字创制的原初目的就是："无非欲华人识字日多，以救贫弱。此余之所以勤勤恳恳，不能自已也。当此国家多事之秋，当有至简至易之新字，俾得数旬之内，吾国之男女老幼无不能读书识字,以兴各种之实学,斯诚变通之大原也。"①由此可见,不论是外国人眼中的汉字汉语,还是与以表音文字为主的泰西和日本文字为比鉴对象而得出汉字繁难结论的国人,都取同样的致思路径,即为追求言文一致计,必须改用表音文字,使识字者众,以开通民智。

文字是语言的记录工具,文字之所以被创造出来就是为了克服语言音响的时空局限性。因此,语言既可以"声入心通",也可以"形入心通"。但是,与表音文字"声入心通"不同,汉字的"形入心通"要求必须将汉字的识读作为基本要求。于是,汉字与泰西、日本文字相比,其弊端就显现出来。既然汉字的问题是在比较中产生,那么我们先来看一下外国人眼中的汉字。戴维·阿伯克龙比(David Abercrombie)说:"在每一种原始书写系统的初级阶段每个词都分别以一个单独的语符为代表,唯有汉语现在仍然采用这种写法,而其他文字却都已采用了较为实用的办法。用所谓的'表意文字'(对这些书写系统来说这不算是一个什么好词)有许多严重的欠缺,主要是难以详尽解释,难写难记。"②早期来华的英国皇家炮兵少校亨利·诺利斯在1885年出版的《英国人在华生活》一书中谈道:"关于汉语的发音和语法,凡谈及这些复杂问题的书都会使学习欧洲语言的人感到沮丧,因为汉字与我们的字母并不相同。有些由示意符衍生出来的语符代表了一些根词,经过组合、扩展和增添之后构成了汉语的全部词汇。因此实际上并无拼写;有多少词就有多少语符,它的数目因不同学者的统计而不同,大约4万到5万之间,不过一般应用4000个字就够了。显然,光学习书面语的一些基本知识就需强记硬背大量东西,即便学一点口语知识也非苦学一番不可。"③这是与中国打过交道的外国人对汉字汉语的印象:难写难记难学,而且入门难。

之所以举两个外国人的说法,是想做一个论述变通。我们通常的做法,会

---

① 见《万国公报》月刊第93卷,光绪二十二年(1896年)九月刊。
② 参见熊文华:《汉英应用对比概论》,北京语言文化大学出版社1997年版,第41页。
③ 参见熊文华:《汉英应用对比概论》,北京语言文化大学出版社1997年版,第39页。

直接论述清末以来提倡汉字变革者的主张,但是,清末的汉字变革的主张,都有一个他者作为对比与模仿对象,即泰西与日本。既然这样,我们就选取两个代表性的外国人对汉字的看法,以补证国人的认知。这两个外国人的看法,与开眼看世界的知识阶层提出的汉字变革的原因有异曲同工之处。如卢戆章指出:

> 中国字或者是当今普天之下之字之至难者。……《康熙字典》之40919 个之记号字,然常用者不过四五千字而已。四书有 2328 不同字者,五经有 2427 不在四书内者,十三经共总有 6544 字之不同者。其中除《尔雅》928 甚罕用之字,平常诗赋文章所用者,不过五千余字而已。欲识此数千字,至聪明者非十余载之苦工不可,故切音字当焉。

切音字运动的目的,在于普及识字,这成为之后国语运动的先锋。其实质则是站在不识字的民众立场上抱怨汉语文与言分离的。其时各种强调声音优先的拼写方案,实际上已经暗含了汉语拼音化的苗头,汉语拼音化是国语运动的目标之一。在其后的发展中,1913 年"读音统一会"通过投票方式议定6500 字的国定读音(简称"国音"),但是,当时对于国语的界定为"就国音而发"的"近文之雅语","一种极普通之官话"。实际上,读音统一会只解决了"国音"的问题,并没有解决"近文雅语"的国语问题。这一问题,直到五四才得到解决。

第二节 章太炎的民族主义汉字观

晚清时期由于整个社会气氛的复杂化,一方面在政治上有维新革政派,有保皇护满派,也有排满革命派。另一方面在学术上也正好处于旧传统与新观念交互较劲的年代,以传统为鹄的之学者,主张读书人仍应以研究古典学术为职志,此为清代"考据之学"之余绪;而较具家国民族观念之士人,则主张读书人应为国家社会服务,不应一味陷在古人的思想泥淖中,而"拯救时代"更是知识分子应有的认知与作为。服膺此一观念的学者,对满人长期以来的暴苛统治以及对民族文化的破坏极度不满。唯迄清末,满政颓败,国事式微,有识之士再也无法忍受政府的腐化衰败,纷纷力图改革,以谋救国之道,而知识分子把其时的"国弱民困"归咎于中国传统文化的落后。中国传统文学,自然也在他们的排挤之列,他们认为,中国传统的文学,多用文言文,只有士大夫阶级才能领会和欣赏,实际上文学可以产生力量,促成社会的改革以及时代的进步,于是提倡白话文学者,极力主张用白话来将其主张广而告之。

在这样一个古今转折、中西交汇的时刻,读书人应该如何面对,他们又是如何面对的,就成了一个值得研究的课题。章太炎就是这个转型时期颇具代表性的人物之一。章太炎先生虽属守旧派人士,无论是从家教还是师承上讲,古文经学的师承传统,终其一生古奥奇绝的古文怪僻,决定了他与白话渊源不深,甚至曾经在某种程度上反对白话文;但是,他却有白话文学作品传世,以白话讲演,也针对白话文学尤其是白话诗表达过自己的一些看法。这看似矛盾,但实有理路可寻。窃以为,用鲁迅先生对章太炎先生的评价——"有学问的革命家"这一双重定位就可窥一斑。

鲁迅先生在《关于太炎先生二三事》一文里,对章太炎先生的一生业绩做出了评价:

> 我以为先生的业绩,留在革命史上的,实在比在学术史上还要大。
>
> 战斗的文章,乃是先生一生中最大,最久的业绩……①

章太炎在革命史与学术史上的业绩孰大孰小,当然自可讨论。但是,鲁迅这里所提出的关于章太炎学问与革命的关系问题,却触及了中国知识精英如何从传统类型向近代类型蜕变而使自身在时代潮流中得以济世导群这样一个关键问题。

许寿裳在《章太炎传》第一节"绪言"中提到:章太炎是"革命元勋,同时是

---

① 《鲁迅全集》第6卷,人民文学出版社2005年版,第565、567页。

国学大师"。"章先生学术之大,也是前无古人。试看有清一代的学术,惟有语言文字之学,就是所谓的小学,的确超轶前贤,光芒万丈,其作多是不振……独有先生出类拔萃,虽则他的入手工夫也是在小学,然而以朴学立根基,以玄学致广大,批判文化,独具慧眼,凡古今政俗的消息,社会文野的情状,中、印圣哲的义谛,东西学人的所说,莫不察其利病,识其流变,观其会通,穷其指归。'千载之秘,睹于一曙'。这种绝诣,在清代三百年学术史中没有第二个人,所以称之曰国学大师。"①而 1944 年 9 月,许寿裳应国民党中央宣传部副部长潘公展之约为其主编的丛书"中国历代名贤故事集"撰写《章炳麟》一书。半年后,也即 1945 年 3 月 31 日,许寿裳在寄稿的同时,附上书信一封,在信中,他着重声明:

> 章先生为革命元勋,同时为国学大师,世人仅注意后一点,不足以明真相,拙稿双方并重,而文字力求简要,删而又删,成此字数。②

同年,许寿裳应邀为《教育全书》撰写 15000 字的"章炳麟传略",交稿时,许寿裳也同时附上一"郑重声明":

> 章先生为国学大师,著述精深独到,三百年来无第二人,贡献于学术上及教育上者甚大。又为革命元勋,惜世人多不明了。今拙稿于此双方兼顾,而文字力求简要,删而又删,故不超过所限字数。③

由鲁迅、许寿裳二人的评价可知,鲁迅看似更注重其革命意义,而许寿裳则兼重二者。公允而言,作为有学问的章太炎,可谓一生"革命与学术一身而二任"。也正是这革命与学术皆付一身,才有着貌似矛盾但实质却终生持守己志的章太炎,也就有了传奇色彩的以学问为革命进阶的斗士。

如果这样的评价,还有弟子对于尊师的敬讳的考虑在内的话;那么,作为

---

① 许寿裳:《章太炎传》,百花文艺出版社 2009 年版,第 3 页。
② 陈平原:《作为著述家的许寿裳》,载许寿裳:《章太炎传》,百花文艺出版社 2009 年版,第 3 页。
③ 陈平原:《作为著述家的许寿裳》,载许寿裳:《章太炎传》,百花文艺出版社 2009 年版,第 4 页。

开一代风气而名满天下的胡适博士,在为上海《申报》五十周年纪念专刊所撰长文《五十年来中国之文学》中,认为章太炎是清代学术史的重镇,同时又是文学家,就应该是比较客观公允的了。他所创作的《国故论衡》和《检论》,都是古代文学的优等品,而且可以与《文心雕龙》《史通》《文史通义》相提并论,从内容和形式上来衡量,章太炎的著作可"成一家言"。①

"成一家言"是一个很高的评价。曹丕在《典论·论文》中指出:"盖文章经国之大业,不朽之盛事。年寿有时而尽,荣乐止乎其身,二者必至之常期,未若文章之无穷。是以古之作者,寄身于翰墨,见意于篇籍,不假良史之辞,不托飞驰之势,而声名自传于后。"诚然,成一家之言有着古代立言观念中的功名期望,但能成一家之言,也即学问自成体系和派别,这自古及今也不是一件轻易的事。在胡适的评价中,在两千年的学术著作中,他所认定的"著作"只有区区七八种,而章太炎的《国故论衡》及《检论》便被归入其中。按照这种说法,则中国两千年来的学问,章太炎自己就占了近三成,这种美誉,可见章氏之影响。当然,这还不是全部,章太炎还涉足经学、诸子学、文字学、音韵学、文学、史学、哲学、佛学甚至医学等各个方面。而且,"章太炎的好处是干什么像什么,是个大政治家,也是个大学者"②。

章太炎的建树,并不仅仅在于其古文字学功底以及国学的知识上。我国自鸦片战争失败后,就被迫开放门户,在强炽的西风吹拂下,中国社会与文化无法抵挡这股潮流,接受了痛苦的蜕变与冲撞。章太炎虽然没如林琴南等人对西方文学那般热衷,但章太炎"处在一个新旧交替的时代,他既不是新时代的保守者,也不是旧时代的急进者。他把旧时代的思想化为新时代的思想;同时也使新时代的思想适合于蜕变无多的旧社会。炳麟所以能得到学术及思想

---

① 胡适:《五十年来中国之文学》,载《胡适说文学变迁》,上海古籍出版社1999年版,第114~115页。

② 陈平原:《后记》,载陈平原、杜玲玲编:《追忆章太炎》(修订版),生活·读书·新知三联书店2009年版,第363页。

的广泛推崇,不是因为他在新时代里拥有旧知识,也不是因为他在旧时代里传播新思想,实在是因为他有学问无中西、思想无新旧的胸怀"。也就是说,在章太炎的学问人生中,他"治学无分中西,研究的兴趣由国学伸展到佛学,又伸展到西学,然后以佛学、西学印证国学"。对于西学,章太炎认为,"真新学者,未有不能与西学相契合者也","如果提倡国学的人,对西学深闭固拒,毫不吸收,那他们就和封建顽固派没有区别了"。章太炎反对康有为"远引泰西以证经说",认为对于西学,"宜憔悴竭思,斟酌法则而行之"。① 在相关文献上,我们并未发现章太炎对任何西方著作或论述有进行翻译,也没有标榜过哪一部西方文学作品是他所欣赏的,但由上所述,我们可以断定章太炎受西学影响不小,也一定接触过不少西方书籍,对于西方的文字表达必然也很熟悉,这对他的白话文学思想,无形中将会产生一定程度的影响。

凡成一家言者,其学问无不备具时代性,无不将其身世融入学问中,如若仅仅埋头皓首穷经,不学以致用,则经学之流为训诂与章句,文学之流为词章,史学之流为考订与纂辑,全部用心都在沿袭前人已有的学业上,却与自己身世决不相干——离开了时代,根本不可能成为一济世导群的大学者。清末民初的那一代学人,以章太炎、梁启超等为代表,在近代中国"三千年未有之变局"的乱世,成为一代文宗;近世造就的学问大家不绝如缕,但其中真正称得上泰山北斗的人物,屈指可数,章太炎又名列前茅,甚至可以说独占鳌头。这从上述的评述中可见一斑。更难能可贵的是,章太炎不只是文坛巨擘、学界宗师,更是民国政坛上呼风唤雨的大将,一部中华民国史,如果少了这个人物,不知会减色多少。

章太炎的革命性,呈现在他排满的汉民族主义观的实践中。章太炎 9 岁便受外祖父朱有虔传授经训。汪东在《余杭章先生墓志铭》中说:"外祖朱氏,尝授以《春秋》大义,谓夷夏之辨,严于君臣,服膺片言,以至没齿。"②章太炎

---

① 张玉法:《中国历代思想家二十一·章炳麟》,(台湾)商务印书馆 1999 年版,第 158 页。
② 参见汤志钧编:《章太炎年谱长编》上册,中华书局 1979 年版,第 6 页。

在十三四岁时,偶读蒋氏《东华录》,在其中读到戴名世、吕留良、曾静事,由此遂生排满之志。而且,章太炎在《口授少年事迹》中谓:"十九、二十岁时,得《明季稗史》十七种,排满思想始盛。"而在《光复军志序》中称:"弱冠,睹全祖望文,所述南田、台湾诸事甚详,益奋然欲为浙父老雪耻;次又得王夫之《黄书》,志行益定。"①这一点在章太炎《自定年谱》以及朱希祖《本师章太炎先生口授少年事迹笔记》、章太炎《致陶亚魂柳亚庐书》《在东京留学生欢迎会演说辞》等中皆有叙及。受外祖父民族主义观影响,章太炎在《东华录》《扬州十日记》等书中,读到了"异种乱华",内心所含的民族主义思想萌发,"愤满洲统治之虐,明春秋夷夏之防","年十三四,就能够读《东华录》,年二十就读全祖望文,于郑成功事,愤然欲与满清拼命"。②及其父章濬殁,嘱以深衣敛。《先曾祖训导君先祖国子君先考知县事君事略》中曰,"炳麟幼时闻先人余论,读书欲光复汉绩,先考亦不禁也。尝从容言:'召家入清已七八世,殁皆用深衣敛,吾虽得职事官,未尝诣吏部,吾即死,不敢违家教,无加清时章服。'炳麟闻之,尤感动。及免丧,清政衰矣,始从事光复。"③

所谓深衣,语出《礼记·深衣》,深衣有一定的制作规范,其特点是"被体深邃",使身体深藏不露,雍容典雅。《礼记·玉藻》指出,古代上层在家居中时通常着深衣,同时,庶人百姓也以深衣作为正式场合的礼服。深衣创始于黄帝轩辕氏时代(一说商朝),一直到明朝结束,都是中华民族服饰中最主要的一种。广义的深衣,是指汉代传统服饰中所有可以"被体深邃"的。其父嘱托的殁后的"深衣敛",也就是着汉服,以汉民族的礼仪入葬。由此可见章濬深厚的汉民族情结。章太炎受其父的影响,再加之其所读到的《东华录》等关于戴名世等人的案件,章太炎的华夷观已经深深地在心中扎下根基。

1890年,深具排满思想的章太炎,遵父训二十三岁入诂经精舍,跟随著名

---

① 参见汤志钧编:《章太炎年谱长编》上册,中华书局1979年版,第9页。
② 许寿裳:《章太炎传》,百花文艺出版社2009年版,第25~26页。
③ 参见汤志钧编:《章太炎年谱长编》上册,中华书局1979年版,第10页。

经学大师俞樾研习古文经学及治学方法,在学业上从此奠定了良好的根基。1895 年甲午战争中国战败,激于民族危机,钦佩康有为等的"公车上书",章太炎毅然出走书斋,投身到民族的振兴大业中,开始了他济世导群的革命家生涯。1896 年,他参加康有为创立的上海强学会,开始与梁启超、夏曾佑等交往。自此介入时政,于《时务报》《经世报》《昌言报》等报纸撰文,宣传维新变法,但终因学术意见之争发生与麦孟华等人的"拳殴"事件。1898 年春,曾应张之洞之邀赴武汉办报。章太炎刚开始时赞成维新变法,指出中国应该"发愤图自强""不能惟旧章之守",主张以"革政挽革命"①,并且与康有为、梁启超等维新派颇有交谊。但好景不长,戊戌变法在短短的三个月内就以失败告终。康有为、梁启超为避杀身之祸流亡。章太炎受康梁之累,不得不逃亡中国台湾,此间为《清议报》撰写了大量排满文章。1899 年夏,他被迫东渡日本,在横滨,与梁启超等人修好,经梁启超引见首遇孙中山先生。由于维新变法的遭际,在孙中山的影响下,章太炎改变了原来持有的"以革政挽革命"的念头,转而变以"革命"思想,章太炎的排满观和古文经立场日益明确。1900 年,章太炎参加由严复、唐才常等组织的"中国议会",并割辫明志,极力主张与会的满、蒙代表离会。1901 年,发表《正仇满论》,批驳立宪政体主张,倡言排满革命,再次被通缉,只能走避苏州,又遭俞樾斥责,遂作《谢本师》,旋二次赴日,与孙中山发起"支那亡国二百四十二年纪念会"。1902 年章太炎回国后潜居家乡删革《訄书》,表明政治和学术立场,划清与维新派之间的界限。1903 年,为驳康有为的保皇谬论,发表了《驳康有为论革命书》,激烈地批判清政府,指斥清帝,并将光绪帝斥为"小丑",又为邹容《革命军》作序鼓吹,主张用革命手段推翻清朝的统治,并强调革命舆论的重要性。遂引致清廷与公共租界相勾结,制造了使中外舆论大哗的"苏报案",可谓是章太炎的一生中重要的思想转折。在众人各自走避的情况下,章太炎却坚持不肯离开,以"虽千万人吾往

---

① 汤志钧:《章太炎传》,(台湾)商务印书馆 1996 年版,第 26 页。

矣"的气魄,从容赴义,被判处监禁三年。不过,据朱维铮先生称,"此狱造就他的反清革命首席代言人的地位"①。章太炎在《口授少年事迹》有如下自述:

> 蔡孑民等在上海设爱国学社,张溥泉、邹蔚丹自日本归,章行严自南京来,相见甚欢,皆与余结为兄弟。时蔚丹作《革命军》,余为序而刻之。余又作《驳康有为书》,痛斥保皇之非。行严又主苏报社。《驳康有为书》中有"载湉小丑,不辨菽麦"之语,于是清两江总督派员来查,遂成大狱。余与邹蔚丹被捕。余在巡捕房与中山书,尊称之为总统,溥泉为余送去,遂下狱三年。②

章太炎虽系狱三年,从事苦役,但革命之志矢志不移。1904 年,他在狱中与蔡元培联系,促成了光复会的建立。1906 年 6 月,章太炎出狱,应孙中山之邀,远赴日本,提出"用宗教发起信心,增进国民道德","用国粹激动种性,增进爱国热肠",在海内外影响巨大。后由孙中山主盟,加入中国同盟会,任《民报》主编。在与《新民丛报》论战中,章太炎一方面凭借其精深的学术修养辅翼其革命宣传,与竭力鼓吹保皇立宪的梁启超进行思想与学术的论战,推动了革命形势的发展。另一方面,积极投身国粹主义运动,在《国粹学报》上撰写文章,在东京开班讲习国学,"宏奖光复,不废讲学"。1910 年光复会重组,被推为会长,并任《教育今语杂志》社社长。

1911 年,章太炎从日本回国,发起"中华民国联合会",撰写《诛政党》等政论。1913 年 6 月,撰写《驳建立孔教议》,1913 年 8 月,在新华门大骂袁世凯被拘捕。1916 年 6 月,袁世凯死后,章太炎恢复自由,前往上海。为严防封建帝制遗孽作祟,他倡言"宗社党有新旧之分,复辟论有满汉之异"。张勋复辟与段祺瑞专政时期,章太炎与孙中山联合发表通电声讨,发动护法战争,护法

---

① 朱维铮:《〈国故论衡〉校本引言》,《复旦学报》1997 年第 1 期。
② 朱希祖:《本师章太炎先生口授少年事迹笔记》,载陈平原、杜玲玲编:《追忆章太炎(增订本)》,生活·读书·新知三联书店 2009 年版,第 64 页。

战争失败后,寓居上海。行文至此,有一点需要指出的是,章太炎为了革命事业虽然可以如此牺牲,但他并非一味效忠孙中山,例如1922年,徐世昌被直系胁迫去位,迎黎元洪复位,并恢复旧国会。章太炎认为法统已复,劝孙中山辞去非常大总统之名,但不为孙中山所接受。章太炎、孙中山在某些观点上或有未尽协和,但皆能以国事为重,共同负起改变历史的重责大任。晚年的章太炎主张读经,并根据《春秋》"非我族类,其心必异"之论,极力主张对日要强烈,不能妥协。

可以说,革命工程几乎贯穿了章太炎生命中的菁华岁月。为了鼓吹革命,他积极办报,发表了许多言论、文告,而他在古文及经学方面的造诣众所皆知,如果以他一本为文习惯,经常出现拗涩难懂的文字,对传达他浓烈的爱国思想必然是非常不利的,所以他的若干宣言,可以发现明显与其他属于学术性论著之表达方式大有区别,如《序革命军》:

> 今者风俗臭味少变矣,然其痛之疾首,恳恳必以逐满为职志者,虑不数人。数人者,文墨议论,又经务为温藉,不欲以跳踉搏跃言之,虽余亦不免是也。①

这段文字,虽非全然白话,但与章太炎的学术论文、政论论文相比,在语言形式上已显平实而通俗了。这已经迥异于一向以拗口古文写作的学问家章太炎的风格了。作为"有学问的革命家",章太炎的政论往往是学者的论政,因此,其论政风格表现出极强的理论性,引经据典,牵涉的故事颇多,往往兼顾方法,所以章太炎极力反对急功近利。正是作为有学问的革命家,也是作为有思想的学问家,章太炎以其学问在近代乱世彰显其革命本性,又以其毫不畏惧的大无畏精神,升华了济世导群的传统知识分子的精神节操。

清末民初整个社会气氛复杂化,在这样一个古今转折、中西交汇的时刻,读书人应该如何面对,他们又是如何面对的,就成了一个值得研究的课题。章

---

① 章炳麟:《序革命军》,载郭绍虞主编、王文生副主编:《中国历代文论选》第4册,上海古籍出版社2001年版,第293页。

太炎就是这个转型时期颇具代表性的人物之一。章太炎出于对个人人生际遇与现实生活斗争的深刻体验,借由其哲学思辨的深入和精进,以自己的小学和朴学研究为基础,形成了自己独具一格的语言文化观。也即,以从传统小学发展而来的语言文字之学为基础,借助逻辑的方法,形成了以文字为中心的汉文字文化。在此基础上,以文章"规则"定"雅俗",并基于现实文化变迁,力图求雅俗,平等看视两大文化,并希冀由小学复古而文学复古,改造民族语文,保存国粹,再造文明。

  章太炎是一位极力主张语言文字重要性的民族主义者,"从根本上说,章太炎是以文化,而不是以血统来定位中华民族的"①。具体而言,即以历史为根据来确认民族:"这个历史,是就广义说的,其中可分为三项:一是语言文字,二是典章制度,三是人物事迹。"②章太炎基于其小学修养,力倡以小学研究来达致国粹研究。章太炎指出,优美的文章最重要的是文字的讲究。唐代之前,文人们都通晓音韵、训诂、文字等小学,文章优美,感情丰富充沛。但宋代义理之学大兴以后,对于音韵、训诂、文字的重视程度减弱,文字使用不讲求规范,文章根本不能动人以情。因此,章太炎极力主张提倡小学,通过文学复古,达到爱国保种的目的。③ 章太炎要以小学为根基,保全中国语言文字,由是他对文学作了全新的界定。在《文学总略》的开篇④,章太炎直接亮出了自己对文学的界定,也即"文字著于竹帛"就是文,而"榷论文学,以文字为准"。这是章太炎一直在思考的问题。在章太炎看来,中华文化源远流长,文体各异,因此,追根溯源,应从训诂文义方面入手,做出合乎中国实际的理论概括。在章太炎看来,文章是指有形质而自有"起止"。而"彣彰"则只指那些富

---

① 张汝伦:《现代中国思想研究》,上海人民出版社 2001 年版,第 147 页。
② 章太炎:《东京留学生欢迎会演说辞》,载《章太炎讲演集》,马勇编,河北人民出版社 2004 年版,第 1 页。
③ 章太炎:《东京留学生欢迎会演说辞》,载《章太炎讲演集》,马勇编,河北人民出版社 2004 年版,第 8 页。
④ 章太炎:《文学总略》,载《国故论衡》,上海古籍出版社 2003 年版,第 49~50 页。

于文采、藻饰和情韵的文章,它只是文的一小部分。因此,文章与彣彰是整体与局部的关系。具有文采和情韵的彣彰,一定属于文。但是,属于文的,却未必是彣彰。因此,界定文时,一定要抓住文的基本质素和规定性,也即"榷论文学,以文字为准,不以彣彰为准"。

章太炎认定文字是文学的根本规定性。文与不文的区别是文字,文字才是衡量文的根本的标准。这样,章太炎对于文的致思路径明显表露出来:文以文字为标准,以文字为限。有字方为文,无字则不能算文。文不是语,不能形诸声音,而必须是"著于竹帛的文字"。由是,章太炎对于文的界定,既区别于口语形式的日常言谈,也完全不等同于以文采和情韵为标准的彣彰。

在章太炎看来,文应该既包括用句读断句的文章,也包括不用句读断句的文字。对于用句读断句的文章,章太炎总称为"成句读文",包括"有韵之文"和"无韵之文"。与"成句读文"相对的就是"无句读文",包括表谱、簿录、算草、地图等。"诸不成句读者,表谱之体,旁行邪上,条件相分。会计则有簿录,算术则有演草,地图则有名字,不足以启人思,亦又无以增感,此不得言文辞,非不得言文也。"①章太炎强调,有无句读不能作为是否为文的评判标准,不能因为无句读断句,就否认无句读的篇章不是文,同理,有句读的文章虽然是文,但并不是文的范围与全部,其实只是文的一部分。这样,章太炎就将文的范围大大扩展了。文"不仅包括声情并茂、漂亮动人的文学作品,也应该包括概念准确、逻辑清明、用词精微的说理议论文字,以及注重事实的历史文书,另外,还包括:'训辞详雅''条理分明'的'数典之文',亦即古代史书中的'书''志'之类,比如《史记》中《封禅书》、《平准书》,《汉书》中《食货志》、《艺文志》和《隋书》中《经籍志》等;以及历代经传解故的注释疏证之文,也就是所谓'学说科之疏证类',也都应该属于文字之'文'"②。

据黄侃《〈文心雕龙·原道篇〉札记》云:"文辞封略,本可弛张,推而广之,

---

① 章太炎:《文学总略》,载《国故论衡》,上海古籍出版社2003年版,第52页。
② 陈雪虎:《"文"的再认:章太炎文论初探》,北京大学出版社2008年版,第38~39页。

则凡书以文字,著之竹帛者,皆谓之文,非独不论有文饰与无文饰,抑且不论有句读与无句读,此至大之范围也。再缩小之,则凡有句读者皆为文,而不论其文饰与否。纯任文饰,固谓之文矣;即朴质简拙,亦不得不谓之文。此类所包,稍小于前,而经、传、诸子,皆在其笼罩。"① 由是,程千帆先生整理出下图:

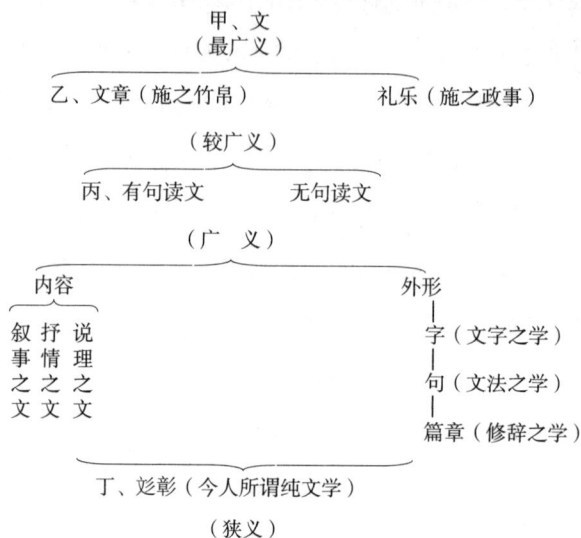

甲、文
(最广义)

乙、文章(施之竹帛)　　　　　　礼乐(施之政事)
(较广义)

丙、有句读文　　　无句读文
(广　义)

内容　　　　　　　　　　　　外形
　　　　　　　　　　　　　　　|
叙　抒　说　　　　　　　　字(文字之学)
事　情　理　　　　　　　　　|
之　之　之　　　　　　　　句(文法之学)
文　文　文　　　　　　　　　|
　　　　　　　　　　　篇章(修辞之学)

丁、尨彰(今人所谓纯文学)
(狭义)

从上图可以清楚地看出,按这种致思路径,章太炎所说的文,包括一切用文字写成的东西,文学、科学、历史、文化、学术、文献等统统被囊括在内,这样宽泛的标准,已经等同于我们今天所说的书面文化了。进而言之,文所涵摄的内容更为广泛。这个义界较之之前的"尨彰"定义更为宽泛。它以文字为准,只要是表现为文字的可以目治的符号,都可以视作文。这个义界就将口头文学等以语音符号为表现形式的排斥于文学之外。就中国传统文化的传承而言,作为知识阶层占据优势话语权的中国传统文化,大约依据知识精英阶层的传承,而那些不管有韵或无韵的文章,还有如《史记》等史学著作所存在的年表、人表、公卿百官表以及大量的文献目录,都是以施于竹帛的形式而存在与

① 程千帆:《文论十笺》,武汉大学出版社 2008 年版,第 49～50 页。

得以流传的。现在能见的口头文学,也是得益于文字著于竹帛等载体形式而传承下来的。

章太炎认为,文字符号是汉民族文明的体现,要珍视这种文明的传承,就必须运用汉字这种工具。他在《文学说例》中说:"夫炎、蚩而上,结绳以治,则吐言为章可也。既有符号,斯殽杂异语,非通古今字知先代绝言者,无能往来,况夫审别流变耶?"①在这里,章太炎用文字来界定文的内涵,强调了文作为人的对象化产物的物质性和现实性,他敢于用"文字"的现世存在来界定文化,即施于竹帛的一切可以目治的文字所体现和涵摄的符号文化。

章太炎以其小学根基,追根溯源,对于经、传、论等考辨源流,否定了自魏晋以来至其时的所谓以道统文的界说路径。如上述引文所见,章太炎对于文的界定,认为应该从字、名的本义出发,"吾今当为众说,古者书籍得名,由其所用之竹木而起"。也就是说,章太炎认为对于事物的考察,应该本于其具体运用,而非囿于一科之见,从观念到观念,而离本太远。他对于文的界定与追根溯源的考据与论证,就是一例。在章太炎看来,文的本义出于"错画相交",也就是来自刻画在龟甲钟鼎竹帛等载体上的书契记事对于现实世界的记录符号,不能更不应该以玄远深厚的人文之道或圣人之意做牵强附会的说解。章太炎的这一对于文的考辨源流的定义,让自魏晋以来,特别是刘勰所发挥的"道沿圣以垂文,圣因文以明道"的"道—圣—文"的经典文化和文学体制的文以载道的文章论②,失去了其神圣的华丽外衣,道圣垂文的道文观被舍弃,附

---

① 章太炎:《文学说例》,载舒芜等编:《近代文论选》(上),人民文学出版社1999年版,第403页。

② 在唐宋以下,儒家文论大都以文以明道、文以载道来界说文化,自唐宋八大家至明代茅坤、唐顺之,延至清代的桐城派,文的界说越来越以日渐僵硬、狭窄、教条化的儒家之道马首是瞻。可以说,文以载道观在某种程度上以其杂博的道统观和宽泛的文统观,确立了士文化的尊显地位,满足了士人经国纬业的形上诉求。但不得不指出的是,这种文以载道观却因对于所谓圣道的执着而致僵硬虚伪,或者又因其过于透明化或温柔化而致枯槁与空疏。如果文因其所标榜的神圣性而超越了文字,也就割裂了世界与符号文化之间的记录和阐发关系,所谓的文以载道的文学也就必然走到了绝路。参见陈雪虎:《"文"的再认:章太炎文化初探》,北京大学出版社2008年版,第63~64页。

着在文之后的道学的巨大阴影被割舍,这样,章太炎以其深厚的朴学和因名责实的追根溯源的实事求是的科学精神,将道统之文拉下了高高在上、唯我独尊的高台。更重要的是,在章太炎关于文的论述中,文不仅仅是指文言传统下被士阶层们所操练的有韵之文与无韵之文,它包含所有以文字形式显现的书面文献。在《文学论略》中,章太炎结合古代各种文类的具体发展与特点,把无句读之文单独归为一类,下设"表谱、簿录、算草、地图四科",理由是它们用文字记载,虽然没有"兴会神味",但却符合"有文字著于竹帛"的文的特质。同时,在成句读文中,章太炎将之分为有韵之文和无韵之文,其中,无韵之文分为六类,包括学说、历史、公牍、典章、杂文、小说,而有韵之文分为词曲、古今体诗、占繇、箴铭、哀诔、赋颂六类。

值得提出的是,这种文的分类,把小说单独作为一类,突破了传统的经史子集的四库分类方法,表明章太炎对于小说在现代社会地位重要性的看重,改变了小说一向屈尊于历史中有稗于史的不入流的形象,打破了小说一向不能入文言传统的文学分类的传统做法,将以传统白话为表现形式的小说等诸文学形式纳入一向以文言为正宗的文学园地,使得文言与白话作为文学的表现两极,皆列为文学的园地。这种分类方法,以章太炎在其时的影响力和鼓荡,在某种程度上提高了小说的地位,更加完善了章太炎的汉字文化的兼收并蓄,同时,在某种程度上也启发了言文一致的民族语言的现代转型。

章太炎基于现代语言文字学认为,文字最初"本以代言为职",是用来记录语言的,但它却在发展过程中,与语言分道而治,特别是文字,在某些时候,语言不得不反过来基于文字而订立,约定俗成。章太炎在《文学说例》中指出了这一点:"惟夫庶事繁兴,文字亦日孳乳,则渐离表象之义,而为正文。……而施于文辞者,犹习用古文,怠更新体。由是表象主义,日益浸淫。言语不能无病,然则文辞愈工者,病亦愈剧。是其分际,则在文言、质言而已。文辞虽以存质为本干,然业曰文,其不能一从质言可知也。文益离质,则表象益多,而病亦益甚。"①章太炎明确地体认到语言与文字的对立,主张在积极地持守文字表意功能的前提下,要注意存质、求真和修辞立诚。这样才能祛除一味地追求文辞的"工"而使文质分离的流弊。由是,那种一味地将文学狭窄化为文辞的做法,一是"亦但知有句读文,而不知无句读文,此则不明文学之原矣";二是今人作文一味耽溺于浮夸与藻饰的文风,大量运用表象,使得作文渐离其质,这与古人作文所追求的"故训求是"、语本直核的"或然信美"相去甚远。正是这一流弊使得文学的表达更倾向于表象主义,进而使得"病亦愈剧"。而章太炎将文界定为以文字著于竹帛,则明显看重于文字。他在《文学总略》和《文学说例》等文中都认为:言语一旦形成文字则"二者分流",且文字明显高于言语。在言文相离的情况下,言文者首先要"精练小学"以近雅远俗,才能正确地遣文达意,"文辞闳雅",如汉代司马相如、扬雄、班固等人的作品就堪称典范。后世昧此"雅训",则每况愈下。特别是自宋至今,因"《苍》、《雅》之学,于兹歇绝",故使"六百年中人尽盲瞽"。这些说法虽有夸大之嫌,却是章太炎用于证明"知小学而可言文"的论据。对此,我们还会在后文专门讨论,兹不赘述。在章太炎看来,只有对于文字之质的强调,才能达到文质相得益彰,也才能作出文质彬彬、"斫雕为朴"、"或然信美"的文学来。

1913 年,章太炎自作《自述学术次第》,其中写道:

> 余少已好文辞。本治小学,故慕退之造词之则,为文奥衍不驯。非为慕古,亦欲使雅言故训,复用于常文耳。②

由此可见,章太炎所一直贯持的以文字来界说文的定义,在其夫子自道中,其用意在于打破小学与文辞之间的界域,"欲使雅言故训,复用于常文耳"。同样,在其辉煌大作《訄书·订文》中,章太炎明确指出,对于一直以来的对于文学的流弊,一定要"解垢益甚,则文以益繁"。只有这样,人们才能重

---

① 章太炎:《文学说例》,载舒芜等编:《近代文论选》(上),人民文学出版社 1999 年版,第404~405 页。

② 傅杰编:《章太炎》,上海三联书店 1997 年版,第 7~8 页。

视语言文字,"使中国人民的智慧一步步提高"。因此,章太炎"主张……民族文字的发展和创造"①。可以说,正是通过对于文的概念性的追根溯源与考辨源流,章太炎的文学的定义与考察延涉到以小学为根基,对整个的汉字文化进行改革的全局性的问题。而这一逻辑进路,在章太炎看来,就是以文字为中介,贯通小学与文辞,使小学成为文辞的基础,使得文辞成为理性清明、文质彬彬的写作,而不是着重于文或质的单方面的片面追求而形成的偏重一方的畸形文章。

第三节 吴稚晖的无政府主义世界语观

在清末民初汉字改革的各种致思路径中,最不和谐的声音就是远在巴黎的《新世纪》派的废除汉字、径用万国新语的主张。当然,因地处国内较远,其主张在国内影响较小,要不是章太炎的批驳,也许国内都不会太关注。但作为以科学反对传统的一个较具典型代表的派别,在与章太炎立足汉语的"一返方言"的言文一致的主张的比对中,更凸显其时代性特征。

"无政府主义"顾名思义,可以理解为"没有统治者"。1848 年,无政府主义发展成为一种政治理论,1870~1914 年无政府主义在工人运动中影响很大。尽管无政府主义理论在各个时期主张不一,但其共性为:主张所有人的自愿联合。为达成这种目标,消极的做法是彻底废除国家,积极的做法是在旧的社会中逐步建立起新的社会。

《新世纪》派所在地法国,是世界无政府主义的主要发源地。无政府主义20 世纪初期在法国仍旧非常活跃,这熏染了其时在法国留学、急于寻求反专制理论武器且又尚处于理论幼稚阶段的中国学生。1906 年,张静江、吴稚晖与留法学生李石曾、褚民谊以法国无产阶级格拉佛的"世界社"为蓝本,组织

---

① 陈雪虎:《"文"的再认:章太炎文论初探》,北京大学出版社 2008 年版,第 78 页。

成立了中国留法学生自己的"世界社"。社址设在巴黎达达庐街 25 号,正好与格列佛的"世界社"楼上楼下。据毕修勺《世界社四十周年纪念》称,"世界社"的宗旨即"提倡万人平等,世界一家",同时"联合同志,推翻异族的统治"。

1907 年,世界社的《新世纪》周刊创刊,主编为吴稚晖,其文章基本出自吴稚晖、李石曾、褚民谊三人之手。作为该组织的机关刊物,该刊出版 121 期,至 1905 年 5 月 21 日停刊。《新世纪》主张"颠覆一切强权"的社会革命,主要介绍巴枯宁、克鲁泡特金、蒲鲁东的学说和报道各国社会党和无政府党的活动。同时,它还赞扬暗杀,抨击清政府,主张废弃汉语,转而实行世界语。但需要说明的是,《新世纪》派的万国新语的主张,其实是其无政府主义、科学主义以及进化论思想在语言中的反映。

受西欧无政府主义的影响,《新世纪》派认为,最理想的社会就是无政府主义"共产主义"的新社会。他们认为,从汤武至今的一切革命,都是以暴易暴,"图少数人权利之革命",这种革命,是一种旧世纪的革命方式。而他们所主张的新世纪的革命方式,就是无政府主义的革命,即扫除一切政府、国家,废除宗教、家庭和私有制,才能实现人的自由、平等,求得全人类的幸福①。在《新世纪》派看来,自由与平等是人类的公道和真理,而革命的终极目标,就是实现真正的自由和真正的平等。自由的对立面是政府,平等的对立面是私有制,因此,"无政府即真自由,共产即真正平等"②。在《新世纪》派看来,新世纪革命的任务,就是扫除一切政府,废除私有制,实行"同作同食""无主无权、无仇无怨,各取所需,各尽所能"的大同世界。③

要实现上述之大同世界之理想,在《新世纪》派看来,最理想的方案应是"破旧有之强权,建立无政府共产主义的新社会"。也就是说,必须废军备、法

---

　　①　《新世纪之革命》,《新世纪》第 1 号,1907 年。

　　②　转引自肖堂炎等主编:《古代乌托邦与近代社会主义思潮》(上),成都出版社 1995 年版,第 521 页。

　　③　真:《驳新世纪丛书"革命"附答》,《新世纪》第 5 号,1907 年。

律、宗教,必须毁去家庭,去私产,去国界,去种界,更重要的,则是去政府,因为政府"实为万恶之源"。因此,"非先去政府,不足以话他也"。①

值得一提的是,同民族主义者一样,无政府主义也"反对吾辈之满人",但"无民族主义之自私",他们主张无政府主义革命不应仅仅求一民族的利益,不在排满之后建立新的政权。他们的理想是建立无政府共产主义社会。在此社会中,"众生一切平等,自由而不放任,无法律以束缚钳制之,而外出于强迫也……故无所谓军备,无所谓政府,无所谓种界,更无所谓国界"②。正是因为人种和国界的取消,人与人之间没有尊卑贵贱之分,国与国之间也没有强弱贫富之别,所以,他们强调说,社会主义的主张,寻求的是全世界人类的自由平等和幸福,而民族主义、民权主义所提倡的,则意在一个国家一个种族的自由平等幸福。正是这种打破国界、种族界限的"人类祖国"的立场,让《新世纪》派豪迈地在其《新世纪》的创刊词中,宣称《新世纪》创刊的目的,就是本着世界主义的宗旨,从整体上、宏观上,誓与世界上一切不平等作斗争。这里,一切不平等自然就包括所有的不平等的事实,因此,《新世纪》也就不必津津于某一个地域的不平等,某一类具体的不平等的事。③ 正是出于这样的认识,《新世纪》派提出,要实现无政府,就要世界各个国家"互相消除国界,即最粗浅之一端,各舍其万有不同之文字,公用一种文字,用其全力之七八,予人以科学之智识,更用其二三,教以无政府之道德,引如是之教育,课将来之效,虽欲不'无政府'而不得"④。也就是在这样的认识下,《新世纪》派提出,要想达到世界和平的目的,必须在全世界范围内推行万国新语,因为,万国新语的推广,是寻求世界和平的先决条件,也是大同主义实行的理论前提。因此,在中国推行

---

① 民:《无政府说》,《新世纪》第 32、38 号,1907 年。

② 民:《伸论民族、民权、社会三主义之异同再答来书论〈新世纪〉发刊之趣意》,《新世纪》第 6 号,1907 年。

③ 新世纪同人:《新世纪发刊之旨趣》,《新世纪》第 1 号,1907 年。

④ X 与 X:《谈无政府主义之闲天》,《新世纪》第 49 号,1908 年。

世界语,是寻求和平与大同必不可少的重要路径。①

《新世纪》派极力推崇万国新语,那么,什么是万国新语? 为什么是万国新语? 万国新语是波兰医生柴门霍夫创制的。万国新语的创制,本身就是出于一种中立的、不伤害民族感情的需要。因为柴氏所生活的比亚里斯托克小镇,多民族杂居,矛盾丛生,争斗不断。柴门霍夫想要创制一种不伤害民族感情的中立语来建立一个平等、博爱、和睦的人类大家庭。正如第一届世界语大会上柴门霍夫所说的,世界语大会的所有参会人,不存在民族的强大与弱小,也不存在特权民族,所有的民族一律平等,就像一个大家庭中的每一个成员一样。柴门霍夫坚信,世界语的推广将为人类大同做出巨大贡献。②

世界语是一种人为制造的语言,它共有 28 个字母,采用拉丁字母的书写形式。由于世界语的结构简单且有规律,所以很容易学,学习者只要看到一个词,就能把它读出来。再者,世界语以词尾表示词性,例如名词以 -o 结尾,形容词以 -a 结尾,词类的识别和转换非常便于人们学习和掌握。其基本的语序是主语+谓语+宾语,其词汇主要来源于国际化的词根,加上前缀、后缀,构词能力非常强。与其他语言相比,要达到同样的流利程度,学习时间只是其他语言的几分之一。

关于世界语,钱玄同也曾是主要的支持者,它将其优点概括为“文法简赅,发音整齐,语根精良”。对于文字的问题,钱玄同认为,文字是一种符号,符号越简单,学习起来就越省力省时,使用起来也会更加简便。③ 因此,在其极力主要废除汉文之后,世界语就是他理想的接替语言。甚至在世界语未普及之前,钱玄同同意吴稚晖的主张,那些专门的学术术语,在没有确切的译语之前,应当用世界语来嵌入。这样的好处是,一是让中国人更加了解世界语,

---

① 醒:《万国新语》,《新世纪》第 6 号,1907 年。
② [瑞士]埃蒙德·普里瓦特:《柴门霍夫的一生》,龚佩康译,知识出版社 1983 年版,第 43 页。
③ 钱玄同:《Esperanto》,《新青年》第 4 卷第 2 期,1918 年 2 月。

二是将来用新的国文编制科学著作时,可以更简单容易些。① 据钱玄同致陶孟和的信我们可知,关于世界语,国内支持者有,反对者亦有。支持者认为学习世界语之后可以和各国人通信;而反对者,则是那些所谓的"洋翰林",钱玄同认为他们不愿意放弃十年寒窗苦读而得来的显贵的文化身份。② 对于世界语,钱玄同和陈独秀都认为,Esperanto 是人造的,无民族性,亦无历史性;而各国的语言则是历史形成的,因而有其传统。但钱玄同和陈独秀认为,语言是进化的,对于民族语这种"历史的遗物"的看重,对于 Esperanto 这种人造语的轻视,实际是典型的厚古薄今的做法,会阻碍语言的进化。③ 同时,对于陶孟和质疑世界语的译法,钱玄同指出,世界上如无人造的公用文字,则全世界各国文字的统一非常困难。而且,由于种种原因的限制,世界上任何一国的文字,也决不能作为统一世界的公用语来使用。因此,人造的 Esperanto 是最为适宜的。虽然,Esperanto 采用拉丁字母,汉字并没有参与其中,但钱玄同认为这是由于汉字是表形文字,而且其意义"函胡游移",字音上则同音字多,这与属于拼音文字的 Esperanto 将格格不入。因此,钱玄同认为,中国文字绝非适用于新时代,表意文字与拼音文字相比处于劣势,同时,近代以来的学术名词以及普遍应用的新事物,都是中国所未有的,对之的记载,对于汉语来讲是一大难事。而 Esperanto 的语根出于拉丁语,且拼法简单,因为字母发音是唯一的,而发音有定则,这些都适宜于作为国语的补充。当然,需要指出的是,钱玄同本人是一个矛盾体。他崇尚新,所以在 1907 年积极支持无政府主义。但是,钱玄同又在章太炎的影响下,认为汉字是世界上产生最早的文字,汉字的"组织最优,效用亦最完备……文字者,国民之表旗,此而拨弃,是自亡其国也"④。

---

① 钱玄同:《中国今后之文字问题》,载董丛林主编:《20 世纪中国经世文编 2·民国卷一》,中国和平出版社、天津教育出版社 1998 年版,第 343 页。
② 钱玄同:《Esperanto》,《新青年》第 4 卷第 2 期,1918 年 2 月。
③ 钱玄同:《Esperanto》,《新青年》第 4 卷第 2 期,1918 年 2 月。
④ 钱玄同:《刊行〈教育今语杂志〉之缘起》,载《钱玄同文集》(2),中国人民大学出版社 1999 年版,第 313 页。

显然,钱玄同不主张废弃汉字。然而,新文化运动发生后,钱玄同又开始支持世界语,提出必须先行废除汉字,才能废除孔学,才能"使中国民族为二十世纪文明之民族"①。

陈独秀也是世界语的支持者。在回答陶孟和的信中,陈独秀坚信,世界大同是发展趋势。但陶孟和提出的世界主义和世界大同是两回事,陈独秀深不以为然。世界语的发明,并不仅仅是为了世界主义的实现。世界语只是全世界人互通情愫的一种"公同语言"。如果没有公共语言,世界主义的实现就会出现障碍。世界语在制定过程中采取了大多数语言,并不能因为未采用中国语而认为其不合理。世界语追求的是成为全世界的语言,而不是仅仅成为欧洲的语言。陈独秀认为,世界万物都在进化过程中。民族心理、国民性都有消失的一天,因为世界语是超越于民族的语言,所以它才是属于全人类的语言。从语言的工具属性来看,是否有利于交际是语言优劣的最重要的判断标准。对于我国悠久的文明成果,我们可以借助世界语推广出去。

蔡元培也支持世界语。1907 年,蔡元培留学德国,第一次接触并学习了世界语,并且阅读了许多世界语进步书籍。1912 年,中华民国成立,蔡元培任教育总长,他要求全国师范学校开设世界语。1917 年,他在北大任校长期间,认为学生应该多接触外语,因此,北京大学成为我国提倡世界语较早的一所学校。蔡元培还为孙国璋《世界语高等课本》和《世界语高等字典》作序。1922年,蔡元培在《世界语联合大会开会词》中指出,"我们有一种公用语言的要求",这种公用语言在战争时可以消除隔阂、维护和平,而在平时的通商、旅行和学术研究等方面,也需要世界语。要实现世界大同,世界各民族语就要统一,但现有的各民族出于民族荣誉等原因,不可能让非本民族语言担任,因此,我们需要一种中性的语言,那就是世界语。就中国而言,世界渴望了解中国,

① 钱玄同:《三十年来我对于满清的态度底变迁》,载《钱玄同文集》(2),中国人民大学出版社 1999 年版,第 113~114 页;钱玄同:《中国今后之文字问题》,载董丛林主编:《20 世纪中国经世文编 2 · 民国卷一》,中国和平出版社、天津教育出版社 1998 年版,第 343 页。

而中国文化的影响力一直因为语言问题而受到削弱,如果采用世界语,那么大家便可通过世界语作为中介,不必因汉字的繁难而望而却步了。① 1931 年,蔡元培南下广州,受到学习世界语者的欢迎,蔡元培指出"世界语是促进世界大同的有力工具,我们要为振兴中华而用世界语"②。

胡愈之也是世界语的拥护者。1917 年,他在《东方杂志》发表《世界语发达之现势》一文。胡愈之认为,世界语是为了解决言文不一致而创制的公共语言。世界语有三方面的优点,首先是简单,其次是明确,再次是富丽。胡愈之还对世界语的普及运动、世界语出版物、世界语与社会事业以及战后之世界语作了概括分析。由其措辞便可见出,胡愈之是支持世界语的。胡愈之指出,世界语虽然是人工语言,但是它却能传遍世界,成为沟通全世界的重要手段。柴氏创制世界语,使之成为消弭国际争端的重要手段。③ 在《国际语的理想与现实》中,胡愈之强调,国际语的存在,绝非为了消灭一切国语和民族语言,使全人类都使用同一的语言、同一的文字。实际上,这是一种误解。国际语的理想绝不至于这样夸大,它不但不会侵犯任何一种语言,而且还可以补助国语。④ 胡愈之不仅在理论上提倡,而且以行动支持世界语。五四时期,年仅 20 岁的胡愈之便是中国最精通世界语者之一。1920 年他发起"上海世界语学会",并创造了用世界语走遍天下的奇迹。

对于世界语,也有诸多反对者。陶孟和对于世界语持反对意见。在他看来,评价一种语言是否有价值,主要从如下三个方面来判断,一是语言学理论,二是民族心理,三是功用。从语言学角度来讲,已经存在的各民族语属于天然

① 蔡元培:《世界语联合大会开会词》(1922 年),载高平叔编:《蔡元培教育论著选》,人民教育出版社 2011 年版,第 468~469 页。

② 参见付晓峰:《蔡元培的中国世界语梦》,《人民政协报》2014 年 2 月 27 日。

③ 胡愈之:《世界语发达之现势》,载李文编:《胡愈之论世界语》,长春出版社 1991 年版,第 1~8 页。

④ 胡愈之:《国际语的理想与现实》,载李文编:《胡愈之论世界语》,长春出版社 1991 年版,第 9 页。

生成语言,各有其发展演变历史。而世界语却是从各国语言中择选固定用法,毫无秩序可言,而且,其语法结构主语+谓语+宾语中,宾语的结构是语言学家认为最不完善的。因此,世界语固简而明,从语言学角度来讲,其实并不纯粹。从民族心理角度言,各民族的语言,其外在形式和所表现的内在内容各不相同,所反映的民族心理也各不同。这种感觉在读外国原著时颇能察觉得出。而世界语是人造语,没有历史可言,又不涵括民族精神,用这种语言来保存、传达思想,是不可能的。阅读一下各国的文学作品,特别是那些散文、韵文等,我们就可以清楚地感觉到这一点,语言是与民族情感相互联系的,世界语却没有国民性,无法传达情感。从功用角度上看,世界上杂志书籍众多,采用世界语的相比于英语、德语、法语而言,少之又少,质量也不及。可以说,世界语没有历史,属于"半生",其使用范围狭窄,属于"半死",试问,这"半生半死"的语言,谁愿意使用呢? 再者,针对世界语支持者提出的世界语适用于科学术语和学术术语等的优点,陶孟和指出,各国的科学术语等,如气象学、海洋学等,都经过国际学者们的公议而订立,根本不需要世界语再作为中介。对于世界语涉及的世界主义观念,陶孟和认为也不妥当。在他看来,虽然现在战乱、残杀存在,但世界大同是不可避免的大趋势。但是,世界大同是指利益相同,而世界主义则要求全世界共用一种语言,这是不可能的,世界语的实行,并不能促进世界主义的实现,那些认为世界语可以实现世界主义的观点是错误的。此外,中国文化源远流长,但世界语在创制过程中,却没有任何吸纳元素,这是非常不对的。①

　　作家萧红在《我之读世界语》一文中,讲述了自己学习世界语的一点感觉。她虽然可以读懂世界语作品《小彼德》,但她没有接着学或是一直搞不明白的是,为什么每一个名词的字尾都是"o",形容词的字尾都是"a",在萧红的描述中,如果一句话里必须要有几个"o"和"a"连着说,那就会出现 ooaa,非常

---

　　① 此处见陶孟和跟陈独秀讨论世界语的信。参见《陈独秀文存·通信》,首都经济贸易大学出版社 2018 年版,第 91~94 页。

不好听。萧红认为,世界语虽然容易,但并没有容易到一读就会的程度,因此,学习世界语的人不少,但是能够读书说话的却不多,原因就在于大家把世界语看得太容易的缘故。因此,她建议,初学世界语的人,要把它看得稍难一点。①实际上,现代中国作家精通世界语并达到写作能力的不在少数,如巴金、楼适夷、叶君健、鲁彦等人。巴金甚至计划自己将《家》翻译成世界语。作家中学世界语的很多,除萧红外,鲁迅、周作人等都曾经学习世界语。鲁迅甚至多次鼓励鲁彦、孙用等人利用世界语将东欧文学译介到中国来。裴多菲、马雅可夫斯基等人的诗,就是从世界语转译到中国来的。

以上所谈的世界语种种,实际上却暗含着一个问题,即世界语并非仅仅关系到语言的统一的问题。世界语运动之所以展开,世界语的讨论之所以如火如荼,就是因为世界语为人们描绘了一个世界大同的语言乌托邦。上文提到的胡愈之创造的用世界语走遍世界的奇迹,其实不是世界语在发挥作用,而是世界语的学习者和使用者们共有的对于语言乌托邦的"同志之情"。其最大的功绩,就是在当时狭隘的民族主义盛行时,抵制了种族主义。因为,世界语是纯人工语言,没有任何民族文化作为背景。

再来看世界语之于《新世纪》的具体情况。应该说,世界语的创制符合了无政府主义所提倡的世界大同的愿景。中国自古就有对大同世界创制的梦想。康有为在《大同书》中,用去"九界"的途径来实现大同社会。这去"九界"中的第一界,就是"去国界合大地",使地球合为大同。康有为编制了《公政府大纲》十三条作为政纲,其中的第十一条就是"全地球语言文字皆当同,不得有异言异文"②。由此可见,世界语被无政府主义所接受并发扬也在情理之中了。与清末民初国内对于拼音文字的改革出于强国智民的初衷不同,

①　萧红:《我之读世界语》,载《又是春天:萧红散文经典》,吉林出版集团股份有限公司2018年版,第246~247页。
②　徐立亭主编,齐春晓、曲广华著:《晚清巨人传·康有为》,哈尔滨出版社1996年版,第481~482页。

《新世纪》派对万国新语则寄予厚望，他们对世界语的极力倡导更具有一种涵纳和平、博爱和大同的乌托邦期望。笔名为"醒"的《新世纪》派成员认为，万国新语一旦通行，则各国之间的交流就不再会有隔阂，误会也就会随之减少，战争也就不会再发生。全世界没有了战争，那么大同的目标就会很快达到。因此，出于世界语对世界大同的重要作用，爱世界语就是真的爱国，而固守本国语言，则是"私爱"。"私爱"不利于世界大同，因此，应该被排除，以博爱代之。① 上文我们已经讲过，世界语与世界大同之间并不能画等号，《新世纪》派以此立论，但在救亡启蒙的时局下，却具有一定的号召力，这从上述对于世界语的支持与反对的讨论就可见出。而且，作家学习世界语，也成为其时的一种"超前"的行为。

在中国，科技的落后是伴随着鸦片战争以来的耻辱被一点点地彰显出来的。坚船利炮等科学的外在直观的显现征服了国人，科技落后就要挨打，成为其时人们对于国家富强的一种体认。一时间，科学成为知识分子所追捧和学习的对象，他们甚至将科学视为一种方法论，认为只要掌握了科学，就可以认识宇宙万物。许多受过西式教育的知识分子对于科学表现出巨大的热情。但是需要说明的是，"唯科学论世界观"的信奉者中，有一批人并非科学家或哲学家，但他们却凭着对于科学的感性认识，热衷于用一知半解的科学以及其可能引发的价值观念变革的假设，来反对传统知识分子。可以说，他们是一群唯科学主义者，在非科学领域打着科学的旗号，感性地而非理性地利用科学的威望来使自己站在"科学"的"正确"立场。②

唯科学主义概念是 1867 年默里在《新英语词典》中使用的，其意义是指一种科学家的表达习惯和模式。当然，这里还是一种中性的用法，甚至略含褒义。1941 年，哈耶克在《唯科学主义与社会研究》的长篇论文中，指出唯科学

---

① 醒：《记万国新语会》，《新世纪》第 10 号，1907 年。

② ［美］郭颖颐：《中国现代思想中的唯科学主义（1900—1950）》，雷颐译，江苏人民出版社 1998 年版，第 1 页。

主义是"对科学的方法和语言的奴性十足的模仿"①。从这里开始,唯科学主义开始在贬义的意义上被使用。1944 年,韦莫斯在《唯科学主义的本质与起源》中指出,唯科学主义可以理解为一种信仰,这种信仰认为现代科学方法是获取现实知识的唯一的途径。② 通过对唯科学主义的梳理,我们发现,《新世纪》派对于科学的崇尚,正是唯科学主义的表现。当然,其时唯科学主义还没有使用贬义意义。

胡适对其时这种唯科学主义的倾向进行了批判,认为科学在其时的地位可谓无上尊严,比清末进化论思想所产生的影响更胜一筹,无论是守旧还是维新,无论是懂或者不懂,科学一词为全国所崇信,无人敢公然表示"轻视",更不敢公然"毁谤"。③ 胡适表述的这种倾向就是唯科学主义的偏激做法。R.G.欧文(R.G.Owen)将唯科学主义称为科学崇拜(Scientolatry)。而在欧文看来,这种科学崇拜将科学看作无所不能的人类救世主,可以解决任何事情,人类社会的精神、价值和自由问题,都可以成为科学的检验对象。④ 对于科学的崇信与敬信,在《新世纪》派那里表现得尤为明显。如果说《新世纪》派因无政府主义而选择万国新语只是一种机缘巧合的话,那么,唯科学主义的理论主张则是其选择万国新语的理论动力。汪晖指出,《新世纪》派所主张和进行的文字改革,以吴稚晖为代表,其激进的思想是以科学作为理论动力的,而对万国新语的提倡,建基于这样的逻辑,汉字的改革或废除是无政府主义的题中应有之义,当然,从科学角度而言,也是其必然要求。⑤

1907 年《新世纪》周刊第一期就公开表示,科学和革命是 19、20 世纪人类

---

① [英]哈耶克:《科学的反革命》,冯克利译,译林出版社 2003 年版,第 6 页。

② [美]郭颖颐:《中国现代思想中的唯科学主义(1900—1950)》,雷颐译,江苏人民出版社 1998 年版,第 16 页。

③ 胡适:《科学与人生观序》,载《科学与人生观》(上),上海亚东图书馆 1923 年版,第 2~3 页。

④ [美]郭颖颐:《中国现代思想中的唯科学主义(1900—1950)》,雷颐译,江苏人民出版社 1998 年版,第 16 页。

⑤ 汪晖:《中国思想的兴起》,生活·读书·新知三联书店 2004 年版,第 1257 页。

社会发展的两大特征,也是社会进化的动力所在。晚清以来所提出的革命,只是一种表层意义上的变革,《新世纪》派所主张的革命,则是彻底的革命,凡是任何与公理不合的,都在革命的行列之中,而且,通过革命,使其走入正途。《新世纪》派之所以主张革命,"乃图众人幸福之革命"①。也就是说,《新世纪》派将自然法则与人类社会的自然法相提并论,并以他们所崇奉的"科学"标准来衡量中国的传统文化,则很容易就可比对出中国传统文化与科学精神的背道而驰。《新世纪》派对于中国传统文化指摘的切入点,就是作为传统文化载体的语言文字。

首先,就语言文字的功用而言,《新世纪》派认为,以现代科学的实用原则为标准来看,"语言文字之为用,无他,供人与人相互者也。……就其原理而论之:语言文字者,相互之具也"②。因此,文字只不过是一种工具而已,如果一定要持保守的立场和态度,那么,为什么要放弃弓箭等冷兵器而选用快炮等先进武器? 航海用帆船便可,何必采用蒸汽机作为动力的现代船只? 同样的道理,文字作为交际工具,也应该选用最科学、最适合时代发展趋势的。③ 这一语言文字的工具论,完全不同于国粹派的语言文字的法器论。既然语言文字是人与人之间交往的工具,那么,简便、世界通用便成了考评一种语言的标准。汉语能否起到交际的便利性与周遍性呢? 在吴稚晖看来,中国人对于汉字汉语的保守态度,与世界的发展格格不入,这为中国的发展带来了无尽的困难④。同时,随着时代的变化,科学名词层出不穷,汉字的表意功能便相形见绌。吴稚晖认为:"应知科学世界,实与古来数千年非科学之世界,截然而为

---

① 《新世纪之革命》,《新世纪》第 1 号,1907 年。

② 吴稚晖:《书驳中国用万国新语说后》,载《吴稚晖先生全集》(五),台湾"中国国民党中央委员会"编辑出版,1969 年,第 38~39 页。

③ 吴稚晖:《笔划制造之不善》,载《吴稚晖先生全集》(五),台湾"中国国民党中央委员会"编辑出版,1969 年,第 60 页。

④ 吴稚晖:《书驳中国用万国新语说后》,载《吴稚晖先生全集》(五),台湾"中国国民党中央委员会"编辑出版,1969 年,第 41 页。

两世界。以非科学世界之文字,欲代表科学世界之思想与事物,皆牵强附会,凑长截短,甚不敷于应用。"①

以此种观点视之,具有数千年传统的中国,实为非科学之世界,而汉字作为中国传统的载体,当然也是非科学世界的文字。这种文字词汇简单,不能满足科学的发展,势必"穷于名言"。一种语言文字如果穷于名言,只能说明其作为工具的囿限与不足。要解决这个问题,一者是对语言文字进行修正,以期充分发展其工具性,再者就是使用新的语言文字。吴稚晖指出,"因汉文之不适当,必应吾人而自行废灭"。这是一种非常决绝的对于汉字的否定态度。

当然,吴稚晖也已经考虑到废弃汉字的困难,但他对于改良汉语言以使其适合科学世界的做法予以否定。吴稚晖指出,"即或汉文添改修补,造至完备,可以代表科学世界之思想事物,或日后之科学,又惟中国为独精",但对于非科学世界的中国而言,将来有一天中国科学也发达昌明,汉字的功能限制还是会给世界交流带来滞障。理由有二:

其一,即使汉字可以与科学世界之发展相匹配,即使日后之科学,唯中国独精,但汉字天生的弊端还是决定其不能通行于世界。在《新世纪》派看来,人类的印刷方式经历了人工雕刻、活字版、机器排印三个大的阶段。"合世界字体有关之印法,可分三类:(一)人工镂刻。东西文皆可用之,用法渐废。(二)活字版。西文较东方简而易排。(三)以机铸字。惟西文可用。从进化淘汰之理,则劣器当废,欲废劣器,必当废劣字。此支那文必须革命间接之源因也。""以机铸字。惟西文可用"就排斥了汉字应用于现代科学世界的可能性。正是由于此种原因,外国人因为语言问题而不能来中国留学,但中国却被迫忍受汉字的种种弊端。因此,我们不能强求外国人也来遭受汉字落后之

①　吴稚晖:《个数应用之不备》,载《吴稚晖先生全集》(五),台湾"中国国民党中央委员会"编辑出版,1969年,第61页。

苦。① 吴稚晖这一论调,实际上将汉语言在交际功能上的缺陷无限放大,为其世界语的提倡预埋了伏笔。

其二,汉字繁难,学习上颇费时日,不适应现代教育的普及发展。在吴稚晖看来,汉字繁难,即使经过二三年的学习,还是对于汉字蒙昧不能求解,即使读书四五年,也不能学会下笔作文的门径。这种情况还是针对专门学习汉字的人而言的。如果放之于留学生,则情况会更糟。② 这里吴稚晖所强调的,与清末民初主张汉字改革的致思原因相同,这一点,也是其时改良汉字派与废弃汉字派所共认的。但是,在解决办法上二者之间就有了不同。改良汉字派期冀借助于汉字拼切字母、简字以及章太炎的改革方案,使汉字恢复生机,通行于今,适用于俗。而吴稚晖则认为汉字应该废弃,采用完全适合科学世界的万国新语。当然,考虑到实际情况,吴稚晖还是作了一定的妥协,即提出了对于中国汉字的上中下三种改革策略。最优的选择(上策)是“必径弃中国之语言文字,改习万国新语”;次优的办法(中策)是废弃汉字,改用欧洲科学发达国家的文字;最保守的办法(下策)是在汉字上添加注音符号,也即“修缮之法,最娇小者,莫如旧少读书,即于初学之书册上,附加读音。加之之法,最省最便者,又莫如学日本之通俗然,汉字大书,读音旁注,其读音之笔画,附加于野蛮之汉字上”③。吴稚晖甚至还提出要“编造中国新语,使能逐字译万国新语”④的折中方法。

与汉字的难于排版印刷、难学难认相比,万国新语则表现出优势来。以吴稚晖的科学逻辑来衡量,万国新语既符合科学的要求,也符合文字自身的进

---

①　吴稚晖:《个数应用之不备》,载《吴稚晖先生全集》(五),台湾“中国国民党中央委员会”编辑出版,1969 年,第 61 页。

②　吴稚晖:《辟谬》,载《吴稚晖先生全集》(五),台湾“中国国民党中央委员会”编辑出版,1969 年,第 67 页。

③　吴稚晖:《笔划制造之不善》,载《吴稚晖先生全集》(五),台湾“中国国民党中央委员会”编辑出版,1969 年,第 52 页。

④　燃:《编造中国新语凡例》,《新世纪》第 40 号,1907 年。

化。在《新世纪》派看来,世界文字可分为三类:(1)象形,如埃及古文。"埃及文最古,其文酷似物形"。(2)表意,如中国文的大部分。(3)合声字,如西方语言。这种象形—表意—合声字的进化,是文字进化的规律。这种文字进化的规律,与简单生物进化为高等生物同理。① 这种以文字进化为纲要,以国力强弱为文字优劣差别标准,实际即是一种社会达尔文进化主义。正是在这种思想逻辑的驱使下,认为中国文居于劣势,而西文居于进化的高级阶段,从而得出西文是符合科学的优等文字的结论。由这一点推及,万国新语便是先进世界所应选用的语言,原因如下:

首先,万国新语源于西方科学世界,有其表音上的优势。也就是说,西文是科学时代的文字,万国新语吸收了西方文字的优点,而西方文化是最科学的,因而这些文字也是符合科学的。这就是一种一厢情愿的唯科学主义的论调了。不难看出,这种论见违背历史事实,而且有悖于逻辑常识。

其次,科学世界的交往,需要能最大限度扩展使用范围的语言文字。如上所述,汉语言文字因其难于排版印刷、难学难认等特点而不能担负此重任。万国新语的发明使用,是以世界为适用范围的,因此它能满足现代科学而打破时间空间的限制。② 万国新语正是在通用、简便上显出优势。中国人"操一新语,则周游世界,无往不得其交通之便利,修学之良果,乃始珍视万国新语,一若今之视英德法语……中国人守其中国文,尤格格与世界不相入,为无穷周章之困难。于是所谓时机已熟,当废汉文,而用万国新语,遂得人人同意,此相互利益增进之第二步也"③。

正是通过这种种比较,吴稚晖通过万国新语与无政府主义的共通性,按照唯科学主义的信仰,通过论证汉字是非科学的落后的文字,而欧洲文字却是科

---

① 李石曾:《进化与革命表征之一》,载《李石曾先生文集》(上),台湾"中国国民党中央委员会"编辑出版,1969 年,第 69~70 页。

② 《吴稚晖先生全集》(五),台湾"中国国民党中央委员会"编辑出版,1969 年,第 40 页。

③ 吴稚晖:《书驳中国用万国新语说后》,载《吴稚晖先生全集》(五),台湾"中国国民党中央委员会"编辑出版,1969 年,第 69 页。

学的优良的文字的逻辑,指出其所更张的万国新语是在欧洲优良文字的基础
上形成的,而且,无论是从科学性还是文化优劣上来讲,万国新语都远优于汉
语言文字,因此,用万国新语取代汉语言文字也就成了有理有据的理所应当
之事。

《新世纪》派基于唯科学主义的汉字废弃论,实出于其所接受的优胜劣汰
的社会达尔文主义的进化论。这种主张虽然有一定的合理性,但是,其完全不
考虑汉民族文化源远流长的影响力,而一味主张抛弃汉字,实为矫枉过正的过
激之举,而且还显现了进化主义的乐观主义的影响,即期冀民族文化的跃进
式、否定式的激变发展。从实际情况看,由于《新世纪》派远在巴黎,《新世纪》
无论在刊发数量还是持续时间上都不成气候,也没有在社会上产生广泛影响,
如果国内没有章太炎对他们的批驳,恐怕国人是鲜有知道的。

第四节　"存汉字"与"废汉字"之辩

《新世纪》派基于无政府主义和唯科学主义的理论,断然提出了废弃汉
字、径用万国新语的主张。这种偏激的做法,可从《新世纪》派诸人所信奉的
理论源泉——克鲁泡特金①一派的无政府主义那里找到解释。克鲁泡特金在
其著名的《互助论》中,设计了一个自给自足的社会,为了实现这个社会,他主
张用革命来推翻一切强权,而无政府主义者的作用,就是宣传破坏性思想,以
唤起群众的革命本能。但必须要指出的是,《新世纪》派所建构的无政府主
义,其实也是一种假想的乌托邦的构想,这种构想的实质就是极端的个人自由
原则。无政府主义本身就是一种抽象的原则,因此,妄图以其为现实社会提供
解决方案或理论支撑,其结果注定是以失败而告终。所谓革命,就是一种彻底
的割裂,在《新世纪》派那里,既然汉字是最为保守的,如上所述,它既不符合

---

①　鲁迅在《不懂的音译》中,将 KROPLTKIN 译为"柯伯坚"。

科学原则，又会阻碍中国人对外的交流沟通，由是，《新世纪》派提出，"故今日救支那之第一要策，在废除汉文。若支那于二十年内废除汉文，则或为全球大同人民之先进"①。不得不说，虽然《新世纪》派的构想注定要失败，但其无政府主义主张以及废除汉字的极端做法，却对五四时期打破传统、狂飙突进的个人解放，起到了一定的积极作用。

对于《新世纪》派摒弃民族文化差异而提出的废除汉字、径用万国新语的主张，章太炎是极力反对的。章太炎是一位极力强调语言文字重要性的民族主义者。如前所述，"章太炎是以文化，而不是以血统来定位中华民族的"，他认为，只有处于同一历史谱系中的同一民族，才能算是真正的"历史民族"。②章太炎指出，语言与历史是"卫国性、类种族"③的重要保证。国与国之间的征服，往往伴随着语言的灭亡与取代。章太炎认为，语言文字是人的思想的表达，即"心思之帜"。语言文字本来就非天生的，其发源在于人为，而以人类社会发展为其根本。人在社会中与外界的关系（"人事"）决定着语言文字的性质，因为各国家民族间"人事"也并非整齐划一，因此，语言文字也不可能一致。此处，章太炎甚至将文字对于民族的重要性作了关联。在章太炎看来，文字承载着一个国家民族的历史与文化，只要国家存在，民族的界限无法打破，语言文字就自然有其存在的合理性与价值。如果一个国家民族的语言文字灭亡了，也就意味着这个民族的民族性消失或者该民族的消失④。因此，妄图以万国新语来取替不同文化不同民族所操持的语言，根本是不可能的语言实践。章太炎对此做了详细申论。⑤ 章太炎反对对语言文字进行优劣高下的简单比

---

① 苏格兰:《废除汉文议》,《新世纪》第 69 号,1908 年。

② 章太炎:《东京留学生欢迎会演说辞》,载马勇编:《章太炎讲演集》,河北人民出版社2004 年版,第 7~8 页。

③ 章太炎:《重刊古韵标准序》,载《太炎文录初编·文录》卷三,上海人民出版社 2014年版。

④ 章太炎:《规〈新世纪〉》,《民报》第 24 号,1908 年 10 月 10 日。

⑤ 章太炎:《驳中国用万国新语说》,载《章太炎全集》(四),上海人民出版社 1985 年版,第337~342 页。

较评判,特别是对于拼音文字优越论颇不以为然,"若夫象形、合声之别,优劣所在,未可质言"。章太炎指出,表音文字虽然用眼看即可识别,但识别的只是其音(能指),却不能识别其义(所指),这与汉字为代表的象形文字相比,其优劣颇明显。正是由于这种区别,俄国人识字的比例,比中国还低。日本文字既有假名,又有汉字,正是汉字的象形,让日本人一看就认识,并不认为"奇恒难"。所以,章太炎指出:"今者南至马来,北抵蒙古,文字亦悉以合音成体,岂有优于中国哉?"之所以出现这种所谓的优劣判别,实是"在强迫教育之有无,不在象形、合音之分也"①。这也是其后章太炎亲力亲为制作简单的拼切字母的初衷所在。

再者,中国幅员广阔、交通隔绝、地域分散,作为见形知意的汉字,虽然"吐言难喻",但"按字可知"的优势使其更能保持语言的统一与文化的绵延传承。② 如若以繁简来确定语言的优劣,汉字相对于泰西语言,在繁的方面完全占有优势。"声繁则易别而为优,声简则难别而为劣。"③再者,汉字"所以独用象形,不用合音者",就在于"原其名言符号,皆以一音成立,故音同义殊者众,若用合音之字,将芒昧不足以为别"。④ 在《驳中国用万国新语说》一文中,章太炎指出了《新世纪》诸人对象形文字的偏见,并以其深厚的小学根基,指出应该在保留汉字的前提下,通过改良来弥补汉字在学习、使用上的弊病。

---

① 章太炎:《驳中国用万国新语说》,载《章太炎全集》(四),上海人民出版社 1985 年版,第 338 页。

② 由是章太炎批评《新世纪》派废汉文、采用世界语的做法是急功近利的,毁灭历史、毫无民族自尊心:"彼欲以万国新语剿绝国文者犹是,况挟其功利之心,歆羡纷华,每怀靡及,恨轩辕历山为黄人,令己一朝坠涸藩,不得蜕化为大秦皙白文明之俗,其欲以中国为远西藩地者久,则欲绝其文字,杜其语言,令历史不焚烧而自断灭,斯民无感怀邦族之心亦宜。"见章太炎:《规〈新世纪〉》,《民报》第 24 号,1908 年 10 月 10 日。

③ 章太炎:《驳中国用万国新语说》,载《章太炎全集》(四),上海人民出版社 1985 年版,第 342 页。

④ 章太炎:《驳中国用万国新语说》,载《章太炎全集》(四),上海人民出版社 1985 年版,第 344 页。

改良方法如下：(1)增加汉字的简便性。① 在章太炎看来，要使汉字简化，应该利用传统的草书，借助草书字形的定型化，禁绝各种任意使字形笔画损益的现象，使汉字的笔画由繁趋简。这也就增加了汉字易于书写的简便性。(2)增加易辨性。"当略知小篆，稍见本原。"因为汉字是象形文字，"小篆诎曲，成书反易。……当其知识初开，一见字形，乃如画成其物，踊跃欢喜，等于熙游，其引导则易矣"。"凡从鱼之字，不为鱼名，即为鱼事；从鸟之字，不为鸟名，即为鸟事。可以意揣度得之。"因此，"五百四十小篆，为初教识字之门矣"。②(3)章太炎制定了一套简便的注音方法，使识字者得以很方便地学会"审音之术"。这种注音方法，"纽文为三十六，韵文为二十二，皆取古文、篆、籀径省之形，以代旧谱，既有典则，异于乡壁虚造所为，庶几足以行远"③。由是，采用注音方法和教学方法，儿童就能有效快捷地学习汉字。

> 凡《说文》、《玉篇》、《广韵》所著反语字，作某纽某韵者，皆悉改从纽文韵文，类为音表。音表但记音声，略及本义，小字版本不过一册，书僅竹笲，以此标识其旁，则定音自可得矣。然当其始入蒙学，即当以此五十八音谛审教授，而又别其分等、分声之法，才及三旬，音已清遒，然后书五百四十部首，面作小篆，背为今隶，悉以纽韵作切，识其左右，计三四月而文字部居，形义相贯，不怼于素。乃以恒用各字授之，亦悉以纽韵作切，识其左右，计又得四五月，而僮子应识之字备矣。程功先后，无过期年。自是

---

① 章太炎：《驳中国用万国新语说》，载《章太炎全集》(四)，上海人民出版社1985年版，第344页。

② 章太炎：《驳中国用万国新语说》，载《章太炎全集》(四)，上海人民出版社1985年版，第345页。

③ 胡适曾在《读章太炎〈驳中国用万国新语说〉后》一文中对章氏的说法做出点评。他认为，章太炎对于合音象形以及声繁声简、反切等的论述中，"可谓无的放矢矣，万国新语之长处，正在其声简易通"。但胡适对章太炎"兼知章草""略知小篆"的提法表示认同，认为与其《文字教授法改良论》不期而合，特别是对于其"五百四十小篆为初教识字者之门矣"之论尤为赞同。胡适认为章太炎所拟的字母，其笔画较旧谱简洁，但也分别指出了其中的"大疵二，小疵二"。胡适认为，章太炎的长处在于辨纽，短处在于辨音太疏。因此，其所拟字母中的"韵文全不可用，纽文亦有瑕疵"。当然，这只是一家之言。

以降,乃以蒙学课本,为之讲说形体音训,根柢既成,后虽废学,习农圃陶韦之事,以之记姓名而书簿领,不患其盲。若犹有不识者,音表具在,足以按切而知,何虑其难憭耶?……震矜泰西之士,乃以汉字难知,便欲率情改作,卒之其所尊用者,音声则省削而不周,义训则华离而难合。用其语也,此以一音成义,造次易周,诡效欧风,其时间将逾三倍,妨功亏计,所失滋多。若乃箸之笘篇,则以新语作一草书,视以汉语作一草书,一繁一省,按体可知。既废时日,而又空积简书,滋为重滞,其不适至易明矣!用其音也,吾所有者,彼所素无,吾所无者,亦或彼所适有,强以求谐,未有切音之用。盖庄生有言曰:"凫胫虽短,续之则忧! 鹤胫虽长,断之则悲。故性长非所断,性短非所续,无所去忧也。"今以中国字母施之欧洲,则病其续短矣。乃以欧洲字母施之中国,则病其断长矣。又况其他损害,复有如前所说者哉? 世之君子,当以实事求是为期,毋沾沾殉名是务。欲求行远,用万国新语以省象译可也。至于汉字更易,既无其术,从而缮治,则教授疏写,皆易为功。盖亦反其本矣。①

通过增加汉字的简便性、易辨性,并借助一套简便的注音字母的辅助,章太炎以其深厚的小学修养为根基,在不改变汉字尤其是不废弃传统的前提下,对汉字进行了改革。值得一提的是,民国政府后来也进行民族语文改革,其在1918 年颁布推行了"注音字母",后又在 1924 年决定推行国语,1935 年公布推进汉字简化,以及中华人民共和国成立后 1956 年的汉字简化方案、1958 年的汉语拼音方案等举措,在某种程度上都是偏重在汉字基础上的变易与调试。其中,章太炎的思想与实践,应该是其源头。

章太炎与吴稚晖对于汉字存废的不同意见,实是代表了其时对于中国发展方向的不同规划与展望。语言文字的辩论,实际暗含的是两种不同文化优劣的讨论。以吴稚晖等代表的《新世纪》派,立足所谓的科学的立场,认为语

---

① 章太炎:《驳中国用万国新语说》,载《章太炎全集》(四),上海人民出版社 1985 年版,第350~351 页。

言文字是进化的,相比于其他语言,特别是汉语,万国新语是最优的选择。对于文化,吴稚晖等也坚信"科学"的直线"进化论",但他们皆以国势以及科技等作为文化优劣的评判标准,认为欧化是文化发展的正确方向,因此,相对应的,语言文字也应以最优的万国新语为首选。吴稚晖对此曾有乐观的说法:如果废弃汉字而改用万国新语,则中国就可以最快地吸引欧美等国的先进文化,这样,赶超欧美根本不是问题。"我们向欧美物质文明上奔去,也该快! 快! 飞快! 若再迟回不进,便不是一个好人类。"在吴稚晖看来,我们要"追"欧美等先进国家,就要讲求一个"快! 快! 飞快!",采用汉字的中国文化是"踱方步"蹒跚前行,而使用表音文字的欧美,则先是用牛车进而马车甚至现在的汽车。"踱方步"蹒跚前行的中国文化则落后了十万八千里。如果要改变这种局面,万国新语是最佳选择,它"是向单轨火车发明家预定新建物成功,可用他一飞就赶到的法子"①。超越、赶超,我们在这里,又看到了现代性焦虑问题,也看到了对于复兴的渴望。

愿望是好的,"病急乱投医",这种激进的方法却未必正确。正如章太炎等认识到的,语言文字是与使用该语言文字的民族相对应的,它是一种历史性的存在。吴稚晖等却将语言文字视为非历史性和非社会性的存在,可人为改造,因此,他们才特别属意于万国新语。这实际上是一种历史虚无主义的心理在作祟,其中折射的是对于中华民族文化失却了自信心。对于有着几千年文明的中国而言,历史实践证明,一味地全盘西化是不可取的,也是不可能的。因此,基于汉字的特点,制定一套易于普及的标准化的语言文字才是最为有效的途径。也正是在这种考量下,章太炎才力批《新世纪》派,坚持以"以国粹激荡种姓",而语言文字则是国粹之一种。正是一生肩负在上海坐牢时期"上天以国粹付余"的宏大志向,章太炎以其革命家、思想家的言行,成为中外学术界公认的国学大师。

---

① 吴敬恒:《补救中国文字之方法若何?》,《新青年》第5号,1918年10月15日。

第六章　异域经验与中国
文学的文体革新

对人类而言,对一种文化的感知首先是从其载体——语言开始的。近现代以来,中国的对外交流日益频繁,当然,语言问题就成为首先要解决的问题。

谈到中国现代文学语言的选择与文体革新,翻译功不可没,直接影响到现代中国文学语言的形成与发展,是中国文学现代化进程必不可缺的一个学术"生长点"。翻译是一种跨语际的社会文化行为,可以跨越语言障碍,促进人与人之间的交流与联系,从晚清到五四既是中国文化的转型期,也是翻译的繁荣发展时期,严复、林纾、梁启超、鲁迅、王国维、梁启超、陈寅恪、赵元任等,都以翻译作为改造社会、国民、文学和语言的利器,甚至出现翻译文学多于创作、翻译家地位高于作者的情况。

清末民初语言的变革,从理论倡导到改革实践的发展,经历了从单纯语言文字改革运动向更高层次的多元的语文运动的跨越式转化。这其中,翻译实践为语言变革的现代转型起到了"试错"的作用。不管是何种翻译策略,译者总是处在两种文化之间,扮演媒介的角色,必须要在两种文化之间做出选择,以哪一种文化为主导。一般而言,清末民初的翻译,可分为两种:一种是归化式翻译,以严复、林纾等为代表;另一种是异化式翻译,以鲁迅、周作人等为代表。严复、林纾等古文大家用雅洁的古文进行翻译,从内部促使了桐城义法的崩坏。鲁迅、周作人等则将中外文化视为两大平等的文化体系,它们相互平行,各有其价值。清末民初的翻译实践促使了"文言的终结",也为现代汉语和现代文体的发展奠定了基础。

正如王国维所说:"言语者,思想之代表也,故新思想之输入,即新言语输入之意味也。""若谓用日本已定之语,不如中国古语之易解,然如侯官严氏所译之《名学》,古则古矣,其如意义之不能了然,何以吾辈稍知外国语者观之,毋宁手穆勒原书之为快也。余虽不敢谓日本已定之语必贤于创造,然其精密则固创造者之所不逮也(日本人多用双字,其所不能通者,则更用四字以表之。中国人则习用单字,精密不精密之分,全在于此)。而创造之语难解,其与日本已定之语相去又几何哉!"①日语有王国维之转介西语之便利性,在于其经历了对于汉语的适合本国特色的改造,而其在改造过程中对于传统汉语的态度和选择方法,值得我们深思之。同时,日语所展现出的对于西方文化的引进与消化吸收以及转介,对中国文学现代转型也起到重要的镜鉴作用。

第一节　归化式翻译的中西调和

翻译是两种文化之间的碰撞。"任何一种语言,除了能表达自身所产生的观念和思想而外,亦能够表达来自于其他语言所承载的意旨。"②鸦片战争的失败,让国人痛感与世界的隔膜与差异,作为不同语言之间交流桥梁的翻译就显得越发重要了。对于中文翻译而言,无非是欧化与汉化两种。欧化就是异化翻译,而汉化则是归化翻译。以佛经翻译为例,正如王力所指出的,佛经翻译中意译方法的使用,创造出了许多新词,汉语的不可渗透性和融纳能力都得到了体现。③ 这种翻译方式,对中国文学语言与文体都有重要的参考意义。

---

① 王国维:《论新学语之输入》,载《王国维文集》第3卷,中国文史出版社1997年版,第41、43页。
② 李春阳:《白话文运动的危机》,生活·读书·新知三联书店2017年版,第314页。
③ 王力:《汉语史稿》,中华书局2001年版,第587页。

梁启超就在《翻译文学与佛典》一文中指出,佛经的翻译促进了国语的实质的扩大、语法及文体的变化以及文学趣味的发展。① 梁启超虽然是就佛经翻译立论,但放诸近代以来的对于外国作品的译介及其产生的影响,梁氏之论也所言不虚。不过,因晚清时局所致,本该作为翻译文学之所本的文学性和审美功能,被日益突出的翻译的政治和社会作用所掩盖。这从翻译的动机、文本选择以及社会功用等可见一斑。正如有学者所指出的:"翻译的政治化或工具化被普遍接受和认可。在国人上下求索为实现强国梦的百年奋斗历程中,政治影响和社会效果一直是主要的评价标准,只有五四前后一个短暂的时期有所例外。"②

初期的翻译者,与被译之内容有着一定的语言隔阂。如梁启超借日语转译西文,林纾则通过他人的口译而翻译。梁启超出于政治意图的考虑而选择翻译拜伦的《哀希腊》,根据弟子罗昌口述而以意译的形式进行翻译,"引发了一场风靡青年之心的'拜伦热'"③。考察梁启超的全部翻译工作,他对翻译文学的学术研究颇有见地,撰写了《翻译文学与佛典》④,并且翻译了大量的政治小说,正如有学者所归纳的:"取政治小说为译本,从日文转译西学,进行翻译的操控和改写,通过新闻报刊来发表译文。"⑤

近代最先面世的翻译文学是诗歌。1864 年英国使臣威妥玛用汉语翻译了美国诗人郎费罗的《人生颂》⑥,并由时任总理各国事务衙门的官员董恂做了润色。比较威妥玛的汉语译诗以及董恂的润色,我们发现,威妥玛的译诗

---

① 梁启超:《翻译文学与佛典》,载《梁启超全集》第 13 卷,北京出版社 1999 年版,第 3805~3807 页。

② 廖七一:《中国近代翻译思想的嬗变——五四前后文学翻译规范研究》,南开大学出版社 2010 年版,第 11 页。

③ 郭长海:《试论中国近代的译诗》,《社会科学战线》1996 年第 3 期。

④ 虽然《翻译文学与佛典》是针对佛典的翻译而展开论述的,但是其中提出的翻译的基本原理问题,在研究近代以来的翻译文学相关问题时,仍有针对性和启发意义。

⑤ 罗选民:《翻译与中国现代性》,清华大学出版社 2017 年版,第 3 页。

⑥ 《人生颂》的威妥玛汉译与董恂的润色,参见郭延礼:《中国近代文学发展史》(中),人民文学出版社 2014 年版,第 1219~1221 页。

中,文言白话相互夹杂,每句从 5 字至 11 字不等,每节四句或五句不等,也无押韵等。而董恂的润色,则将之变成了传统中国的诗歌样式,每句 7 字,每小节四句,讲究韵律,个别地方用中国之典故来阐释,如威妥玛译诗中的"作事需时,惜时飞去",董恂则润色为"无术挥戈学鲁阳"。威妥玛的第二节五句,被董恂巧妙地替换为四句,将"人生世上行走非虚\生也总期有用"变成"天地生材总不虚"。

用文言来翻译外国文本,选字定韵等绝非易事。梁启超就在《新中国未来记》第四回"如梦忆桃源"译后按语中感叹说:"翻译本属至难之业,翻译诗歌,尤属难中之难。"究其实际,语言不同是一回事,还有诗歌的意象与内容的差异也是诗歌难译的一个重要原因。正是因文言翻译外国诗歌的难处所在,诗歌翻译在 1905 年前比较少。

也正是因为诗歌翻译的难度较大,相对容易的小说的翻译盛行。而其中成绩最为突出者,当属林纾,他一生翻译外国文学作品 180 余种,绝大部分是小说,其中 40 余种是世界名著。林纾的翻译,都是借助于精通所译作品语言的人"述其词",林纾则"耳受而手追之,声已笔止"(《孝女耐儿传·序》),"不加点窜,脱手成篇"[1]。林译小说的特色就在于林纾以古文家的身份来对待翻译,他认为《史记》《左传》《汉书》和韩愈的古文,是"天下文章之祖庭",而林纾的译笔,确实也得力于以上四家。正如其弟子、曾为京师大学堂译书局笔述的陈希彭所评价的:"伟为辞杰,而高驰复厉,吐弃凡近,文不期古而近于古,则吾师之本色也。"[2]在他笔下,"西洋小说和中国典雅的古文可以结合得如此完美绝伦"[3]。这也在无形中提高了小说文体的地位,让知识分子逐渐开

---

[1] 陈希彭:《〈十字军英雄记〉序》,载李今主编:《汉译文学序跋集》第 1 卷,上海人民出版社 2017 年版,第 339 页。

[2] 陈希彭:《〈十字军英雄记〉序》,载李今主编:《汉译文学序跋集》第 1 卷,上海人民出版社 2017 年版,第 340 页。

[3] 廖七一:《中国近代翻译思想的嬗变——五四前后文学翻译规范研究》,南开大学出版社 2010 年版,第 108 页。

始接受小说,而不再一味坚持小说不入流的观点。也正是因为对于古文的迷恋,林纾后来才会反对白话,在新文化运动中被批判。从语言变革角度来讲,作为一个不懂外文的翻译家而能译出 180 余种外国作品,并产生了很大影响,林纾的翻译让国人看到了西洋文学在形式①、结构②、语言和表现手法③上与中文的不同之处,拓展了国人的艺术视野。可以说,林纾的翻译开了风气之先,将文言的叙事功能发挥到极致,但这却成为文言最后的辉煌。

　　清末民初的中国,外国文化伴随着坚船利炮而来,由是,一个主动求变以启蒙救亡为宗旨的翻译运动应运而生。翻译说到底是不同文化之间的交流,从学理上讲,不同文化在翻译过程中是平等的,但实际上,在翻译活动中,不同文化之间的交流并不是平等的,总有一方处于优势。针对于此,伊塔马·埃文-佐哈尔提出了一种"多元系统"的理论。他认为,在多元系统中,各种文化系统并不是平等地存在的。那些历史悠久的文化,实力强大国家的文化,一般会将翻译文学放在次要的地位,因为翻译文学处于边缘地位,所以不会对本国文化产生颠覆性影响。在这种情况下,本来翻译的功用是引介新观点、新的表达方式等,却变成了再一次显现本土强大文化涵纳力的操作,译者们不是着力于寻求"新",也即有异于本国文化的内容,而是本着同化的目的,在引介文化

---

　　①　比如我国长篇小说的章回体形式,就是在林纾《巴黎茶花女遗事》的翻译后,开始在近代长篇小说中被打破,如苏曼殊《断鸿零雁记》、林纾《剑腥录》。这些小说不用回目,改分若干章,也去掉了长篇章回小说惯用的"话说""欲知后事如何,且听下回分解"之类的套语。

　　②　中国传统小说多以团圆结局,这也在林纾翻译的《巴黎茶花女遗事》中被打破。明清时期中国出现了大量才子佳人模式的小说,而且情节设置也千篇一律,多以"有情人终成眷属"的喜剧模式结局。《巴黎茶花女遗事》则打破才子佳人模式,是官家公子与下层妓女以相恋开始而以悲剧终的模式。对此,张静庐说:"自林琴南译法人小仲马所著哀情小说《茶花女遗事》以后,辟小说未有之蹊径,打倒才子佳人团圆式之结局,中国小说界大受其影响。"(张静庐:《中国小说史大纲》,泰东图书局,1920 年,第 27 页。)可以说,正如有论者总结的:"其意义不仅仅在于开创了一代翻译西方文学作品的风气,还在于这部小说的译刊,从一定意义上使清末士人的观念发生了重要的转变。"(邹振环:《影响中国近代社会的一百种译作》,中国对外翻译出版公司 1994 年版,第 122 页。)

　　③　张恨水就曾说,通过林译小说看到了外国文学的长处:"在这些译品上,我知道了许多的描写手法,尤其心理方面,这是中国小说所寡有的。"(张恨水:《写作生涯回忆》,人民文学出版社 1982 年版,第 8 页。)

中寻求有利于本国文化的内容。

归化，就是以中为主，以中化西。严复的翻译就是典型的归化式翻译，在翻译时，严复通过文言句法以及文言典故传统等将外来思想表现出来。外来文化本该传达的"异"，却被严复以"古"的形式所表现。严复在翻译中，力求信、达、雅，将古文功底发挥到了极致，本来有着异域色彩的西文变成了古色古香的文言文，让读者如同在读中文典籍。冯友兰指出，"中国人有个传统是敬重好文章。严复那时的人更有这样的迷信，就是任何思想，只要能用古文表达出来，这个事实本身就像中国经典的本身一样地有价值"①。冯友兰此论断颇为精确，也指出了严复译著为何会受到时人追捧的深层原因。

有论者指出："严复的译文之所以采取这样渊雅、古朴的文笔，也有译者的苦心在，即希望他所翻译的西方资产阶级的学说能为妄自尊大的中国士大夫接受。为此必须用'高雅'的古文来作装饰，恰如良药之糖衣。"②不过，正如梁启超指出的："直译而失者，极其量不过晦涩诘鞠，人不能读，枉费译者精力而已，犹不至于误人。意译而失者，则经译者之思想，横指为著者之思想，而又以文从字顺故，易引读者入于迷途。"③吴汝纶也认为，著作必须符合当时代读书识字者的阅读口味，才能效果明显。但其时一般的读书识字者比较喜欢看时事评论、小说等。在这种阅读氛围中，严复却将堪比于晚周诸子的书给读书识字者看，于是，吴汝纶表示担心因与阅读期待不符而起不到预想的效果，"吾惧其舛驰而不相入也"④。吴汝纶此论也颇为中肯。他个人非常欣赏严复的译笔，但是，本着宣传效果的考虑，还是担心严复不合时宜的译法，起不到应有的作用而徒费心力。吴汝纶已经论及文字选用与思想传播的关系，这道出

---

① 冯友兰：《中国哲学简史》，北京大学出版社1985年版，第374页。

② 郭延礼：《中国近代文学发展史》（中），人民文学出版社2014年版，第1238~1239页。

③ 梁启超：《翻译文学与佛典》，载《梁启超全集》第13卷，北京出版社1999年版，第3804页。

④ ［英］赫胥黎：《天演论》，严复译，商务印书馆1981年版，吴汝纶序。此序作于光绪戊戌孟夏，公元1898年。

了严复翻译的传播范围的局限性。

对于严复翻译的"古",梁启超在赞同其译笔的同时,在其传播效果上表现出与吴汝纶一样的担心。梁启超认为,严复译笔渊雅,刻意模仿先秦古文,也正是因为如此,其所译西方著作"学理邃赜",虽然可以为知识分子所接受,但是,对于要求传播范围广泛化的思想传播来说,这样的译笔却不能被一般的民众或识字少的人所读懂弄通,严重地影响了其宣传效果。[①] 鲁迅虽然对严复的翻译表达了崇拜之情,但是,他也对严复不合时宜的古雅译笔提出了批评。在《关于翻译的通信》一文中,鲁迅认为《天演论》一味地注重雅正,就连平仄这样的细节都要刻意去斟酌,虽然让人读来感觉音调韵律非常符合古文的规范,但是,桐城派的古文作派十足[②]。我们知道,桐城派诸人力尊古文传统,方苞要求文章要"雅洁",姚鼐提出了古文八要,总之,就是要学习史传手法,讲究古文义法。对于雅洁的执着,就是对于俚俗的放逐,也就是自我隔离于普通下层民众。用少数人欣赏的文字来启蒙多数不识字的人,其中的矛盾悖谬处,不言自明。傅斯年则在《怎样做白话文》中,批评严复的译笔如策论,像八股,把外国理论打扮成中国老学究的样子,认为这是显然以中国的短处,来补西方理论的长处,反而弄巧成拙。[③]

在翻译实践中,严复自诩处处时时都在追求"信""达""雅"。但中西方语言表达的差异性,让他不得不在翻译时做出调整。如他对自己翻译活动的介绍。能够自己读懂外文的严复,深知西方著作与中文有着明显的不同。他指出,在西方著作中含有非常多的名词概念,在书中大多是当第一次出现时就随手做了解释,这算是插入语。学习外语的人对此比较熟悉,这是英语表达有异于汉语的特点之一。当这些名词概念以插入语的方式被解释后,后面的文

---

① 梁启超:《绍介新著:〈原富〉》,《新民丛报》1902 年第 1 号。

② 鲁迅:《二心集·关于翻译的通信》,载《鲁迅全集》第 4 卷,人民文学出版社 2005 年版,第 390 页。

③ 胡适编选:《中国新文学大系·建设理论集》,上海良友图书印刷公司 1935 年版,第 227 页。

字就又接着前文继续进行表达,使句子完整。这种插入语的体例,也让西文著作的句式有长有短,有的只有二三个词,有的则需要上百甚至上千个词。严复认为,在翻译中如果完全按照这样的表达体例,那么相对于中国的读者而言,就完全是"不通";如果为了取得与中文表达一样的效果,对原语文本进行一定程度的删改,那么又会造成意义的缺失。像这种情况,严复认为,翻译者应该在将原语文本读懂吃透的基础上,按照中文的表达方式,将整个句式表达完整。对于那些艰涩难懂的概念,可以在翻译时,通过前后表达的互相"引衬",以完整地解释好词义。严复认为,像这样的在翻译过程中的手法处理,都是为了一个"达"字,当然,严复也指出,只有翻译活动做到了"达",才可以取得"信"的效果。也正是出于这种认识,严复认为,汉以前的古文句法和"炼字"规则,比较适用于表达精微的义理和精深的言辞;而如果用近代流传于下层的俚俗文字,那就非常困难了。① 对于严复这样的论调,胡适提出了批评,认为所谓的求"雅",其实是意在抬高译本的身份罢了。但胡适也指出了严复这样做不得已的苦衷,那就是,按当时严复的选择,如果用八股文或者白话,就会影响读者的范围。所以说,求古,返回先秦时代寻求古老的字法和句法,成为严复解决白话或八股皆不适宜两难的妥协办法。当然,严复本人的英文与古文修养都非常高,再加之他对这样的翻译工作很看重,不肯有丝毫懈怠,因此,虽然用的是一种所谓的"死"文字,却以个人才情弥补了这种缺陷而勉强符合"达"的要求。②

但是,理念是一回事,翻译实践又是一回事。那么,严复的翻译是否真的像他所表述的那样,达到了"信""达""雅"的标准呢? 在这方面,早有精通外语的学者,将《天演论》原语文本与严复译文进行详细比对,发现实际上《天演论》并没有像严复所标榜的那样做到了"信""达""雅",而是在翻译中有许多

---

① [英]赫胥黎:《天演论》,严复译,商务印书馆 1981 年版,"译例言"。
② 胡适:《五十年来中国之文学》,载《胡适说文学变迁》,上海古籍出版社 1999 年版,第 94 页。

意义与原语文本不符之处。比如,《天演论》的中文译本,有着三种不同的声音,在文中互相纠缠:一是严复自己的意见出入文中;二是为严复所认同的斯宾塞的观点;三是赫胥黎对"进化伦理"的质疑。① 同样的观点也出现在奥地利人田默迪(Matthias Christian)对《天演论》中英文的比较研究中。田默迪通过逐一的对比核查,发现严复的中文译本与原语文本之间有非常多的不同之处。② 这也推翻了严复所自我标榜的"信""达""雅"的翻译标准与理念。当然,如上所论,严复在翻译过程中已经注意到中西语言的不同,在他所坚持的归化翻译中,硬是试图将两种相异的语言做一致化处理,本身就是一种翻译"乌托邦"。这已经被清末民初以后来的归化翻译实践所证明。前人之述备矣,笔者尝试在田氏研究的基础上,再提出个人的浅陋之见。

在田默迪指出的严复中文译本与原语文本的差异中,叙事人称就是典型的一例。英文版《天演论》用的是第一人称(在书中就是原作者),增加了故事的可信度,但也会限制叙事的范围,即"我"之耳闻目睹。严复的中译本则采用第三人称手法,自己作为隐藏的叙述者,这虽然使作品在翻译过程中不必拘泥于时空的限制,纯然以一种客观的态度来表达,但却改变了原文的叙述风格。当然,如上文提到有学者所考证的,严复也会在翻译中自觉或不自觉地挟带"私货",将自己、斯宾塞、赫胥黎的各种与原语文本不同的异样的声音掺杂其中,本来是追求"信""达""雅"的翻译,却成了"我注六经"的主观实践,借原语文本之酒杯,以浇胸中块垒,发抒胸中不平之气。

这里需要说明的是,第一人称叙事在中国传统文学作品中不多见或者可以说没有,第三人称叙述则多有,在翻译过程中,随着第一人称与第三人称的改换,就如严复在上面讲到的,"前后引衬,以显其意",原语文本异于中文的

---

①　耿传明:《决绝与眷恋:清末民初社会心态与文学转型》,复旦大学出版社 2010 年版,第 32 页。

②　黄克武:《自由的所以然——严复对约翰·弥尔自由思想的认识与批判》,上海书店出版社 2000 年版,第 98~99 页。

句式与章节结构,被归化翻译所消解,而与原语文本相比有很大的改变。不过,田默迪对此却没有做进一步的考查。笔者以为,这种在翻译过程中罔顾原文意旨而以"本土"为主导的翻译方式,实际上折射出严复归化翻译的操作策略。归化翻译,就是要以中化西,这"化"字却只能是用中文已有的来对原语文本的"异"进行调节。不过,这种操作策略在归化翻译中并不是只有严复一人。上文已经说过,林纾的文学作品翻译,也有许多类似叙事人称改变的操作。比如,将《茶花女》的第一人称换为第三人称"小仲马",甚至借西方小说为背景,进行自我发挥式创造。这诚然对于中国读者的阅读与接受有所助益,但是,却违背了翻译应有的借鉴学习的初衷。五四时期就有人对林纾的这种自我创造式翻译进行了批评:"林先生译外国小说,常常替外国人改思想,而且加入'某也不孝','某也无良','某事契合中国先王之道'的评语,不但逻辑上说不过去,我还不解林先生何其如此之不惮烦呢? 林先生以为更改意思,尚不满足,巴不得将西洋的一切风俗习惯,饮食起居,一律变成中国式,方才快意。"①这样的批评可谓一针见血。但是,我们也应该看到,归化翻译之所以要对人称叙事等进行改变,实是受中国固有之文本多以第三人称为叙述视角的特征所影响。像林纾的翻译,只能凭借已有的古人经验,在口译之人的传达下,进行一种二次转换,其所接受的,本身就是半中半西式的理解,再加之他自己所固有的传统文化的影响,这种翻译被人诟病为自我发挥、创造,也有时代与个人的原因。不同于林纾,严复的翻译来自自己的阅读,同时,严复本人又有着高深的古文造诣,可以说,他是站在传统文化的高度上来对译西方文化,并对之进行适于国人的局部改造,叙述人称的改换,只能是以中化西的归化翻译的取径而已。但是,诚如上述志希的批评,这种做法确实对于借鉴学习原语文本之"异"来讲是完全错误的。但此处我们对于林纾、严复辈的翻译作这样的"错误"判断,实在有以时人之慧批判古人的做法,有违学术研究的根本原

① 志希:《今日中国之小说界》,《新潮》1919 年第 1 卷第 1 号。

则。我们应该本着理解的同情来试着对其作一公允的评判。

史传传统的求"信"加上儒家克己复礼的求"仁",使得中国传统文化中缺少第一人称。① 以此来看严复的翻译,《天演论》原本用的第一人称,可在严复的翻译下却成了第三人称,虽然就传达科学知识的角度言,第一人称与第三人称也无本质区别。但是,两种人称内涵的不同态度,却暴露了严复在翻译中并未达到他所定的"信""达""雅"标准,史传传统使严复不自觉地以第三人称替换了第一人称,这样就使得原本有异于中国的西方的"异"被消解了。而且,这种为了突出"中"的地位而改动的,不只是人称,如,为了使读者更容易接受,严复将《天演论》的 Prolegomena 和 Evolution and Ethics,化成了上下两个部分,上卷主讲物竞天择,共分 18 节,下卷主讲与天争胜,共分 17 节,并给上下卷的 35 节依照诸子的旧例做了适合中国人阅读习惯的篇目,如上卷有"察变""广义""趋异""互争"……"善群""新反"18 篇目,下卷则有"能实""忧患""教源""严意"……"群治""进化"17 篇目。同时,还借用史传传统,利用第三人称叙事,为《天演论》创设了一个史诗般的宏阔开篇。这也就是一直为学界所一再言说与转述的著名的《天演论·导言》开头的一小段:

> 赫胥黎独处一室之中,在英伦之南,背山而面野,槛外诸境,历历如在几下。乃悬想二千年前,当罗马大将恺彻未到时,此间有何景物,计惟有天造草昧,人工未施,其借征人境者,不过几处荒坟,散见坡陀起伏间,而灌木丛林,蒙茸山麓,未经删治如今日者,则无疑也。②

田氏注意到,"严复并没有一句一句翻译,有时原文的好几段在译文里找不到,有时他重新分章节,有的注解他加入正文,有的注解他提在复案中,大部分的注解他根本不翻译"。这种差异可以分为两类。一类是"严复刻意营造

① 参见陈才训:《中国古典小说第一人称叙事缺席的文化思考》,《天津社会科学》2005 年第 4 期。

② [英]赫胥黎:《天演论》,严复译,商务印书馆 1981 年版,第 1 页。

的,如他认为不重要或重复的部分可以不用翻译,而需要说明之处则加上案语"①。比如,严复认为原文内容与救亡启蒙的目的不符,会干脆舍弃不翻译或者另外增补文字。如,Prolegomena 1 中的第八节内容,严复只在导言二中作了按语说明,对斯宾塞进化观念进行了详细的阐述,但对赫胥黎却只字未提。究其原因,笔者认为,出于当时中国面临的实际境况,救亡、启蒙的主题,决定了严复没有从学术研究的角度来辨析其所翻译的文本,而是本着"为时代"的归化翻译,策略性地将本该是一种科学知识范畴的生物进化规律,而引进到人类社会,将生物界的弱肉强食改头换面为人类社会的"强国与弱国"的斗争。而其时的中国,则无疑是处在"弱"的地位上,由此严复就顺理成章地警告国民:物竞天择,弱肉强食,中国若不自强,使只会被亡国灭种。

再如,严复在翻译中,为了满足汉语读者的阅读期待,便会无视英语与汉语在思维、文化、心理等方面的区别,用中国人耳熟能详的典故或词语,对《天演论》英文原本进行颠倒、附益、同化甚至解构,以此来翻译《天演论》中极具西方色彩的专有名词或情节,也就是化西为中、以汉易洋。如,《天演论》导言十三"制私"之中将一个从《圣经》中来的故事改为《汉书》的典故——"李将军必取霸陵尉而杀之,可谓过矣,然以飞将成名,二千石之重,尉何物,乃以等闲视之,其憾之者犹人情也",并在案语中说,"案原本如下:埃及之哈猛必取摩德开而枭之高竿上,亦已过矣。然彼以亚哈木鲁经略之重,何物犹大,及漠然视之。门焉,再出入,傲不为礼,则其恨之者尚人情耳。今以与李广霸陵尉事相类,故易之如此。——译者注"。再如,为学界所一再言说与转述的著名的《天演论·导言》开头的一小段,严复就将原本论说严谨的理论书籍翻译得诗情并茂、文采飞扬,就如吴汝纶所言,"骎骎与晚周诸子相上下"。这本身就说明了两种语言在其时的翻译过程中的不可通约性。

---

① 黄克武:《自由的所以然——严复对约翰·弥尔自由思想的认识与批判》,上海书店出版社 2000 年版,第 99 页。

上述译例是严复有意为之的，而另一类差异则是严复较不自觉的，而这与他所用的文言文有关。田默迪说严复所用的文言文不易表达分析性的概念，以及字句之间的逻辑关系，这有如"用张大千的笔法摹画一张毕加索的画一样"。例如，原文是抽象客观的科学性描述，严复却将之变为充满情感且带有悲观意味的文字；或者原文十分精确，译文却变得较为笼统。另外还有两个表面上的矛盾的现象，一方面是，严复译文常常忽略原文中一些纯理论化的概念，如科学的范围或新旧宇宙观在本质上的差异等。但另一方面，严复又用许多带有中国哲学中形而上学意涵的语汇，来谈一些支配现象的根本道理。例如他在译文中有如下的句子："道每下而愈况，虽在至微，尽其性而万物之性尽，穷其理而万物之理穷"，结果使其译文带有中国直觉论的道德哲学或先验哲学的意味。

翻译是两种文化之间的不对等的置换。在代表着两种不同文明的语言的相互调适过程中，原语文本被置换成译语文本，语言的差异必然导致翻译的不对称性。而在译语文本为主的归化式翻译中，这种差异性则更多地表现为中国文化的彰显，原语文本的"异域风情""异种理论"等诸种的"异"，在归化翻译中被译者有意或无意地消解。具体到上述严复的翻译，与其说是翻译，不如更精确地说是翻译与评述的合二为一。就严复主张的翻译的"信""达""雅"来讲，这却是过于求雅，却将翻译的"信""达"舍弃。在本书的论域中，笔者大胆地推定，严复的翻译，因其对象设定为识字的知识分子和士大夫阶层，因此，其在翻译中就势必会译必求"雅"，而不是如学界一直所说"信""达""雅"并求，而是唯雅是求。

由上所述，严复的这种归化式翻译恰正是翻译处于次要地位的表征。这样的翻译定位，使得目标语也即文言，成为高于源语的文化存在，目标语所需要的是源语中所含的"新的思想"，至于其内含的文体形式、语言风格等，这些都可忽略不计。在这种情况下，严复对于《天演论》的改造，并非像他所言"信""达""雅"，而是有时为了"雅"，不得不牺牲"信"和"达"。

　　严复的翻译,受到梁启超、鲁迅等人的批评,但严复本人也有古文适合精理微言的翻译的辩护。实际上,严复所期待的读者是熟读古书的士阶层。只有这样的人先觉醒了,才能对国家有所助益。因此,这种读者定位决定了严复的论说逻辑:不读古书者或略通古书者,如不能读懂他的翻译,那么问题出于读者身上,而不在翻译的著书本身。这样的选择就与其同时代的梁启超、裘廷梁以及后来的新文化运动诸人的做法有所不同,也有悖于"开民智"的初衷。"开民智"本身就暗含着思想的普及化,因此,从这一意识形态的诉求来讲,通行于俗的白话比流行于上的文言更为适用。

　　从后来严复翻译的接受情况来看,严复心目中设定的士人阶层,对于文言的接受和古代的认同上,已经远非昔日可比,也就是说,实际接受和严复本人的愿景间产生了悖谬之处。对于这一点,瞿秋白的批评可谓一针见血。他在1931年给鲁迅的信中说,严复的翻译,可以用"译须信雅达,文必夏殷周"来概括。不过,所谓的"信""达""雅",实际上严复并没有严格执行,比如,他就因一味地求"雅"而将翻译作品的"信"和"达"大打折扣。文言与西方语言是两种不同的语言模式,二者之间的互转,对于文学作品或理论著作来讲,是根本不可能"信"的,同理,"达"也只是枉谈而已。[①] 普通民众无法接受,而士人却又无法读懂,这是严复的一种悲哀,当然,问题不在于严复的翻译,而在于时代局限性。

　　这种追求"以中化西"的归化式翻译,在同时代其他人的翻译中也有表现。比如翻译《佳人奇遇》《十五小豪杰》的梁启超,翻译《电术奇谈》的吴趼人等,都存在类似的问题。其时评论界对于翻译高低的评价,也多以译笔为讨论对象,而目标语对于源语的翻译是否符合"信"与"达"反倒在其次了。但从实践翻译效果看,归化式翻译虽然聚拢了大量的读者,而且其时的影响也颇大,但就"信"这一点而言,他们都是失败的。失败的原因"在于态度上的一些

---

　　① 鲁迅:《二心集·关于翻译的通信》,载《鲁迅全集》第4卷,人民文学出版社2005年版,第381页。

错误",郑振铎就明确地指出:一是妥协,即在内容上不敢违背中国读者的品味及伦理观,甚至牺牲个性以与中国旧势力妥协;在形式上也把它译成文言及章回体。二是利用,即简单地想利用外国作品来作改革的工具。三是不忠实,翻译的差错很多,甚至还任意更改。这种以汉语为中心的归化式译法,虽然尚可做到对原作主旨的尊重,但对原文的"误读""漏译""增删"等归化现象却是不可避免的。① 正如周作人在《鲁迅的青年时代》中所谈到的,最初时看到严复的《天演论》感觉"琅琅可育,有如'八大家'的文章。因此大家便看重了严几道,以后他每译出一部书来,鲁迅一定设法买来",但自从看到章太炎先生说"严几道的译文'载飞载鸣',不脱八股文的习气,这才恍然大悟,不再佩服了。平心的说来,严几道的译文毛病最大的也就是那最有名的《天演论》"。② 而周作人对于林纾的翻译文学,也是最初佩服,特别看重《撒克逊劫后英雄略》,但后来对其持批评意见,"译得随便,便不足观了",甚至将《格列佛游记》与《见闻杂记》等书译得面目全非,将《堂吉诃德传》重新命名为中文通俗小说《魔侠传》,其中更是"错译乱译,坏到了极点"。③ 从普通的文学欣赏的角度来看,归化式翻译因为合乎国人的阅读习惯,显不出问题来。但是,如果从专业的批评角度来看,特别是如鲁迅、周作人这样精通翻译,又对异化翻译尤为推崇者,那归化翻译的背离原文本而"我注六经"式的翻译,就显得舛误太多而不太专业了。

施莱尔马赫在论及翻译的两种方法时说:"依我之见,有两种可能。译者要么尽可能让作者不动,把读者推到作者那里去;要么尽可能让读者不动,把作者推到读者那里去。"如上所论,严复辈的归化式翻译更多地表现在政治性诉求上,因而,对于思想的传达是其首要考虑的,但要传达就要"把作者推到读者那里去",就必须要用本国受众所习以为常的易接受的语言。这是归化

---

① 陈福康:《中国译学理论史稿》,上海外语教育出版社2000年版,第237~238页。
② 周作人:《鲁迅的青年时代》,北京十月文艺出版社2013年版,第72页。
③ 周作人:《鲁迅的青年时代》,北京十月文艺出版社2013年版,第74~75页。

式翻译作为传达思想的媒介必然无法摆脱的。但这样一来,如周作人对于严复译作的评价——"严复用周秦诸子的笔法译出,因文近乎'道',所以思想也就近乎'道'了。如此《天演论》是因为译文而才有了价值",在传统文化的销蚀与打磨下,翻译所起到的绍介与刺激作用也就大打折扣了。梁启超就指出:"意译而失者,则经译者之思想,横指为著者之思想,而又以文人字顺故,易引读者入于迷途。是对于著者读者两皆不忠,可谓译界之蟊贼也已。"①

在具体的翻译过程中,严复体会到用汉以前字法句法,也即文言,翻译外来语言可以"达易"且雅训,而近世利俗文字,也就是古白话文则很难"达易"。这在其时文言为尊的传统下很有代表性。在其时以文言为尊的大的社会语境下,严复对于使用浅近白话来翻译外来著作还不可得。一是在文言为尊而白话浅俗的大的社会环境下,严复不可能用不为士人所接受的浅近白话来完成其终其一生的翻译大愿;二是即使严复认同用浅近白话,由于其所受到的文言教化传统,在实际的翻译过程中他也不可能完全做到,这在后文我们还要专门谈到。这两点说明,由于中外语言的差异性,严复对于外来语言的等效翻译根本就不可能。当然,就其时的阅读语境来讲,即使严复可以做到直译,国人对其的接受也很难。这从鲁迅与周作人在近代使用直译方法翻译《域外小说集》却被读者拒斥而以失败告终可以探知。

严复以其时通行的古文翻译西方著作,首先就接受者来讲,本身就存在问题。西方的著作,在其思想体例上,多是现代的产物,其所包含的科学、民主、平等、自由等现代性思想,与一直以来脱离普通大众的为权贵士人所掌握的缺少普世性的文言在其内在精神上本身就存在悖谬之处。因此,其无论在现代与封建制度的精神悖逆上,还是在普世性的传播接受层面上,本身就有很大的矛盾存在。张君劢也看到了严氏以古文译西书的语言矛盾,即文字虽"雅",但"达""信"却失掉了,甚至使得原著作的观点产生歧异,像这样的操作,就是

---

① 梁启超:《翻译文学与佛典》,载《梁启超全集》第 13 卷,北京出版社 1997 年版,第 3804 页。

拿中国的旧的观念,来以对造西方的新的思想,"故失科学家字义明确之精神"①。

再者,文言与外来语言本来就属于两种不同的语言系统,其所代表的封建思想与科学民主思想具有天壤之别,在用文言对外来语言对译的过程中,严复很难创造出与之相应的词语来。这一点,严复自己就有清醒的认识。在《天演论·译例言》中,严复就指出,新的理论层出不穷,名词术语繁多,这些新生的理念在汉语中,都没有相对应的词可以借以翻译。即便牵强地硬要选出词语来翻译西方理念,最后也会差别很大。因此,严复建议,对于这种情况的解决,翻译者应该根据情况,自己设定出一个标准来,根据西方词语的词义来确定翻译的汉语选用何种词语来对译。具体而言,严复指出:

> 顾其事有甚难者,即如此书上卷导言十余篇,乃因正论理深,先敷浅说,仆始翻"卮言",而钱塘夏穗卿曾佑病其滥恶,谓内典原有此种,可名"悬谈"。及桐城吴丈挚甫汝纶见之,又谓"卮言"既成滥词,"悬谈"亦沿释氏,均非能自树立者所为,不如用诸子旧例,随篇标目为佳。穗卿又谓:如此则篇自为文,于原书建立一本之义稍晦。而悬谈、悬疏诸名,悬者玄也,乃会撮精旨之言,与此不合,必不可用。于是乃依其原目,质译"导言",而分注吴之篇目于下,取便阅者。此以见定名之难,虽欲避生吞活剥之诮,有不可得者矣。他如物竞、天择、储能、效实诸名,皆由我始。一名之立,旬月踟蹰,我罪我知,是在明哲。

为了更好地说明问题,此处,我们简单讨论一下外来词的问题。外来词的产生,源于语言的接触,其深层原因是不同文化的接触。因此,从某种意义上讲,外来词是一种外来文化的存留印迹。从外来词的构形上看,其意义是外来的,是其来源国家发明并规定了该词的词义,但形式却是本土的。一般而言,

---

① 转引自贺麟:《严复的翻译》,载商务印书馆编辑部编:《论严复与严译名著》,商务印书馆 1982 年版,第 33 页。

有意译外来词、音译外来词和音意合璧三种。从发生学的角度来看,最初是音译外来词,如五四的关键词之一"德先生",就是英语 democracy 的音译,名为德谟克拉西,也即民主。另一重要的关键词是表示科学的赛因斯,也称"赛先生"。其实,民主一词中国自古有之,如《尚书·周书·多方》曰"天惟时求民主",这里的民主,是"民之主"之义,即人民的主宰,应该属于偏正结构。而五四从日本借来的代替德谟克拉西或"德先生"的民主一词,则含有人民作主、人民主宰的意思,属于主谓式构词,明显不同于古代汉语的"民主"。

意译外来词代替音译外来词,是词汇发展的一种趋势。我们在第一章就讲过,语言一旦形成,其系统是稳定的,但同时也可以说具有排他性。所以当大量的音译外来词进入汉语时,我们知道,汉语有文言与白话两大书面语,文言有固定的结构和词汇系统,外来词很难进入文言的词汇系统。最典型的例子是清末以来,由于中外交流而产生了许多新词。比如,林则徐的《四洲志》,内容源自英国人慕瑞的《世界地理大全》,在翻译过程中,林则徐按照自己的乡音对外国专用词使用了音译或音意合璧的方法来创造新词。如 parliament,现在译为议会,林则徐则音译为"巴厘满衙门";senate,现在译为参议院,林则徐译为"西业";president,现在译为总统,林则徐译为"勃列西领"。因为《四洲志》是急就章,里面的词语大多是仓促为之,大多没有传下来,不过,在当时却影响很大。魏源的《海国图志》中,也翻译新创了许多西方的科学术语和政治术语。如 company,现在译为公司,魏源译为"甘巴尼";state 现在译为州,魏源译为"士迭"。从某种意义上看,这些音译词大多追求记音的功能,因此,我们看到,在选用汉字时都不注重其意义,随意性很大。

上面提到严复为了让旧文人接受并且看得懂,再加之初涉翻译,不愿直译,只为了"达",因此,严复尽量用中国的旧观念来翻译西方词汇,新名词发明较少;而他的中期作品,如《原富》《群己权界论》《社会通诠》等,则注重信、达、雅,"于辞义音,无所颠倒附益"。而在 1908 年的《名学浅说》一书中则更多地选用意译。① 同初期一样,《名学浅说》与《天演论》《法意》《穆勒名学》等,都注重意译,将中国已有的事物和事例活用在外来事物上,我们可以称之为"激活"。这种"激活"的做法,在每一个欲保存中国族性和种性的知识分子来看,都是首选的。严复、章太炎、鲁迅等都曾有过类似的主张或具体操作。严复在翻译中创制的新词,有些一直沿用至今。如《天演论》中的 utopia,"乌托邦";《穆勒名学》中的 logic,"逻辑";logos,"逻各斯";《法意》中的 totem,"图腾"。

针对严复创造新词的提法和做法,王国维提出了批评意见。王国维认为,新造词语有的工整,但不工整或不合适的新造词也为数不少。通观严复在翻译实践中创制的新词来看,大多是不适当的。② 这种不当的自制新词在严复翻译弥尔的 *On Liberty*(《群己权界论》)时就表现得特别明显。其中,将 liberty 翻译成"自繇"就很有代表性。之所以翻译此书,源于严复对于中西文化及其优劣的认识。严复认为,中西文化的一个基本差异就在于西方文化有其"命脉":

> 其命脉云何? 苟扼要而谈,不外于学术则黜伪而崇真,于政刑则屈私以为公而已。斯二者,与中国道理初无异也。顾彼行之而常通,吾行之而常病者,则自由不自由异耳。夫自由一言,真中国历古圣贤之所深畏,而未尝立之以为教者也。彼西人之言曰:唯天生民,各具赋畀,得自由者,乃为全受。故人人各得自由、国国各得自由,第务令毋相侵损而已。侵入自由者,斯为逆天理,贼人道。③

在严复看来,"于学术则黜伪而崇真,于政刑则屈私以为公",中西对此其实并无二致,但西人"行之而常通",国人则"行之而常病",原因何在,就在于

---

① 贺麟:《严复的翻译》,载罗新璋编:《新译论集》,商务印书馆1984年版,第152页。

② 王国维:《论新学语之输入》,载傅杰编:《王国维论学集》,中国社会科学出版社1997年版,第387页。

③ 严复:《论世变之亟》,载王栻主编:《严复集》第1册,中华书局1986年版,第2页。

西方人注重个人"自由"。而自由为何,中国有无此类似想法,与其有对应之词吗?严复指出,中国思想之中与西方自由观念最接近的是讲究待人及物的"恕"与"絜矩"之道。絜矩二字,语出《大学》,根据朱熹的解释,"絜,度也。矩,所以为方也……君子必当因其所同,推以度物,使彼我之间,各得分愿,则上下四旁,均齐方正,而天下平矣",意指我们的一切作为要站在他人的立场上来设想而发挥"己所不欲,勿施于人"的精神。在《群己权界论》的《译凡例》之中,严复即强调"絜矩之道"与西方自由观念相一致之处,他说:"自入群而后,我自繇者,人亦自繇;使无限制约束,便入强权世界而相冲突。故曰:'人得自繇,而必以他人之自繇为界',此则《大学》絜矩之道,君子所恃以平天下者矣。"然而在《论世变之亟》一文中,他又说两者其实有所不同:"中国道理与西法自由最相似音,曰恕,曰絜矩。然谓之相似则可,谓之真同则大不可也。何则?中国恕与絜矩,专以待人及物而言。而西人自由,则于及物之中,而实寓所以存我者也。"①

为什么会有两种看似矛盾的说法?首先,这表明在严复的心目中,中西文化有本质上的差异。他强调将英文译为中文,包括将"liberty"的概念译为汉语十分困难,所以中国读者在阅读译书之时难以理解。此即表示中西之间文化的差距。但是另一方面,严复也认为中西文化在精神上有互相贯通之处。何况,当他谈到中西之间的对照时,他所说的中国显然只是指当代的衰微状况,而不是中国文化过去的整体发展,对于后者,他当然以为其中有高明之处。

严复在翻译中,将"liberty"或"freedom"(自由)概念翻译作"自繇",而未用国人所通用的"自由",他有自己的理解。在《〈群己权界论〉译凡例》中严复指出,"由""繇"二字在古代是可以通用的。"今此译遇自繇字,皆作自繇,还作自由者,非以为古也,盖其字依西文规例,本一专名,非虚乃实,写为自繇,欲略示区别而已。"在严复看来,liberty 与 freedom,二者表达的观念是具体

---

① 严复:《论世变之亟》,载王栻主编:《严复集》第 1 册,中华书局 1986 年版,第 3 页。

的,在中文中,有"自由"和"自繇"与之对应,但是二者是有区别的,自繇的繇是和丝线一样,为一具体情况,所以自繇是比较具体的,就比用较抽象的自由翻译 liberty 或 freedom 更恰当。而且,严复的这种以"自繇"翻译 liberty 或 freedom,在其后《法意》等书的翻译中都一直沿用。

黄克武在《自由的所以然》一书第三章中指出,严复在翻译弥尔的 on liberty 时,对个人自由的看法确有一部分受到救亡图存与追求国家富强等理想的影响,这些影响与他所理解的"国群自繇"的观念交织在一起。然而,严复对于弥尔的翻译不尽人意处,首先是双方认识论上的差距在翻译过程中所起的作用。中国传统的儒家,在认识论方面持乐观主义的看法,对于身处传统文化熏陶之中的严复来讲,乐观主义更是根深蒂固,这种乐观主义的认识论,使得严复在翻译实践中,"无法精确地将弥尔以悲观主义认识论为基础的一些想法,尤其是以自由来追求知识、以知识促成进步的细密的推理,带到中文世界"。也正是这种悲观与乐观的根本区别,使得严复在翻译弥尔的 on liberty 时,"无法把一些环绕着肯定个人价值的日常生活语汇译为中文;这些语汇包括:有关个人特质的描写、有关个人规范性之特色的描写、有关人与人之间事实关系的描写,以及有关人与人之间规范关系的描写等。忽略掉弥尔思想中的这些日常语汇,弥尔的个人主义变得没有意义,更不用说可以让人觉得它是深具说服力的"①。黄克武认为正是由于严复受到的儒家传统思想之深刻影响,实际上他并没有理解、洞悉弥尔关于知识与个人的观点。例如,儒家的个人观,注重于成己明德,也就是肯定自我的价值和尊严,并由个人而至群体,达到成物新民的思维理路。这种中西思想资源的差异性,使得严复一方面对于弥尔关于个人、自由的思想理解颇深,另一方面,这一传统致思路径也阻碍了

---

① 黄克武:《自由的所以然——严复对约翰·弥尔自由思想的认识与批判》,上海书店出版社 2000 年版,第 119 页。

严复对于弥尔的自由、进步、己重群轻的个人主义的理解①。也正是这样的原因，严复在翻译实践中出现如下错误之处：一是将意义精确的词，模糊化处理；二是割裂或错误地理解词汇的逻辑性，如割裂逻辑词汇与推理的联系；三是赋予中性的词以价值判断的功用②。

当然，严复翻译中的不尽人意之处，本身有中西两种不同的语言体系之间的深刻差异，同时也是西方的现代文化的内容与中国传统语言表现形式之间的不合拍导致的。古代汉语是诗性的语言，它言简意赅，模糊而笼统，在反映事物的细致与精确性上，显然弱于英语；再者，古代汉语强调意合、感性而写意，在逻辑推理以及理性思维方面也不能与英语相匹敌；最重要的是，长期以来的语言工具论以及中国固有的"文以载道"的传统意识，使得严复的翻译不能不暴露出古代汉语体系也即文言体系在应对西方文化时的力不从心。③ 因此，所谓的误读、偏谬、词不达意等，都在所难免。类似这样的相异性翻译，在其时所有翻译作品中都有所体现，并不是只有严复，这是时代局限性使然。如茅盾如此评价林译小说的归化翻译："这种译法是不免两重歪曲的，口语者把原文译为口语，光景不免有多少歪曲；再由林氏将口语译成文言，那就是第二次歪曲了。"④也正是在这种异质文化的翻译交流碰撞过程中，西洋的新思想，连同西人的思维方式、言语方式等，就不可避免地对一向僵化守成的古代汉语体系造成一定程度的侵蚀与瓦解。严复以文言翻译西学，并且对于用字取词以及篇章大意的斟酌取量都很审慎，竭力维护古文的尊严与完整性。但我们也不得不看到，正是这种文言翻译西学的力不从心以及勉力为之，却为古文系统向现代语言的递变打开了缺口。伴随着时局的动荡与国运危机，大量的翻

---

① 黄克武:《自由的所以然——严复对约翰·弥尔自由思想的认识与批判》,上海书店出版社 2000 年版,第 119~120 页。

② 参见黄克武:《自由的所以然——严复对约翰·弥尔自由思想的认识与批判》,上海书店出版社 2000 年版,第 126、127、139 页。

③ 张艳华:《新文学发生期的语言选择与文体流变》,山东大学出版社 2009 年版,第 21 页。

④ 茅盾:《直译、顺译、歪译》,《文学》第 2 卷第 3 期,1934 年 3 月。

译活动开展,外来新词语的频频输入与影响,使得文言的权威性一步步地被侵蚀,一向颠扑不破的严密的文言传统就在外因与内因的共同作用下开始破绽百出,大厦将倾。

第二节　超逾时代的异化翻译

在清末民初归化翻译占据优势的情况下,也有另类的声音,即鲁迅、周作人翻译《域外小说集》的实践。在弃医从文并师从章太炎之后,鲁迅通过自己的翻译实践对严复林纾辈的翻译,也对自己的归化式翻译进行了反思。可以说,周氏兄弟的《域外小说集》的翻译,充分凸显了周氏兄弟特别是鲁迅的精英主义色彩,但这种超越时代的精英主义对于异化式翻译的选择却只能以时不我与的悲情而收场。

周氏兄弟合译的外国短篇小说选集《域外小说集》,共有两册,先在日本出版。1909 年上海《时报》第 1 版广告栏刊载《域外小说集》第一册广告:

> 是集所录,率皆近世名家短篇。结构缜密,情思幽眇。各国竞先选择,斐然为文学之新宗,我国独阙如焉,因慎为译述。抽意以期于信,绎辞以求其达。先成第一册,凡波兰一篇,美一篇,俄五篇。新纪文潮,灌注中夏,此其滥觞矣! 至若装订新异,纸张精致,亦近日小说所未见也。每册小银圆三角,现银批售及十册者九折,五十册者八折,总寄售处:上海英租界后马路乾记广昌隆绸庄。会稽周树人白。

从发行销售的《域外小说集》第一、二册中,我们看到,两册小说共收 16 篇作品,都用文言翻译,作家大都选自东欧弱小国家,其中,英一篇,美一篇,法一篇,俄七篇,波兰三篇。鲁迅根据德译本翻译了其中的《谩》《默》《四日》,其余 13 篇翻译,均出自周作人之手。在体裁上,除《安乐王子》是童话外,剩余 15 篇都是短篇小说①。

鲁迅为什么要翻译小说,为什么要用异化式翻译策略,鲁迅在《域外小说集》序中对此做了说明。鲁迅秉持文艺救国的策略,认为文艺可以转移性情、改造社会。因此,鲁迅就"自然而然的想到介绍外国新文学这一件事"。但因为学问、资本、读者、同志等各方面的限制,只能"小本经营",《域外小说集》便是出于这样的考量而翻译的。② 虽然鲁迅对于《域外小说集》的篇目选择和翻译方法都做出了与其时代不同的选择,以现在的研究眼光来看,《域外小说集》的异化翻译也确实比同时代高出了一大截,但收效甚微。单从《域外小说集》的销售情况来讲,据上海群益书社重印版的《域外小说集》序言(该序言作者署名为周作人)所说,《域外小说集》先是在东京卖,第一册只售出 21 本,而第二册只售出 20 本。在上海的情况也不容乐观,大约也是售出 20 本左右。③《域外小说集》第一、二册的印数为 1500 本,而售卖情况却只有 60 本左右,如此大的差距定然可以想见鲁迅的心理落差。结果,可想而知,"第三册只好停板"。对此,鲁迅自己也在 1932 年给增田涉的信中提及结局"大为失败"④。虽然销售情况不理想,但这样的异化翻译对于鲁迅、周作人二人的影响,以及对整个现代中国文学进程的影响,却是不容置疑的。《域外小说集》出版后,1909 年 5 月,日本东京的《日本与日本人》杂志就对之进行了宣传介绍,提到了欧洲小说在日本颇为流行,而在中国却还没有市场。鲁迅、周作人的《域外小说集》的翻译,颇有开创之功,从杂志的宣传措辞可见出,"年仅二十五六岁","大量地阅读英、德两国语语言的欧洲作品"等。⑤ 从翻译的角度来讲,

---

① 叶依群:《〈域外小说集〉的生成与接受》,浙江大学出版社 2018 年版,第 92~93 页。

② 此序署周作人作,但周作人后来声明是鲁迅所写。参见周作人:《知堂回想录》,香港三育图书文具公司 1980 年版,第 231 页。

③ 鲁迅:《〈域外小说集〉序》,载《鲁迅全集》第 10 卷,人民文学出版社 2005 年版,第 176 页。

④ 鲁迅:《致增田涉》,载《鲁迅全集》第 14 卷,人民文学出版社 2005 年版,第 196 页。

⑤ [日]藤井省三:《日本介绍鲁迅文学活动最早的文字》,《复旦学报》1980 年第 2 期。

鲁迅、周作人这样的良苦用心，如动机、语言和选目等，都超越了其时代，不合于主流，因此，最后惨淡收尾也可想见。

在《域外小说集》翻译的 1907、1908 年，还是以归化式翻译为主。正如上文论述严复、林纾辈的翻译所谈到的，归化式翻译其时影响颇大，从翻译活动的开展来看，也是首选的翻译方法，毕竟其时能读外文者寥寥，能够独自读懂外语并能翻译的译者，也不太多。鲁迅也难脱时代规囿，他最初的翻译也大都是归化式翻译。1903 年，鲁迅翻译了《哀尘》，该书系雨果的《芳梯的来历》，记叙的是一个女子被迫害的情景。该书显示了鲁迅早期反抗社会暴力、同情弱小的思想。鲁迅翻译此书时用的笔名"庚辰"也有深意存焉。"庚辰"是神话传说中禹的手下，曾帮禹治理水患，也曾降服"无支邪"，无论是为民治水还是为民除害，从中都见出鲁迅青年时代为民发声的抱负。鲁迅还翻译了凡尔纳的《月界旅行》《地底旅行》，稍后的 1905 年翻译了另一篇科学小说《造人术》和一篇评论《裴彖飞诗论》。可以说，"在 1909 年《域外小说集》出版以前，周氏兄弟的译作从选材到文字都不脱时尚，没有找到自己独特的位置"[1]。而且，因为归化式翻译的原因，鲁迅也曾对原语文本进行过删改。比如鲁迅将《月界旅行》由原文的 28 章，剔除了其中"措辞无味，不适于我国人者"[2]，定稿为 14 章。他不仅对原作进行了删改，还将删改的情况告诉读者，这样的做法，我们在林纾的翻译中也能见到。例如林纾在翻译《黑奴吁天录》时，便把小说中有关宗教的部分删除了，且把这样的改动也告诉读者[3]。由此可见，归化式翻译，出于本土语言的"自尊"，会自觉或不自觉地将原语文本化为本土"传统"所用。读者读到的是中国化的表达方式和早已面目全非的域外文化。所以，鲁迅在后来悔其少作时，便认为这根本不是翻译，实际上是改造再创

①　陈平原：《二十世纪中国小说史·第一卷（1897—1916 年）》，北京大学出版社 1989 年版，第 49 页。

②　鲁迅：《月界旅行》，载《鲁迅全集》第 10 卷，人民文学出版社 2005 年版，第 164 页。

③　林纾：《〈黑奴吁天录〉例言》，载陈平原、夏晓虹编：《二十世纪中国小说理论资料》第 1 卷，北京大学出版社 1997 年版，第 27 页。

作——"改作",他甚至提到不愿意将这些少作收在自己的集子里①。当然,鲁迅的自我批评有点重,他并不是"自作聪明",他也只是跟随或采用了其时代译者都采用的翻译手法罢了。但意译显著的一个问题是,以中国语言为主,而以被译语作为内容的提供,甚至有一些泥古不化者,以中国之言,译中国之事,完全不顾原书内容为何,误读与误解不断翻新,简直令人不忍直视。试想,在需要别求新声于异域的时代,这样的翻译对中国的进步与民族的振兴有何益处?这种局面直到《域外小说集》的翻译出版才发生了转变。

根据前面的介绍,从《域外小说集》的文本显现和已有的研究成果来看,其表现出以下四个方面的特征:在文本的选择上颇具现代文学意识、异化式翻译、古奥的文言语体、读者缺席(正是由于前三个方面的特征,才会导致读者的缺席)。我们要追问:为何要选用直译?为何要用古奥的翻译语体?为何会作出极具现代文学意识的文本选择?

所谓异化,就是用外来文化影响和改造本土文化。周氏兄弟何以如此锲而不舍地追求直译、硬译或逐字译的异化式翻译呢?这与鲁迅对中西文化的态度以及对文学的认识有关。与严复等以中化西的中国文化优势论不同,鲁迅将中西文化作为两大相互平行并各自独具价值的文化体系来对待。这就完全不同于其时中优西劣的主流思维。在鲁迅看来,西方文化是一种与中国文化完全不同的"殊异"之学,西方文化与中国文化一样有着自己"灿然可观"的历史,具有本民族文化所没有的足可"为师资"的"善者"(独特价值)。因此,重构中国文化既要"审己",又"必知人",在异质文化的相互比较与选择中,自觉地建构具有民族特色的现代文化"新宗"。②鲁迅在《关于翻译的通信》中指出,真正的翻译,"不但在输入新的内容,也在输入新的表现法",翻译"为什么不完全中国化,给读者省些力气呢?这样费解"是为了读者"却必须费牙来

---

① 鲁迅 1934 年 5 月 15 日给杨霁云的信,见《鲁迅全集》第 13 卷,人民文学出版社 1981 年版,第 93 页。
② 袁盛勇:《论鲁迅留日时期的复古倾向(上)》,《鲁迅研究月刊》2000 年第 9 期。

嚼一嚼"。① 1918 年周作人在写给张寿朋的通信中,也表达了对翻译的这一看法:"要使中国文中有容得别国文的度量……又当竭力保持原作的'风气习惯,语言条理'。最好是逐字译,不得已也应逐句译,宁可'中不像中,西不像西',不必改头换面。"也就是说,翻译的作用在于,在引进思想的同时,又创造性地引进新的表现形式。在鲁迅看来,要通过翻译来引进西方的文化,并以此来变革中国的文学,就必须举用异化的翻译方式。遵循鲁迅的逻辑来看,要变革中国文学,就必须从变革语言入手,这也是从清末以来提倡白话以及国语运动者所逐渐认识到的,只是到了鲁迅这里已经变得非常明确,即,要变革语言,必须从翻译入手。异化翻译之"异"对本土文化所带来的冲击也同时说明,鲁迅要在翻译中实现重思文本、重塑思想、重构现代性的翻译目的时,就必须有一定的革命精神,不畏权威,不惧时势主流,当然,这也意味着对于传统语言的一种暴力革命,革故鼎新。在当时意译占主流且弊端不断显现的情况下,异化翻译,或者直译或者硬译,虽然有可能将西方文化的精华与糟粕一块儿带来,但是这种异化的令人耳目一新的硬译,却可以成为语言变革的暴力手段,对于当时以文言为主的文学翻译是一种冲击,能够挑战文言的主流地位,为中国现代文学语言的生成培育和文体的引入吸引提供可资借鉴的标本与范型。其时与周氏兄弟同住东京本乡区西片町十番地丙字十九号的许寿裳就曾谈到,鲁迅、周作人翻译《域外小说集》是为了文艺救国,所以作品的选择偏于东欧和北欧,尤其偏重弱小民族,看重的是他们的抗争精神。②

　　这种对于翻译文学的重视,在周氏兄弟这里,表现为对翻译文学在汉族文学文化发展中的重要地位与作用的重视。根据伊塔马·埃文-佐哈尔的"多元系统"理论,一个民族的文学的文化地位决定翻译文学在文学多元系统中的位置,并在很大程度上决定着译者的翻译策略。佐哈尔指出,当一个国家文

---

① 《鲁迅全集》第 4 卷,人民文学出版社 2005 年版,第 391 页。
② 许寿裳:《杂谈翻译》,载《亡友鲁迅印象记》,人民文学出版社 1953 年版,第 54 页。

学初建时，或是文学的地位被边缘时，甚至正处于危机中等待转折契机时，此时，翻译文学便会在这个国家取得主流的地位。佐哈尔提出的这三点，正是周氏兄弟特别是鲁迅对于翻译文学之于中国文学文化地位之重要性的真实体认。鸦片战争至清末民初，面对中华民族所面临的亡国灭种的危机，知识分子表现出了以下倾向：或是以板结的思维定式固守着以夏变夷的僵化观念；或是承认中国虽在"器"上落后于西方列强，但在"道"上有着巨大的优越性，"中体西用"就是其典型反映；或者正视现实，承认"道""器"甚至文学上皆不如人，主张要建立适应民族生存与发展的新型文化。其时的翻译文学界，以中化西、照顾读者阅读心理的归化式翻译，改造了外国文本的"异域色彩"，加之作者的选择也不够严格精密，如林纾的翻译，其对作品的选择就必须受制于口语译者的选择，这导致读者难窥西方文学艺术之真谛。在鲁迅看来，中国文学与别国相比，尚处于不成熟的状态，中国文学依然故我，只在传统的所谓的"梦""泪""魂""影""痕"这样的矫揉造作、风花雪月的文字上做无谓的消耗。要使中国文学有新兴的希望，必须向境外引进具有现代意识的现实主义文学作品，以"外"来革新传统文学，才能有新生的希望。这一对于翻译文学重要性的肯认，源于鲁迅对于文学的艺术性美学功能的体认。

关于这一点，鲁迅在《域外小说集》新版序言中说过，其在日本留学时，就因为认识到文艺可以改造社会、改造人心，所以才致力于外国文学的翻译和引介。[①] 对于文艺功能的认识，1907 年，鲁迅在《摩罗诗力说》中就强调指出了文学的艺术性美学功能，即文艺的作用是使人"为之兴感怡悦。……文章之于人生，其为用决不次于衣食，宫室，宗教，道德。……文章之用益神。所以者何？以能涵养吾人之神思耳。涵养人之神思，即文章之职与用也。此他丽于文章能事者，犹有特殊之用一。盖世界大文，无不能启人生之阂机，而直语其事实法则，为科学所不能言者。所谓阂机，即人生之诚理是已"。在鲁迅眼

---

① 止庵主编：《域外小说集》，周作人、鲁迅译，新星出版社 2006 年版，"序"第 1 页。

中,文学已经不再是传统文化中的低等文类、娱乐消遣之物,而是国民精神的火炬,诗人是人类未冕的立法者,因此应该毕恭毕敬地直译,不敢随意改造,恐失去原意。其行动便是在 1909 年《域外小说集》的翻译。鲁迅以"宁拂戾时人"的决绝态度来引介新文艺,就是希望能够借鉴外国文学的优秀作法,来为我国的文学创作在内容和表现手法上增添新的元素,提供一种足以资鉴的"异",使中国文学步入世界文学发展的轨道。

但是,清末以来读者对于本国文化的思想认同,大大限囿了对翻译文学的异质感的接受视域。与其时完全中国语境化的归化式翻译不同,完全采用异化式翻译的《域外小说集》虽说在语言中也采用了古文体,但是,其所选译的文本几乎都是短篇小说,这与其时流行的章回体小说的接受语境完全相左。特别是对于国外短篇小说的介绍,挑战了国人对于小说的印象,因为其短就成为一个"硬伤",刚开头就结束,对于习惯了传统小说阅读的国人,这样的阅读感觉让人难以接受。

实际上,小说中国早已有之,短篇小说也早已出现,如文言系列的志怪、传奇小说,清代的《聊斋志异》,宋明话本等,都是中国传统小说的成就。但是,现代短篇小说的兴起,得益于报刊的发行,《新潮》《小说月报》《晨报副刊》等刊载有大量的小说。传统短篇小说更注重情节的完整性和曲折性,林纾的自创小说,也或多或少地受到其翻译小说的影响,但却未能突破传统束缚。胡适在《论短篇小说》中说:"短篇小说是用最经济的文学手段,描写事实上最精彩的一段或一方面,而能使人充分满意的文章。"①细析胡适对于短篇小说的定义,此三点最为明显,一是"最经济的文学手段",二是"最精彩的一段或一方面",三是"使人充分满意"。这就将现代短篇小说与传统短篇小说区分开来,现代短篇小说,要借有现代中国文学语言,另起炉灶,打造一个新的现代文体。

---

①　胡适:《论短篇小说》,载钱理群主编:《二十世纪中国小说理论资料》第 2 卷,北京大学出版社 1997 年版,第 37 页。

现代短篇小说不注重情节的完整性,而是更多地着力于片断、场面的表现,这样的要求就需要作家采用不同于以往的叙事策略。传统短篇小说因为情节的完整性,即使是平铺直叙也不会根本影响到人们的阅读期待。但现代短篇小说要凸显片断和场面描写,于是,常用独白、对话、心理描写、环境描写等表现方式。独白、对话甚至心理描写在传统小说中都有,不过相对于小说情节的完整性而言,都居于次要地位。而在现代小说中,这种独白、对话、心理描写则成为营造片断、场面的重要手段,《狂人日记》能够称得上经典的现代短篇小说,这三种手法的运用处处可见。环境描写是现代短篇小说有别于传统小说的重要特征。在传统小说中,环境描写只是为人物提供活动场所,并不参与到情节的发展中来。现代短篇小说则不然,环境成了情节的重要组成部分,它不仅可以渲染、烘托氛围,还能够衬托人物的心理活动和情绪反应。概括地讲,传统小说重在面的叙述,现代小说重在片断的营造,因此,大量非情节因素的加入就成为现代短篇小说所要探讨的。

具体到《域外小说集》,这些译自外国的短篇小说,迥异于中国传统的短篇小说。传统小说往往是有始有终的故事的浓缩,但《域外小说集》所选的小说文本,则属于现代短篇小说的范畴,因此,情节的完整性不是其重点关注的,而是更多地注重片断或场面的描写。在小说中,为了达到片断或场面描写的最能动人,这些小说大多侧重于主观表现,没有完整的故事情节,通篇可见的是碎片化的场景描写、内心独白等,再加之意识流手法的运用,将一个完全陌生的文学世界呈现在中国读者面前。这种完全异化的冲击,面对翻译文本的中国读者,内心将是怎样,可想而知。《域外小说集》这种超越时代的现代文学趣味与审美倾向显然超越了当时读者的审美习惯与能力。关于这一点,鲁迅自己也有清楚的认识,在为1920年《域外小说集》新版所做的序中,鲁迅指出:"这三十多篇短篇里,所描写的事物,在中国大半免不得很隔膜;至于迦尔洵作品中的人物,恐怕几于极无,所以更不容易理会。同是人类,本来决不至于不能互相了解;但时代国土习惯成见,都能够遮蔽人的心思,所以往往不能镜一般明,照见别人的心了。"①鲁迅甚至谈及自己翻译的显克微支的《乐人扬珂》被人抄袭,除了几字的差别,还在上面加上了滑稽小说的归类。这让鲁迅很惊讶,同样的作品,会有这样大的阅读心理差距。② 实际上,1942 年《万象》1 月号的《秋斋杂感·文抄公》曾叙及此事,谈到译者署名为李定夷的《乐人扬珂》抄袭自《域外小说集》一事。

需要说明的是,在归化式翻译之风盛行且读者也多追捧的情况下,异化式翻译超出了读者的阅读期待与接受限度,即使译文不"诘諩聱牙",用异化式翻译传达出的文体或表达方式,也很难被读者接受。张元济在给应溥泉出版的《德诗汉译》的序文中,就曾针对其时译得不好的"直译"做出批评:"近有创'直译'之说者,关节脉络,一仍其朔,仅摘其所涵之实义,易以相对之辞,诘屈聱牙,不可卒读,即读之如堕五里雾中。此穷思而思遁之术,自欺人,未可为训者也"。③

可以说,鲁迅、周作人兄弟二人超前的翻译选择,让《域外小说集》未能在归化式翻译占主流的时代发出异样的思想光芒和发挥文体新范式应该有的作用。相反,鲁迅等对于异化式翻译语言的选择,却一再被诟病。正如陈平原指出的:"'直译'在清末民初是个名声很坏的术语,它往往跟'率尔操觚'、'诘曲聱牙''无从索解',跟'如释家经咒'、'读者几莫名其妙'联在一起。"④陈平原所列举的阅读的感觉印象,多出自当时归化式翻译者之口,如"率而操觚"

①　止庵主编:《域外小说集》,周作人、鲁迅译,新星出版社 2006 年版,"序"第 1 页。

②　止庵主编:《域外小说集》,周作人、鲁迅译,新星出版社 2006 年版,"序"第 1 页。

③　参见陈福康:《中国译学理论史稿》,上海外语教育出版社 2000 年版,第 145～146 页。当然,需要指出的是,张元济此种批评并非说明其反对直译。这种评论只是张氏对于许多文义不通的歪译、硬译的一种态度。理由是,他曾高度称赞了应时《德诗汉译》译者"非独不敢违其意,即其词采、其音节,亦一一以两国之言文求其诉合而无间焉"的翻译方法和严肃态度。另外,他更因为"彼邦之诗明畅浅显,能使读者变化气质",所以便进一步希望译者"倘能更以极明浅之文、恒习之字,别译一编,使如白香山诗,老妪能解,则所以激发吾国人者,其收效不益广且远乎?或以为俯徇时好,则非作之所望于溥泉也"。

④　陈平原:《20 世纪中国小说史·第一卷(1897—1916)》,北京大学出版社 1989 年版,第 37 页。

"诘曲聱牙""无从索解"是周桂笙的批评,而"如释家经咒""读者几莫名其妙"系鸳鸯蝴蝶派代表人物、曾任《申报·自由谈》主笔的陈蝶仙所写。这些来自翻译者的批评,对于说明直译在其时的不受待见更具有代表性与典型性。再加之相对于严复、林纾、梁启超等人而言,周氏兄弟当时还是翻译界的无名小卒,《域外小说集》销售情况的结局也就可想而知。

如上所述,超越时代的现代文体的选择,以及"宁拂戾时人"的异化式翻译,彰显了周氏兄弟文化立场的极强的精英主义色彩。在他们超越时代的翻译活动中,我们看到,周氏兄弟注重的是提高,而非普及,这是他们超越时代的高妙之处。正是这种超越时代的认识,使他们对于作为清末知识普及工具的白话文非常不屑。晚清裘廷梁《论白话为维新之本》虽历数文言的不合理之处,但悖论的是,此篇具有宣言式的高张白话的檄文却是用文言写成的。这说明,在清末民初,白话文虽然通行于俗,作为普及工具较之于文言有很大优势,但对于精英知识分子而言,文言依旧是其所中意的精确高雅语言。于是,"行文古涩"的古奥语体,就成了周氏兄弟翻译《域外小说集》的不二之选。

1920 年,鲁迅为重印《域外小说集》写的序言中提到,《域外小说集》的句子生硬——这种生硬是针对汉语书面语而言的,所谓的"诘曲聱牙",也就是文字艰涩难读。这也是《域外小说集》销量不佳的原因之一。再者,同为翻译者,且翻译了大部分篇目的周作人,在同时期翻译的《炭画》,1913 年投给商务印书馆的《小说月报》却被退回。在退稿信中,编辑提到阅读感觉时,指出确实是"对异",不失原语文本特色,但是,翻译语言却是涩得很,就像读古书一样,作为小说,对于刊载的杂志来讲,追求的是读者的认同与订阅量,因此,像这样可读性差的翻译,编辑只能遗憾地退稿了。① "行文生涩""如对古书",归因于周氏兄弟受章太炎的影响而求古,关于这一点后来他们也都承认。在1934 年的《集外集·序言》中鲁迅就说,"以后又受了章太炎先生的影响,古了

① 参见陈福康:《中国译学理论史稿》,上海外语教育出版社 2000 年版,第 175 页。

起来"①,这是一佐证。还有一个证据,那就是周作人在《〈点滴〉序》中也提到,他翻译小说,一开始受林纾的影响,到 1906 年后,从师于章太炎,受其影响,《域外小说集》就是一例。② 再如,在《鲁迅的青年时代》中,周作人指出,鲁迅的国学根基打得很扎实,16 岁之前基本上已经读完四书五经,又跟老师学习了一般学生不会阅读学习的《尔雅》《周礼》《仪礼》等书,后来在东京还跟章太炎专门学过《说文解字》,这使得《域外小说集》的翻译文字古雅。③ 鲁迅提到《域外小说集》的句子用古奥的古文,是受到章太炎的影响。我们要追问的是,其时的鲁迅为什么会受到章太炎的影响,以至于在翻译文体上都会追随章太炎呢?

如上所述,鲁迅初期对于严复的翻译还是很心仪的。许寿裳早于 1947 年出版的《亡友鲁迅印象记》中便已指出,鲁迅起初极为称道严复的译著,甚至能背诵《天演论》中的几篇文章。据许氏的忆述,鲁迅对严复的赞誉主要在于其翻译的严谨,激赏其"一名之立,旬月踟蹰,我罪我知,是存明哲"。正如有学者指出的,鲁迅虽然在 1921 年《关于翻译的通信》中为了论战的需要而一再强调严复的翻译以"信"为主,进而提出"宁信而不顺"的原则。但是,在 20 世纪之初,鲁迅却对严复翻译理论中的"雅"最为关切。事实上,严复在《天演论·译例言》中对"雅"的解释,并非"文字之美",而是指运用汉代以前的句法和字法进行翻译:"故信、达而外,求其尔雅。此不仅期以行远已耳,实则精理微言,用汉以前字法、句法,则为达易;用近世利俗文字,则求达难。往往抑义就词,毫厘千里……"因此,立足于传统知识分子的立场,严复在翻译时,选用汉以前的字法和句法,也即规范的文言,来翻译西方著作。而且,由于两种文化的差异,严复不得不费尽心思在汉语中寻找合适的词汇,这些词汇有的是正在使用的,有的却是因不适合于社会而走向衰亡的。严复却将这些词汇有选

---

①　鲁迅:《集外集·序言》,载《鲁迅全集》第 7 卷,人民文学出版社 2005 年版,第 4 页。

②　周作人:《〈点滴〉序》,载《点滴》,新潮社丛书第三种,北京大学出版社 1920 年版。

③　周作人:《鲁迅的青年时代》,北京十月文艺出版社 2013 年版,第 42、44~45 页。

择性地"复活"。可以说，严复的翻译并不是一种真正的翻译，而是一种基于原语文本的自我创作，在这一创作过程中，借助西方思想，汉语中的许多词汇被激活，汉语的丰富性和包容性展露无遗，西方概念和思想在汉语中借助于这些词汇而成为汉语中异化的一部分。对于严复的这种做法，鲁迅应该甚为认同①。在鲁迅看来，以汉以前的雅言翻译西方学术作品亦即是力求信实的途径。

但是，就是这样的翻译，却被古文大家章太炎的如炬目光看出了桐城的近八股的习气。章太炎指出："严氏固略知小学，而于周秦两汉唐宋儒先之文史，能得其句读矣；然相其文质，于声音节奏之间，犹未离于帖括：申夭之态，回复之词，载飞载鸣，情状可见；盖俯仰于桐城之道左，而未趋其庭庑者也。"②帖括者，即科举考试文体之名。鲁迅在《华盖集续编·学界的三魂》中说："中国人的官瘾实在深，汉重孝廉而有埋儿刻木，宋重理学而有高帽破靴，清重帖括而有'且夫''然则'。"③在这里，帖括是指清代的制义，即八股文。"且夫""然则"是这一类文字中的滥调。

1909 年的鲁迅，本来对严氏的归化式翻译就有改作之意，可是现在，就连他一向偏重的"雅"也被章太炎先生指出其中的桐城气。鲁迅于是由此改变了对严复的看法，认为严复的译作中透露着严复本人所厌弃的桐城古文的弊端。④ 严复译文所标举的信、达、雅，本来信、达就受到质疑，唯一能炫耀于世者，其雅也。现在，就连雅也出现了问题，这雅的文体竟然桐城习气十足，因此，告别严复的译文，重新拾回"古文"应有的雅，也就成了鲁迅所追求的。在这里，由于鲁迅认识的改变，严复从他过去崇拜的对象，变为现在批评和舍弃

---

① 张历君：《迈向纯粹的语言——以鲁迅的"硬译"实践重释班雅明的翻译论》，《中外文学》2001 年第 7 期。
② 参见鲁迅：《且介亭杂文二集·五论"文人相轻"——明术》注 10，载《鲁迅全集》第 6 卷，人民文学出版社 2005 年版，第 397~398 页。
③ 鲁迅：《华盖集续编·学界的三魂》，载《鲁迅全集》第 3 卷，人民文学出版社 2005 年版，第 220 页。
④ 张历君：《迈向纯粹的语言——以鲁迅的"硬译"实践重释班雅明的翻译论》，《中外文学》2001 年第 7 期。

的对象。而章太炎成为鲁迅所主动效法的对象,章太炎对于汉语言的认识,影响了鲁迅兄弟,同时也促使他们开始利用古语,对西方进行一种迥异于归化翻译的,最大可能保留原语文本原貌的异化式翻译。

章太炎对于周氏兄弟的影响,就是其"文学复古思想"。在《订文》《正名杂义》中,章太炎认为,中西交往日渐频繁,西方大量新事物进入中国,新事物的进入必定要求在汉语中拟定与之相对应的词语。汉语的生成与发展是与汉民族的生活和社会发展离不开的,也就是说,是汉民族文化的记载,如果将异于汉族的外来民族的文化,硬是要在汉语中寻求对应的词汇,这对于汉语词汇来讲,实在是一种巨大的挑战,同时,这也对汉语的构词造句能力进行了考验。章太炎指出,汉语言文字虽然字数众多,但实际应用的,才二千字左右。时值中西交流频繁,新词新概念迭出,以汉字的二千字词来对译英语的六万,则处处捉襟见肘。① 要改变这种局面,章太炎提出,一要创制新的名词,不过,要做到"名实必符"。章太炎特意举了维新一词。他认为,维新一词古已有之,是更新之义,多用于变旧法而行新。但清末用维新一词却不恰当,因为帝制没有改变,哪来的更新之义。这样的名实不符,使中国人放弃反清革命大义。二是外来语的翻译,应当照顾到音译、意译两种方法。三是对于因日常不用而成为死文字的字词,可以用为新语,也就是"时代性创造激活"。② 关于这一点,孙郁先生指出:"因为是文字学大家,对词语的变化有自己的看法。另外受了日本武岛又次郎《修辞学》影响,'见在语''国民语''著名语'之外,对'外来语''新造语''废弃语'亦多关注。太炎认为,中国古代'废弃语'很多,其实可以重新采用。它们能够转化为新式语言。那些恢宏的雄文,采用'废弃语',一面有古风,一面又多是高远的气象。这对鲁迅兄弟,是很大的影响。他们初期

① 章太炎:《〈訄书〉重订本》,《章太炎全集》(三),上海人民出版社 1984 年版,第 208、229 页。
② 章太炎:《〈訄书〉重订本》,《章太炎全集》(三),上海人民出版社 1984 年版,第 208、229 页。

文章其实就是在'废弃语'中转化新句式的努力。"①

　　章太炎的这一语言观在一定程度上给鲁迅、周作人以启发,他们在这一启发下决定从被舍弃不用的古字中寻找似可对应的词汇,以之来翻译外国文学作品。对此,日本学者木山英雄指出:"章炳麟有关把文学不作为传统的文饰技巧,而是以文字基本单位加以定义的独特想法及其实践,为周氏兄弟的翻译活动暗示了行之有效的方法:他们在阅读原文时,把自己前所未有的文学体验忠实不贰地转换为母语,创造了独特的翻译文体。进而,为了对应于细致摹写事物和心理的细部的西方写实主义,他们所果敢尝试的以古字古义相对译实验,哪怕因而失之于牵强,但恰恰因为如此,通过这样的摩擦,作为译者自身的内部语言的文体感觉才得以真正形成吧。"②章太炎对于中西语翻译的思路,"颠覆了旧文人的俗套,鲁迅从中有所心得也是自然的"③。也正是这样的语言观念下的异化式翻译,与时代接受氛围相比,注定了《域外小说集》"行文生涩,读之如对古书,颇不通俗"的接受失败的命运。

　　正是因为《域外小说集》的尝试与失败,周氏兄弟走出了章太炎的"家法",从外来句式和传统中寻找新的表达,有了自己的"家法",转而提倡现代白话文。在《关于鲁迅之二》中,周作人对这种特立独行的语言复古进行了反思与定性:认为这是一种文字使用上的洁癖罢了,与复古没有任何的关系。而且,周作人强调说,也正是这种文字上的洁癖,使他们认识到复古基本上此路不通。④ 这里的所谓"洁癖"就是用古文本字来译写文章的癖好。《域外小说集》中用了许多的本字古义,在 1921 年出版时,为了排版技术考虑,某些古字不得不改为通用的字体。因为这一翻译方法以及词汇的择选是出于以中国固

---

①　孙郁:《在章太炎的影子里》,《文艺报》2011 年 9 月 16 日第 7 版。
②　赵京华编译:《文学复古与文学革命:木山英雄中国现代文学思想论集》,北京大学出版社 2004 年版,第 231 页。
③　孙郁:《在章太炎的影子里》,《文艺报》2011 年 9 月 16 日第 7 版。
④　周作人:《鲁迅的青年时代》,河北教育出版社 2001 年版,附录三,第 131 页。

有之语言来记录外来事物,是本着实用的目的,因此,决不能因为选用了古字古义而视他们为"复古",实际上,这只是权宜之计,"与复古全无关系"。正如周作人所认识到的,在其时,以"不依社会嗜好之所在,而以个人艺术之趣味为准"的西欧近代小说为典范,为尚未进化到同样纯粹化程度的中国小说另辟别途,应"以雅正为归,易俗语而为文言"①。

正如胡适在《五十年来中国之文学》中所谈到的,由于受到时势的逼迫,种种需要使语言文字不能不朝着"应用"的方向变去,但自严复、林纾以至于周氏兄弟的《域外小说集》的翻译,"他们都不肯从根本上做一番改革的工夫,都不知道古文只配做一种奢侈品,只配做一种装饰品,却不配做应用的工具"。胡适的理由是,已死的古文即使激活了,但是,还是只供少数人使用,不能够普及使用,与死无异。"用古文译小说固然可以做到'信,达,雅'三个字——如周氏兄弟的小说——但所得终不偿所失,究竟免不了最后的失败。"②正如胡适所言,周氏兄弟在《域外小说集》的翻译实践中,将迥异于已有知识的文学体验,不加修改、毫不保留地全盘转换,并使用古字古义翻译现代文学作品的心理描写、象征主义(这在中国传统小说中是没有的,鲁迅对于中国传统文化知之甚深,他应该很清楚这种极致尝试的难度所在,但为了翻译的意识形态作用,鲁迅可谓用心良苦),这种传统/现代、古/今的差异,可以说是一种极致的翻译行为,不可谓不大胆,而且有点"胆大妄为"。西方文学作品对于其时的鲁迅、周作人而言是陌生的,其实对于整个中国知识界来讲都是陌生的,现在周氏兄弟却在攻坚,逐字逐句地面对一种异化的文化和文学作品,这无疑是对周氏兄弟所使用文言的一种挑战。周氏兄弟也确乎在学理上继承了章太炎的传统,但却在文章方面又不拘泥于章太炎,在白话文上拓出新路,"实则太炎遗风的流转。从另一个层面沿着老师的路走,可谓文章的

---

① 周作人:《小说与社会》,《绍兴教育会月刊》1912 年第 5 号。
② 胡适:《胡适说文学变迁》,上海古籍出版社 1999 年版,第 80、98、99 页。

变法"①。

通过《域外小说集》的异化式翻译,我们可以看到,其时周氏兄弟的文化立场带有极强的精英主义色彩,复古主义是其体现,硬译也是其体现。白话文作为晚清知识普及工具的身份为周氏兄弟所不齿。他们的文言复古翻译实验在中西文化交流中,将文言对于现代思想的涵纳能力做了最大限度的发挥,他们的失败预示着在中西文化交流中,文言对于西方文化翻译的失败,也预示着清末民初使用文言对于西方文化所做的归化式翻译、异化式翻译的失败。这种精英主义的翻译观念,只有在五四时期文言文被知识精英所抛弃、白话文成为知识精英的时尚后,才得以最大限度地发挥其效用,在欧化的白话文的确立中,现代文学的文学审美观和文学类型等也都随之确立起来。

综合清末以来的归化翻译与异化翻译,我们也可以看到,在现代汉语文学还未建立起来之前,翻译文学充当着培育器的作用。一方面,翻译将通行于知识阶层的文言做了最大限度的尝试,随着中国日益进入世界现代民族之林,传统文化需要做一翻天覆地的自我革新,才能适应于这现代性进程,同样,作为承载着传统文化的文言,其自我封闭的语言特点,必须适应于现代文化交流与文学创造,但正是文言的封闭僵化,导致其面对西方文化时,由于语法、词汇甚至文字类型上的差异,两种完全不同文化的不同语言经过碰撞,文言面对如火如荼的现代性进程,只能败下阵来,开始让位于生动活泼的、具有开放性的、适应于大众广泛交流的白话。另一方面,翻译所带来的外国文学的主题、形式和内容,为现代文学提供了借鉴。如林译小说对于近现代文学的影响,传达了反对民族压迫,争取自由和拯救祖国于危难之间的主题,让中国传统小说一直津津乐道于风花雪月、花前月下的才子佳人、鸳鸯蝴蝶的消遣文学的标签上,再多了一种感时忧国的现代性标签。林译小说的贡献也是有目共睹的,首先,它将小说的文体地位提高了,从而使小说得到了知识分子的青睐而堂堂正正地

---

① 孙郁:《在章太炎的影子里》,《文艺报》2011 年 9 月 16 日第 7 版。

步入文学殿堂。其次,林译小说所反映的创作方法、写作技巧,对中国近现代文学有着重要的启发意义。如鲁迅、周作人年轻时就必读林译小说,周作人说林译小说引起他读外国小说的兴趣,并模仿其译文风格。① 朱自清坦言中学时曾学习林译小说,冰心也坦言 11 岁时就读过《巴黎茶花女遗事》,这成为其阅读西方文学的开蒙。② 郭沫若坦诚其文学创作受到林译小说的影响。③ 正如严复翻译的进化论思想激荡着国人为之努力,加速了整个中国民族国家建构和现代民族语言的发展进程一样,林译小说也为现代文学的发展奠定了一飞冲天的基础。而鲁迅、周作人《域外小说集》的异化翻译,也就是鲁迅所说的硬译式的翻译方法,则是了解西方文化的一个最佳途径,"在翻译过程中汲取一定的新的句法、词汇,使本国的原有的句法、词汇更加充实,更加丰富"④,有助于在现代文学语言的建构和新文学的发生,同时,也可以培育新文化,以现代文化培养新民智。如在鲁迅的翻译实践中,"他认为'the sun is setting behind the mountain'有两种汉译的方法,一为'日落山阴'——这是传统的译法,表现的是文言文的语言特征,他拒绝采纳此种译法;二为'山背后太阳落下去了'——这是'硬译'的方法,也是鲁迅主张的方法,即在中文表达允许的情况下,尽可能地贴合英文的结构和表达方式"⑤。正如鲁迅在《关于翻译的通信》中所具体分析的,"山背后太阳落下去了"为什么不能改为"日落山阴",是因为原意以山为主,改了就成为以太阳为主了。当然,所谓的直译并非一字不易地换成汉语,而是应该如周作人所讲的:"直译也有条件,便是必须达意,需汉语的能力所及的范围内,保存原文的风格,表现原语的意义,换一句话就是

①　周作人:《鲁迅的青年时代》,北京十月文艺出版社 2013 年版,第 74 页。

②　参见郭延礼:《中国近代文学发展史》(中),人民文学出版社 2014 年版,第 1282～1283 页。

③　郭沫若:《少年时代》,人民文学出版社 1979 年版,第 114 页。

④　王永生:《鲁迅文艺思想初探》,宁夏人民出版社 1981 年版,第 384 页。

⑤　出自鲁迅:《翻译与我》,原文载张玉法、张瑞德编:《鲁迅自传》,(台湾)龙文出版社 1989 年版。转引自罗选民:《翻译与中国现代性》,清华大学出版社 2017 年版,第 31～32 页。

信与达。近来似乎不免有人误会了直译的意思,以为只要一字一字地将原文换成汉语,就是直译。譬如英文的'lying on his back'一句,不译作'仰卧着'而译为'卧着在他的背上',那便是欲求信而反不雅了。"①而如果一味地强调归化翻译,则异域文化的特点会无形中被中和或削弱。

翻译对于现代中国语言的建构和句法的严密化,确实发挥了重要的作用。正是由于清末以来翻译家对于文言的极限试验,以及对于现代语言的发明与创制,现代中国文学的语言才开始发生了巨大变化,具体表现为句子更加严密、句法更加规范。句法的严密化是句子从简单到复杂的发展,和使用该语言者的逻辑思维的发展有着密切的关系。句子的结构严密也是语言精练的一种反映。汉语的发展是一个从简单到复杂的过程,也是中华民族逻辑思维逐渐发展的过程,"句子虽然长了,但是语言不是变为拖沓,而是更简练了"②。正是在胡适等人对于白话文学正宗地位的倡导下,在鲁迅等人以小说为代表的创作成功后,现代文学语言和现代文学各类文体开始逐步试验成熟,现代文学开始逐步进入世界文学现代发展进程中,并展现了带有中国民族特色的文学创作实绩。

第三节　日本:晚清语言变革的他者

在西方的现代性思想随着坚船利炮的强化植入前,中国和日本都曾长期处于言文分离的局面。同为儒学文化圈,中日两国旧有的书面语表达方式曾有过辉煌时期,但也因其与西方现代文化的格格不入而有一定的弊端。特别是19世纪西方列强强行闯入,中日两国都遭受了巨大的冲击,面临着巨大的民族危机,中日两国也都不约而同地选择步武泰西走现代化途径以谋求国家的富强和民族的振兴。正是在此种向现代激烈转型的背景下,同样的历史境

---

① 周作人:《〈陀螺〉序》,《语丝》第32期,1925年6月22日。
② 王力:《汉语史稿》,中华书局2001年版,第476页。

遇下,中国和日本先后掀起了足以影响深远的言文一致运动和白话文运动,而且表现出一定的共性,即"思维方式的变革、话语权力的平等化,文学的解放和参与现代民族国家的建构"①。这也是本文以日本作为镜鉴对象的原因。

在晚清的语言变革中,日本通过言文一致而至现代化的成功实践,成为黄遵宪、梁启超、裘廷梁、林獬等人的理论借鉴资源。众所周知,最早提出言文合一的人是黄遵宪,1887 年,他在《日本国志·学术志·文学》中,根据西方的普世语文理论,提出了言文分合的问题:

> 文字者,语言之所从出也。虽然,语言有随地而异者焉,有随时而异者焉,而文字不能因时而增益,画地而施行。言有万变,而文止一种,则语言与文字离矣。……余闻罗马古时,仅用腊丁语,各国以语言殊异,病其难用。自法国易以法音,英国易以英音,而英法诸国文学始盛。耶稣教之盛,亦在举旧约、新约就各国文辞普译其书,故行之弥广。盖语言与文字离则通文者少,语言与文字合则通文者多,其势然也。

按照黄遵宪的说法,在古今中外的语言发展过程中,语言与文字的相离是必然趋势,而文字趋于简便,则可以克服语言与文字分离的弊端,达至言文一致。言文一致则行之弥广,言文相离则通文者少,行之不远。更进一步讲,这种言文一致又关系到民智的开化,最终决定国家的强弱。因此,对于汉语而言,一定也会走如日本、西方的言文合一的路径,使得"适用于今、通行于俗",并且"明白晓畅,务期达意","令天下之农工商贾,妇女幼稚,皆能通文字之用"。他提出"我手写我口",意在提倡言文一致,当然,这种言文一致,在黄遵宪的视域中,是指通用的语言接近口语,但并非专指白话。

将语言与国家富强结合在一起,已成为清末知识阶层的共识,而这共识的比对学习对象,就是日本。梁启超、裘廷梁、林獬等清末白话文运动的倡导者,大多受启发于日本的近代语言运动,在他们的观念中,要挽救亡国灭种的命

---

① 刘芳亮:《近代化视域下的话语体系变革——中国"五四"白话文运动和日本言文一致运动之共性研究》,《解放军外国语学院学报》2004 年第 5 期。

运,就得走现代化的道路。而作为一直封闭的帝国,谁可以作为镜鉴呢? 无疑,同为汉文化圈、已经走上现代化道路的日本就成为学习的对象。因为,汉语在日本与晚清,存在着共同的命运,即日本要学习西方而消灭汉字,而晚清要实现现代化就要提倡言文一致,达至启蒙救亡的目的。但是,不同的是,汉字并不是日本的本国语,因而,汉字的增减与否并不能从根本上动摇日本的传统,因而借助于消减汉字、引入西文,日本成功实现了言文一致,并实现了现代转型。但中国则不同,汉字是母语,这种母语汉字与中国传统文化相伴相生,而要实现言文一致,就不能放弃汉字,放弃了汉字,就等于放弃了历史悠久的中国传统文化。这对于有着五千年文明的中国而言,是绝对不可能的。这也是日本的语言变革相对而言较中国进展得顺利的原因之一。

中国发明创造的汉字,大概在公元三四世纪东渡至日本,并被作为经艺之本、王政之始,具有崇高的地位。德川幕府 250 年是日本历史上相对较长的和平时期,受到宋明理学和乾嘉考据的影响,日本的汉学也走向了新的高峰,儒学成了幕府的官学,儒生模仿汉土训释经籍。那么,汉字是如何有效地成为记录日语的书面文字的呢? 据有学者推断,这取决于以下三个方面:(1)汉字的优点和适应性;(2)文化交流的历史机缘;(3)日本人吸收外来文化的魄力和才能。这三个条件,在历史的发展中是相为表里、互起作用的。

汉字传到日本后,在不同的年代遇到不同的问题。在古代,汉字是随着儒学文化和佛教文化传入日本的,因此,汉字的传入,不能仅看作是记录工具的传入,更应该看到的是汉文化的传入。正是中国在政治、经济、文化等方面的强大影响力和优势,才将汉字推广到了诸如日本、朝鲜这样的东亚儒文化圈中推广使用。汉字传入日本后,大量汉语词汇被日语吸收,文字与语言的使用结合起来,使汉字站稳了脚跟,日本的主要文献都开始采用汉字记载。日本人表现出高度的创造才华,平安时代后,借用汉字的偏旁创造了一套表音的符号,即假名(平假名、片假名)。汉字与假名混合使用,用来书写日语毫无滞碍,也就完成了文字系统的民族化。但此时,汉字仍居中于支配地位,这表现在:

（1）汉字在新的明治政府的公文行状中使用率极高。（2）基于汉字创造的科学、军事、政治等相关领域的词汇在日本语中史无前例地剧增。（3）汉字词汇在日常会话中流行。

汉字的优势地位，因其承载的文化优势而得以在日本推广。但是，在西方的坚船利炮打开了日本的国门，汉文化所拥有的优势日益被消减的情况下，汉字也就因其不切时弊而在日本进入被改革的行列。正如前文所述，现代民族国家的建立，首先需要构建现代民族共同语。现代民族共同语需要言文一致，需要流布广泛，语音成为首要解决的问题。明治维新初期的日本，在建立现代民族国家的过程中，也面临着民族共同语的建构问题。而要建构民族共同语，就要抛离汉字文化与汉字语音。因此，汉字的存废就关乎日本现代民族国家的建立，同清末知识分子的认识一样，此时期日本的知识分子也认识到表音文字的优越性，而这种优越性也同美英等国的科技、武力等息息相关。正如柄谷行人指出的，他们（日本知识分子）选择未受汉字影响的日本典籍《古事记》《源氏物语》，并以日本"国音"诵读，就含有强烈的民族主义意味——意图在此些作品中发现汉字以前的日语以及与此对应的"古之道"。①

自从但丁写了《论俗语》、路德用德语翻译了《圣经》以后，近代世界各国的文字改革一般都和文体改革联系在一起，东亚各国也不例外。近代以前，东亚各国通用汉字汉文，虽然口语各异，但一写成文字就互相通用了。这种情况与欧洲中世纪以前通用拉丁文很相似，所以，在西洋人看来，仍然使用汉字就意味着尚未脱离中世纪封建社会、建立民族国家。因此，在近代日本、朝鲜和越南等国民族国家的建设中，语言文字的独立也就成了必不可少的文化基本建设。这也无形中造成了汉字在日本的经典地位的衰减。一般而言，汉字经历了废弃汉字论和削减汉字论两种命运。

关于废弃汉字，其时主要有两种不的路向：一是废弃汉字，专用日本的假

---

① 参见赵黎明：《汉字革命——中国现代文化与文学的起源语境》，中国社会科学出版社2010 年版，第 20 页。

名;二是废弃汉字,用罗马字母来替代。

其一,废弃汉字,专用日本的假名。

对于近代民族国家而言,语言问题始终是一个现实的问题。虽然江户时期就已经有人批评汉字,但那还只是说说而已。真刀真枪地要废汉字,改用表音文字是明治以后的事。而首先提出废除汉字的,晚近的日语学界一般都认为始于前岛密。1866 年 12 月,前岛密向江户将军德川庆喜递交《汉字御废止之议》,拉开了近代日本文字改革的序幕。他认为,救国之本在于教育,教育应无论贵贱士庶,普及全体国民。而要普及教育,就需要简便易学的文字、文章。汉字难学难用,不利于普及。这种议论和清末的汉字改革者,基本上是同一论调。另外,受汉字文化的影响,日本的学校教育只从四书五经中学习中国的文物制度和"治乱兴亡"之迹,日本自己的古典和历史却成了可有可无的学科。这样,读书人从小就养成了人尊己卑的心理。正是出于这两点考虑,前岛密提出应该废除汉字,改用"日本固有的文字"假名;废除汉文,改用"言文一致"的日语口语文。[①] 他又提交《施行学制之前应先搞好文字改革之卑见》的内部报告书,认为要使普及教育确实奏效,理应在推行新学制之前,摹仿西洋诸国,采用表音文字的假名、制定新文法等。前岛密等人的倡议并未实现。

和前岛密同时提倡用假名代替汉字的有柳川春三、天野御民、清水卯三郎等。其中提倡用假名代替汉字影响最大并付诸实践的是化学家清水卯三郎。1860 年,清水卯三郎就全文用假名写了《英吉利语言》一书。随后发表的《鉴定纪州石炭之说》一文,其中一段介绍煤的性质的文字就是用假名所写。《平假名说》一文全篇用假名写,甚至用平假名全文翻译了《化学阶梯》一书。

1881 年,自由民权运动高涨,文字改革的议论于是再次出现。并且受社会风气的影响,个人议论逐渐变为建立组织的社会运动。

1877 年以后开始出现推进文字改革运动的团体。1881~1882 年,出现了

---

① 　参见何群雄:《汉字在日本》,香港商务印书馆 2001 年版,第 3~6 页。

主张废除汉字、使用假名的假名之友、伊吕波会和伊吕波文会三团体。1883年三会合并,组成了假名之会,聘请明治天皇的弟弟栖川威仁亲王当会长。该会主张先取好懂的单词,不管它起源于日语、汉语还是其他外语,也不管它是古代还是现代词汇,用假名书写,向全社会推广。"假名专用论"继承了江户时代和学家排斥汉学的遗风。

但问题是,用假名记录日语,不是把口语用假名记下来就行了,而是要用假名造出一种新的简便易学的日语书面语。机械地用假名把口语记下来,确实不好懂,首先,分不清词语的分节处,其次,日语的同音词多,很多地方不写汉字,也不好懂。日语的章节少,有的音节可以有几十个同音字。日语的汉字音一共有350余个,用表音书记日语,产生歧义的可能性很大是不争的事实。当时的学者认为,词语分节问题可参考西洋语言的分词连写法勉强可以解决,但区别同音词就不是短期内可以解决的问题了。就算是如主张假名专写者所论,废除汉字,也得有一个很长的过渡时期。而且,在这个过渡期里,还应逐步减少使用同音词,改用即使写成假名也能看懂的词语。但这样做不仅是书面语的问题了,日语口语也必须经受一番脱胎换骨的大改造才行。

实际上,假名之会表面上看是一个统一的组织,但是在究竟采用哪种假名用法①的问题上存在重大分歧。假名学会提出的"平假名和片假名并用、各自选定一种字体、分词连写,竖行直写"等基本方针,对后世影响极大。此后许多报刊采用汉字注标音假名、小学语文教从分词连写的假名开始等习惯,都和该会有关。可以说,提倡使用平假名不仅和普及教育有关,与明治维新的复古

①　假名用法就是用假名书写日语的规范。由于假名是在一个漫长的历史时期里,由汉字逐步草化、简化而来的,各家著作的用法大致相通,但是,具体到某一个音或词时也会有两种以上写法。当一个假名同时通用两种以上的写法时,就有必要制定一个规范来决定应该采用哪种写法,这就是假名用法。究其实质,假名用法实际上有两层意义,首先是客观研究古代文献是如何使用假名的学问,其次是人为地规定在有几种选择的情况下,应该采用哪种写法。如,以历史上第一次整理、规定了假名用洪都拉斯藤原定家命名的定家假名用法,江户时代的和学家契冲在研究了上古文献以后归纳出的以古文献为依据的历史假名用法。第二次世界大战以后日本公布的以现代日语的实际发音为主要依据的现代假名用法等。

主义也是一致的,因而得到文化教育界的广泛支持。

其二,废弃汉字,用罗马字来替代。

提倡采用简便易学、国际通用的罗马字来代替汉字的议论,是以 1869 年 5 月其时为昌平坂学问所的汉学生南部义筹(1840~1917 年)向昌平坂学问所的最高长官大学头山内容堂递交《修国语论》为开端的。南部义筹曾在开成所学过一点兰学①,服膺于罗马字的简便易学。

但需要说明的是,南部义筹这篇文字是用汉文写的。明治时期日本人刚开始接触西文,以为学会了二十六个字母就可以读尽天下书了。而这种认识与汉字相对比,很明显就得出了如下结论:汉字字数多,笔画多,读音复杂,难学难用。而明治以后,学习洋务成为国家的当务之急。甚至有人提议要尽废日语而改用英语,日本国语正逐渐面临被外来语言所替代的危险。南部义筹为了挽回颓势,主张要“假洋字而修国语”,也就是用罗马字书写的日语书面语。南部义筹任职文部省时,极力主张用罗马字母写日语,以后也终身致力于罗马字运动。

南部义筹的见解为极力支持欧化者所赞同。如,1874 年,西周就撰写了《用洋字书写日语论》(《明六杂志》第 1 期),主张学习西洋学问必须同时采用西洋文字。当然,考虑到汉字在日本的影响,为了减少来自知识界的压力,他提出,废除汉字以后,汉学家也不会失业。他们可以到中学教书,就像欧洲的拉丁文教师。

1882 年 4~5 月,植物学家矢田部良吉在《东洋学杂志》第 7、8 期上发表了《用罗马字书写日语说》,日本人因为采有中国的文字而进步的地方确实不

---

① 兰学指的是在江户时代,经荷兰人传入日本的学术、文化、技术,字面意思为荷兰学术(Dutch learning),引申可释为西洋学术(简称洋学,Western learning)。兰学是一种透过与出岛的荷兰人交流而由日本人发展而成的学问。兰学让日本人在江户幕府锁国政策时期(1641~1853 年)得以了解西方的科技与医学等。借助兰学,日本得以学习欧洲在当时科学革命所达致的成果,奠定了日本早期的科学根基。这也有助于解释日本自 1854 年开国后,能够迅速并能成功地推行近代化的原因。

少,同时受到束缚的地方也很多。他建议教学生写罗马字,还按照"不按照假名用法,按照实际发音"原则编著了《罗马字速成》一书。

1884 年,社会学家外山正一在《东洋学艺杂志》第 29~31 号上发表了《一定要废除汉字》一文。12 月,又刊行了《新体汉字破》。他指出,世界上的学问可以分成两种,声光化电之类可以用来织布、种地、造枪炮、取敌首、占敌国,是真正的学问。而语言文字只不过是传知识、通思想的工具,因此,越简单越省事越好。他还号召主张使用罗马字的人团结起来,建立自己的组织。1885 年 1 月 17 日,罗马字会成立,其宗旨为"废除至今为止的日语书写文字、改用罗马字",为配合罗马字的宣传与使用,罗马字会创办了《罗马字杂志》。之后,罗马字会还和假名之会联合起来,共同对敌汉字。值得一提的是,即使是废弃汉字、采用罗马字母,也存在着矛盾,那就是采用何种方式的拼写方案。其时有两种说法,一是采用英语式辅音、意大利语式元音,不按照假名而是按照当时受过教育的东京中等阶层人士的实际发音编写。并且为了推广,还请美国传教士 J.C.平文将方案采用于其编著的著名日英辞典《和英语林集成》第三版(1860 年 10 月刊行)。这就是平文式日语罗马字方案。二是由物理学家田中馆爱橘提出的,按照日语的音韵体系设计的"日本氏罗马字"方案。这种方案不是严格地按照实际音值,而是按照假名的五十音图设计拼音法。这样的好处就是在书写形式上较上述平文式整齐而有规律。

但是,这种罗马字的方案却因时势而注定搁置在摇篮中。当时正是欧化主义的高潮,日本还无暇顾及日语罗马字应该重视日语特点的问题。比起研究日语、重视日语的特点来讲,日本界更崇拜欧美,专敬英语。所以罗马字会的会长矢田部良吉提出在东京英语用得最多,文部省决定从小学开始教英语的见解就得到了大多数人的赞同。

可以说,罗马字会是在欧化思想最盛的鹿鸣馆时代①兴起的。当时,和学

---

①　鹿鸣馆是明治初期官设的社交场所,得名于《诗经·小雅·鹿鸣》。作为日本欧化政策的一环,这里经常举行欧美式的宴会和舞会。后世将欧化最甚的 1883~1887 年称为鹿鸣馆时代。

造诣深的人往假名之会跑,罗马字会的中坚力量是一些洋学家和外国人。因此,议会的中心人物外山正一、矢田部良吉带有深厚的崇拜欧美的色彩。同时,还得到了张伯伦、J.C.平文的协助。最盛期1887年成员达到6800名,其中平文、张伯伦这样的外国人有三百多人。但是,1886年10月24日发生的"诺曼顿号"沉船事件让日本看清了对欧美的一系列讨好外交的无用。1888年日本进入欧化主义反动期,罗马字会实行欧化的主张自然就只能作罢,无疾而终。

从以上可以看出,在日本的言文一致的国字改良问题中,存在着欧化主义(罗马字)对国粹主义(假名)两种模式。这两种模式有两个共同点:(1)都主张将表意文字的汉字从国字中排除出去,也即坚持汉字废除论。(2)都主张将声音视为语言的本质,因而借口汉字是野蛮原始的,象形文字遗毒甚深,致使日本"贫弱至极"。这显然是一种社会进化论式的汉字否定论。但是,透过语言改革的表象,其实质乃是日本为了尽早吸收欧洲启蒙主义知识,谋取国家独立,追求文明开化。

主张洋学的知识分子,在"统一语言"的前提下,就废除汉字或削减汉字方面取得了共识,并且,这些极端主张在一定层面上得到19世纪在欧洲形成的比较语言学的理论支持。按比较语言学的观点,语言是声音、音韵变化反映于文字之中。汉字是象形文字,这种不将音韵变化表现于文字的象形文字,是语言的化石。从社会进化论的角度,这种主张貌似自然科学的文字进化论忽略了一个问题,那就是无论在哪一种表记体系里,表音性与表意性其实都是混在一起的。两者的区别只是哪一个特征表现得更明显罢了。但是,囿于时事的逼促,以所谓欧洲先进文化作为底蕴的罗马字,因其能恰切记录所有声音,并且可以见字识音地达到言文一致的地步,这一文字也就理所当然地在其时被当成是最为先进的。之所以出现这种情况,其背后所潜隐的时代因素起着决定作用。

中国在鸦片战争中的失败,让日本看到了清朝帝国的衰弱。而在1883年的中法战争中,清朝的正规军也遭到了败绩。对于日本而言,曾经不可一世的大清帝国,竟然如此不堪一击,简直令人费解。但是这同时也表明,在朝鲜半岛爆发壬午军乱之后,中日战争中处于敌对立场的清政府已经开始弱化,情势向对日本有利的方向发展。然而,另一方面,这也意味着欧美帝国主义的殖民地深入亚洲内地。清朝的节节败退让日本有了兔死狐悲的不安,生怕自己会步大清国的后尘。也就是说,为了不像清政府那样被人击败,就必须摈弃自己身上的亚族性。这里,亚族性也就代表了落后与野蛮。为了掩饰这一危机意识,日本竭力装出一副自己与西欧列强享有同样的理论武装的样子。并且,为了摒弃亚洲性,也即脱离败退的大清帝国影响,福泽谕吉提出"脱亚论",而中国则被视为"亚族东方之恶友",中国形象完全被丑化,中国成为否定性与落后的代名词,表征着停滞、堕落、腐朽、衰败。脱亚表征了日本对于现代性身份的选择。并且,在中国沦为战败国的同时,在日本的国家语言中,曾经占据主流优势的汉字就有了一个与生俱来的原罪:原始性、野蛮性。但日本在脱亚论的表述中,对于"亚洲""脱亚"的表述却含混其词,究其实质,这种含混象征着一种选择的困境,也就是说,不可否认,在日本的现代性自我想象中,日本与"亚洲"或"东亚"的关系是颇为纠结的。因为,所谓的脱亚论中的"亚洲",实际上是指现代地理意义上的东亚,这个范围基本上是汉字文化圈。日本要脱亚,其如意算盘为:首先,要摆脱中国的影响,因此,脱亚首先第一步要脱华,也就是离开朝贡体系中的宗主国中国;其次,日本想要通过向西方的学习而步入现代,从而取代中国在东亚的主导地位,因此,所谓的脱亚,只是一种手段而已,其实际目的却是要在日本的主导下"兴亚"。

汉字东渡日本,经历了一千余年的历史,其在日本语言中的文化优势及地位,却随着坚船利炮的冲击而陆沉,在脱亚论的日本国家现代化的形象建构中,"原本属于'内部'的汉字突然被视作身为'外部者'的中国的文字了"①。

---

① 〔日〕小森阳一:《日本近代国语批判》,陈多友译,吉林人民出版社2004年版,第105页。

尽管实际情况是,其时日本以士族阶级为中心的社会阶层拥有读写汉字的能力,但是,汉字一直被认为是难记难学的。这在以上罗马字主张者和假名主张者的论述中可以看到这一共同的认知。究其实质,这种看法的观念是,只有将该文字在现实中的具体使用情况割离开来,它才能达到言文一致的语言使用目的,而更可借剥离这种近乎难写难记的汉语,彻底实现日本脱亚入欧的兴国梦,也就是更好地向现代社会进一步迈进。

吊诡的是,其时《朝野新闻》《东京日日新闻》《邮电报知报》的记者们都站在文明、进步的立场,批评假名会的主张,而更多地认同罗马字的观点,但他们所发表的支持罗马字的言论都是用"汉字假名混合体"写成的。这就形成了一种悖论。也就是说,他们一边使有汉字假名混合体支持罗马字的倡导,另一面却没有意识到这一文体却代表了他们所批判的"停滞的亚洲"。这就造成了一种矛盾:"在实践上,作为翻译词汇的汉字越多,那么它就越能成为文明开化主体的标志。"而且,这种新式的汉字假名混合文体几乎完全支配了其时的杂志、报纸等铅字媒体。1887 年 5 月,张伯伦在罗马字会的演讲《言文一致》中,便指出:现代日语如果缺乏了双音新词,在意思的传递上便很难成立。因此,"为了改善人民的教育现状,提高人民的知识水平,废除从前的晦涩文体,是第一良策"。这时就出现了晚清中国提倡白话文一样的困境。裘廷梁在《论白话为维新之本》的论述中,列举了白话的优势所在,但写作文本的语言却是文言。这里,张伯伦所提倡的"人民""改善""教育""知识""文体"等英译外来词,其书写形式却是双音汉字新词。这也与晚清中国坚持文言的正统地位,却仅以白话作为救国工具的矛盾理路相同。也正是这种看似矛盾的语言操作,却在实际效果上使日本步入现代。正是借助汉语的构词能力,日本大量引进西方科学、民主的新知识,为社会进步、科技发展奠定了基础。"文化的现代化,是社会整体现代化的基础,这是因为,科学世界观的确立,被认为是现代社会技术进步的基础。现代化的一个表现和动力,就是科技的进步。"①

从另一方面来讲,其时的历史事实是,从 1884 年到 1885 年,面对着欧美列强的帝国主义侵略,日本包括自由民权派人士在内的精英阶层,对于传统文化的维护以及对于民族独立性的渴望日趋加重。与此同时,包括报纸、杂志以及学校教育等铅字媒体被欧文直译体②所控制。这就注定了在此种时间、此种情势下产生的罗马字会以及假名会对于汉字的废弃与取代之主张的先天不足。面对如此巨变之社会时势,他们皆无能为力。也可以说,这两个学会是逆时代潮流而动的,因此他们未战先败。之所以会出现言文一致的幻想,是因为其时出现的"一种有别于罗马字表记和假名表记的表音符号体系——'速记法'得到了确立,并且在铅字印刷市场上取得了商业成功"③。这种速记法的优点,是能够准确无误地记录言语。

至 19 世纪 80 年代的后半期,报纸、杂志等铅字印刷媒介借助速记文这种新文体,开始成为一种专门提供娱乐的新的商品,作为一种娱乐性读物的主流体裁,获得了与报纸主流话语平起平坐的位置。这些报纸的目的主要是从政治/学术中心向处于边缘的社会大众以新闻报道/论说文/叙事文等形式,向处于边缘的社会大众提供信息,传递信息。而且,借助速记法这一语言技术媒介,1890 年以开设国会为目标的政治性主体话语最终选择了比欧文直译体更为平易的方向。于是,作为娱乐主体媒体的汉字媒介,通过讲谈/单口相声的速记文打开了市场。但是,"它们并未特别意识到所谓的'言文一致',它们只是在以故事娱乐读者。然而,'速记文'这种新型记录系统会使人产生错觉,

---

① 于歌:《现代化的本质》,江西人民出版社 2009 年版,第 7 页。

② 如果说,因发达的印刷而形成的新闻媒体,亦即报纸与杂志的消息、叙事文、论说文等,是一种只能采用以双音汉字新词为主的欧文直译体的话,那么我们就不得不承认,所谓言文一致而产生的废弃汉字说,从一开始在其刚刚拉开序幕的时候,就带上了一种绝望的色彩。只需考查一下当时的媒体即可知,因为用铅字印刷的媒体,就其实质而言,是一种供默读的新型媒体,它在符号性方面起了决定性作用。

③ 〔日〕小森阳一:《日本近代国语批判》,陈多友译,吉林人民出版社 2004 年版,第四章第一节末尾。

从而认为活生生的声音就在文章的背后。对知识分子而言,这一表记体系使得他们对一种以欧美为典范(实际这也是幻想)的、'文明'与'进步'名义下的'言文一致'持有某种幻想①,由是使得主张罗马字者单纯地呼吁排除汉字汉语了。

在以上废除汉字、改用表音文字成为一种时髦和进步思想的象征时,也有一些人持反对意见。他们抨击欧化主义,主张回归传统,力主汉字不可废。他们认为西周罗马字具有如下害处,即同音词无法区分,国民的良好习惯被败坏,对于自古以来的各种汉书籍无法识读,因此主张应该放弃西周罗马字的实行,而改用渐进式的改良。

重野安绎作为日本国史学者,则主张自古以来汉学就是日本学问研究的重点所在,汉学本身就是日本史的一部分,日本和汉字不可分离。因此,应该在尊重汉字的基础上,寻求一种适应于现代的汉字使用法。井上圆了针对反对汉字主张西化的影响智力发育、发音困难、与西洋文字衔接困难等质疑与诘难,论述了汉字的学习方法。井上圆了认为明治维新实际上应该归功于汉学,因此,汉字不能废除,应当根据时代的发展,寻求一种合时宜的汉字使用方法,这就是"削减汉字论"。

作家三宅雪岭也主张尊重汉字。他认为不应该废除,应该削减汉字,以适应日本的需要。他还论述了汉字具有超口语交际功能的优点,认为如果一定要废除汉字,那么结果一定是害多益少。川田刚认为汉字的学习之所以会花费大量时间,原因在于学习汉字所记载的四书五经、史传等文献的学习占用了大量时间,而日用普通文字却只占汉字的一小部分,如果只学日用普通文字,并不是特别难的事。从文字的角度来讲,汉字聚点画成字形,和罗马字连字母成单词是一样的。

1895 年 4~5 月,坪内逍遥在《早稻田文学》上以记者的名义撰写了《新文

---

① [日]小森阳一:《日本近代国语批判》,陈多友译,吉林人民出版社 2004 年版,第四章第二节。

坛的两大问题》,对其时各种具有代表性的关于文字改革的言论进行了评介。他指出,汉字虽然难学难认,但是,一旦学会了却非常好认。而日语的同音词过多,如果改用表音文字以后恐怕很容易出错。而且,欧美语言使用表音文字,为了保留词源,也不能完全按实际发音来拼写。更为重要的是,坪内从文学的角度重点提出,如果废除了汉字,日语的文章将失去诗趣,因而会变得十分累赘。

化学家杉浦重刚的《关于文字改革》一文,对文字改革运动的必要性和有效性表示了怀疑。他认为,文字、文章是在几千年的过程中自然形成的,某人的文章写得好,受到大家的喜爱,许多人争相效仿,成为一种文化,成为学习的楷模。过去是这样,现在也是这样。文字改革只是少数人的行为,他们聚集了少数人,闹哄哄地决定这样干、那样干,但这样的办法能否形成共识呢? 学者们都有自己的主见,在杉浦重刚看来,恐怕是没有人会去听从别人,因而很难达成共识。

汉学家村瓒次郎发表了《希望罗马字论者反省》,认为:与汉字相比,罗马字仅是一种文字,而汉字除了是一种文字,还是一种带有实义的语言。仅仅学会 26 个字母,并不能代表已经学好"小学"。如果要将汉字与罗马字相比较,一定要将学习语言的过程也算进去,这样才能公正地看待汉字。而且,如主张罗马字论者所认为的,中国因为使用汉字而落后,而欧美因为使用罗马字而强盛,果真是这样吗? 反例是,葡萄牙、西班牙也用罗马字,但它们同样处于落后的地位! 因此,汉字的学习使用并不能损伤日本人的脑力,而且,如果方法得当、循序渐进的话,学习者不但不会觉得枯燥,反而会激发起更大的兴趣。

与前述主张废除汉字的激进主张不同,一些务实的人士针对其时汉字在日本的地位与作用,提出了相对来讲可行性较强的削减汉字的方案。

1873 年 11 月,福泽谕吉仿照西洋的初级教科书编写了《文字之教》。福泽谕吉指出,考虑到实际情况,当今之计,应该为将来做准备,在写文章时注意不用难写难认的汉字。作为实践,福泽谕吉的《文字之教》三册书总共用汉字802个,是日本限制使用汉字最早的小学语文教科书。

如果福泽谕吉的提议只是一种理论提倡的话,那么其弟子矢野文雄1886年3月撰写的《日本文体文字新论》一文,则将福泽谕吉的理论变成了一种实际可行的方案。矢野文雄将文章分为普通书和文学书两种。普通书以任何人都能读懂、广泛通行社会为主要目的,可以使用常用文字,包括:(1)政府的布告、命令、训状等公用文书;(2)公私学校的教育用书;(3)以大多数人为对象的新闻、杂志类(不包括学术性的专门杂志);(4)日用书信类。文学书则面向受过充分教育的阶层,以汉文为主,无论什么文字、文体都可以自由使用。

矢野文雄指出,因为汉字的字数多、不好学,所以一有人提倡废除汉字而使用简单易学的假名,立即就应者云集。但是,汉字与假名的文章哪个更好懂呢?百分之八十的识字人都会认为汉字好懂。所以,一写文章,人们还是喜欢用汉字。矢野文雄提议政府设立专门委员会,选定3000汉字,以供日常普通书籍之用。矢野文雄要求其主笔的《邮电报知新闻》自1887年10月1日起,除了小说和布告,所用汉字限制在3000字以内。该报刊行了《三千字字典》,分为实字即名词、代词1000字,虚字2000字。这是大报使用汉字的最早实例,因而在日本汉字改革史上占据重要地位。在明治时代的众多言论中,真正可以付诸实施的是矢野方案。后世的文字改革,不管其终极目标是什么,真正做到的也未脱出矢野方案的窠臼。

由上可知,明治时期日本有关文字改革的议论可以分成三个小的阶段:一是以前岛密为开端的"处士横议"阶段。在这一阶段,明治时期具有代表性的思想家都卷进了这场论争。有人主张废弃汉字以改用先进的罗马字,有人认为应该改用国粹的假名,也有人认为限制一下汉字的数量就可以了。但究其实质,还是一些在野的书生的议论。1875年明治政府转向保守、压制言论,有关文字改革的言论就暂归沉寂。二是1881年后的民间组织的社会运动阶段。1881年10月明治政府颁布了开设国会的诏敕,民权运动转变为政党活动。

由是,文字改革也由个人议论变成为民间组织的社会运动,出现了假名之会和罗马字会等旨在促进文字改革的民间团体。第三阶段是 1900 年以来,借助政府的力量实行自上而下的文字改革。如 1900 年 5 月《大阪每日新闻》社社长原敬发表了《汉字减少论》,提出:汉字不是单独进入日本的,它和儒学、佛教共同传入,又随着两教的普及传遍日本。但是,汉字太难、字数多、读音复杂,不仅中小学生读写能力差,有些大学生也不行,用日文却写不好自己的专业文章。西洋的人学会 26 个字母和拼写规则就可以具备基本的读写能力,这是他们言文一致、会说就会写的缘故。而日本学生一半以上的时间都用在了语文教育上,官书、企事业文书处理所用的人力、时间和费用都数倍于欧美。时间就是金钱,日本因为使用汉字而蒙受巨大的经济损失。因此,应该把废除汉字作为终极目标,为了实现这一目标,从现在起就尽量少用汉字,以求渐进地达到最终目标。考虑到废除汉字非一朝一夕之功,强行废除汉字并不符合实际,也会带来诸多不便。可以借用政府和舆论的力量,逐步消减,最终废除汉字。早年的加藤弘之、原敬等人也一度担任政府要职,于是他们上下呼应,书生议论也就渐次转变为国家语文文字政策了。

通过以上梳理可知,中日同为汉文化圈,随着儒家文化的影响传播,中日语言有着较多的一致性。不仅在文化传承上,而且在针对西方现代化而提倡的言文一致运动中,也表现出了一定的关联性,因此,中日语言运动中的言文一致也就有了比较的可能。

19 世纪后叶,随着资本主义的全球扩张趋势日益加剧,政治制度、科技等相较之下较为落后的东亚各国普遍面临着国族破灭的危机。为救亡图存,各国开始学习欧美进行改革。中日之间有一个共同性,即掀起语言文字运动,以此为全面引进西方思想和政治制度作铺垫。中日两国语言普遍存在着口语和书面语两个体系,这两个体系在民族国家建立过程中合而为一,完成了文体的变革。这种文体的变革并非仅仅是为适应社会对启蒙和开化的需要,而是建设民族国家的内在需要,语言文字起着精神纽带的作用。在进入近代后被迫接受西方文化的中国、日本等国,在启蒙开化以及救亡图存的过程中,文学语言成为必须通过"运动"这种轰轰烈烈的政治方式才能解决的重大问题之一。

由上述日本对于汉字的"改"与"废"事实可知,近代日本发起的言文一致,其目的在于通过语言变革来驱除中国文明在日本国内所产生的影响。在古代,作为汉字文化圈的一员,汉语对日本文化影响颇大。日本文化的核心是中国文化,正是在中国文化的基础上,日本建立了自己的文化、文学。隋唐时期汉语书籍传入日本,其时日本尚没有独立的书面语。大约从公元 6 世纪开始,日本人在主要文献中开始使用汉字,而假名的使用局限在非正式场合。这颇类比于中国的文言与白话。文言用于上,白话行为下。7 世纪后期,日本以中华政治体式为样本,建立了一套完备的官方政治文化体系。但是,近代以来,中日两国在西方炮舰下的节节溃败,让日本意识到危机,推出了脱亚入欧的策略,这一策略,从深层来看,就是要断然放弃中华东方文明,转而学习、效仿西方。因此,消除深植在日本文化骨髓里的东方文明因素,就成了其时日本所要全力面对的,废除汉语就成了一项得以摆脱亚洲东方文明的举措。但是,日本要求废除汉语影响的言文一致运动的内在动因是为了实现其脱亚入欧的政治目的,于是,随着 1885 年 3 月 9 日福泽谕吉在《时事新报》上鼓吹脱亚论后,中华文明在一夜之间就成了一种异质文化,成了日本进行新的发展阶段的负面影响因子,必欲除之而后快。但是,正如文化的发展有其内在逻辑与规律一样,作为文化的记载工具,语言的发展也要遵循渐变式原则,突变式的政治运动虽然能在短时间内影响语言的使用,但却无法完全主导语言的发展。于是,我们看到,日本的言文一致运动以折中的结局告终,汉字仍在日语中发挥着内在的重要的作用。

第七章 现代中国文学语言建构的"双塔"

在 20 世纪中国学术思想史和中国文学现代化进程中,章太炎有着举足轻重的地位。章太炎师俞樾,其门下弟子众多,凡能称为章门弟子者,其学术成就皆在学术界被认可。"我们看 20 世纪中国文学史、教育史和学术史,几乎在每个阶段的每个重要领域,都有章门弟子的身影,而其中原籍浙江者更是大出风头:马幼渔、马叔平兄弟,周氏兄弟,钱玄同、许寿裳、刘半农、沈兼士、沈尹默兄弟等。"①刘克敌、卢建军在《章太炎与章门弟子》一书中有"四大天王"("天王"黄侃②、"东王"汪东、"北王"吴承仕、"翼王"钱玄同,后又封朱希祖为"西王",遂成为"五王")、"八大金刚"(当年在东京听章太炎小班课的八个人,即钱玄同、周氏兄弟、朱希祖、朱宗莱、许寿裳、钱家治、龚宝铨③)、"三十六贤人"、"三沈二马二周"等说法。这种种概括提法,本身就说明这些人能够相

---

① 刘克敌、卢建军:《章太炎与章门弟子》,大象出版社 2010 年版,第 131~132 页。
② 黄侃与章太炎学界称"章黄",形成了章黄学派,现在仍在学界产生重大影响。如有山东大学殷孟伦、南京大学程千帆、北京师范大学陆宗达等学者;南京大学现有微信公众号"程门问学",北京师范大学现有微信公众号"章黄国学"等。
③ 此名单许寿裳在《章太炎传》中也有说明,指出当时小班听课的有黄侃、汪东、沈兼士、马裕藻、钱玄同、周氏兄弟、朱希祖、朱宗莱、龚宝铨、许寿裳等人。参见许寿裳:《章太炎传》,百花文艺出版社 2009 年版,第 62 页。

提并论。章太炎立足于汉字本有的特征,以小学家的视角,提出了一返方言的言文一致观,并以资深的国学大家的身份,提出了自己的白话文学观。章太炎并不反对白话文,更是身体力行地写了不少白话文,为浅俗的白话增添了知识底蕴,并对其雅致化提出了中肯的建议,做出了榜样。

在章太炎的学生中,鲁迅是举足轻重的一个,现代中国文学因其《狂人日记》而打开局面,这由现代文学史通称的"鲁郭茅巴老曹"的提法可见一端。鲁迅门下弟子,如胡风、冯雪峰、聂绀弩、萧军、柔石、高长虹、台静农,以及他们创办的诸多文学社团,在现代文学界产生了一定的影响。南开大学耿传明教授在《鲁迅与鲁门弟子》一书①中对此有详细的记述。学界对于鲁迅的研究可谓汗牛充栋,研究涉及的范围也极其广泛。但在本研究的论域中,新旧文学的转换,应该首重文学观念的变革,因此,重在研究打破传统文学观念中词赋、散文(即诗文传统,这是主流的文体样式,多以文言创作)与小说、戏曲(就文体观念而言属于次要样式,大多以白话创作,一般为主流文体样式的创作者所不齿,被认为是"小道")的文体畛域,让小说、戏曲这些所谓的次要样式移到文学的中心位置上来。从这方面来讲,鲁迅在现代中国文学的语言转型、文学创作实绩上都具有开拓之功。鲁迅翻译引进外国新的文学样式,创作了堪称范本的白话小说,又对中国小说史做了有深度的学术研究,可以说,鲁迅正是通过他的翻译、创作、研究等,"使被从来看作'小道'的小说真正坐稳了文学'正宗'的地位"②。正是因为鲁迅一直致力于现代中国文学的语言形式更新,更重要的是他关于现代小说理念的创制,他被视为现代小说之父、"文体家"。

前文对于章太炎的民族汉字观、鲁迅的翻译文学观念做过论述,两人在现代中国文学语言的选择与文体革新上的理论倡导和实践创作方面都颇有建

---

① 耿传明:《鲁迅与鲁门弟子》,大象出版社 2011 年版。
② 王嘉良:《论文体新变与中国文学的现代转型——从越文化"内源性"视角的透视》,《天津社会科学》2019 年第 3 期。

树。章太炎为现代中国文学的语言精致化方面的提倡与实践,鲁迅对于现代文学语言的形式更新与文体创制,共同为现代文学的繁荣发展贡献了心力,可以称得上是现代中国文学语言建构的"双塔"。因此将二者放在一章论述。

第一节　章太炎"一返方言"的言文一致观

本书在第一章谈及书面语与口语的不一致,最终导致文言与白话的分殊。虽然文言与白话因其所使用的阶级而有所差异,但它们都属于一套语言系统,只是一个过度加工、一个略显粗糙罢了。所谓"言文一致",即口语与书面语一致。言文一致正是基于汉语言文分离的现状提出的,不管言文一致的提倡者与践行者的思路多么不同,总可归结为如下三个方面:一是语言与文字,二是口语与书面语,三是文言和白话。这三个方面交错驳杂,使得言文一致的讨论也复杂难辨。

有学者指出:"自晚清以来的'言文一致'观与中国古代有着历史的联系,但也有本质的区别:二者虽然都是在'言意之辩'的大背景下提出的,都同时牵涉到语言、文学、哲学与文化的方方面面,但是前者还与中国人现代意识的萌发、与现代民族——国家的建构密切结合在一起,是在世界(基本上就是西方)/中国、现代/传统的二元对立框架中进行艰难的抉择。中国的'言文一致'观念是受到日本'言文一致'运动的影响,以西方为取向而形成的。但是由于中国自身文化的特殊性,最终完成了本土化语言、文学与文化变革。"①总之,晚清以来的言文一致,如果仔细辨析,我们就会发现,其要求并非在于变革语言或文字,以求得言与文的一致,也就是一种学理意义上的基于语言自身的变革,而是有其外部原因,且外部原因占主导地位,即国家、民族救亡、启蒙民众,当这种需要放在世界范围内来进行时,这种言文一致的诉求也就成为中国

---

① 郭勇:《"言文一致"与中国文学观念的现代转型》,人民文学出版社 2018 年版,"引言"第 3 页。

现代化进程的一个必经阶段。

　　语言文字问题之所以从渐变的后台上升到突变的前台，除了晚清以来战争的失败，主要原因就是中西方的接触，当然也包括"语言接触"。在这种接触中，西方文化随着坚船利炮取得了感性上的优势地位，也让西方语言随之有了超越于中国语言的优越性。正是这种基于强/弱的外在的国家实力的对比，让语言接触也有了别样的味道。那就是，与西方语言的接触，首先不是学习借鉴长处，而是先找出自己的短处，当然，这也无可厚非，比较一定分出优长。但是，比较的目的应该是为了本国语言更好地发展而寻找外部资源的帮助，而不是将本国语言的短处无限地放大，在这种无限放大的过程中，各种外来资源被不加选择地全盘拿来，成为批判本国语言的论据。我们知道，近代以来的中国语言变革，其参照系为"泰西"，这一参照系对于中国近代知识分子出于启蒙救亡而倡导言文一致有着重要的借鉴意义与楷模效应。

　　中日甲午战争中国战败，维新变法风起云涌。1896 年 8 月 9 日，黄遵宪、汪康年、梁启超等在上海创办《时务报》，以变法图强为宗旨，呼吁维新变法，由是作为"报章体"的新文体产生。新文体的产生源于救亡启蒙，究其新文体属于平易的文言，是被新词语、新意境以及白话浸染的文言，因此，对于主张抱持纯正文言观的守旧者而言，新文体是不入流、难登大雅之堂的，但对于启蒙的动机而言，新文体可以因其通俗易学而成为教育普及、开启民智的利器。但究其实质而言，晚清民初的"言文一致"实际上是当时知识人的一种不得已的策略，这在客观意义上使得中国的文学观念开始步入现代转型的道路。

　　黄遵宪是"诗界革命"的主将，他在《杂感》一诗中的诗句"我手写我口，古岂能拘牵！"成了诗界革命的口号，也推动了言文一致的深化。整体来讲，黄遵宪的"我手写我口"是要使古典诗歌的旧传统、旧风格与新时代、新内容所要求的新意境、新风格能够和谐地统一起来，也就是梁启超在《饮冰室诗话》中所说的"能镕铸新思想入旧风格者"。黄遵宪的手口一致的作诗为文主张，其参照系就为泰西、日本，汉语自身的缺点也被提出了。文字使用时间长，从某种意义上讲,这也是优势,但是,这"古"却成为"难"的基础。也正是在中西语言的对比中,对汉语进行深刻反思,文言分离则识字者少,识字者少则受教育者少,受教育者少则民智不开,这就对"言文合一"的必要性做出了阐述,也成为语言变革的基本动因。① 黄遵宪这一主张,开晚清白话文运动的先声。黄遵宪的语言改革主张实际分为教育和文学两个方面,这成为近代以来白话(文)运动的指导思想。

值得一提的是,黄遵宪、梁启超虽然主张言文一致,但在中国汉字与语言分离的情况下,所谓言文一致的实行也并非易事。与黄遵宪所提倡的"我手写吾口"相对,裘廷梁在《论白话为维新之本》中指出的"文与言判然为二。一人之身,而手口异国"的弊端,一直是文言被横加指责与批判的"原罪",也正因此,"手口如一"就成了言文一致所要追求的。但是,由于书写习惯的原因,饱受传统教育的读书人如不经训练,并不一定能像撰写文言文一样写作白话。这一点,从梁启超在 1902 年翻译法国小说家焦士・威尔奴(今译儒勒・凡尔纳)的《十五小豪杰》时的自道甘苦中就可得见:"本书原拟依《水浒》《红楼》等书体裁,纯用俗话,但翻译之时,甚为困难;参用文言,劳半功倍。""明知体例不符",但为"贪省时日,只得文俗并用"。这种骤换笔墨的情形,是其时大多数读书人所遇到的尴尬。而林纾以文言译小说,"日区四小时,得文字六千言"。对于读书人而言,写作文言的高效率与写作白话的"甚为困难"的比较,说明书写习惯是读书人自由使用白话的一大难关。梁启超看到了这种言文分离对于文学的不利之处,这也成为梁启超感慨"文界革命非易言也"的原因。② 但这也说明了一个问题,即文言文仍未退出其工具性的角色,在社会上仍有应用之必要,而且,文言文所发挥作用的地方,恰恰是白话不能解决的。

在黄遵宪、梁启超等人言文一致观的影响下,全国涌现了一大批白话文报

---

① 黄遵宪:《日本国志・学术志二》,上海古籍出版社 2001 年版,第 346、347 页。
② 少年中国之少年(梁启超):《〈十五小豪杰〉第四回批评》,《新民丛报》6 号,1902 年 4 月。

纸,形成了一个"白话文运动",但其目标是用白话来开发民智。其中,最典型的就是由裘廷梁创办的《无锡白话报》。黄遵宪、梁启超、裘廷梁等人提倡白话,并不是由于他们擅长写白话文,恰恰相反,他们写文言文的能力都远远超过他们写白话文的能力。白话文运动能够汇成潮流,形成中国近代的语言变革,是因为当时的士大夫确信运用白话文能够普及教育,减少中国人花在无用的文字上的受教育时间,从而腾出更多的时间来接受科学知识及社会科学知识的教育,促使国家富强起来①。的确,"晚清启蒙知识分子大力宣扬白话报这件利器,不仅看中了白话的易于深入民众,也企图利用报纸廉价易销的特性"②。白话报都是出于启蒙目的而设,办报者预想的启蒙对象,并非那些"最不中用的"读书人,而是"种田的、做手艺的、做买卖的、当兵的以及那十几岁小孩阿哥、姑娘们"③,也就是通常所说的"下等社会"。办报者对于文言或白话的选择,显然体现了面对不同阶层启蒙的二元态度。但正是这种犹豫的二元态度,使得晚清的白话运动虎头蛇尾,未能产生预期的效应。从深层次来看,正如郭绍虞在《新文艺运动应走的新途径——从文艺的路到应用的路》中指出的:"在文学革命以前何曾没有做白话的人,只因他们提倡白话的目的,只重在通俗教育,只希望减少读书作文的困难,所以虽有许多通俗的报章杂志,始终不会发生影响,始终掀不起文艺界的波澜。……文学革命之所以成功,不仅在提倡白话,不仅在提倡新思想,而在新诗的尝试,而在小说戏剧的创作,而在小品散文的成立。"④从这一说法也可以看出,胡适、鲁迅等对于现代文学语言的建构之功,确实不容忽视。

---

① 当然,这种想法无论是在理论的自洽性上,还是在实际的践行中,都存在着一种矛盾。详见夏晓虹:《作为书面语的晚清报刊白话文》,《天津社会科学》2011 年第 6 期。

② 杨早:《启蒙的两种向度——晚清京沪白话报之比较(1904—1906)》,参见夏晓虹、王风等:《文学语言与文章体式——从晚清到"五四"》,安徽教育出版社 2006 年版,第 411 页。

③ 白话道人(林獬):《中国白话报发刊词》,《中国白话报》第 1 期,1903 年 12 月。

④ 郭绍虞:《新文艺运动应走的新途径——从文艺的路到应用的路》,载《语文通论》,开明书店 1941 年版,第 86 页。

不过,对于言文一致的见解,国学大师章太炎有着自己独特的理解,我们可以称为"一返方言"的言文一致观。

在章太炎看来,不管是言文一致还是文言一致,其实质都是追求书写文字与语言相谐和一致的理路。这种理路在一定程度上只关注书写语言如何"我手写我口",强行将言文不一致的弊病归结于汉字本身,而在一定程度上放弃了对于声音、言语等方面的探求。"晚清主张拼音化或者主张白话化的文字改革者,其理论根基几乎皆是言文一致,即改变作为书写方式的文,迫其与言一致,建立以语音为中心的书写和文化传播系统。"[①]但在章太炎看来,这种做法最终只是强扭言使之与文一致,而放弃了对于声音、言语的执着追求,因而并非真正的言文一致。他指出:"俗世有恒言,以言文一致为准,所定文法,率近小说、演义之流。其或纯为白话,而以蕴藉温厚之词间之,所用成语,徒唐、宋文人所造。"主张白话者如此,主张汉字统一论者也难免此误。主张汉字统一者,虽然主张"选择常用之字以为程限,欲效秦皇同一文字",但在章太炎看来,这种做法还是与其他的言文一致观一样,只是导致以文压言,果真如此的话,则"非直古书将不可读,虽今语亦有窒碍不周者",其实这会更"限制文字为汉字统一之途"的。

出于以上考虑,章太炎对于言文一致的思考,就从这种声音、言语层面下手,解决汉语言中言语与文辞的一致问题。章太炎认为,那些主张中国言文一致的人,他们的立论点就是错误的。原因在于,中国根本不存在言文分离的问题,俗世上那些普通人能说但却无字可记载的现象,甚至各地方言歧异无字可循等问题,不是因为汉字的言文分离,而是因为"士大夫不识字"造成的。为什么这样讲呢? 因为,各地"方言处处不同,俗儒鄙夫,不知小学,咸谓方言有音而无正字,乃取同音之字用相摄代。亦有声均小变,猝然莫知其何字者⋯⋯"章太炎从小学家的视角,将言文不一致的原因归结为俗儒鄙夫的不

---

① 彭春凌:《以"一返方言"抵抗"汉字统一"与"万国新语"》,《近代史研究》2008 年第 2 期。

懂文字音韵之学。在章太炎看来,方言里保留了太多的古字,"今世方言,上合周、汉者众,其宝贵过于天球、九鼎","若综其实,则今之里语,合于《说文》、《三仓》、《尔雅》、《方言》者正多。双声相转而字异其音,邻部相移而字异其韵",这些变化了音韵的文字,在各地的方言中表现各异,才会造成言文不一致的问题①。

因此,只有"一返方言","审知条贯"才能"根柢豁然可求"。因此,在章太炎看来,解决言文合一的最好途径就是"一返方言"。"果欲文言合一,当先博考方言,寻其语源,得其本字,然后编为典语,旁行通国,斯为得之。"而且,通过"一返方言,本无言文岐异之征,而又深契古义……殊言别语,终合葆存"。细读《论汉字统一会》和《驳中国用万国新语说》二文,章太炎皆提及《新方言》,并自叙心曲:

> 既非本义本形,惟强借常文以著纸帛,终莫晓其语根云何?故用字差少耳。若综其实,则今之里语,合于《说文》、《三仓》、《尔雅》、《方言》者正多。……余是以有《新方言》之作,虽甚简略,得三百七十事,然字为《说文》正体,而不习见者,多矣。推此,则余所未知者,或当倍蓰。……虽然,是三百七十事者,文理密察,知言之选,自谓悬诸日月不刊之书矣。自子云以后,未有如余者也。若遍讨九州异语,以稽周、秦、汉、魏间小学家书,其文字往往而在,视今所习用者,或增千许,此固非日本人所能知,虽中国儒流乐文采者,亦莫知也。俗世有恒言,以言文一致为准,所定文法,率近小说、演义之流。其或纯为白话,而以蕴藉温厚之词间之,所用成语,徒唐、宋文人所造,何若一返方言,本无言文岐异之征,而又深契丰义,视唐、宋儒言为典则耶?昔陆法言作《切韵》,盖集合州郡异音,不悉以隋京为准。今者音韵虽宜一致,而殊言别语,终合葆存。但令士大夫略通小学,则知今世方言,上合周、汉者众,其宝贵过于天球、九鼎,皇忍拨弃之

---

① 章太炎:《论汉字统一会》,载《章太炎全集》(四),上海人民出版社 1985 年版,第 319~320 页。

为! 彼以今语为非文言者,岂方言之不合于文,顾士大夫自不识字耳。若强立程限,非直古书将不可读,虽今语亦有窒碍不周者。①

章太炎还援引了大量的例音,由此可见其对方言的重视。其《新方言》全书遵循"疑于义者以声求之,疑于声者以义正之"的原则,从声音、训诂两方面运用音义互证的方法,考证汉语方言中的本字和语源,并从时间和地域两方面说明方言错综复杂的变化,既以古语证今言,又以今言通古语。全书计十一卷,共搜集方言俗语共859条,依照《尔雅》的体例,释词、释言、释亲属、释形体、释宫、释器、释天、释植物、释动物计十卷,第十一卷音表为古韵二十三部表和古声二十一纽表,书末并附"岭外三州语"一篇,考释惠州、嘉应州、潮州客家话中一些方言词。章太炎总结了所谓的"方言六例":(1)一字二音,莫知谁正;(2)一语二字,声近相乱;(3)就声为训,皮傅失根;(4)余音重语,迷误语根;(5)音训互异,凌杂难晓;(6)总别不同,假借相贸。章太炎强调:"明斯六例,经以音变,诸州国殊言诘诎者,虽未尽憭,傥得模略,足以聪听知原。"②

章太炎为何会如此重视方言? 因为"中国方言,传承自古,其间古文古义,含蕴甚多……近世有文言一致之说,实乃遏绝方言,以就陋儒之笔札,因讹就简,而妄人之汉字统一会作矣。果欲言文合一,当先博考方言,考其语根,得其本字,然后编为典语,旁行通国,斯为得之"③。章氏太炎的这一方言的主张并非向壁虚构,作为精通音韵、训诂、文字等小学的国学大师,章太炎明白:"中国文字自古文、小篆以至今隶,形体稍减省,而声音训诂,古今相禅。不知双声叠韵者,不可以读音变之条;不知转注假借者,不可与论义变之例。故虽习用今隶,而不得无溯其源流于古文、小篆。"④章太炎这种以声音为研究根

①　章太炎:《论汉字统一会》,载《章太炎全集》(四),上海人民出版社1985年版,第320页。

②　章太炎:《新方言序》,载《新方言(附领外三州语)》,浙江图书馆校刊。注:"领"字原书封面如此标注,但书中附录内容显示"岭"字。

③　章太炎:《博征海内外方言告白》,《民报》第21号,1908年6月10日。

④　章太炎:《〈新方言〉序》,载《章太炎全集》(七),上海人民出版社1999年版,第4页。

基,"一返方言"的研究,实有其良苦用心在,是其一以贯之的民族意识在统领其精髓。

如上所述,章太炎在考辨声音中所列举的古书,主要为周秦典籍,这些都是未掺杂夷音的古老夏声,这就透露出章太炎主张方言的言文一致的衷肠,即汉族主义。这在晚清国粹派看来,章太炎所致力的,并非简单的语言文字主张,而是涉及汉族革命的重大政治问题。

第二节　章太炎的白话文学观

章太炎善作古奥的文字,这一点的确是不争的事实,就连鲁迅、周作人都承认,他们年轻时古奥的文笔就受到章太炎的影响。在 1934 年《集外集·序言》中鲁迅就说,"以后又受了章太炎先生的影响,古了起来"①。周作人在《〈点滴〉序》中也讲到了这一点:"我从前翻译小说,但受林琴南先生的影响,1906 年住东京以后,听章太炎先生的讲论,又发生多少变化。1909 年出版的《域外小说集》,正是那一时期的结果。"②这种结果是什么呢? 就是鲁迅在 1920 年 3 月《域外小说集序》中说的,"我看这书的译文","句子生硬,'诘屈聱牙'"。③ 再加之章太炎作为其时饮誉学林的古文经学大师,其古文经学的知识背景,以及对于白话的不同程度的批评,的确使人很难把他与白话正面联系到一起。鲁迅就曾在《名人和名言》中对章太炎"非深通小学就不知道现在口头语的某音,就是古代的某音,不知道就是古代的某字,就要写错"④提出过反驳。这就使得章太炎反对白话文的形象几成定论。许多证据都足以显示,章太炎确实反对过白话文,但是他也确实有多篇白话文作品流传下来,究竟他

① 鲁迅:《集外集·序言》,载《鲁迅全集》第 7 卷,人民文学出版社 2005 年版,第 4 页。

② 周作人:《〈点滴〉序》,《点滴》,新潮社丛书第三种,北京大学出版社 1920 年版。

③ 鲁迅:《域外小说集序》(署名周作人译),载《鲁迅全集》第 10 卷,人民文学出版社 2005 年版,第 177 页。

④ 鲁迅:《名人和名言》,载《鲁迅全集》第 6 卷,人民文学出版社 2005 年版,第 373 页。

为何反对白话文？又如何反对？既然反对，又为何会写白话文呢？

一、反对白话诗

就整体而言，章太炎是传统古文经学家，他的文字古奥，佶屈聱牙，也许是这个缘故，大家以为他崇尚文章的高古典雅，因此被判定"不免有恶新的成见"①，但章太炎反对白话一说还值得商榷，这在后文中将提到。但章太炎对于白话诗的反对，却是确有其事的。曹聚仁在《新诗管见（一）》中记载，章太炎对新诗大加讥刺，既认为"清末诗家的作品不成为诗"，又指出诗向下坠落则成为近代白话诗。② 章太炎在《国学概论》之《国学之流派（三）》中谈道：

> 诗至清末，穷极矣，穷则变，变则通，我们在此若不向上努力，便要向下坠落。所谓向上努力就是直追汉晋，所谓向下坠落就是近代的白话诗，诸君将何取何从？提倡白话诗人自以为从西洋传来，我以为中国古代也曾有过，他们如要访祖，我可请出来。唐代史思明（夷狄）的儿子史朝义，称怀王，有一天他高兴起来，也咏一首樱桃的诗："樱桃一篮子，一半青，一半黄；一半与怀王，一半与周贽。"那时有人劝他，把末两句上下对调，作为"一半与周贽，一半与怀王"，便与"一半青，一半黄"押韵。他怫然道："周贽是我的臣，怎能在怀王之上呢？"如在今日，照白话诗的主张，他也何妨说："何必用韵呢？"这也可算白话诗的始祖罢。一笑！

从这里，我们可以看出，在谈到白话诗时，章太炎所用的几个词："向下坠落""夷狄""始祖""一笑"。这四个词串起来，其义是，诗朝着不好的方向发展就成为白话诗。白话诗虽然从西洋传来，但中国古代的夷狄也曾做过，也可以算作白话诗的始祖了。而且，这是当一个笑话来讲的。由此可见，章太炎对

---

① 劲力子在《志疑》中谈到了章太炎的"恶新"，意谓承认古代的《尚书》等为白话而不承认现代白话诗，因此而据以判断章太炎"不免有恶新的成见"。见章太炎《国学概论》附录，上海古籍出版社1997年版，第73页。

② 章太炎：《国学概论》附录，上海古籍出版社1997年版，第80页。

于白话诗的态度,应该是排斥大于赞成。而且,据曹聚仁所见,章太炎反对白话诗,并将有韵为诗发展到极致,"以《百家姓》、《千字文》、《急就章》是诗,就是为了排斥新诗才引入内的"①。

对于白话文和白话诗的关系的理解,同样见于上海《申报》1922 年 4 月16 日所刊载的"章太炎讲学第三日纪"中:"文章之妙,不过应用,白话体可用也。发之于言,笔之为文,更美丽之,则用韵语。如诗赋者,文之美丽者也。约言之,叙事简单,利用散文,论事繁复,可用骈体,不必强,亦无庸排击,唯其所适可矣。然今之新诗,连韵亦不用,未免太简。以既为诗,当然贵美丽,既主朴素,何不竟为散文? 日本和尚有娶妻者,或告之曰:既娶矣,何必犹号曰和尚? 直名凡俗可矣。今之好为无韵新诗,亦可即此语以告之。"细析此段话语的表述逻辑,我们可从以下四方面来理解。

第一,文章之妙,在于表情达意(此就文章的应用方面而言),但如只就表情达意而论,则文言白话皆可。这也可从章太炎的讲演文辞中看出。不管是文言,还是白话,只要"辞达而已",就都可以用来表达思想感情。所以,文言、白话本无特别的区分。第二,诗赋这一类有韵之文则另当别论。因为,诗赋这类"文之美丽者",一定要表现出文采来,辞藻丰富,韵味十足。章太炎要求诗赋必须有诗味、诗意,而这诗味、诗意就表现在讲究文体,如果辞藻全不讲求押韵,诗赋并无文采可言,更何谈美丽。诗赋不押韵不能称之为诗,没有音节的美,也很难称之为诗。白话诗不押韵,就失去了诗味、诗意,便无文采可言。第三,新诗可以写,但不能写无韵的新诗。章太炎所谓"无韵",有不押韵和不讲究音节美两种意思。对于诗而言,押韵、音节美是其文体之必然要求。假若既不讲求押韵,也没有韵律美,只是一句一行,便也直呼其为诗,则世间之诗,便

---

① 章太炎:《国学概论》附录,上海古籍出版社 1997 年版,第 80~81 页。而章太炎只从有韵无韵区分诗与非诗:"以广义言,凡有韵者,皆诗之流。……《百家姓》然,《医方歌诀》亦然。以工拙计,诗人或不为,亦不得谓非诗之流也。"(《答曹聚仁论白话诗》)这是一种只重形式不重内容的偏颇。把《百家姓》《医方歌诀》也认作诗,这是对诗的一种片面的认识。诗既要有诗的形式——韵律、节奏,也要有诗的内容。

失去了其应有的"美丽"。在章太炎看来,无韵之诗,不美的诗,在文体上属于散文,就不应强称之为诗,径称为散文好了。更有甚者,如果全然不讲求诗味、诗意,实际上便等同于一篇呆板的大白话,连散文也称不上,更甭说称之为诗了。第四,对于现代白话诗而言,鉴于现代汉语白话词汇很不丰富,文采也很不够的浅俗缺点,如果不适当借用古代的辞藻,一味只求口语化、浅俗化,白话诗就很难能够写得姿采动人。

也就是说,章太炎不排斥白话诗,但不同意无韵以及无文采的所谓新诗。这与他对文学的认知有极大的关系。在《国学概论》的《国学之派别(三)》中,章太炎提到:"总之,我们要先确定有韵为诗、无韵为文的界限,才可以判断什么是诗。……诗以广义论,凡有韵是诗;以狭义论,则惟有诗可称诗。"章太炎在《国学概论》中讲《治国学之方法》,当讲到"辨文学应用"时,有一段精辟的述说:

> 文学可分二项:有韵的谓之诗,无韵的谓之文①。……凡称之为诗,都要有韵,有韵方能传达情感,现在白话时不用韵,即使也有美感,只应归入散文,不必算诗。日本和尚娶妻食肉,我曾说他们可称居士等等,何必称作和尚呢? 诗何以要有韵呢? 这是自然的趋势。诗歌本来脱口而出,自有天然的风韵;这种风韵,可表达那神妙的心意,你看,动物中不能言语,他们专以幽美的声调传达彼等底感情,可见诗是必要有韵的。"诗言志,歌永言,声依咏,律和声",这几句话,是大家知道的。我们仔细讲起来,也证明诗是必要韵的。我们更看现今戏子所唱的二黄西皮,文理上很不通,但彼等所唱也能感动人,就因有韵的原故。②

他在该项演说中,又提到:

---

① 对于此结论,曹聚仁有不同的意见,他认为诗文是同源的,情意作用发达的是诗,理智作用发达的是文。因为文是多含理智作用,所以文大概是含解释申述种种情形,而诗多含情意作用,所以诗大多是感慨幽扬而含蕴不全露的。因此,判别诗文之别决不可专重有韵无韵。参见曹聚仁:《新诗管见(二)》,载章太炎:《国学概论》附录,上海古籍出版社1997年版,第85~88页。
② 章太炎:《国学概论》,上海古籍出版社1997年版,第15~16页。

文有骈体、散体的区别……依我来看，凡简单叙一事，不能不用散文；如兼叙多人多事，就非骈体不能提纲。以《礼记》而论，同是周公所著，但《周礼》用骈体，仪礼却用散体，这因事实上非如此不可。《仪礼》中说的是起居跪拜之节，要想用骈也无从下手。更如孔子著《易经》用骈，著《春秋》就用散，也是一理。实在，散、骈各有专用，可并存而不能偏废。①

从前面两段文字已可以很清楚地看出，章太炎特别强调，诗与文的形式毕竟大不相同，一般文章也许可以不讲究"格律"，但诗则必需严守一定的规矩，尤其对一个传统学者而言，即使有这样的一点坚持，也是合理的。林荣森指出，从上面两段文字已经看出章太炎对于诗歌的评判标准来，"诗必应用韵，而白话诗却不讲究韵脚，这是他所不能接受的"。这也是章太炎一再反对白话诗的原因所在。"但在散文方面，章太炎认为，文体的应用则是视需要而定的，骈散可并存而不能废偏，即使在古代也有白话文，但在应用上应能明白表达意思，自然巧妙，'曲尽其力'。因为，有些文句或成语原就很简练明白，不必一味描摹白话，刻意避开典雅的文句，有时绕了一大圈，费了很多唇舌都还不见得说得清楚，如此就太不懂得应用白话文了。"②

二、白话离不开文言

章太炎并不排斥白话文。因为在他看来，文言与白话都是用来表达的。因此，采用文言还是白话，取决于表达的需要。在辨文学应用或述文章源流时，章太炎对于骈散文白各有其定位。如上节所述，"文章之妙，不过应用，白话体可用也。发之于言，笔之为文，更美丽之，则用韵语"。同时，在《文学论略》中，章太炎也正如陈平原先生所指出的："在一般人心目中，博雅而好古的太炎先生，应该是站在白话文运动的对立面才对。这一不假思索、脱口而出的结论，实际上经不起仔细的考辨。章太炎擅长博雅渊深的魏晋之文，确实与胡

---

① 章太炎：《国学概论》，上海古籍出版社 1997 年版，第 15~16 页。
② 林荣森：《章太炎白话文学初探》，《通识教育年刊》2003 年第 5 期。

适之主张'明白如话'大异其趣;可五四新文化运动时期,章太炎在收到胡适《中国哲学史大纲》赠书后,用白话写信作复,与其讨论有关庄周的评价问题。……最为关键的,还是取决于其史家的胸襟以及相当开放的文体观念。"①而且,对于这种"文章之妙,不过应用"的文各有体,章太炎在《文学论略》中也有谈及:"所谓雅者,谓其文能合格。……古之公牍,以用古语为雅,今之公牍,以用今语为雅……要在质直而已。安有所谓便俗致用者,即无雅之可言乎!"这种理论倡导与主张,就很好地驳斥了一般人的想象,即作为古文大师的章太炎,并不排斥用白话章回小说。

章太炎虽然不反对白话文,但却对白话文有着自己的认识,即白话未必能传达事实真相,有其局限性。在《白话与文言之关系》一文中,章太炎认为,现在人们都在思考白话代替文言的事情,但是实践操作上能否实现呢?"白话亦多用成语,如'水落石出'、'与狐谋皮'之类,不得不作括弧,何尝尽是白话哉?且如勇士、贤人,白话所无,如欲避免,须说好汉、好人。好汉、好人,究与勇士、贤人有别。元时征求遗逸,诏谓征求有本领的好人,当时荐马端临之状曰:'寻得有本领的好人马端临'。(见《文献通考·序》)今人称有本领者曰才士,或曰名士,如必改用白话,亦必曰寻得有本领的好人某某。试问提倡白话之人,愿意承当否耶?以此知白话意义不全,有时仍不得用文言也。"章太炎认为,白话文中常会夹杂成语,若干意思表达如能善用成语,则使文字显得简洁精妙,似乎没有必要刻意避开成语不用,而改以白话形容。他所举出的这类成语或字词,有时不仅不必刻意避开,甚至根本找不到更合适的白话来取代,因此他以为白话文仍无法彻底摆脱文言的使用。此一观念基本上是合理的。因为在胡适的看法中,亦非全盘排斥文言的使用,他认为白话中有合用的

---

① 陈平原:《章太炎的白话述学文体》,载夏晓虹、王风等:《文学语言与文章体式——从晚清到"五四"》,安徽教育出版社2006年版,第192页。兹引回信内容之一段,如下:"适之你看。接到中国哲学史大纲。尽有见解。但诸子学术。本不容易了然。总要看你宗旨所在。才得不错。如但看一句两句好处。这都是断章取义的所为。不尽关系他的本意。仍望百尺竿头更进一步。"

就尽量用白话,如白话有不足之处,则可用文言来补助。他在《文学改良刍议》中说,"我们可尽量采用《水浒传》、《西游记》、《儒林外史》、《红楼梦》的白话,有不合今日用的,便不用他;有不够用的,便用今日的白话来补助;有不得不用文言的,便用文言来补助"。①

正是出于这种考虑,章太炎认为,白话离不开文言。理由如下:

其一,古之白话与今之文言难以区分。作为小学家,章太炎对白话文不仅有一番独到的见解,还对白话文的历史与发展颇为熟悉。章太炎指出,"白话文言,古人不分"。白话与文言之别,仅在于修饰与不修饰而已。白话在古代大都是"语录体",例如尚书的诏诰,汉代的手诏,都可算是当时的白话。古代许多口语方言,虽为当时之白话,但在现今看来和文言又无二致。章太炎说《世说新语》所载"阿堵","宁馨",即乃当时白话,然所载尚无大异于文言,这样的字眼确实看不出有何白话性质,另如"《传灯录》记禅家之语,宋人学之而成录,其语至今不甚可晓"。所以古之白话与今之文言实难彻底划分。

其二,欲作白话,更宜详识字。章太炎认为:"昌黎谓凡作文字,宜略识字。学问如韩,只求略识字耳,识字如韩已不易。然仅曰略识字,盖文言只须如此也。余谓欲作白话,更宜详识字。识字之功,更宜过于昌黎。"为什么会有此问呢?这就显现出章太炎的见识了。在章太炎看来,现在的白话文提倡者,"以施耐庵、曹雪芹为宗师,施、曹在当日,不过随意作小说耳,非欲于文苑中居最高地位也,亦非欲取而代之也。今人则欲取文言而代之矣,然而规模、格律,均未有定。果欲取文言而代之,则必成一统系,定一格律然后可。而识字之功,须加昌黎十倍矣。何者? 以白话所用之语,不知当作何字者正多也。今通行之白话中,鄙语固多,古语亦不少,以十分分之,常语占其五,鄙语、古语复各占其半。古书中不常用之字,反存于白话,此事边方为多,而通都大邑,亦非全无古语"。

----

① 胡适:《文学改良刍议》,《新青年》第 2 卷第 5 号,1917 年 1 月 1 日。

再者,"白话中藏古语甚多,如小学不通,白话如何能好？且今人同一句话,而南与北殊,都与鄙异,听似一字,实非一字,此非精通小学者断不能辨"。从实际操作过程来看,章太炎指出,"古人深通俗语者,皆精研小学之士"。而今人不学小学,误读"为絺为绤"为"为希为谷",而悍然敢提倡白话文,这在章太炎看来,是非常不确当的做法:"以颜氏祖孙小学之功如此,方能尽通鄙语,其功且过昌黎百倍。余谓须有颜氏祖孙之学,方可信笔作白话文。余自揣小学之功,尚未及颜氏祖孙,故不敢贸然为之。"

然而,章太炎此种言论受到当时人的攻击,甚至其弟子鲁迅也曾经批评章太炎,认为章氏"把他所专长的小学,用得范围太广大了"①。但是,我们不得不注意一个问题,章太炎在白话占据主流地位的 1935 年 4 月,对白话提出了批评,而不是在文白新旧尖锐对立的五四时期批评白话,是有其深层意义的,很可能是基于其"救学弊"的策略选择。章太炎对于白话,并不是如人们所表面认为的持反对态度,而是认为白话在浅俗的追求中,更应该增加一点知识底蕴,也就是白话文的雅化与精致化。而这种对于白话的雅化与精致化追求,就是白话文运动以来一直缺少的对于白话浅而俗的纠偏。语言变革虽经百年历程,但作家作品的语言愈显贫瘠,现代语言的粗鄙低俗与百年的语言变革有莫大关联,对章太炎汉语言文学思想进行爬梳,旨在以此为鉴,倡导一种表现精神追求的文学语言实践。而这,也正是汉语文学一直所积极倡导的用白话再造一种精英语言应该努力的方向。

第三节　鲁迅的文学语言观

在中国传统文学向现代演进的过程中,鲁迅扮演着重要的角色。如前所述,林纾的文学翻译改变了中国古代文学的内容与形式,梁启超的新文体则开

---

① 鲁迅:《名人和名言》,载《鲁迅全集》第 6 卷,人民文学出版社 2005 年版,第 374 页。

启了古代文学的现代转型,胡适对白话文学的提倡奠定了现代中国文学的白话方向的基础,章太炎对于汉语的主张则有助于白话文学的精致化,这些都为现代中国文学的语言形成与文体创制做出了贡献。鲁迅则以其翻译、创作实践,不仅开创了现代中国文学的新局面,而且对于现代中国文学更具有建设意义。关于这一点,著名语言学家高名凯在《鲁迅与现代汉语文学语言》一文中指出,鲁迅"为现代汉语文学语言的确立和规范化"做出了努力,并"对现代汉语文学语言的发展"提出了有益的见解,可以说,"鲁迅自始至终都是拿理论和实践来为现代汉语文学语言奠立基础并推动其发展的"。①

鲁迅有很深的古文根底,他在青年时代就已经对《尔雅》《说文解字》等下过功夫。正如周作人回忆的,鲁迅在"十六岁以前四书五经都已读完",老师"又教他读了'尔雅','周礼'或者还有'仪礼'",而且在东京留学期间,又专门跟章太炎学过《说文解字》。② 1926 年鲁迅在厦门大学任教,因有感于旧讲义的无新意可言,鲁迅决定自己撰写,这就有了《汉文学史纲要》。

在以《汉文学史纲要》讲解文学史之前,鲁迅首篇先设"自文字至文章"为第一篇。在这一篇中,首先,鲁迅言明语言先于文字产生,文字的产生是由一代代累积而成,所谓"文字成就,所当绵历岁时,且由众手,全群共喻,乃得流利",并非某一个人之独创,因此,"谁为作者,殊难确指,归功一圣,亦凭臆之说也"。③ 在这里,鲁迅从语言科学的角度,说明了语言与文字的关系问题,并且指出了汉字的产生是由大众所累积而成。而且,鲁迅借助其深厚的古文功底,否定了许慎在《说文解字》里提出并为历来识字者、研究者所承认的"仓颉造字说",科学分析了汉字六书的由来与演化,揭示了文字的产生经过了漫长岁月的发展,劳动人民创造文字、创造文学的奥秘,这样就从根柢上取消了文

---

① 高名凯、姚殿芳、殷德厚:《鲁迅与现代汉语文学语言》,《北京大学学报》1957 年第 1 期。
② 参见周作人:《鲁迅的青年时代》,止庵校订,北京十月文艺出版社 2013 年版,第 42、44~45 页。
③ 鲁迅:《汉文学史纲要》,上海古籍出版社 2005 年版,第 2~3 页。

字的神圣性①,为科学地认识汉字、使用汉字以及现代文学汉语言变革指点迷津打下了基础。在鲁迅看来,文学的声音语言的传达,"在昔原始之民,共居群中,盖惟以姿态声音,自达其情意而已。声音繁变,寖成言辞,言辞谐美,乃兆歌咏"②,这样的解释,本身就赋予文学以审美的内在要求。鲁迅强调,文字"具三美",即"意美以感心","音美以感耳","形美以感目"。这三美的具体发挥,则在于"口诵耳闻其音,目察其形,心通其义",而具体文字在文学作品的使用上,则重视其具体形象的可感,如形容高山就用"崚嶒嵯峨",而写水盛貌则"汪洋澎湃",描述鱼多就用"鳟鲂鳗鲤",这些形象可感的文字,让人眼见即识,耳听即明。这虽然是鲁迅对于文字的一种见解,但使之用于文学创作上,也可适用,正是由于对于文字的这种认识,在鲁迅的文学作品中,我们见到了诸多形象化的语言,生动活泼,各具其神。也正是因为这样的语言使用,鲁迅的文学作品才具有现在如此高的评价和地位。

其次,鲁迅指出了言与文,即语言与文字的问题。在鲁迅看来,"文字既作,固无愆误之虞矣。而简策繁重,书削为劳,故复当俭约其文,以省物力",也就是说,文字产生之后,因为传播媒介的限制,文字逐渐与语言分殊。而且,鲁迅强调认为,"则初始之文,殆本与语言稍异,当有藻韵,以便传颂"。这就指出了语言与文字原本并不能一一对应,文字是在口语基础上的精简与讲求韵律和谐;而书面语之所以讲求"藻韵",是为了便于"传颂"。这样,鲁迅就提出了一个比其时所提出的言文一致论调更为有深度的问题,即"文"是在"言"的基础上的再加工,"以便传颂"要求其必须具有一定的文采和韵律。从某种程度上讲,在现代中国文学的语言变革中,过度强调白话文学的正宗地位,强调言文一致,却在无形中放逐了文言文的精练与雅正,虽然方言等进入文学,

①　汉字的神圣性与文言的阶级区分,正印证了马克思所言:"……最后得出一个答案:应该由贵人、贤人和智者来统治。"《"新莱茵报 政治经济评论"第4期上发表的书评》,《马克思恩格斯全集》第7卷,人民出版社1959年版,第307页。

②　鲁迅:《汉文学史纲要》,上海古籍出版社2005年版,第2页。

增加了文学的活泼与生动，但不可否认，如若使用不当，大量方言充斥文学作品，则会拉低文学的层次，这已为后来的文学创作所证明。鲁迅本人的文学创作之所以能产生如此大的影响，就在于其对于文学语言使用的讲究上。如对于方言，鲁迅的主张是："各就各处的方言，将语法和词汇，更加提炼，使他们发达上去……这于文学，是很有益处的。"所谓"更加提炼"，其实就是鲁迅一直以来的拿来主义，取其精华，弃其糟粕。放弃了文学的功利的用途与仓促为之的不得已的创作，现代文学语言也向更加宽阔的发展道路上开进，并且各具特色，各美其美，这才使得中国现代文学有了足以言说的实绩。鲁迅特别重视文章修辞的作用，也就是强调文采，笔者猜测，鲁迅一直强调文学救国，而要达成这一目的，必须尽最大可能地传播，并使人喜欢，由之，如果作品没有文采，就不能传之久远。关于这一点古人也有认识。如《左传·襄公二十五年》："仲尼曰:《志》有之:言以足志，文以足言。不言，谁知其志? 言之无文，行而不远。"同样，北周庾信《燕射歌辞·角调曲》更进一步说:"言而无文，行之不远;义而无立，勤则无成。"正是出于对文采的重视，鲁迅认为《诗经》、屈原、宋玉和司马相如等，能够彪炳文学史，"就因为他究竟有文采"。以是否有文采为标准，鲁迅在《汉文学史纲要》中认为《论语》《墨子》因为"儒者崇实，墨家尚质"，故而"其文辞皆略无华饰，取足达意而已"[1]。《孟子》"渐有繁辞，而叙述则时特精妙"[2]，道家则是"文辞之美富者"，《庄子》为"文汪洋辟阖，仪态万方，晚周诸子之作，莫能先也"[3]。现在我们读文学作品或是文字资料，通常也会以有文采、有诗意等作为褒奖之词。这说明，胡适其时的白话诗创作饱受争议，除了其一味地执着于口语化的词汇运用，中国作为一个诗歌国度的底蕴，也使胡适试水之作的白话诗，不得不因为口语化、直白而败下阵来。返观鲁迅的《狂人日记》等小说，虽然小说在中国传统文类创作中居于末流，通行于俗，

---

① 鲁迅:《汉文学史纲要》，上海古籍出版社2005年版，第15页。
② 鲁迅:《汉文学史纲要》，上海古籍出版社2005年版，第16页。
③ 鲁迅:《汉文学史纲要》，上海古籍出版社2005年版，第16页。

不能登大雅之堂,但其受众广泛,而其中也并非贩夫走卒之类,明清小说的繁荣更多依赖于知识分子的努力,因此,虽然小说与诗歌相比,属于非主流,但因为鲁迅注重文辞,注意借鉴史传传统,却取得了开门红,让现代中国文学真正地站住了脚。

再次,鲁迅在这里对文学进行了界定。在第五章我们曾讲到章太炎在《文学总略》中对于文学的见解,即:文学是所有用文字记载的语言,"榷论文学,以文字为准,不以彣彰为准","以有文字著于竹帛"。① 同样,文章分为有韵之文与无韵之文,而是否用韵,完全视叙事"简单"抑或"繁复"而定,"叙事简单,利用散文,论事繁复,可用骈体,不必强,亦无庸排击,唯其所适可矣"。章太炎的文学观是一种大文学观,这一文学观也为鲁迅所继承,"但书文章,今通称文学"②。具体言之,在《汉文学史纲要》第一篇"自文字到文章"中,鲁迅指出,"汉时已并称凡著于竹帛者为文章(《汉书·艺文志》);后或更拓其封域,举一切可以图写,接于目睛者皆属之"③。这明显与章太炎的大文学观有相通之处,正如章太炎强调文之"韵",鲁迅在此也强调,"确然以文章之事,当具辞义,且有华饰,如文绣矣"④。这又在言文一致的讨论上,重申了文章必须有具体的思想表达,而这思想表达并非靠直白地说出,而是应有一定的修辞手段和遣词造句的本领,也就是说,思想表达要通过文学修辞来间接地传达,以"美"熏刺人心。如在《汉文学史纲要》第二篇"书与诗"中,鲁迅指出,像《诗经·小雅·采薇》写征人戍守边疆,虽然很辛苦却不敢有任何的懈怠,全诗表现得"怨诽而不乱,温柔敦厚之言矣";而比较而言,《诗经·国风》的表达,则"乃较平易,发抒情性"。对此,鲁迅解释说,因为《诗经》皆出于北方,皆以黄河为中心,"其民厚重,故虽直抒胸臆,犹能止乎礼义,忿而不戾,怨而不怒,哀

---

① 章太炎:《文学总略》,载《国故论衡》,上海古籍出版社2003年版,第49~50页。
② 鲁迅:《汉文学史纲要》,上海古籍出版社2005年版,第5页。
③ 鲁迅:《汉文学史纲要》,上海古籍出版社2005年版,第2~3页。
④ 鲁迅:《汉文学史纲要》,上海古籍出版社2005年版,第4页。

而不伤,乐而不淫",但在表达这种思想时,创作者"思无邪",所以才能合理地利用文学修辞,有节度地书写。①

通过《汉文学史纲要》第一篇"自文字至文章",鲁迅打破了文字的神圣论,阐发了文学起源等问题,由此对于书面语和口语、文言和白话有了一个提纲挈领的思路。正如鲁迅所指出的,书面语之所以与口语不同,"我的臆测,是以为中国的言文是一向就并不一致的,大的方面是字难写,只好节省些",这一观点与上述《汉文学史纲要》第一篇"自文字至文章"的提法相似。也正是因为这"节省",识字与否成为阶层划分的标志。也正是从这一点出发,站在时代的背景下,鲁迅提出,汉文必然随着时代而灭亡。鲁迅意义上的汉文,实为文言文,也即古文。与晚清以来的提倡白话文运动者一样,鲁迅也注意到了文言作为一种本无阶级却硬是分出阶级区隔的书面语,已经不适应于时代的发展,在国难当头之际,鲁迅提倡青年要学习先进知识,要多看外国书,少看中国书,因为中国书糟粕很多,而所谓的"国粹"也不过是"等于放屁"。一直以来,这成为鲁迅反传统、崇洋媚外的证据,也被一些人所攻击。实际上,鲁迅之所以这样决绝地反对古书、中国书、中国国粹,有其深意所在。

与晚清提倡白话相比,新文化运动提倡的白话实际上属于现代中国文学语言的范畴。在鲁迅看来,要摆脱中国古代文学的桎梏,向现代民族国家转型,就必须与中国古代文化及语言(特指文言)划清界,因为,旧的文章和思想,已经与现在的社会脱节了,古书不能解决现在的问题;古书("传统",无用)—古思想("恶")—文言文("恶"之载体,也可称为"帮凶"),三者之间的关系在鲁迅出于权宜考虑的论述中一一对应,也正是这种情况下,《狂人日记》中,在"仁义道德"的字缝里,狂人发现了"吃人"的秘密。而且,不仅如此,"狂人"还发现,"四千年来时时吃人的地方,今天才明白,我也在其中混了多年;大哥正管着家务,妹子恰恰死了,他未必不和在饭菜里,暗暗给我们吃。我

---

① 鲁迅:《汉文学史纲要》,上海古籍出版社 2005 年版,第 11 页。

未必无意之中,不吃了我妹子的几片肉,现在也轮到我自己"。在这种论述中,古书("传统",无用)—古思想("恶")—文言文("恶"之载体,也可称为"帮凶")又加上了一个"吃人"的链条,也就形成了鲁迅等倡导现代中国文学语言者所共同持有的激烈的逻辑:传统("吃人")—古书(无用)—古思想("恶")—文言文("恶"之载体,也可称为"帮凶")。依据这样的逻辑,人在吃人的同时,也在被人吃,所以我们看到了鲁迅坚决反传统("古")的态度:"明明是现代人,吸着现代的空气,却偏要勒派朽腐的名教,僵死的语言,侮蔑尽现在,这都是'现在的屠杀者'。杀了'现在',也便杀了'将来'——将来是子孙的时代。"出于"救救孩子"的目标,因此,必须与传统做一个决绝的割裂。同时,在进化论意义上的现代西方,却以其科学文化和精神文化而将现代民族国家语言彰显,此情此景,中国要想告别传统,进入世界民族之林,就必须清除传统的糟粕,采用拿来主义吸引借鉴外来文化。这也就是鲁迅自翻译、创作以来,特别是《域外小说集》的翻译以来,孜孜不倦地"别求新声于异邦"的良苦用心。

虽然鲁迅要求在思想上与传统决绝地割裂,但在应对策略上,却有着与其言论不完全一致的做法,这也造成了许多人理解上的矛盾。要借鉴西方,就必须拿来主义,同理,要与传统割裂,也要了解传统,也要实行拿来主义。"要运用脑髓,放出眼光,自己来拿!""他占有,挑选。看见鱼翅,并不就抛在路上以显其'平民化',只要有养料,也和朋友们像萝卜白菜一样的吃掉,只不用它来宴大宾;看见鸦片,也不当众摔在毛厕里,以见其彻底革命,只送到药房里去,以供治病之用",这类东西的益处与害处完全在于使用者的选择,也如鲁迅所说——"首先要这人沉着,勇猛,有辨别,不自私";至于那些纯粹的糟粕,如"烟枪""烟灯"以及"一群姨太太"则必须决绝地舍弃。也正是出于这种考量,鲁迅才在对待古书的公开言论中说,"我总以为现在的青年,大可以不必舍白话不写,却另去熟读了《庄子》,学了它那样的文法来写文章"①——这又与鲁迅在《汉文学史纲》中认为道家是"文辞之美富者",《庄子》为"文汪洋辟阖,仪态万方,晚周诸子之作,莫能先也"②的说法相矛盾。再如,朱光潜1926年11月在《一般》杂志第一卷第三期上发文,对周作人《雨天的书》予以评论,其中提到"想做好白话文,读若干上品的文言文或且十分必要",并以鲁迅为正面例子之一:"现在白话文的作者当推胡适之、吴稚晖、周作人、鲁迅诸先生,而这几位先生的白话文都有得力于古文的处所(他们自己也许不承认)。"③对朱光潜这样的提法,鲁迅是坚决反对的。我们来看一下鲁迅的回应:

> 新近看见一种上海出版的期刊,也说起要做好白话须读好古文,而举例为证的人名中,其一却是我。这实在使我打了一个寒噤。别人我不论,若是自己,则曾经看过许多旧书,是的确的,为了教书,至今也还在看。因此耳濡目染,影响到所做的白话上,常不免露出它的字句,体格来。但自己却正苦于背了这些古老的鬼魂,摆脱不开,时常感到一种使人气闷的沉重。就是思想上,也何尝不中些庄周韩非的毒,时而随便,时而很峻急。④

细析鲁迅之回应,我们又看到了鲁迅对于庄周的贬,这与《汉文学史纲》从学术研究的角度上对于庄子的褒扬又相矛盾。如本节所讲,鲁迅对于中国传统文化和古籍,有着很深的造诣。《汉文学史纲要》《中国小说史略》的撰写就是明证。当然,鲁迅也承认受惠于传统,但是,新文化运动并非是一个学术意义上的讨论,如果在这样的局势下,单纯地局囿于象牙塔中,纯做学术上的讨论,则必会遭时势之大浪淘沙。这样的例子很多,许多清末民初的思想激进者,如严复、林纾、梁启超、王国维甚至胡适、学衡派等,都难脱这一铁律。在救

---

① 鲁迅:《答"兼示"》,载《鲁迅全集》第5卷,人民文学出版社2005年版,第376页。
② 鲁迅:《汉文学史纲要》,上海古籍出版社2005年版,第16页。
③ 朱光潜:《谈读书》,万卷出版社2018年版,第118页。
④ 鲁迅:《写在〈坟〉后面》,载《鲁迅全集》第1卷,人民文学出版社2005年版,第301页。

亡启蒙甚至复兴的大势下,任何与之相悖之言论或举动,都将被历史的车轮毫不客气地碾压。究其实质,从晚清到五四的文言与白话的斗争,虽然有本质的区别,但二者都关乎社会、国家和民族的存亡,"民族的状况中猝然发生的某种骚动,加速了语言的发展"①,在这样一种经由时代变革而引致的看似学术讨论的无关政治的变革,却表现为一种激烈的话语夺权。英国语言学家简·爱切生指出:"语言跟潮汐一样涨涨落落,就我们所知,它既不进步,也不退化。破坏性的倾向和修补性的倾向相互竞争,没有一种会完全胜利或失败,于是形成一种不断对峙的状态。"②如胡适对于"三千年死文字"的裁定③,陈独秀改良文学的一意独断,表明白话代替文言的不容置疑性,更可以说,这更像是一种话语夺权,而非学术讨论。由是,也就遮蔽了讨论文言白话转型的学术理据与理论的公正性。

语言是思想的反映。鲁迅在学术研究与公共场合发表的关于文言、传统文化的言论,我们可以很容易地区分开来,即作为学者的鲁迅与作为公共知识分子的鲁迅。作为学者的鲁迅重视研究上的求真,于是有《汉文学史纲要》《中国小说史略》等至今仍为学者学习的学术著作。作为公共知识分子的鲁迅则对传统显现一种二元论的非此即彼的战术上的决绝,所以才有当朱光潜、施蛰存等从学术上举例说鲁迅从文言学习中受惠时,鲁迅断然否定,也才有对于传统吃人的全盘否定的断论。

正如鲁迅所强调的,对于西方文艺(文化)要拿来,对于传统文化也要拿来,所以,出于研究的目的,"古典是古人的时事,要晓得那时的事,所以免不了翻着古典";④但是,需要强调的是,鲁迅又指出,"从这样的书里(按:《庄

---

① [瑞士]索绪尔:《普通语言学教程》,高名凯译,商务印书馆1999年版,第210页。

② [英]简·爱切生:《语言的变化:进步还是退步》,徐家祯译,语文出版社1997年版,第282页。

③ 胡适:《文学改良刍议》,载《胡适说文学变迁》,上海古籍出版社1999年版,第24~25页。

④ 鲁迅:《随感录四十七》,载《鲁迅全集》第1卷,人民文学出版社2005年版,第351页。

子》《文选》等)去找活字汇,简直是胡涂虫"①。现实情况是,《鲁迅全集》中有许多词句使用古句,古雅简洁。正如我们在本书第二章对于工具意义上的语言和意识形态意义上的语言的区分,实际上,鲁迅是在语言工具意义上对古代文化与古代汉语(文言和古白话)进行了借鉴,但这种借鉴却仅限于表达方式、修辞技巧、文字措辞等工具性意义的学习与借鉴,而绝非意识形态意义上的思想借鉴,更不是一种话语方式。施蛰存指出鲁迅文章受益于古文的熏陶的言论,是一种学术研究意义上的对于鲁迅语言工具意义的讨论,但鲁迅的反应却是"这也有点武断",认为他所被指认的那些所谓的《庄子》《文选》中的字词,在别的书中也有。因此,未必是自己就是从古书中学习来的。② 如上所述,鲁迅认为"从这样的书里去找活字汇",是不可能的,是"胡涂虫"的行为。此处"活字汇"的限定语"活"非常重要,在鲁迅看来,古代汉语是古代人思想的反映,而现代汉语则是现代人思想的记录,古书里不能产生"活字汇"。很明显,鲁迅这里郑重强调的"活"实际上是思想意义上的,是从语言的意识形态意义上来讲的。强调"活",实际是强调现在和当下,"我们要说现代的,自己的话;用活着的白话,将自己的思想,感情直白地说出来"③。从这一强调来看,活在当下,用现在的语言说自己的话,表达自己的思想,现代语言已经成为现代人的标志,鲁迅这样认为,文言人为地区分"我们"和"他们"的时代已经不在了,现在的我们,要用现代语交流,用现代文写作。

第四节　鲁迅小说创作的文言与白话维度

关于现代中国文学的文体革新,小说领域突破传统观念的桎梏,实现小说

---

① 鲁迅:《"感旧"以后(上)》,载《鲁迅全集》第 5 卷,人民文学出版社 2005 年版,第348 页。

② 鲁迅:《"感旧"以后(上)》,载《鲁迅全集》第 5 卷,人民文学出版社 2005 年版,第348 页。

③ 鲁迅:《无声的中国》,载《鲁迅全集》第 4 卷,人民文学出版社 2005 年版,第 15 页。

形态的根本性转换是一个重要研究视角。中国文学的现代转型,需要各种文学形态实现由"旧"向"新"的嬗变,从而造就文学的整体变革之功,这一变革需要现代小说家的观念更新和多样创造,当然与汲取世界文化新潮也不无关系。在上文论述林纾的翻译小说时,已经涉及其对于传统旧小说的冲击,但这种冲击只是片面性的,并未触及传统小说向现代小说转变的根本。要言之,传统小说观念依旧故我,现代小说的形态建构尚在探讨中。在这种局面下,鲁迅以其清新独特的创作,将现代中国文学提升到了一定高度,屹立了一座高峰。学界关于鲁迅的研究可谓汗牛充栋,要想在前人基础上再有所创新,会难上加难。因此,本节不做过多的理论探讨,而是结合鲁迅为现代小说提供的第一篇范作《狂人日记》的分析,对鲁迅的小说创作做管中窥豹的探析。

上文谈到,章太炎并不排斥白话文。在他看来,文言与白话都是用来表达的,因此,采用文言还是白话,取决于表达的需要。在辨文学应用或述文章源流时,章太炎对于骈散文白各有其定位。如上节所述,"文章之妙,不过应用,白话体可用也。发之于言,笔之为文,更美丽之,则用韵语"①。由于章太炎并没有过多的文学作品传世,因此,本节以其弟子鲁迅的文学作品为例,作一旁证。

作为对中国新文学做出重要贡献的文学家,鲁迅可称是"现代中国小说之父",他的贡献绝不仅仅在于对现代文学语言更新所付出的努力和取得的成果,而是更多地反映在现代小说的观念更新和新小说形式的创造上。鲁迅对于文体的创造,有着理论自觉和实践创新。在《我怎么做起小说来》一文中,鲁迅指出:"在中国,小说不算文学,做小说的也决不能称为文学家……我也并没有要将小说抬进'文苑'里的意思,不过想利用他的力量,来改良社

---

① 章太炎:《文学总略》,引自姚奠中、董国炎:《章太炎学术年谱》,山西古籍出版社 1996年版,第 329 页。

会。"①鲁迅虽然自言其并没有将小说作为一个新文体形式展现出来，但他的实际的创作，却让他成为一个实际上的"文体家"。当然，这里又出现了上面我们讲的学术研究和意识形态层面上的区分，鲁迅强调利用小说来对社会进行改良，他也曾坦言做小说"和学问之类，是绝不相干的"②，因此，注重小说的"启蒙主义"，注重用小说改良人生，成了他翻译小说和创作小说的初衷。不管小说创作的初心为何，鲁迅创造了令人耳目一新的小说文体，正是由于鲁迅自觉的文体意识，其小说也因"表现的深切"和"格式的特别"而振奋了文坛，令新文学创作打开了局面。所谓"表现的深切"，是指鲁迅的小说创作一改小说风花雪月的描写，也摆脱了旧小说的叙事常规，而以现代思想内容的表现为要旨。"格式的特别"特指形式方面的创新，在借鉴域外小说的表现形式外，又结合中国的小说形式做了新的结合。鲁迅的小说集《呐喊》，就是一个文体的实验集合。打开《呐喊》我们看到，《狂人日记》为日记体，《阿Q正传》为传记体，《起死》为戏剧体，篇篇各异，绝不雷同；在结构上，《祝福》是单线结构，《药》是明暗双线结构；在叙事方式上，既有《伤逝》的第一人称叙事，也有《阿Q正传》《孔乙己》的第三人称叙事；在情节上，既有《孔乙己》的横切面式的叙事，也有《孤独者》的纵切面式的叙事。总之，鲁迅小说就像一个文体博物馆，对旧小说的形式、结构、叙事手法等进行了全方位的改造与创新，其小说创作的引领之功，其作品的经典化，都证明鲁迅在文体创新上的贡献。

《狂人日记》的特色在于"表现的深切与格式的特别"③，即内容和形式两个方面的现代特征。鲁迅在《中国新文学大系·小说二集》序中曾明确表示其写《狂人日记》的目的是"意在暴露家族制度和礼教的弊害"，也即"吃人"。

---

① 鲁迅：《我怎么做起小说来》，载《鲁迅全集》第4卷，人民文学出版社2005年版，第525页。

② 鲁迅：《我怎么做起小说来》，载《鲁迅全集》第4卷，人民文学出版社2005年版，第525页。

③ 鲁迅：《〈中国新文学大系〉小说二集序》，载《鲁迅全集》第6卷，人民文学出版社2005年版，第246页。

而在形式上,《狂人日记》文言小序和"语颇错杂无伦次,又多荒唐之言"的白话正文看似矛盾的文本运思方式,也显现了鲁迅的匠心独具。

一般说来,研究者总是过多地将《狂人日记》归于西方小说的影响——鲁迅在《我怎么做起小说来》中所提到的看过"百来篇外国作品",研究者在鲁迅的夫子自道中解读出其受西方小说的影响也就不足为奇了,由是,传统文学对于鲁迅的影响被遮蔽,而鲁迅激烈反传统的言行与态度又在无形中加重了这种认识。但是,上述认知只是对于鲁迅的一种误读。事实上,尽管鲁迅在策略层面猛烈反传统,但在操作的层面上,鲁迅还是注意对传统进行分析和继承的。在弃医学文之初,鲁迅就在《文化偏至论》中表明自己的文化取向与救国思想:"外之既不后于世界之思潮,内之仍弗失固有之血脉,取今复古,别立新宗,人生意义,致之深邃,则国人之自觉至,个性张,沙聚之邦,由是转为人国。"①在其时的鲁迅看来,中国已有的传统文化难以挽救列强虎视下的亡国之难,要想救亡,就必须"师夷长技",但这种学习,并非一味地全盘西化,割断原有的传统,而是要持守中国之"固有之血脉"。这一思想,鲁迅是终其一生一以贯之的。对于古书本身,鲁迅也是有所区别的,凡是能对现代生活产生影响与起到镜鉴意义的,鲁迅就支持,反之则反对。鲁迅反对读经,认为儒家经典《诗》《书》《礼》《易》《春秋》等本是特定历史时期的产物,对于两千年后变化的时代而言不具有现实意义。他曾发问:"但可曾用《论语》感化过德国兵,用《易经》咒翻了潜水艇呢?"②鲁迅主张读史,是因为在鲁迅看来,史书可以有助于人们的清醒,可以对现时代提供借鉴意义。"历史上都写着中国的灵魂,指示着将来的命运……试将记五代,南宋,明末的事情的,和现今的状况一比较,就当惊心动魄于何其相似之甚,仿佛时间的流驶,独与我们中国无关。现在的中华民国也还是五代,是宋末,是明季。"③

---

① 鲁迅:《文化偏至论》,载《鲁迅全集》第1卷,人民文学出版社2005年版,第57页。
② 鲁迅:《十四年的"读经"》,载《鲁迅全集》第3卷,人民文学出版社2005年版,第136页。
③ 鲁迅:《忽然想到·四》,载《鲁迅全集》第3卷,人民文学出版社2005年版,第17页。

从鲁迅的研究及著述情况看,除了写小说、杂文,鲁迅把功夫大都花在整理和研究中国古代文化上,整理《唐宋传奇集》,收集汉代石刻、汉唐碑帖等,撰写《汉文学史纲》《中国小说史略》等小说史的学术著作,涉猎所及起于上古,至于清末,包罗了小说多种形式,野史、传记、传奇、笔记、杂集、短篇及长篇都包含在内。这种已经达至研究层面的熟稔程度,让鲁迅在创作中不可能完全撕裂与传统的联系,相反,中国古典小说、近代小说的写作技巧,在潜移默化中被鲁迅延续和发展。鲁迅曾在《新文学大系·小说二集》序中谈到《新潮》的小说作者如汪敬熙、罗家伦、杨振声、俞平伯等人的小说创作,指出"技术是幼稚的,往往留存着旧小说上的写法和语调"[1],这里,鲁迅注意到了古典小说加诸现代作家的桎梏,而这一点,鲁迅本人也难以例外,从其在《狂人日记》文言小序中对史传叙事的化用就可见一斑。

中国历来有"重史"的传统,据可靠证据表明,最晚在商代,我国已出现史官和官方记事制度。刘勰在《文心雕龙·史传》中云:"史者,使也;执笔左右,使之记也。古者左史记事者,右史记言者。"古代的史官将真实记载历史事实、人物言行当作自己神圣的职责,晋太史董狐冒着权势压迫的危险,记下"赵盾弑其君",而齐国太史兄弟三人,则以生命为代价记载"崔杼弑其君"。而这种信笔直录的求真务实精神也因孔子修《春秋》而垂范后世,影响深远。受史官文化影响,史传叙事形成了尚实的审美心理,在历史叙事中,注重实录。所谓实录,班固在《汉书·司马迁传赞》中说,史记"其文直,其事核,不虚美,不隐恶,故谓之实录"。也就是说,史传的实录,就是尊重客观事实的真实性,严格按照历史事实的本来面貌如实地记录叙写。在实际的践行过程中,为追求信史,史家甚至不惜以生命为代价。如孔子就大力推崇晋董狐秉笔直书赵盾弑其君。正因为如此,所以史书篇目多以"传"、"记"(或"纪")、"志"、"录"等命名,以示记载不虚,传录有据。实录作为史传的基本精神和原则,不

---

[1] 鲁迅:《〈中国新文学大系〉小说二集序》,载《鲁迅全集》第 6 卷,人民文学出版社 2005 年版,第 247 页。

仅表现在官修的正史中,还表现在杂史、别史和野史的记录中。就野史而言,其所写的人物和事件大多是实有其人、实有其事的。刘鹗《老残游记》中指出:"野史者,补正史之缺也。名可托诸子虚,事虚证诸实在。"也就是说,虽然野史有虚拟的成分,但作为正史的一种补充,其真实性仍是记录者所看重的。

古典小说脱胎于史传,其叙事方式也就不可避免地烙上史传信史叙事印迹。这种实录精神对历朝历代的小说创作形成了影响,小说创作者或整理者力求在小说的阅读者欣赏之余,同时传达一种真实可信的"有其事或有其人"的信息。正是这种实录精神,在某种程度上可以说促使了小说内容由志怪传奇转向写实求真。爬梳中国历史脉络,从春秋战国迄至明清,每一历史阶段都有不止一部历史小说与之相对应,而且为彰显真实性,各个历史阶段的小说叙事也借用不同的"伎俩",确证小说情节的真实性。如魏晋志怪小说的结尾处,作者一般举出证据来确证故事的真实性,唐传奇则采用超叙事的方法提供故事的确切来源。进一步讲,志怪、传奇虽然看似与正史有天壤之别,但其以个人实见、实感为基础的实录叙事,在对正史构成偏离、颠覆的同时,又起到了"补正史之不足"的作用。话本小说、章回小说也借用明标故事发生的时、地来赋予故事现实背景。即使近代一些小说,作者也明标小说情节源于某报纸杂志等新闻媒体。这在某种程度上加重了小说与史传叙事的关联,甚至引致研究者在小说中寻求作者与小说人物关系的考据癖。这种种确证真实性的做法,追求的还是一种现实主义的"拟真"效果,其深层的价值取向是真实大于虚构,文学应对现实社会改造发挥作用。

正是因为史传叙事的实录品格,鲁迅才在写作《狂人日记》时选用了中国古典小说模式的文言小序。中国古典小说多用第三人称叙事,而缺少第一人称叙事。作家总是用第三人称叙事,借他人故事而达到说教的目的,小说中绝少个人情感或故事。即使小说中出现"余""予""我"等,也只是作为他人或他物故事的耳闻目睹者,纯然为了增加故事的可信度。这种情况在传统文言小说与白话小说中都明显存在。最早出现第一人称叙事的是唐传奇,小说中虽然出现"余"或"予",但是与小说的叙事重心并无联系,只是作为知情人身份出现。如王度《古镜记》中,第一人称"度"只是故事的转述者,古镜才是作者所要描写的重心。白话小说在近代出现第一人称叙事,但"我"只是起到贯穿缀合情节的作用,绝非现代文学意义上的第一人称叙事。在这里,"我"只是情节的引出者,这种情况在《狂人日记》的文言小序中依然如此。文言小序中虽然出现"余",但这里的"余"只是作为故事的转述者,一个纯然客观的叙事人而已。文言小序仅仅二百余字,叙事人"余"以其见闻娓娓而谈。文言小序的叙述重点是狂人,"余"只是叙述人,"余"之叙述,与传统小说之叙述并无二致。而且,文言小序中处处表露出真有其人其事的渲染——所涉及之"狂人",为"余"之分隔多年的中学校时良友;而"余""适归故乡,迂道往访"。唯所示之"狂人"病中日记二册,也"墨色字体不一",而这正说明"非一时所书",且"记中误语,一字不易"。凡此种种纯然客观的写法,给读者造成了一种真实、可信的"确有其人或其事"的影响——鲁迅在《我怎么做起小说来》中提到,自己所写小说的事迹,"大抵有一点见过或听到",从一个侧面又说明了鲁迅创作小说对于真实性的侧重,小说所叙述事情有其真实性。但艺术虽源于生活,却高于生活,这就是小说作者借用各种手段对其进行艺术加工的结果。但加工的目的,是为了让小说所反映的人物、事件更具典型性与代表性,更具有艺术震撼力。

对于长期受传统文化浸润的中国读者来讲,鲁迅借用小说的力量,是看中了史传传统之于小说的影响,而这种影响,在更深的层次上让小说具有了为史传所具有的令人读之便觉得有其人有其事的真实可信。如《孔乙己》在发表时的篇末作者有《附记》如下:"这一篇很拙的小说……那时的意思,单在描写社会上的或一种生活,请读者看看……但用活字排印了发表,却已在这时候,——便是忽然有人用了小说盛行人身攻击的时候。"①这里,小说描写一种

---

① 鲁迅:《狂人日记》注1,载《鲁迅全集》第1卷,人民文学出版社2005年版,第461页。

社会状况无可厚非。关键是,文中所提到的用小说进行人身攻击,则将小说视为真实的了。其实,中国古代借用小说这种尚实审美心理,"假小说以施诬"的现象早已存在。如唐传奇中《周秦行纪》就是很典型的例子。据《李德裕文集》内的《周秦行纪论》所论:"余得太牢(指牛僧孺)《周秦行纪》,反复睹其太牢以身与帝王后妃冥遇,欲证其身非人臣相也,将有意于狂癫。及至戏德宗为'沈婆儿',以代宗皇后为'沈婆',令人骨战。可谓无礼于其君甚矣!怀异志于图谶明矣!"这种假小说以施诬的做法,由此可见一斑。民国初年的"黑幕小说",也是利用人们的尚实审美心理以揭发别人的隐私、发泄对别人的怨愤。这些方面,都是在史传影响下的中国传统小说所具有的真实性特点决定的。《狂人日记》借用文言小序,就是利用史传叙事的传统,给读者传达一种真实的信息,达到一种"写实"的意图。这一点从《狂人日记》甫一面世傅斯年的评论就可看出:"就文章而论,唐俟君的《狂人日记》用写实笔法,达寄托的(Symbolism)旨趣,诚然是中国近来第一篇好小说。"①

鲁迅在《狂人日记》的文言小序中化用史传叙事,是由鲁迅对于小说的功用的理解决定的。中国小说,自古即被贬斥为小道,在源远流长的文学长河中始终处于边缘地位。虽然明清之际产生了大量通俗小说,而且至今还广为传阅,但这改变不了小说的边缘地位。只有到了清末列强交迫,在国将不国的危急时局下,文人有意借文学作品达到"新民"的启蒙目的,小说才因其注重群众性、雅俗通行而被委以重任——当然,这也与其时外国文化的刺激、欧洲小说风行的外来影响有很大关系。梁启超在《论小说与群治之关系》一文中明确指出:"欲新一国之民,不可不先新一国之小说。故欲新道德,必新小说;欲新宗教,必新小说;欲新政治,必新小说;欲新风俗,必新小说;欲新学艺,必新小说;乃至欲新人心,欲新人格,必新小说。何以故?小说有不可思议之力支

---

① 《新潮》第1卷第2号"书报介绍",1919年2月1日。

配人道故。"①"今日欲改良群治,必自小说界革命始;欲新民,必自新小说始。"②梁启超进而举证小说的四种功用"熏""浸""刺""提":"熏、浸之力,利用渐;刺之力,利用顿。熏、浸之力,在使感受者不觉;刺之力,在使感受者骤觉。刺也者,能入于一刹那顷忽起异感而不能自制者也。""提之力,自内而脱之使出,实佛法之最上乘也。凡读小说者,必常若自化其身焉——入于书中,而为其书之主人翁。"正是因为小说具有这四种功用,梁启超认为小说有支配人心的力量,而这种力量正可以与当时的政治运动相联系,由是小说就在梁启超的倡导下成为知识分子改革中国的新的力量来源,担当了改良政治、改良群治的责任。自此之后,中国小说始终被政治绑架,担当了为政治鼓与呼的传声筒与扩音器。这在五四新文化运动中提出的"为人生而艺术"、"革命文学"、解放区小说、土改小说以及"十七年"小说、"文化大革命"小说等不同阶段的小说创作中皆可体现出来。

晚清以来,救亡与启蒙成为主旋律,鲁迅也势必难脱时势的影响。正是在国弱民贫的时势大局逼促下,鲁迅才远赴日本,学习医学。也正是在接触西学的过程中,鲁迅明白了中医不过是一种"有意或无意的骗子"的伎俩而已;现代医学才是疗救国人身体病症的唯一选择,而且重要的是,"日本维新是大半发端于西方医学的事实",让鲁迅对于现代医学有了一种从小处讲可救人、从大处讲可救国的认识,而这种认识促使他远赴日本学医,"预备卒业回来,救治像我父亲似的被误的病人的疾苦,战争时便去当军医,一面又促进了国人对于维新的信仰"。但目睹了日俄战争期间国民的愚弱和看客行径——这在鲁迅后来批判国民精神的小说中一再使用,表现在《孔乙己》中嘲笑孔乙己的围观者,也表现在《药》中围观夏瑜被杀的看客,还表现在《阿 Q 正传》中对于阿

<hr />

① 梁启超:《论小说与群治之关系》,载《梁启超全集》第 4 卷,北京出版社 1997 年版,第 884 页。

② 梁启超:《论小说与群治之关系》,载《梁启超全集》第 4 卷,北京出版社 1997 年版,第 886 页。

Q 行刑时的围观,当然,也含有阿 Q 围观吴妈上吊的场景——由是,鲁迅才一改初衷,弃医从文,要从精神上唤醒国民。鲁迅选择用"小说"来进行改革,便是受到梁启超的影响。鲁迅在《我怎么做起小说来》一文,虽然谈的是他创作小说的心路历程,但也可以从中看出鲁迅看待小说的态度。鲁迅指出:"在中国,小说不算文学,做小说的也决不能称为文学家,所以并没有人想要在这一条道路上出世。我也并没有要将小说抬进'文苑'里的意思,不过想利用他的力量,来改良社会。"①他进而强调:"……说到'为什么'做小说罢,我仍抱着十多年前的'启蒙主义',以为必须是'为人生',而且要改良这人生。我深恶先前的称小说为'闲书',而且将'为艺术的艺术',看作不过是'消闲'的新式的别号。所以我的取材,多采自病态社会的不幸的人们中,意思是在揭出病苦,引起疗救的注意。"②小说成了鲁迅用以呐喊的工具——鲁迅选择以小说来"呐喊",以惊醒铁屋中"沉睡的人们",以"聊以慰藉那在寂寞里奔驰的猛士",而这些"呐喊",在鲁迅看来,"则当然须听将令了"。

小说成为鲁迅批判国民精神的工具,而这种工具的选择,正在于梁启超所提倡的小说对于新民的重要性。这在鲁迅翻译《域外小说集》时便可见一斑。鲁迅在《关于翻译》一文中指出:"我们的文化落后,无可讳言,创作力当然也不及洋鬼子,作品的比较的薄弱,是势所必至的,而且又不能不时时取法于外国。"③而即使取法于外国,鲁迅也注重"被压迫的民族中的作者的作品","所求的作品是叫喊和反抗"。④ 表现在《狂人日记》的创作中,鲁迅首先考虑的是小说的启蒙作用。在《呐喊》自序中,鲁迅对此有所交代。正是对于"叫喊

---

① 鲁迅:《我怎么做起小说来》,载《鲁迅全集》第 4 卷,人民文学出版社 2005 年版,第 525 页。

② 鲁迅:《我怎么做起小说来》,载《鲁迅全集》第 4 卷,人民文学出版社 2005 年版,第 526 页。

③ 鲁迅:《关于翻译》,载《鲁迅全集》第 4 卷,人民文学出版社 2005 年版,第 568 页。

④ 鲁迅:《我怎么做起小说来》,载《鲁迅全集》第 4 卷,人民文学出版社 2005 年版,第 525 页。

于生人中,而生人并无反应"的社会死水一潭的状况的无望,鲁迅寄身心于"钞古碑"中。而正是金心异的到访与提醒,才让鲁迅产生了些许"毁灭这铁屋子的希望",这也是他答应创作《狂人日记》的初衷。这初衷,在鲁迅的小说创作中更多地表现出"须听将令"的奉命小说的创作。也就是说,小说之于鲁迅,不再"是脱俗的文学,除了艺术之外,一无所为的",他"每作一篇,都是'有所为'而发,是在用改革社会的器械"。①

需要指出的是,鲁迅用文言小序开头,是有其深层用意的。鲁迅在小序中选用文言来写作,其心目中潜在的读者是传统读书人,鲁迅的小说的启蒙,实际上是一种对于知识精英的启蒙,而不是针对大众的普及读物。知识分子必须与以儒家经典为代表的传统文化彻底决裂,经历脱胎换骨、扭转乾坤的变化。而现代小说,作为改良社会的利器,就将代替传统经史发挥人生指南的作用。可以说,在《狂人日记》全文的运思方式上,从文言小序到白话正文的过渡,也是一个从传统之道到现代公理的过渡过程。

---

① 鲁迅:《〈中国新文学大系〉小说二集序》,载《鲁迅全集》第 6 卷,人民文学出版社 2005 年版,第 247 页。

第八章　文学语言本体研究与
文体革新

20世纪是中国现代性进程最重要的时段。对于中国文学现代转型问题，近代文学与现代文学有着共同的话题，即中国文学现代性的肇端与发展。近代文学是文学古今转变的过渡阶段，它所要阐释的是古今、中西、雅俗三个维度的变化，这种变化不管是主动还是被动，本身就内蕴了文学向现代转化的动因。现代文学承接近代文学，更多地着眼于文学的整体发展，以及各类形式的演进等。

在《文学理论》一书中，勒内·韦勒克、奥斯汀·沃伦指出："语言是文学艺术的材料。我们可以说，每一件文学作品都只是在一种特定语言中文字语汇的选择。"①选择什么样的词汇来记录语言，选择用何种语法手段来连缀词汇以成句子，句子之间以何种逻辑关系来连接，也即如何拼词成句、组句成段、集段成文，本身就决定着一个文学作品的体式。有学者指出："是什么力量影响着、决定着文体的演变呢？简要说来，不外乎这么几个因素：（一）人类社会发展变化需要；（二）人类科技水平的提高；（三）祖辈传统的继承与外来的影

---

① ［美］勒内·韦勒克、奥斯汀·沃伦：《文学理论》（新修订版），刘象愚等译，浙江人民出版社2017年版，第163页。

响;(四)富有才华的作家的深刻个体化体验;(五)人类口语的吸收与利用。"①细析此五个因素,作为人类特有的机能,人类借助于语言来记录、表达、描述、阐释、评判世界,传承文明,不管是人类社会的发展、科技水平的提高,还是作家的个体化体验等,都需要语言作为媒介。使用的语言系统不同,比如,对于汉语而言,用文言记录与用白话记录,虽然事件本身无区别,但措辞不同、修辞相异造成的情感评价、雅俗观念、文章体式以及流布范围等,都会有所不同。因此,上述五种因素在一定程度上通过语言的改变决定着文体的演变。决定中国现代文学文体革新的原因有多种,如时代思潮、报刊传媒、外来文学影响等,但语言的选择与变化无疑是最重要的因素之一,它更内在,更具有本体性,影响文体发展的种种因素都需要借助文学语言来实现。例如,中国古体文体需要借助文言来构型,而中国现代文学的发生发展,则需要与现代精神相契合的言文一致的现代汉语作为基础。中国现代文学从发生期开始,就提倡语言变革,相对于内容层面而言,文学语言这一长期以来被视为形式层面的要素成为中国文学由古典向现代转变的重要支点。

中国文学由古典向现代的转型是文学风貌的重大嬗变。自鸦片战争以来,中西在武力、经济抑或文化层面上的碰撞,使得经世致用观念大行其世,由此引致一系列有别于古典的新的思想、作品和文风,也拉开了中国文化的现代转变之幕。比较而言,现代中国文学区别于古代文学,是由于以下三种特性:"一是主体由白话文构成,而非文言文;二是从内容到形式、从语言到文体,都具有鲜明的现代性;三是大背景上既与'世界的文学'相互参照,又与深厚的民族性相交融。"②具体言之,包括思想观念、体验结构、思维方式、艺术形式和语言系统的现代性五个方面。此五个方面,不同学科背景的学者,皆可以做出鸿篇大论。语言系统的现代性论者虽多,但囿于自身学科背景,各个研究者切

---

① 付新民:《写作导论》,商务印书馆 2018 年版,第 67 页。
② 林荣松:《五四小说综论》,福建教育出版社 2012 年版,第 39 页。

入角度不同,但最终都指向语言变革与文体革新。语言变革先于文学体式的变革,它与文学变革的发生、发展相伴始终,因此,从语言选择的角度思考中国文学的现代化进程,我们不难看出,传统文学的衰微,同时也表征着传统语言文字的衰亡,而新的文学的产生,立基于新的文学语言以及书写体式、标点符号的变革,这一变革破除了旧有的文腔,也促成了旧的文体的革新和新的文体的发生。

第一节　重内容轻形式文学史叙述的范式转型

中国现代文学至今已走过百年,长期以来,现代文学的研究更多地注重在作家、作品以及思潮方面着力,研究的重点聚焦在内容和思想两个方面,这种研究思路潜隐着一种二元对立的认识论基础,即内容/形式、思想/语言。就已有的研究成果来看,取得了一系列颇有见地甚至具有开创性意义的成就,让中国文学研究保持着持久的研究热情和创新力度。但是,不得不指出的是,学界在着力于内容和思想方面研究的同时,对作为文学本体的语言却未给予过多的关注,语言/形式这一向度的研究在某种程度上被忽略或忽视了。

在中国古代文学研究中,有学者指出:"在历史上,在每个人的思想里,'形式—内容'这种思考模式,都是真实的存在。……我们分析一篇文学作品,也习惯于从主题与技巧两方面来讨论。另外,也由于我们重视内容甚于形式,所以,有关文学形式的研究,似乎也常属于次要的问题。我们很少强调一位文学家在形式上有什么样的能力,而比较倾向于要求作家有高尚的品德、善良而敏锐的感性、丰富的知识及阅历,等等。大家仿佛感到'至情至性'自然就能写出人间至文来,所以,形式的思考和雕琢,并无必要。对于作家的评价,更是以内容为主,认为一位悲天悯人的作家,远比只会吟风弄月、堆砌辞藻的作家高明。像从前元稹称赞杜甫诗的优点是在形式上有长篇排律之类的作品,元遗山便批评他'杜陵自有连城璧,争奈微之识碔砆',就是个很著名的例子。"①重内容轻形式,中国古代文学研究如此,现代文学研究也如是。或是出于学科分别的考量,或是自身知识积累所限,大多数现代文学史著作,对于语言文字的考察都相对忽视,即使谈及也是约略而讲。细究起来,即使在约略的讲述上,也习惯于作二元论或是一刀切的概论性的叙述,讲到五四,就想到传统/现代、新/旧,好像只有这样才能显现出现代文学的合法性,也才能体现现代文学有别于古代的特色来。具体而言,以五四为分界线,在文学观念上划分为文以载道与个人体验之抒发的区别;在文学体裁上区分为古典诗词与现代白话小说、诗歌、散文、戏剧四大文体;甚至在思想感情上也一定要区分出古人与现代人。这种割裂的二元的文学史叙述逻辑,在一定程度上忽略了语言文字的演变与文体选择的关系,无视语言在文学变革中所起到的重要作用,究其根柢,也即割裂中国古今文化,放大区别,泯灭联系。殊不知,中华数千年的文明传承,岂能说断裂就断裂。因此,应该改变强调特殊性的叙述逻辑,着眼于联系,关注传统到现代演化的过程分析。在学术研究方面,鲁迅的做法很有借鉴意义。在《汉文学史纲要》中,鲁迅从文字到文章来论述,既关乎文字演变,又涵盖语言学知识,同时又能把握汉文学史的"文学"特色。近年来,关于晚清至五四作为现代文学发生期的讨论也提到议程上来,这是一个非常好的现象,相关研究成果层出不穷,文学史也开始采用这些观点,说明我们的研究已经越来越深化,开始在文学史的著述中求全、求深、求真。

而在文学创作上,胡适的新诗创作,因为坚持其所主张的文学"八事",我们看到,《两只蝴蝶》在形式上没有用典故,也没有陈套语,不讲求对仗,俗字俗语入诗;在内容上,没有摹仿古人,也是有感而发(虽然对其"感发"内容学界认识有所歧异),也言之有物。可以说,作为新诗的试水之作,达到这样的水平,已经算不错了。但是,这首诗还并未彻底摆脱旧体诗的影响。就律诗来

---

①　龚鹏程:《这不是文学概论》,江西教育出版社 2015 年版,第 63 页。

讲,字数、对仗、押韵、平仄等是其特征,我们以此标准来看《两只蝴蝶》。首先,该诗在字数上,符合五言律诗的字数要求,每句五字,共有八句,而且句式工整。其次,就押韵而讲,律诗要求偶数句押韵,《两只蝴蝶》的第二、四、六、八句分别为"天""还""怜""单",押十三辙中的"言前辙"(又作"天仙辙"或"三千辙"),按国际音标来看,是[ɑn]韵。再次,从平仄上看,该诗除第三、五句外,在平仄上基本符合五言律诗的要求,偶数句都押平声韵。《两只蝴蝶》正如胡适所倡导的,用白话来创作,以白话来入诗,我们知道,用典是文言的特征,既然用白话来入诗,又何谈用典,也就摆脱了套话,但有一利必有一弊,由此也失去了文言的含蓄雅致。厘清了这一思路,我们可以试下判言:《两只蝴蝶》是旧体诗的外在形式,包裹着白话的语言,并不是彻底的白话诗。而且,进一步讲,旧体诗中的五言、七言,正如胡适所批判的,因为用典、押韵、对仗等金科玉律等的束缚,显然不可能呈现出现代诗歌所要展现的丰富的意义和内涵,因为其节奏方式完全限制在形式之内,无法依照语义和语音的停顿而自然成句。就诗歌的节奏来讲,生理上的筋肉张弛、心理上的预期满足与惊讶,以及注意力的着重点等,都是决定诗歌节奏的因素,但律诗的停顿完全靠千百年传承的固有结构,其停止完全不由作诗人决定,只是适应律诗节奏而已,其感情的酝酿与迸发或是遏止,都不能随心所欲,这样如戴着镣铐跳舞,处处受限制。我们可将《两只蝴蝶》与胡适自己的旧体诗创作相比较。在《胡适的日记》中,我们可以查检到不少旧体诗。兹举一例。胡适己酉除夕(1910年2月9日)作《岁末杂感一律》曰:"客里残年尽,严寒透画帘。霜浓欺日淡,裘敝苦风尖。壮志随年逝,乡思逐岁添。不堪频看镜,颔下已鬖鬖。"[①]以《两只蝴蝶》与之对照,我们发现,这首《岁末杂感一律》无论是内容和形式,都算是旧体诗。所以说,《两只蝴蝶》呈现给我们的,是早期白话诗的窘境,虽然作诗时的创作理念是白话诗,但在实际创作中,却摆脱不了旧体诗的束缚,因此,虽然

---

① 中国社会科学院近代史研究所中华民国史研究室编:《胡适的日记》上册,中华书局1985年版,第8页。

全诗纯用白话而浅俗，但读来诗的感觉也就是"诗味"却没有了，更像是"打油诗"。这也是《两只蝴蝶》引致批评的一个内里原因。

重内容轻形式，与中国文学的现实主义传统有内在关系。中国文学有着悠久的传统，"兴观群怨""文以载道""文以明道"，刘勰更是在《文心雕龙·原道》中曰："道沿圣以垂文，圣因文而明道"——强调文是用来阐明道的。唐代白居易《与元九书》曰，"文章合为时而著，歌诗合为事而作"。唐代古文运动的先驱柳冕在《答荆南裴尚书论文书》中曰："夫君子之儒，必有其道，有其道必有其文。"及至现代，现实主义传统一直是中国文学、文艺理论的主力军。正是因为现实主义传统的彰显，对于"文"的独立性的认识和讨论就相对被忽略了①。因此，注重形式方面的主张或言论，大都会被轻视，认为形式的重要性弱于内容，属于微末之技，难登大雅之堂——大雅之堂都被与内容相关的主题、思想等所充斥。例如，有学者指出："六朝骈俪及诗歌，常被唐宋以后的文学家所轻视，认为太注重字面形式的绚丽，而内容深度不够深刻。沈德潜曾说'古人不废炼字法，然以意胜而不以字胜'。(《说诗晬语》下)王渔洋《师友诗传续录》也说：'炼字不如炼意。'《围炉夜话》把'炼'字称为小家筋节，便是这个缘故。"②尤其是一些注重文学社会性的作家和文学批评家，坚持文学必须在内容和思想上表现对民生疾苦的关怀，而不必在文辞形式上多做修饰。久而久之，重内容轻形式就成了中国文学研究传统的一个惯例，在"道""器"之别中，强调"传道"而相对忽略"传道"之"器"。在这种研究惯例下，文学形式方面的研究，成为中国文学研究一个相对薄弱的向度，这一向度在中国文学现代化进程中，由于西方文学的映衬，更显得捉襟见肘，不过，也正因其一直以来

---

① 比如，欧阳修明确认识到"文"的相对独立性，指出有德未必有言，强调应当"文与道俱"，反对重"道"而轻"文"。清代的章学诚也很重视"文"的特点与规律，他说："盖文固所以载理，文不备则不明也。且文亦自有理。"(《辨似》)"文自有理"，肯定了"文"有本身的特殊规律，不是"道"的附庸。在封建时代的文论家中，章学诚的"文""道"统一论被认为是古代文论中比较突出的。

② 龚鹏程：《这不是文学概论》，江西教育出版社2015年版，第63页。

在研究中的缺位,其研究的重要意义也就不言而喻了。

正是因为对于内容的过分倾重,作为文学形式重要组成部分的文学语言的变革,在文学变革中的作用及重要性也无一例外地被忽略,这种忽略导致了中国现代文学界对语言文字的理解相对粗糙。无论是五四白话文运动的倡导者,还是文学革命的当事人,如胡适的《五十年来中国之文学》,抑或周作人的《中国新文学的源流》,无一例外凸显"宣传革命"和"开启民智",而对于语言变革之于文体的影响则相对忽视。正是这种人为性的割裂,使得白话在构建之初,就天生与母体文言传统相分离,一味强调差异性,与此同时,构建白话的西方文本抑或文艺理论等,又与现代白话构建者们相对隔膜,这样,既失去了传统之根,又游离于现代之魂。在传统文言熏陶下的知识者,他们可以凭借其熟知的文言表达方法著书立说,这正如鱼在水中游,感觉不到水的存在一样。但如果以白话文来做现代文体,则一没有固定的文章体式可用,二无丰富的白话文词汇可以用来遣词造句,相比于文言的易于上手,现代白话文写作则困难重重,即使写作出来,也因其与传统文言在欣赏方面的差异度较大,难以令人接受。更进一步讲,正是因为对语言文字之于现代文学的作用的简单化与观念性的理解,现代文学史的发展历史总被看成是仓促应对社会变迁的被动的临时战役,而忽略了其中的文化传承与主动求变的思维。我们经常看到这样的论述:正是因为中西对比下所显现的文化与国力的劣势,知识阶层才被迫发动文字救国,五四后又转变为文学救国;也正是在仓促的被动应对中,中国文学的现代转型与语言变革呈现出更多的意识形态化倾向。现在有这样的说法,五四文学被作为思想史的研究材料,比作为文学史的研究材料更为适合,言外之意贬低了现代文学所取得的成就。实际上,从"三界革命"到新文化运动,知识阶层已经在主动求变,他们对于语言的主张以及对于文体的改张,都应该放在现代文学史的源头上来,不能将现代文学看成是一夜之功而成,抑或看成是抄袭西方的残缺品。针对于此,有学者呼吁说,"重新理解汉语言文字的现代化转变对于包括文学在内的中国文化现代化转变的根本制约,将语言文字问题从流行的文学史叙述模式中解放出来,恢复其本来面目,并以语言文字问题为原点反过来考察一向作为文学基本问题的观念、题材、体裁和思想感情等等"①,是对现有文学研究很有必要的一种补足。

中国文学在漫长的发展历程中沉积了自己独特的风貌。吴承学指出:"文学史学科与其他人文学科如史学、哲学的区别,在于其鲜明的文学性,这是文学史学科的本质所在,也应该是文学史研究的重点。而文学形式则是文学性的重要方面"②。从某种意义上讲,文学史就是文体的演变史,而我们所要研究的议题从宏观上讲,即如有学者提出的,"中国文学的现代转型就是文体的转型,是文体领域经历的一次现代化进程"③。需要说明的是,强调文体研究,是为了补足长期以来文学研究中重视内容忽略形式的短板,并不是重新将内容与形式二元对立,一味地强调文学形式的研究,重蹈内容与形式非此即彼的覆辙。

第二节　语言变革与文学形式的研究范式

文学在发展过程中会受到各种因素的影响,其中,社会变迁的影响作用表现最为明显,而有的影响则较为微妙,甚至令人忽视它的存在。语言文字的研究就属于后者。相对于文学观念、文学体裁以及思想情感的变动等,语言的渐变很容易被人忽视,其对于文学的影响是潜移默化的;而语言的突变又是狂风骤雨式的,骤来骤去,其对于文学的影响又会被人们忽略。但是,学术研究正是要在微末处寻找任何一种可能性,主要的明显的影响,可以负担起大的叙述框架,但微末处的研究却可以补足、丰富这种框架,使文学史的叙述更加丰富。

---

① 郜元宝:《为什么粗糙——中国现代知识分子语言观念与现当代文学》,《文艺争鸣》2004 年第 2 期。

② 吴承学:《中国古代文体形态研究》,北京大学出版社 2013 年版,第 1 页。

③ 王佳琴:《文学语言变革与中国文学文体的现代转型》,中国社会科学出版社 2018 年版,第 1 页。

作为一种语言文字艺术,文学以不同的形式,如诗歌、散文、小说、戏剧等体裁,表现内心的情感波动,再现一时一地的社会生活。也就是说,在语言、艺术和科学等符号世界中,人通过"理论生活和反思生活"①而形成世界观和方法论,这一"理论生活和反思生活"在文学创作和评论中自不例外,表达何种情感、以何种形式表达,是作家也是评论家首要考虑的问题,这也可以说明为什么同样的主题由不同的作者来表达,会有体裁形式、情感表达、评价标准等的不同,而对同一作品不同的读者也有不同的评价,比如评论界常说的有一千个读者,就有一千个哈姆雷特。文学是社会生活的反映,正如萨丕尔所指出的,语言是文学创制过程中的重要介质,"每一种语言都有它鲜明的特点,所以一种文学的内在的形式限制——和可能性——从来不会和别一种文学完全一样"②。从这一意义上可以讲,正如有学者指出的,"社会的发展与语言的发展是文体发展的两大动力,这是研究文体发展史的线索"③。

社会发展对于文体的发展的重要性是不言而喻的,无论是古今中外的文学创作,还是亘古以来的文学批评,皆无一例外。就中国现代文学研究而言,中国文学的现代性进程,与救亡、启蒙、复兴等时代主题紧密缠绕在一起,难分轩轾。正是因为中外对比,才有了对于语言形式的强调,主要表现为对言文一致的追求,由此也有了各种出于不同立场、不同出发点考量的救时方案。但这些方案都离不开语言的选择。延续旧有文言传统? 甚至更新现有语言系统,一改为西方语言,抑或主张世界语? 种种语言选择的主张和实践,使得从"精神"到"文体"的最终表达都有了全新的面貌。各种文体的因时而变,各种陌生化的西方文学体式的译介引入,最终都通过文学语言这一中介从幕后走到台前,上演了一出兼容古今、涵纳中外的文学语言更迭"大戏"。文学语言的

---

①　[德]恩斯特·卡西尔:《语言与神话》,于晓等译,生活·读书·新知三联书店1988年版,第152页。

②　[美]爱德华·萨丕尔:《语言论》,陆卓元译,商务印书馆1985年版,第199页。

③　吴承学:《中国古代文体形态研究》,北京大学出版社2013年版,第3页。

重要性还远未被研究界所认知或重视,比如,既有的文学史对五四文学革命中的"文白之争",仅仅作为一种阶段性事件而进行一种例行公事的叙述,并未真正认识到语言文字问题的重要性。对此,郜元宝有过深刻的论述:"流行的中国现代文学史叙述模式有一种坚守的信念:包括'文白之争'在内的汉语言文字的现代化转变,必须纳入主要着眼于文学观念、文学题材、体裁和感情模式、主题思想等文学史叙述模式,才能揭示其对中国文学古今演变可能有的影响。此外,语言文字的变革以及人们在这种变革中以母语形成的态度和认识,在文学史上并不具有独立意义。"①由这一逻辑出发,重视内容,忽略形式,特别是轻视语言文字变革之于文学古今演变的做法也就得以解释。当我们在文学史研究中,追问语言文字所发挥的作用时,只从工具层面入手来考量,却忽视清末以来的白话文运动到底在怎样的层面逐渐使古今文学有了区别,又是怎样致使古代文学向现代文学发展的,语言文字在这个过程中的作用到底怎样,这是我们现有研究的薄弱点,也是下一步研究可能的创新点。正如郜元宝指出的,"文学发展所呈现的像地质学上的年代层次,表现在语言文字上,比表现在观念、体裁和思想感情方面,也往往更加确凿。仅在这个意义上,略去语言文字不讲的文学史,要想清楚地描述文学发展的线索,也会碰到许多困难"②。因此,语言文字层面的现代中国文学研究是应该得到重视的。

　　语言,从来就不是一种单一的文化现象,它必定和特定的哲学、文化、社会环境等因素结合在一起。文学是社会生活的反映,但它首先是一门语言的艺术。任何一个民族的不同时段的作家,都会在自己民族语言的丰富、发展和完善上做出贡献,当然,这种贡献有大小优劣之分,杰出的作家总是千方百计地发掘本民族语言潜在的艺术表现力。这一点,古今中外皆如是。例如诗歌,作

---

　　①　郜元宝:《为什么粗糙——中国现代知识分子语言观念与现当代文学》,《文艺争鸣》2004 年第 2 期。
　　②　郜元宝:《为什么粗糙——中国现代知识分子语言观念与现当代文学》,《文艺争鸣》2004 年第 2 期。

家们一直追求意境、情感、感觉的极强的表现力,克服言不尽意的阙误,同时,追求作品的乐感,运用各种修辞手法锻字炼句,企图以选字之准确、字词搭配之恰到好处而做到传神传情,其目的都在于文体的营造。这一点,从古代文学中"吟安一个字,捻断数茎须""能字字立于纸上""推敲"等立论或传说都可见出其良苦用心。中国是最讲究语言体式的国度,也是最讲究文体的国度,而各种文体的匠心独运的营造构设,都需借用语言这一中介物,当然,人们对于文体的最初感觉,也是对于语言的直接的领悟与会心体验。由此而言,文学语言成为研究文学文体古今演变以及中西互动交流的一种最直接的媒介。

文学语言与中国文体的关系密切,这一点为学者所洞察。例如,杨振声在研究戏剧时,便注意到了中国语言与中国戏剧的密切关系,认为语言作为介体,是区分各种艺术形式的一个重要依据,"是划分艺术的根据"。① 剧本由语言文字来记录和展现,读者欣赏剧本,也是经过文字的中介,剧本的曲词宾白、结构体制,都有不同于诗歌、小说、散文的特点。这一特点,在剧本的构思与写作中就需要通过语言来构设。因此,杨振声将语言与戏剧内容完全放在同等重要的平台上来谈,在他看来,对于语言这一介体的选择,也成为戏剧优劣好坏的关键所在。所以杨振声提出,"要增进戏剧介体的功能,你只能在中国语言的本身想法子"②。文学形式决定文学内容的表现深度和传播广度,"中国的单音字造成中国文学的特点"③。这也是为什么杨振声会强调"讲起中国戏剧,不能不注意于中国的语言了"的良苦用心所在。

重视文学语言本体的研究,就是要改变一般文学史叙述中,或以历史背景来分期,或以"重文学的关系"来划分界限的做法,从文学语言的演变出发,探

---

① 杨振声:《中国语言与中国戏剧》,载李宗刚、谢慧聪辑校:《杨振声文献史料汇编》,山东人民出版社 2016 年版,第 120 页。

② 杨振声:《中国语言与中国戏剧》,载李宗刚、谢慧聪辑校:《杨振声文献史料汇编》,山东人民出版社 2016 年版,第 121 页。

③ 杨振声:《中国语言与中国戏剧》,载李宗刚、谢慧聪辑校:《杨振声文献史料汇编》,山东人民出版社 2016 年版,第 121 页。

讨文学本身之演变规律与特征。那么,如何从语言文字角度入手分析中国文学的演变发展? 郭绍虞指出,"不妨以体制为分期"。相对于文学研究的具体性,郭绍虞说,"由体制言,有的随作者技巧而殊,有的因时代风气而异","不免过涉抽象,而且有时也不免过于琐碎",①要解决这一问题,应该在语言文字上入手寻求解决之途径。在郭绍虞看来,中国的语言文字的特性造成了言文分离,同时,也将文学分成了三个类别,即文字型文学、语言型文学和文学化文学。② 这样的见解,将文学语言看作文体发展演变的核心要素,这一点对中国文学从古代到现代乃至当代的发展而言尤为重要。"没有现代的文学语言,就没有各类文体现代审美规范和格局的形成,'语言'这一长期以来被看作形式层面的要素恰恰成了中国文学实现古典向现代转变的重要支点,以现代白话为书写语言的文学革命由此呈现了与以往文学变革不同的历史风貌。"③这是针对文学古今变化而言的,在中外交流层面,西方的新思想包括新的名词、概念、理论、文化等,也是经由语言文字为媒介,而被众多国民所认识、理解、认同的。可以说,语言是思想的媒介,语言之于思想,提供了意识形态的运作方式,而语言之于文学,则提供了文学观念、文学体制的营造基质和言说空间。

仔细爬梳现代中国文学的发生、发展乃至壮大过程,我们发现,旧文学之惜败于新文学,新文学之略胜于旧文学,皆首在语言。具体而言,面对新思想、新事物、新的文学体裁与表现形式,旧有的古代汉语系统显得捉襟见肘,处处被动,文言的表达极限一再被触及,旧有的文体囿限在新词语的冲击中慢慢显露出些微破绽,"千里之堤,溃于蚁穴",正是这一个个不和谐的文体运营构设中的"另类"或"不合",将传统文体逐渐解体,而这解体,同时也意味着新的文

---

① 郭绍虞:《中国语言与文字之分歧在文学史上的演变现象》,载蒋凡、郭信和编:《郭绍虞论语文教育》,河南教育出版社 1989 年版,第 187 页。

② 郭绍虞:《新文艺运动应走的新途径》(1939 年),参见蒋凡、郭信和编:《郭绍虞论语文教育》,河南教育出版社 1989 年版,第 186 页。

③ 王佳琴:《文学语言变革与中国文学文体的现代转型》,中国社会科学出版社 2018 年版,第 3 页。

体的出现与新生。这从鲁迅与周作人对于《域外新小说集》所做的直译式翻译可以看出。处于现代体制的文学语言,先天地排斥古代文学语言,为现代文体的革新提供了话语平台。也正是在求新的语言构建中,古典文学的优势被有意地忽略,而新生文学的稚嫩粗糙等不成熟表现却被无条件地宽容,仿若一个被过度宠溺的新生儿,它的一切错误都被接受,就新文学而言,它的出现、发展以及被逐渐接受,更多得益于一种历史的合理性,而不是艺术审美的原因。因此,对于现代中国文学转型以及文体的革新来讲,语言的变革早于文学的变革,语言变革制约着文学革新,并在一定程度上限制着文体的演变,而文体在定型、发展过程中,又会反作用于语言,使初始状态下的粗糙语言变得越来越"文学化"。

第三节　新式标点的使用与中国
文学的现代转型

现代中国文学的语言选择与文体革新有何关系?语言选择又在何种程度上作用于文体革新呢?一般而言,现代中国文学语言的确立,本身也是一种言说方式的变革。有学者指出:"一种新的语言将会导引新的言说,由此将呈现出新的文学世界、导致新的表达内容。"[1]中国现代文学的发生、发展,本身就是一种迥异于古代文学的语言变革,以古代汉语系统为基质的古代文学传统所构造的一切文学表达规范、体例以及形式美感、"道"之传达,都精致到无以比肩的地步。汉语构建了各种文体,当然,也在一定程度上为各种体裁设定了囿限。对此,有学者强调说:"不同的文学语言会有不同的表达效果,同样一种情境用不同的语言如现代白话、文言或古典白话表达将会带来不同的效果,使得这些表达可能会聚合、趋向并形成新的文体特征,且这种文体功能的新变

---

[1] 王佳琴:《文学语言变革与中国文学文体的现代转型》,中国社会科学出版社 2018 年版,第 3 页。

会引发文类的变化和转型。"①现代文学所借以立基的白话，虽然也部分地具有古代白话的特点，但是，更多地受欧化语言的影响。就已经成熟的古代文体而言，文言与古代白话是其基质，学者徐时仪致力于文言与白话研究，他曾指出："文言的精简确是给想象留下了意会的余地和回味的空间，但那主要是一些比较简单的意象，如果是心理活动的描写分析和推断，就不如白话能婉转曲折详尽地给予描述。"②文言可以成就诗的精美凝练，但难以容纳小说的庞大体量，以四大名著为代表的长篇小说在明清时代的兴盛发达，在很大程度上是语言发展的结果，立基于经济交流的通俗晓畅的古代白话文，可以描绘广阔的社会场面，更可以细腻刻画古代下层阶级的人物群像。以文言和古白话所构筑的文体，本身也有雅俗之别。如明清小说中经常借助诗歌达到一种细腻、精致、高雅的艺术表达效果，即通常我们所说的"诗意"。这种诗意的存在，在一定程度上提升了文体的"雅"。

但需要指出的是，这种"诗意"与"雅"，只是古代诗文在吟风咏月中长期积累的意象显现，这种意象由于缺少具体的可指而越来越变得空泛，具体来讲，就是缺少具体、准确性，也就是写不出"独特性"来，而一旦丧失"独特性"，描写就很难真正服务于人物塑造，就算再美也只能算是"闲话"了。古代白话较之于文言能够事无巨细地描写风土人情，但这种描写仍属于传统范畴，因为，古代白话文仍脱胎于说书，在接受时，听众更多地对情节的发展感兴趣，些许的风景描写，如说山险峻等，便大多借古诗词简短交代，但对于风土景物所蕴含的情感、审美等皆不涉及，也就是说，风土景物与人物心理没有交流，引不起人物的心理变化，也就不可能参与情节的发展。现代文学则不同。当鲁迅《野草·秋夜》中"后园墙外的两棵枣树"的奇特描写一出现，这一迥异于中国传统表达的创新，立即引起了研究界与创作者的兴趣，正如李白"对影成三

---

① 王佳琴：《文学语言变革与中国文学文体的现代转型》，中国社会科学出版社 2018 年版，第 15 页。

② 徐时仪：《汉语白话发展史》，北京大学出版社 2007 年版，第 296 页。

人"引起的争议与研究一样，"两棵枣树"也引起了争议。其中有视觉生理学的现实主义的论证，也有象征主义的说法，更有恶趣的读解。按照人们的阅读期待来讲，两棵树，一株是枣树，人们期待另一株，内含异于枣树的阅读期待，但另一株也是枣树，结合鲁迅其时的心境，孤独，但却又直刺天空，这种"荷戟独彷徨"的勇士在"无物之阵"的战斗，更显得悲凉，但由此"孤独的战士"也更显"崇高"。捷克斯洛伐克作家伏契克《二六七号牢房》的开篇"从门到窗子是七步，从窗子到门是七步"的写法，有人也提出了质疑。这种质疑同对鲁迅"两棵枣树"的质疑一样。这样的写法，为何不干脆改为"我后院的墙外有两棵枣树""我后院的墙外有两棵树，都是枣树"、"从门到窗的距离是七步""从门走七步，就到了窗"呢？固然，这样的改法，从表达清楚的层面来讲，是没有错误的。但这也成为上述我们所讲的古代作品中的风土景物，只作情节交代，不参与情节链条的发展。风土景物的描写功用在现代文学中有了改观，也就是说，风土景物不再是独立于作品情节之外的静止的物，而是参与了作品情节的发展，在风土景物描写中，我们可以看到作家的心理、情绪和强烈的褒贬。比如，茅盾在关于重庆和延安的景物描写中，就在笔触中带着感情，挟着批判的思想利器，重庆的风景是一派萧敝的景象，也暗示着政治的腐败与朽破；延安则是一片生机勃勃的画面，暗示着政治上的正义性与无限的发展空间。于是，在这种寓政治于风景的现代文学的描写手段下，茅盾解构了国都重庆，而建构了红色延安的中国形象。就此而言，现代白话在写人绘物方面更加形象、逼真，符合了现代小说叙写日常的基本的语言要求，而且，它也有别于文言的模糊诗意的言不尽意、单调含混，同时也与旧白话的粗括枯瘦、通俗面相有着本质的区别，可以更好地服务人物和情调，小说文体由于现代白话的特点重组聚合，导致传统文体向现代文体的转变，引发文体的革新。

再者，作为现代文学语言的标志之一，现代白话所具有的新式标点符号和横行、分段书写形式，也是其区别于文言和旧白话的一个特点。古代标点通常称为"句读"，又称"句逗"(《法华经》)、"句投"(《文选·马融〈长笛赋〉》)、

"句度"(《晋书·乐志上》)。古代汉语中的"句读"一词自东汉以来用了一千多年,但句读符号主要用来点断文句(故称"点的符号")。陈望道在《标点之革新》一文中说:"中文旧式标点颇显太少。不足以尽明文句之关系。其形亦嫌太拙。当此斯文日就繁密之时。更复无足应用无碍也。"①究其原因,这与文言文作为主要形式的文体有着密切关系。具体而言,一是中国古代汉语大多一字一词,文言体式多讲求韵律,句式简短,语句的停顿断隔,可根据语气或句段特征凭语感便可知之。如作为主要文体的诗的断句,可根据每句的字数,如四言、五言、七言等。而其他文体的断句,可根据名代词的位置、虚词、固定结构、顶真形式、排比、对偶、对称等修辞方法,以及对话、引用等的标志性词语"曰""云"等。二是古代汉语中多用虚词,在古代汉语中,虚词的功用有着明确的分工,表达不同的语法意义和语法关系,特别是句末语气词,除了表达其语法功能,本身就起着断句的功能。如句首语气助词、句首连词、句末语气词等,有着明确的分工,我们见词即可断句。三是古代汉语的标点符号只为隔断语气之用,没有参与语言的表达功用,不是必要的语言成分。在古代,小学的基本入门课虽是句读的训练,这是必修课,但不在八股考试的范围之内。对此,刘进才指出:"文言文句式简短,虚词发达,结构形式变化不大,简单的句读符号基本上可以满足阅读文言的需要。但也因为此,造成了中国句读符号之简陋。"②这只是就基本情况来讲,正因为句读训练的材料为前人所写,句读的断句为后人所需要,因此留下了许多因无法断句而生成的疑案。这说明中国句读符号的隔断功能或句子本身的断句标志,还有许多有待开发的地方,但现代标点符号本身就是现代汉语的一部分,因此,歧义的产生大多因为语词的运用,而标点符号的断句功能却相对清晰。

新式标点的引入有一个过程。国内最早介绍西方标点的,是张德彝,1869

---

① 陈参一(陈望道):《标点之革新》,《学艺》1918 年第 1 卷第 3 号。
② 刘进才:《现代文学的"创格"之举——新式标点符号的修辞功能探寻》,《中国文学研究》2007 年第 3 期。

年,张德彝在《再述奇》中介绍了9种西方标点,并对每种标点的作用做了说明。此后,严复等人也对西方标点进行了介绍。西方标点所具有的丰富功能,吸引着国人结合汉语特点开始创制新的标点。如王炳耀、卢戆章等人都有全新的标点设计。可以说,清末民初西方标点的引介以及创制为新文化运动时期现代标点符号的诞生奠定了基础。现代中国文学的转型,本身就包含着文体和标点以及书写行式等的变革。鲁迅、胡适、陈望道等人倡导之力尤勤,影响颇大。《新青年》则对新式标点符号的理论探讨和实践应用做出了贡献,1916年,《新青年》开展关于新式标点的大讨论,1918年第4卷第1号开始部分文章采用西式标点,1919年12月,提出了详细具体的标点符号和行文款式的方案,即《本志所有标点符号和行款的说明》,标点符号达到了13种。在官方途径,1920年2月2日,北洋政府批准了胡适等人拟定的《请颁行新式标点符号议案》,标志着现代中国语言文学第一套国家颁定的标点符号诞生,书面语正式使用西式标点。

现代标点的出现,正是为了现代白话的精确表意功能,标点符号的辅助功能不可缺少。清末民初为新式标点取代传统标点时期,也正是古代汉语向现代汉语发展的转型期。例如在现代文学史影响巨大的《新青年》,在1915年创刊时就只用一种传统的句读符号(。)断句,从1918年第四卷开始使用新式标点,但各个作者的用法不一致。为统一新的标准,于1919上第7卷第1号刊登《本志所用标点符号和行款的说明》,规定了13种标点符号,即。,;、:?! ——……()＿＿ ＿＿和「」『』(按:单引、双引算作一种标点符号)。鲁迅1903年6月在《浙江潮》月刊第5期发表小说《斯巴达之魂》时,通篇断句只使用一种(。),但到了1918年5月在《新青年》第4卷第5号发表《狂人日记》时,所用的标点已经超过十种,仅在第一页出现的就有。?,;:「」〔〕18种。此一时段正是旧文学向新文学的转型期,新式标点符号使用的从无到有、从有到成为一种"常态",也正与这种转型期的特点相吻合。

标点符号是无声的语言,也正是因为大量新式标点符号的使用,五四白话在文学表达和修辞功能上变得越来越丰满繁复,可以增加、呈现更为复杂的思想感情,增加文本的张力,突破旧有文体而形成一种新的文体。如鲁迅小说会在一个语句前后使用多个标点符号,借用标点符号的功能,达到文简而意不减、以简胜繁的表达效果。如《故乡》中,当"我"回到故乡后,见到中年闰土时说:"啊!闰土哥,——你来了?……"短短一句话连用了感叹号、逗号、破折号、问号、省略号 5 种标点符号,表达出"我"复杂的感情,有欣喜,也有感叹,有迷茫,也有无奈,随着标点符号功能的展开,感情由惊愕转为浓郁和疑惑,特别是最后省略号的使用,将万千话语化为无言,留下丰富的想象空间,让读者自己揣摩。其实,在现代文学初期,标点符号的重要作用已经被时人所重视。冯文炳注意到鲁迅《狂人日记》和《孔乙己》的书写形式和标点符号用法,并对小说中所采取的外国的提行分段和加标点符号的做法大加赞赏,认为这让小说的表现更加自由。① 同样,钱玄同在刘半农翻译的悲剧《天明》附志中指出,标点符号在文学作品里起到的作用巨大,有的地方,用了标点符号,可以形象传神,具有极大的叙事张力,但如果没有标点符号,全用文字来表达,则作品表达无含蓄可言,由之便会变得索然寡味。② 伴随着文学现代性进程的展开,文学的表现内容愈加丰富,随着中外文学交流的开展,更多的文学表现样式传入,对本土文学的表现形式形成了冲击,语意的丰富性、思想的复杂性,都要求在文学文本行文中借助丰富的词汇和多样化的标点符号来展现。但这样的要求放之于古代汉语,我们则发现,古代汉语的标点符号,只有分词断句的功能——传统句读的简单的分隔功能,寥寥的几个句读符号,无法在现代文学语言复杂的句式和繁杂的情感表达中发挥锦上添花、点睛之笔的功用。正因为如此,古代汉语的句读符号被现代标点符号所替代,大量现代标点符号的使用,强化了语言的表达效果,提升了文学表达的修辞功能,在话语活动中起着停顿、省略、延宕、转折等单一或叠加功能,同现代汉语的词汇、句式一起,共同

---

① 冯文炳:《〈孔乙己〉讲析》,《吉林大学社会科学学报》1982 年第 6 期。
② 钱玄同:《刘半农译〈天明〉的附志》,《新青年》1918 年第 4 卷第 2 号。

营构了现代中国文学文体的革新。

正如有学者指出的,"新式标点符号让书面语的'五四'变成'有声'的语言,变成'鲜活'的语言,在语气上趋近言文一致"①。例如,胡怀琛通过使用标点符号,对"读书救国"四个字做了九种解读方式。② 举例如下:

(1)读书。救国。

(2)读书;救国;

(3)读书救国

(4)读书救国!

(5)读书救国?

(6)读书! 救国!

(7)读书? 救国?

(8)读书! 救国?

(9)读书? 救国!

我们发现,标点不同,则表达的语气和其内含的意义也各不同。语言表达有时直白,文学语言却贵在含蕴。古代汉语在五四之前,只有断句、标注的意义,标点符号不会产生意外之旨。如我们熟知的春秋笔法,就寓褒贬于曲折的文笔之中,自己的态度却隐而不露。我们也可称之为"曲笔"。但如上,标点符号的使用,则将这种只能用曲笔表达的局面改变了。如上所举"读书救国"的例子,各种功能不同的现代标点符号的使用,使得读书、救国的关系产生各种不同的变化,或贬或褒,或心平气和地平铺直叙,或语重心长地强调,或一感叹一疑问,取舍之道,全在标点符号所标示、引导的方向。正是通过标点符号这无声的语言,传达出无限的意义。

一般来讲,现代文学语言的变革,单就写作方式来讲,一为改变传统写法,由竖而横,二为大量标点符号的使用。在古代汉语系统中,由于讲求韵律和对

---

① 文贵良:《新式标点符号与"五四"白话》,《华中师范大学学报》2015 年第 3 期。
② 胡怀琛:《标点奇观》,《读书青年》1936 年第 1 期。

称等,简短的句子配合少量的语气词,就大约可断句,此处说"大约",就是也有无法清楚断句的。古代汉语因断句而产生的争议也不少,因与本话题无关,兹不赘言。而现代中国文学语言的生发,则是欧化的语言配合现代标点符号,首先在句子的长短、散整等方面突破了古代汉语所能承载的阈限。这些颇具现代色彩的语言变革,使得现代中国文学语言开始在情感表达的丰富性和汉语表达的广阔性上突破古代文体,开始了现代汉语文体的创制征程。

此外,汉字通常的书写习惯是右行直下,但随着对于西方文化和语言的接触,汉字的书写方式也成为现代中国文学语言的变革途径之一。虽然早在清末横行书写已经在应用中,但是真正运用到文学领域还是在新文化运动中。钱玄同就曾对汉字的书写方向提出了自己的见解。在给陈独秀的信中,钱玄同提出了渐进式方案。首先,科学类的文章,特别是带有算式和表谱的,要改为横行书写。否则,就面临着为了看清楚图表公式要变换纸张方向的麻烦。当然,陈独秀也提出,就算是不纯讲科学,或与科学不相干的文学作品,如小说、诗歌之类,也可以用横行书写,这样简便。再者,改为横行书写后,也解决了标点符号在右行直下的标注位置产生的麻烦。而且,眼睛从左向右看,适合生理结构。① 陈独秀对于钱玄同的意见表示赞同。虽然这样的书写习惯的改变只是一个形式上的小事,但却是中国语言主动融入世界现代化潮流的一大步。现代印刷技术的发展起源于横行书写的西方,而中国虽然印刷术发明较早,但是现代印刷术的机械化却是在西方。从某种意义上讲,在右行直下的书写习惯下,汉字不适合现代印刷技术,横行直写的改变,使得西式标点得以从容地在书面语中使用,同时,大量的之前不适于竖排印刷的内容也得以推出。正是标点符号的引入、书写方向的改变这些技术层面的改变,慢慢地推动着汉语朝着精准化、通俗化方向发展,现代中国文学语言也在这种不起眼的变化中,逐渐形成。

---

① 这是钱玄同写给陈独秀的信。载《陈独秀文存·通信》,首都经济贸易大学出版社2018年版,第97~98页。

第四节　现代中国文学的语言
自觉与文体创造

清末以来的中国,有关语言与文体探讨,有着意识形态的考量。虽然救亡、启蒙、复兴的时代主题裹挟着知识阶层不断调适立场、观点,但语言自觉还是在其中发挥着重要的作用。

考察中国的文学语言变迁史,可见出两个面向:一是使用归纳法,从不同的作家个体出发,归纳时代的语言特点,如鲁迅、梁启超、胡适、章太炎、严复、林纾;二是使用演绎法,即从时代的语言特点出发,以其来检寻不同作家的语言特点,也就是在共性中寻求个性。前面各章的论述,归纳法与演绎法都发挥了重要作用,在这种考察中,时代中的作家个人成为思考的重点。

晚清以来,黄遵宪宣称"我手写我口,古岂能拘牵",裘廷梁主张"白话为维新之本",梁启超尝试"杂以俚语、韵语及外国语法"的"新文体",他们作为维新派知识分子的语言选择,拉开了白话文运动的帷幕。白话文的合法性逐步在这种语言的选择中不断调适,最终借助于现代文学的创作实绩而站稳,并成为现代中国文学的合法语言。而最明确、详细的制度设计,是 1956 年由国务院官方正式颁布的《关于推广普通话的指示》,此文件对普通话的教育、使用和推广做出了明确指示,为现代汉语的统一化和规范化提供了有力保障。尤为值得注意的是,《关于推广普通话的指示》开篇第三段就以宣示共识的语气指出,"汉语统一的基础已经存在了",普通话应"以典范的现代白话文著作为语法规范"①。在现代中国文学语言创立初期,那些敢为人先的探索者和攀登者,留下了写入文学史或文化史的著作,而新中国成立后,普通话以他们的创作为语法规范,不忘来者,以启后者,历史给予他们"奠基者和开创者"的身

---

① 《国务院关于推广普通话的指示》,载国务院法制办公室编:《中华人民共和国法规汇编1956—1957》第 3 卷,中国法制出版社 2014 年版,第 156 页。

份铭记其贡献，这或许是他们当初所未曾预料的。

"典范"之说，当然是后来者的追认。从当事者的角度来说，现代作家如何经营自己的语言表达，颇值得追问。白话文运动固然以白话文取得合法地位而告终，但何为好的现代白话文作品，最初并无现成答案。有研究者认为，五四作家的白话文构造，主要表现为三种不同的路数：一是以周氏兄弟为代表，由于受过完整的旧式教育，他们的白话文写作深受文言文的影响；二是以郁达夫和王统照为代表，年轻时开始学习西文，此后或留学或继续在国内学习西文，故而其语言构造受西文影响更大；三是叶圣陶和许地山这类作家，既未接受完整的传统教育，又无机会较早研习外语，因此较多地接受了旧白话的影响。① 作为语言表达风格的比较以及对影响源的考察，这种结论大致是合乎情理的。但从语言自觉的角度来说，周氏兄弟无疑远远超出其他作家。无论在个人创作的语言表达方面，还是在着意规划白话文的发展方面，都是用心用力。再有，周氏兄弟所受西文（包括日文）影响之大，以及取法西文的自觉意识，同样远超其他作家。

如前所述，鲁迅早年翻译《域外小说集》，只是抱着借外国文艺"转移性情，改造社会"②的想法，而自 20 世纪 20 年代末以来则形成了借外文句法冲击和促动白话文的明确意图。在与瞿秋白的通信中，他谈到自己为何坚持"宁信而不顺"的翻译原则，不仅要输入新的内容，更注重新的表现法的引介③。从翻译学的角度看，鲁迅所主张的"直译"或"硬译"，得失还可再论。但对无所依傍的现代白话文来说，借"异样的句法"以促进自身的更新创造，无疑是值得肯定的开阔思维。鲁迅后来在总结小说创作经验时，经常会提到，小说语言要经过提炼加工，拗口的要通过字的增减来使之变得顺口，如果白话里没有的词，则从古语里找到。但这样的古语，必须自己清楚，别人明白。如

---

① 张卫中：《20 世纪中国文学语言变迁史》，中国社会科学出版社 2013 年版，第 34~35 页。
② 鲁迅：《域外小说集序》，载《鲁迅全集》第 10 卷，人民文学出版社 2005 年版，第 176 页。
③ 鲁迅：《关于翻译的通信》，载《鲁迅全集》第 4 卷，人民文学出版社 2005 年版，第 391 页。

若达不到这样的效果,则宁可不用。① 白话与文言的关系,已为鲁迅察觉;"拗口"与否,则涉及书面语和口语的关系;"只有自己懂得"与"有人懂",暗含着方言与通行语之间的关系。若将此处的经验与前述翻译主张合而观之,我们可以说,鲁迅较为充分地意识到现代白话文的处境和短长,并以"关系主义"的眼光初步勾画了现代白话文的发展之道。

周作人对于现代白话的特色与生成,也有着自己的见解,在周作人看来,现代白话要变为雅致的俗语文,应以口语作为基础,以文艺手段杂糅调和古文、欧化语和方言,这种雅致的俗语文兼具知识和趣味两种功能。② 不过,周作人的此种主张,却在后来的"文艺大众化"讨论中,被作为典型观点来批判。原因是,杂糅调和了欧化、文言化和日化等的白话文,成为四不像的"中国洋话"③。从这种批判的逻辑来看,批判者似乎将"欧化""日化""文言化"等倾向视为白话文发展的歧途,而这些恰恰是周作人曾经规划的方向。但细想来,他所批评的,或许不是"化"的做法本身,而是"化"得不够好,也即所谓"四不像"。对于白话文应在"化"的道路上发展前行,他其实并不反对,只是对已有的"化"法深感失望,故将希望寄托于"大众化"。事实上,文艺大众化讨论虽在 20 世纪 30 年代初期一度热闹,但既未达成有效的理论共识,也不曾催化出广受好评的作品。

如今看来,那时已经具备高度语言自觉的作家,仍当首推周氏兄弟。得益于学养之深厚、眼界之开阔和创作经验之丰富,他们共同揭示了现代白话文置身其中的原初语境:绵延几千年的文言文作为书面表达的影响根深蒂固,仍有值得取法之处;与近代西潮一同袭来的外文表达,带来新奇的语汇和句法;方

① 鲁迅:《我怎么做起小说来》,载《鲁迅全集》第 4 卷,人民文学出版社 2005 年版,第 526~527 页。

② 周作人:《〈燕知草〉跋》,载钟叔河编:《周作人文类编·本色》,湖南文艺出版社 1998 年版,第 644 页。

③ 寒生(阳翰笙):《文艺大众化与大众文艺》,载文振庭编:《文艺大众问题讨论资料》,上海文艺出版社 1987 年版,第 82 页。

言和口头语的表现力,也因贴近生活现实而不过时。正如有论者指出的,"简而言之,现代白话文的生存和发展空间,是由以下几组关系相互交织而构成的原初语境:文言/白话,欧化/本土化,书面语/口语,方言/通行语"①。从后来的文学发展实际而言,对于这几组关系的体认,可以鉴别出一个作家是否拥有语言自觉,而对之的取合取舍融合,则成为一个作家语言操练自觉性的规则和测度石。

值得注意的是,其一,这个原初语境可能会随着社会变化而改变。比如,"欧化/本土化"在最初是极富张力的一组关系,但随着两者在现代白话文发展中的碰撞与融合,绝大多数作家已经意识不到甚至习惯于带有翻译腔的表达;而在少数作家那里,"欧化/本土化"的并举,始终承载着他们反抗西方文化霸权的诉求。其二,在原初语境中,作家的创造性往往表现为特立独行。以上提到的某组关系或许已为旁人习焉不察,却是他们长期体验和思考的对象。这些体验和思考的结果,最终可能汇成出人意料的新作品,并与作家本人一同成为引人瞩目的文学景观。如鲁迅就是其中最具代表性的一位。

正如周作人所强调的"杂糅调和",实际情况也证明,现代白话文的语言创造,不可能脱离"杂糅调和"这个基本法则。优秀作家一定是对这几组关系都有所察觉的,并在创作中思考如何萃取文言的韵味、借鉴外来语的句法、吸纳口语的生动活泼,以写出本土味儿的现代语言。一旦调和不当,则会出现偏差,文学史已经记载了不少这样的遗憾。第一,文言与白话的调和。现代作家倘若仍然偏爱文言,当然无法与时俱进,但完全抛弃文言,则可能使语言寡淡无味。胡适《尝试集》中不少诗作,在当时就被人诟病。梁实秋批评白话诗人"收入了白话,却放走了诗魂"②,绝非无的放矢。第二,欧化与本土化的调和。

---

① 徐阿兵:《语言自觉与文体创造的可能——当代文学七十年一瞥》,《扬子江评论》2019年第6期。

② 梁实秋:《读〈诗底进化的还原论〉》,载《梁实秋文集》第6卷,鹭江出版社2002年版,第178页。

清末民初以来译介成风,作家想要逃避欧风美雨的侵袭,基本已不可能,但语言表达过于欧化,则可能表现为"翻译腔"。路翎的名作《财主底儿女们》,开篇就是"浓得化不开"的翻译腔,而对路翎青眼有加的胡风,他本人的语言表达也带有明显的翻译腔。他们之间的相互欣赏,不妨说是"腔调"的投合。第三,书面语与口头语的调和。全用口语显然无法写作,但过于书面化,则可能流于雕琢、脱离现实,甚至被称为"文艺腔"。比如,冰心作品自20世纪20年代起就进入教科书,至今仍在中小学语文教材里占有一席之地,且在高等教育中享有"以文字优美著称"①和"文学语言的典范"②等赞誉。但在20世纪40年代,张爱玲就直言不喜欢冰心的"新文艺腔"。不得不说,张爱玲以二十年之后的眼光去评判现代白话文草创期的冰心,这当然有失公正——不过,冰心提出的"白话文言化""中文西文化"也确实在现代文学语言表达上起到了一定的借鉴意义;鲁迅虽然一直在思想上决绝地反对传统,但在学术与写作中,他却将传统视为研究借鉴学习的对象——况且,张爱玲《传奇》中的一系列小说,从语言构造到情感格调,也有挥之不去的文艺腔,准确地说,是源自《红楼梦》《海上花列传》这类作品的旧文艺腔。由此可见,从冰心到张爱玲,现代白话文中的文艺腔一直未能根除。事实上,既是文艺作品,就不可能完全免除文艺腔;关键还是如周作人所说的,既要使书面语与口头语"杂糅调和",又要"适宜地或各啬地安排起来"。③ 第四,方言与国语的调和,牵涉面最广。全用方言显然无法写作,但是,方言与国语之间的取舍,确曾困扰许多作家。作品要被人读懂,应尽量避免使用小众化的方言,但对于熟悉某种方言的人来说,方言所沉淀的生活实感以及得心应手的表现力,实在是难以抗拒的诱惑。因

---

① 朱栋霖等主编:《中国现代文学史1917—2012(上)》,北京大学出版社2014年版,第113页。

② 温儒敏、赵祖谟主编:《中国现当代文学专题研究》,北京大学出版社2002年版,第192页。

③ 周作人:《〈燕知草〉跋》,载钟叔河编:《周作人文类编·本色》,湖南文艺出版社1998年版,第644页。

此,是追求人皆能懂还是满足自我表达的快感,全靠作家思量再三。汪曾祺多次举鲁迅《高老夫子》的"酱在一起"为例,指出"酱"字作为方言的生动传神和无可替代。① 虽然"酱"的这个用法至今仍未被普通话接纳,但读者无须注解一想便通,这足以证明方言运用得当的好处。某些作家有意识地运用了较多方言土语,若不加注释,恐怕读者大众难以读通;一律加以注释,又会阻滞阅读。如今我们正在大力推广普通话,方言与普通话的紧张就不可避免,甚至会成为当代文学中最突出的语言景观之一。郭绍虞在《新文艺运动应走的新途径——从文艺的路到应用的路》中指出,文学革新运动在初期,着力点在应用方面,不过其成就却在艺术和文艺价值方面,但最终还会落实到应用上来。不过,此应用与初期的应用诉求是两回事,是初期应用诉求经过艺术加工后的升华,它意味着这一文学革新运动的成熟与完成。② 这样看来,从近代迄今,现代中国文学语言从其萌生、发展到成熟再到应用,至今仍在途中,现代中国文学语言还未能彻底解决中与西、古与今、方言与普通话(统一语)等之间的矛盾,也尚未完全开发出能够完全蕴含中西、古今,又仍能借鉴不同方言、俗语而可被最大限度接受的文学语言,所以说,现代中国文学语言至今仍在发展中,还将继续发展下去,直到能够被最大多数人应用为止。

　　值得补充的是,虽然文学语言的处境每况愈下,甚至逐步陷进工具论的泥沼,但责任不该全由当时的提倡者或作家来承担。从现代白话文的发展历史来看,它可能先天就有某种不足。比如,在白话文运动中曾留下名字的言说者个人,其言说方式就值得反思。从裘廷梁《论白话为维新之本》力陈白话文有

---

　　① 汪曾祺指出:"《高老夫子》里有这样几句话:'我没有再教下去的意思。女学堂真不知道要闹成什么样子。我辈正经人,确乎犯不上酱在一起……''酱在一起',真是妙绝(高老夫子是绍兴人。如果写的是北京人,就只能说'犯不上一块搀和',那味道可就差远了)。"汪曾祺:《"揉面"——谈语言》,载方星霞编:《文学精读·汪曾祺》,浙江人民出版社 2018 年版,第223 页。

　　② 郭绍虞:《新文艺运动应走的新途径——从文艺的路到应用的路》,载《语文通论》,开明书店 1941 年版,第 85 页。

"八大益处",到胡适《文学改良刍议》规划"文学改良八事"、陈独秀《文学革命论》张扬"三个推倒",他们竟然都是以文言文的形式在提倡白话文。可见,在那时候的他们看来,文言文才是适合谈论正事、大事的庄重语言;或者说,相比于实现正事、大事的目标追求,语言自身不过是表意工具。而这种将语言视为表意工具的观念,在我们的文化传统中可谓由来已久。从"诗言志"(《尚书·尧典》)和"书不尽言,言不尽意"(《周易·系辞上》),到"言者所以在意,得意而忘言"(《庄子·外物》),"言"始终只是表达"志"和"意"的工具。孔子虽然说过"言之无文,则行而不远"(《左传·襄公二十五年》),但更多时候则是警惕"言不及义"(《论语·卫灵公》),并主张"辞达而已矣"(《论语·卫灵公》);在他这里,"言"终究只是达"义"的工具。后世学人争相解读孔子等前贤的"微言大义",世代相传下来,自然就使"义"的形象愈发高大,而"言"的位置愈发卑微。由此而言,现代文学中一度盛行的语言工具观,实可视为文化传统与现实政治共同塑造的结果。这也就决定了作家寻回语言自觉的艰难及可贵。

最后,将眼光从现代中国文学创立的起步阶段,转向改革开放以来特别是新世纪的当代文学。虽然经过一百多年的发展,现代中国文学语言及文体已经成型,并且,在全球化的今天,中外的交流更加频繁和深入,没有了近代以来的救亡、启蒙的时势逼促,中国文学依然要承担弘扬文化软实力的重任,在新世纪语境下,作家已然形成自己的语言个性和文体特点,而且"个性化"已经成为文学创作者的共识,但五四以来困扰作家的"杂糅调和"的难题依然需要当代作家和理论研究者来面对、解决。应该说,此中较为突出的,仍然是"本土化/欧化"与"方言/普通话"这两组问题。在出版发达、译本多样的前提下,热衷于比较译本的大有人在,但真正以鲁迅式的"拿来主义"态度对待外语表达的人实在太少。顾彬曾批评中国小说家不懂外语故而视野不宽,其实,随着教育的普及化,语言关已经不再是限制作家的重要条件,应该说,我们需要重点解决的,是懂外语而缺少从中取法以改进语言表达的意识,这才是真正的问题。我们依然需要以鲁迅主张的"拿来主义",借鉴外国语言的优势,挖掘汉语表达的最大潜力。立足中国,走向世界,创造"中国故事""中国形象""中国旋律",发出中国的最强声,我们这一代,任重而道远。

参 考 文 献

一、作品、文集

[1] 阿英:《晚晴文学丛钞》,中华书局 1960 年版。

[2] 陈平原、夏晓虹编:《二十世纪中国小说理论资料》第 1 卷,北京大学出版社 1997 年版。

[3] 陈崧编:《五四前后东西方文化问题论战文选》,中国社会科学出版社 1989 年版。

[4] 丁守和主编:《辛亥革命时期期刊介绍》,人民出版社 1982 年版。

[5]《黄遵宪集》,天津人民出版社 2003 年版。

[6] 陈铮编:《黄遵宪全集》,中华书局 2005 年版。

[7] 欧阳哲生编:《胡适文集》,北京大学出版社 1998 年版。

[8]《胡适日记全编》,曹伯言整理,安徽教育出版社 2001 年版。

[9]《梁启超全集》,北京出版社 1999 年版。

[10] 梁启超:《饮冰室文集》,中华书局影印本 1989 年版。

[11]《鲁迅全集》,人民文学出版社 2005 年版。

[12] 马勇编:《章太炎讲演集》,河北人民出版社 2004 年版。

[13]《清末文字改革文集》,文字改革出版社 1958 年版。

[14] 商务印书馆编辑部编:《论严复与严译名著》,商务印书馆 1982 年版。

[15] 舒芜等主编:《近代文论选》,人民文学出版社 1959 年版。

[16] 王韬:《漫游随录》,陈尚凡、任光亮校点,岳麓书社 1985 年版。

[17]《魏源集》,中华书局 1976 年版。

［18］《林纾译文全集》，上海书店出版社 2018 年版。

［19］王栻主编：《严复集》（全五册），中华书局 1986 年版。

［20］严家炎编：《二十世纪中国小说理论资料》第 2 卷，北京大学出版社 1997 年版。

［21］姚奠中、董国炎：《章太炎学术年谱》，山西古籍出版社 1996 年版。

［22］袁枚：《随园诗话》卷十三，乾隆刻本。

［23］张枬主编：《辛亥革命前十年间时论选集》，生活·读书·新知三联书店 1960、1963、1977 年版。

［24］张静庐编：《章太炎的白话文》，（台湾）艺文印书馆 1972 年版。

［25］张静庐辑注：《中国近代出版史料》，上海书店出版社 2003 年版。

［26］止庵主编：《域外小说集》，周作人、鲁迅译，新星出版社 2006 年版。

［27］《章太炎全集》，上海人民出版社 1985 年版。

［28］章太炎：《国故论衡》，上海古籍出版社 2003 年版。

［29］章太炎：《国学概论》，上海古籍出版社 1997 年版。

［30］郑观应：《盛世危言后编》卷二。

［31］中国社会科学院文学研究所近代文学研究组编：《中国近代文学研究论文集》，中国社会科学出版社 1984 年版。

［32］胡适编选：《中国新文学大系·建设理论集》，上海文艺出版社 2003 年影印版。

［33］周作人：《点滴》，新潮社丛书第三种，北京大学出版社 1920 年版。

［34］李宗刚、谢慧聪辑校：《杨振声文献史料汇编》，山东人民出版社 2016 年版。

［35］蒋凡、郭信和编：《郭绍虞论语文教育》，郑州：河南教育出版社 1989 年版。

［36］许纪霖等编：《杜亚泉文存》，上海教育出版社 2003 年版。

［37］梁启超：《清代学术概论》，上海古籍出版社 1998 年版。

［38］黄霖编：《中国历代小说批评史料汇编校释》，百花洲文艺出版社 2009 年版。

［39］周作人：《知堂回想录》，（香港）三育图书文具公司 1974 年版。

［40］《王国维文集》第 3 卷，中国文史出版社 1997 年版。

二、中文论著

［1］阿英：《晚清小说史》人民文学出版社 1980 年版。

［2］昌切：《清末民初思想主脉》，东方出版社 1999 年版。

［3］陈福康：《中国译学理论史稿》（修订版），上海外语教育出版社 2000 年版。

［4］陈平原:《二十世纪中国小说史·第一卷(1897—1916年)》,北京大学出版社1989年版。

［5］陈平原、杜玲玲编:《追忆章太炎》(修订版),生活·读书·新知三联书店2009年版。

［6］陈平原:《中国现代小说的起点——清末民初小说研究》,北京大学出版社2005年版。

［7］陈万雄:《五四新文化的源流》,生活·读书·新知三联书店1997年版。

［8］陈雪虎《"文"的再认:章太炎文化初探》,北京大学出版社2008年版。

［9］陈旭麓:《近代中国社会的新陈代谢》,上海人民出版社1992年版。

［10］程湘清主编:《先秦汉语研究》,山东教育出版社1982年版。

［11］程湘清主编:《魏晋南北朝汉语研究》,山东教育出版社1992年版。

［12］林少阳:《"文"与日本的现代性》,中央编译出版社2004年版。

［13］程光炜:《文学想像与文学国家——中国当代文学研究(1949~1976)》,河南大学出版社2005年版。

［14］程文超:《1903:前夜的涌动》,山东教育出版社1998年版。

［15］冯天瑜:《新语探源——中西日文化互动与近代汉字术语生成》,中华书局2004年版。

［16］冯友兰:《中国哲学简史》,北京大学出版社1985年版。

［17］傅杰编:《王国维论学集》,中国社会科学出版社1997年版。

［18］高玉:《现代汉语与中国现代文学》,中国社会科学出版社2003年版。

［19］耿传明:《"现代性"的文学进程》,中国文史出版社2003年版。

［20］耿传明:《"现代性"的文学进程——二十世纪中国文学的动力与趋向考察》,中国文史出版社2003年版。

［21］顾长声:《从马礼逊到司徒雷登》,上海人民出版社1985年版。

［22］关爱和:《中国近代文学论集》,中华书局2006年版。

［23］郭锡良:《汉语史论集》,商务印书馆1997年版。

［24］郭延礼:《中国近代文学发展史》(三卷),高等教育出版社2017年版。

［25］郭延礼:《中国近代翻译文学概论》,湖北教育出版社1998年版。

［26］郭延礼:《中西文化碰撞与近代文学》,山东教育出版社1999年版。

［27］何群雄:《汉字在日本》,(香港)商务印书馆2001年版。

［28］黄克武:《自由的所以然——严复对约翰·弥尔自由思想的认识与批判》,上海书店出版社2000年版。

［29］胡适:《白话文学史》,团结出版社 2006 年版。

［30］胡适:《胡适说文学变迁》,上海古籍出版社 1999 年版。

［31］胡适:《胡适学术文集·新文学运动》,中华书局 1993 年版。

［32］黄维樑:《中国现代文学导读》,台湾书店 1998 年版。

［33］江蓝生:《著名中年语言学家自选集·江蓝生卷》,安徽教育出版社 2002 年版。

［34］纪怀民等编著:《马克思主义文艺论著选讲》,中国人民大学出版社 1982 年版。

［35］金耀基:《从传统到现代》,中国人民大学出版社 1999 年版。

［36］雷慧儿:《寻求富强:晚清改革派的威权思想》,(台湾)高立图书有限公司 1992 年版。

［37］李欧梵:《中国现代文学与现代性十讲》,复旦大学出版社 2002 年版。

［38］李孝悌:《清末的下层社会启蒙运动:1901—1911》,河北教育出版社 2001 年版。

［39］李新宇:《愧对鲁迅》,上海三联书店 2004 年版。

［40］黎锦熙:《国语运动史纲》,商务印书馆 1934 年版。

［41］刘禾:《语际书写——现代思想史写作批判纲要》,上海三联书店 1999 年版。

［42］刘进才:《语言运动与中国现代文学》,中华书局 2007 年版。

［43］刘小枫:《现代性社会理论绪论》,上海三联书店 1998 年版。

［44］鲁迅:《中国小说史略》,人民文学出版社 1973 年版。

［45］倪海曙:《中国拼音文字概论》,时代书报出版社 1948 年版。

［46］钱基博:《现代中国文学史》,上海书店出版社 2004 年版。

［47］钱钟书等:《林纾的翻译》,商务印书馆 1981 年版。

［48］任访秋主编:《中国近代文学史》,河南大学出版社 1988 年版。

［49］单正平:《晚清民族主义与文学转型》,人民出版社 2006 年版。

［50］申小龙:《汉语与中国文化》,复旦大学出版社 2003 年版。

［51］谭彼岸:《晚清的白话文运动》,湖北人民出版社 1956 年版。

［52］汤志钧编:《章太炎年谱长编》上册,中华书局 1979 年版。

［53］汤志钧:《章太炎传》,(台湾)商务印书馆 1996 年版。

［54］王德威:《想像中国的方法:历史·小说·叙事》,生活·读书·新知三联书店 1998 年版。

［55］王尔敏:《近代文化生态及其变迁》,百花洲文艺出版社 2001 年版。

［56］王晓明主编:《二十世纪中国文学史论》上卷,东方出版中心 2003 年版。

［57］王一川:《汉语形象与现代性情结》,首都师范大学出版社 2001 年版。

［58］王一川:《中国现代性体验的发生》,北京师范大学出版社 2001 年版。

［59］汪晖:《现代中国思想的兴起》,生活·读书·新知三联书店 2004 年版。

［60］吴玉章:《文字改革文集》,中国人民大学出版社 1978 年版。

［61］夏晓虹、王风等:《文学语言与文章体式——从晚清到“五四”》,安徽教育出版社 2006 年版。

［62］夏晓虹:《晚清社会与文化》,湖北教育出版社 2001 年版。

［63］萧公权:《中国政治思想史》下册,(台湾)联经出版事业公司 1983 年版。

［64］熊月之:《西学东渐与晚清社会》,上海人民出版社 1994 年版。

［65］许纪霖:《二十世纪中国思想史论》,东方出版中心 2000 年版。

［66］徐时仪:《汉语白话发展史》,北京大学出版社 2007 年版。

［67］许寿裳:《亡友鲁迅印象记》,人民文学出版社 1953 年版。

［68］许寿裳:《章太炎传》,百花文艺出版社 2009 年版。

［69］杨联芬:《晚清与五四——中国文学现代性的发生》,北京大学出版社 2003 年版。

［70］于歌:《现代化的本质》,江西人民出版社 2009 年版。

［71］余世存:《非常道:1840—1999 年的中国话语》,社会科学文献出版社 2005 年版。

［72］袁进:《中国文学的近代变革》,广西师范大学出版社 2006 年版。

［73］袁伟时:《帝国日落——晚清大变局》,江西人民出版社 2003 年版。

［74］张朋园:《梁启超与清季革命·萧公权先生序》,吉林出版集团有限责任公司 2007 年版。

［75］张朋园:《知识分子与近代中国的现代化》,百花洲文艺出版社 2002 年版。

［76］张卫中:《汉语与汉语文学》,文化艺术出版社 2006 年版。

［77］张向东:《语言变革与现代文学的发生》,人民文学出版社 2010 年版。

［78］张艳华:《新文学发生期的语言选择与文体流变》,山东大学出版社 2009 年版。

［79］张玉法:《现代中国史》,(台湾)经世书局 1980 年版。

［80］张玉法:《中国历代思想家二十一·章炳麟》,(台湾)商务印书馆 1999 年版。

［81］张中行:《文言和白话》,中华书局 2007 年版。

［82］赵京华编译:《文学复古与文学革命:木山英雄中国现代文学思想论集》,北

京大学出版社 2004 年版。

　　[83] 赵黎明:《汉字革命——中国现代文化与文学的起源语境》,中国社会科学出版社 2010 年版。

　　[84] 周国伟编著:《鲁迅著译版本研究编目》,上海文艺出版社 1996 年版。

　　[85] 周荐:《二十世纪现代汉语词汇论文精选》,商务印书馆 2004 年版。

　　[86] 周有光:《汉字改革概论》,文字改革出版社 1964 年版。

　　[87] 周有光:《新时代的语文》,生活·读书·新知三联书店 2001 年版。

　　[88] 周祖谟:《周祖谟语言文史论集》,浙江古籍出版社 1998 年版。

　　[89] 周作人:《中国新文学的源流》,华东师范大学出版社 1996 年版。

　　[90] 朱光潜:《谈美 谈文学》,人民文学出版社 1988 年版。

　　[91] 齐一民:《日本语言文字脱亚入欧之路》,知识产权出版社 2014 年版。

　　[92] 张星烺:《欧化东渐史》,商务印书馆 2000 年版。

　　[93] 顾钧:《鲁迅翻译研究》,福建教育出版社 2009 年版。

　　[94] 李春阳:《白话文运动的危机》,生活·读书·新知三联书店 2017 年版。

　　[95] 崔明海:《近代国语运动研究》,安徽师范大学出版社 2018 年版。

　　[96] 张卫中:《母语的魔障——从中西语言的差异看中西文学的差异》,安徽大学出版社 1998 年版。

　　[97] 徐时仪:《语言文字》,南京大学出版社 2009 年版。

　　[98] 王东杰:《声入心通——国语运动与现代中国》,北京师范大学出版社 2019 年版。

　　[99] 黄复雄、和晓宇编著:《汉语四千年》,北京时代华文书局 2019 年版。

　　[100] 陈太胜:《声音、翻译和新旧之争——中国新诗的现代性之路》,湖南人民出版社 2016 年版。

　　[101] 宋婧婧:《现代汉语口语研究》,厦门大学出版社 2015 年版。

　　[102] 赵元任:《语言问题》,中华书局 1980 年版。

　　[103] 张汝伦:《现代中国思想研究》,上海人民出版社 2001 年版。

　　[104] 邓时忠:《大陆台港比较文学理论研究》,巴蜀书社 2006 年版。

　　[105] 李泽厚:《中国近代思想史论》,人民出版社 1979 年版。

　　[106] 杨春时:《中国文化转型》,黑龙江教育出版社 1994 年版。

　　[107] 杨义:《文化冲突与审美选择》,人民文学出版社 1988 年版。

　　[108] 刘恪:《中国现代小说语言史 1902—2012》,百花文艺出版社 2013 年版。

　　[109] 高玉:《中国现当代文学史》,浙江大学出版社 2017 年版。

［110］郭绍虞:《语文通论》,开明书店 1941 年版。

［111］张卫中:《20 世纪中国文学语言变迁史》,中国社会科学出版社 2013 年版。

［112］龚鹏程:《这不是文学概论》,江西教育出版社 2015 年版。

三、译著

［1］[美]本杰明·史华兹:《寻求富强:严复与西方》,叶凤美译,江苏人民出版社 1996 年版。

［2］[美]本尼迪克特·安德森:《想象的共同体》,吴叡人译,上海人民出版社 2003 年版。

［3］[日]柄谷行人:《日本现代文学的起源》,赵京华译,生活·读书·新知三联书店 2003 年版。

［4］[美]布鲁姆:《影响的焦虑》,徐文博译,生活·读书·新知三联书店 1989 年版。

［5］[美]浦嘉珉:《中国与达尔文》,钟永强译,江苏人民出版社 2008 年版。

［6］[美]费正清编:《剑桥中国晚清史》,中国社会科学历史研究所编译室译,中国社会科学出版社 1985 年版。

［7］[荷兰]佛克马、蚁布思:《文学研究与文化参与》,俞国强译,北京大学出版社 1996 年版。

［8］孙周兴选编:《海德格尔选集》,上海三联书店 1996 年版。

［9］韩南:《中国近代小说的兴起》,徐侠译,上海教育出版社 2004 年版。

［10］[英]赫胥黎:《天演论》,严复译,商务印书馆 1981 年版。

［11］[英]吉登斯:《现代性与自我认同》,赵旭东等译,生活·读书·新知三联书店 1998 年版。

［12］[英]简·爱切生:《语言的变化:进步还是退步》,徐家祯译,语文出版社 1997 年版。

［13］[德]卡尔·曼海姆:《意识形态与乌托邦》,黎鸣、李书崇译,商务印书馆 2000 年版。

［14］[美]柯文:《在传统与现代性之间——王韬与晚清革命》,雷颐、罗检秋译,江苏人民出版社 1998 年版。

［15］[美]罗兰·斯特龙伯格:《西方现代思想史》,刘北成、赵国新译,中央编译出版社 2005 年版。

［16］[澳]罗·霍尔顿:《全球化与民族国家》,倪峰译,世界知识出版社 2006

年版。

[17]《马克思恩格斯全集》第3卷,人民出版社1960年版。

[18][英]帕默尔:《语言学概论》,李荣译,商务印书馆1983年版。

[19][苏联]斯大林:《马克思主义和语言学问题》,李之三等译,人民出版社1971年版。

[20][瑞士]索绪尔:《普通语言学教程》,高名凯译,商务印书馆1999年版。

[21][美]王德威:《被压抑的现代性——晚清小说新论》,宋伟杰译,北京大学出版社2005年版。

[22][日]小森阳一:《日本近代国语批判》,陈多友译,吉林人民出版社2004年版。

[23][英]以赛亚·伯林:《浪漫主义的根源》,吕梁等译,译林出版社2008年版。

[24]余英时:《中国思想传统的现代诠释》,江苏人民出版社1995年版。

[25][美]张灏:《危机中的中国知识分子——寻求秩序与意义》,高力克、王跃译,新星出版社2006年版。

[26][日]丸尾常喜:《耻辱与恢复:〈呐喊〉与〈野草〉》,秦弓、张丽华译,北京大学出版社2009年版。

[27][美]爱德华·萨丕尔:《语言论》,陆卓元译,商务印书馆1985年版。

[28][以色列]博纳德·斯波斯基:《语言政策》,张治国译,商务印书馆2011年版。

[29][英]苏·赖特:《语言政策与语言规划》,陈新仁译,商务印书馆2012年版。

[30][英]韩礼德:《语言与社会》,苗兴伟等译,北京大学出版社2015年版。

[31][日]佐藤慎一:《近代中国的知识分子与文明》,刘岳兵译,江苏人民出版社2006年版。

[32][美]费正清:《剑桥中华民国史》,杨品泉等译,中国社会科学出版社1994年版。

[33][美]弗莱德里克·卡尔:《现代与现代主义》,陈永国、傅景川译,吉林教育出版社1995年版。

[34][德]顾彬:《二十世纪中国文学史》,范劲等译,华东师范大学出版社2008年版。

[35]《巴赫金全集》第2卷,李辉凡等译,河北教育出版社1998年版。

[36][英]彼得·伯克:《语言文化史》,李霄翔译,北京大学出版社2007年版。

[37][英]厄尔斯特·盖尔纳:《民族与民族主义》,韩红译,中央编译出版社2002

年版。

[38]［美］伊萨克·M.麦克斯:《解除焦虑》,梅健等译,中国妇女出版社 2006
年版。

[39]［德］恩斯特·卡西尔:《语言与神话》,于晓等译,生活·读书·新知三联书
店 1988 年版。

[40]［美］勒内·韦勒克、奥斯汀·沃伦:《文学理论》(新修订版),刘象愚等译,
浙江人民出版社 2017 年版。

[41] 刘禾:《跨语际实践——文学,民族文化与被译介的现代性(中国,1900—
1937)》,宋伟杰等译,生活·读书·新知三联书店 2002 年版。

四、论文、文章

[1] 白话道人(林獬):《中国白话报发刊词》,《中国白话报》第 1 期,1903 年
12 月。

[2] 白涤洲:《介绍国语运动的急先锋——卢戆章》,《国语周刊》(京报附设之第
七种周刊)第 12 期,1931 年 11 月 21 日。

[3] 陈壁生:《民族主义与民族国家建构》,《社会科学论坛》2006 年第 9 期。

[4] 陈才训:《中国古典小说第一人称叙事缺席的文化思考》,《天津社会科学》
2005 年第 4 期。

[5] 陈平原:《作为著述家的许寿裳》,载许寿裳:《章太炎传》,百花文艺出版社
2009 年版。

[6] 陈荣衮:《论报章宜改用浅说》,《知新报》1900 年 1 月 11 日。

[7] 陈荣衮:《俗话说》,《近代史资料》1963 年第 2 期。

[8] 陈晓明:《现代中国的民族主义》,《当代作家评论》2003 年第 2 期。

[9] 葛兆光:《1895 年的中国:思想史上的象征意义》,《开放时代》2001 年第 1 期。

[10] 耿传明:《中国近现代文学中的民族国家叙事与文化认同》,《齐鲁学刊》2002
年第 3 期。

[11] 耿传明:《"政治小说"的出现与公理至上话语的确立——晚清社会心态的变
异与浪漫主义的文学政治》,《江汉论坛》2007 年第 1 期。

[12] 耿传明:《清末民初的社会心理变异与文学兴替》,《学术月刊》2007 年第
4 期。

[13] 耿传明:《清末民初"乌托邦"文学综论》,《中国社会科学》2008 年第 4 期。

[14] 郭延礼:《中国文学由古典向现代的转型及其文学史意义》,《文艺研究》2002

年第 6 期。

　　[15] 黄兴涛:《近代中国新名词的思想史意义发微》,《开放时代》2003 年第 4 期。

　　[16] 姜鹏:《民族主义与民族、民族国家》,《欧洲》2000 年第 3 期。

　　[17] 旷新年:《民族国家想象与中国现代文学》,《文学评论》2003 年第 1 期。

　　[18] 雷颐:《中国现代的"华夏中心观"与"民族主义"》,《黄河》1999 年第 3 期。

　　[19] 李欧梵:《知识考源:中国人的现代观》,《天涯》1996 年第 3 期。

　　[20] 梁启超:《绍介新著:原富》,《新民丛报》1902 年第 1 号。

　　[21] 梁启超:《〈蒙学报〉〈演义报〉合叙》,《时务报》44 册,1897 年 11 月。

　　[22] 刘芳亮:《近代化视域下的话语体系变革——中国"五四"白话文运动和日本言文一致运动之共性研究》,《解放军外国语学院学报》2004 年第 5 期。

　　[23] 刘光汉(刘师培):《论白话报与中国前途之关系》,《警钟日报》1904 年 4 月 25 日。

　　[24] 刘兴民:《"晚清"的含义及意义》,《广西社会科学》2005 年第 6 期。

　　[25] 罗家伦:《近代中国文学思想的变迁》,《新潮》第二卷第 5 号。

　　[26] 罗志田:《林纾的认同危机与民初的新旧之争》,《历史研究》1995 年第 5 期。

　　[27] 彭春凌:《以"一返方言"抵抗"汉字统一"与"万国新语"》,《近代史研究》2008 年第 2 期。

　　[28] 任复兴:《晚清士大夫对华夷观念的突破与近代爱国主义》,《社会科学战线》1992 年第 3 期。

　　[29] 少年中国之少年(梁启超):《十五小豪杰》第四回批评,《新民丛报》6 号,1902 年 4 月。

　　[30] 孙郁:《在章太炎的影子里》,《文艺报》2011 年 9 月 16 日第 7 版。

　　[31] 田北湖:《国家文字私议》,《国粹学报》1908 年第 47 号。

　　[32] 汪晖:《如何诠释"中国"及其"现代"——关于〈现代中国思想的兴起〉的几个问题》,《天津社会科学》2006 年第 6 期。

　　[33] 王东风:《翻译文学的文化地位与译者的文化态度》,《中国翻译》2000 年第 4 期。

　　[34] 王晓明:《现代中国的民族主义》,《学术月刊》2002 年第 11 期

　　[35] 王一川:《中国人想象之中国——20 世纪文学中的中国形象》,《东方丛刊》1997 年第 1、2 辑。

　　[36] 王友贵:《鲁迅的翻译模式与翻译政治》,《山东外语教学》2003 年第 2 期。

　　[37] 王志宏:《民元前鲁迅的翻译活动——前缘断坡论晚清的意译风尚》,载王晓

明:《二十世纪中国文学史论》(上),东方出版中心 2003 年版。

[38] 王锺陵:《论晚清"文界革命"的孳生过程及其走向》,《社会科学辑刊》2003 年第 4 期。

[39] 夏晓虹:《作为书面语的晚清报刊白话文》,《天津社会科学》2011 年第 6 期。

[40] 徐时仪:《略论汉语文白的转型》,《上海师范大学学报》2008 年第 2 期。

[41] 徐志啸:《论〈诗经〉的社会功用及其多重价值》,《江西师范大学学报》2003 年 3 月第 2 期。

[42] 严复:《与新民丛报论所译原富书》,《新民丛报》1902 年第 7 号。

[43] 杨春时:《现代性与现代民族国家在中国的断裂与复合》,《学术月刊》2001 年第 1 期。

[44] 杨春时:《中国知识分子的现代性焦虑》,《海南师院学报》1998 年第 4 期。

[45] 饮冰(梁启超):《小说丛话》,《新小说》1903 年第 7 号。

[46] 袁进:《试论中国近代文学语言的变革》,《上海社会科学院学术季刊》1997 年第 4 期。

[47] 袁盛勇:《论鲁迅留日时期的复古倾向(上)》,《鲁迅研究月刊》2000 年第 9 期。

[48] 张历君:《迈向纯粹的语言——以鲁迅的"硬译"实践重释班雅明的翻译论》,《中外文学》2001 年第 7 期。

[49] 张汝伦:《现代性与中国现代民族主义》,《江苏社会科学》2001 年第 3 期。

[50] 张树青、刘光华:《关于民族国家的思考》,《兰州大学学报》1999 年第 4 期。

[51] 章太炎:《规〈新世纪〉》,《民报》第 24 号,1908 年 10 月 10 日。

[52] 章太炎:《博征海内外方言告白》,《民报》第 21 号,1908 年 6 月 10 日。

[53] 志希:《今日中国之小说界》,《新潮》1919 年第 1 卷第 1 号。

[54] 周作人:《小说与社会》,《绍兴教育会月刊》1912 年第 5 号。

[55] 朱英:《论清末民初社会对国家的回应与制衡》,《开放时代》1999 年 3、4 月号。

[56] 李桂奎:《明代士人的雅文化立场与文坛尚雅共谋》,《天津社会科学》2018 年第 6 期。

[57] 蒋绍愚:《也谈文言和白话》,《清华大学学报(哲学社会科学版)》2019 年第 2 期。

[58] 吴晓番:《论章太炎的汉学论》,《杭州师范大学学报》2019 年第 6 期。

[59] 彭春凌:《近代思想全球流衍视野中的章太炎与五四》,《中国文化研究》2019

年第 2 期。

[60] 章念驰:《章太炎:以"文"为手段的革命者之典范》,《中华读书报》2018 年 8 月 8 日。

[61] 杨焄:《章太炎的白话文是被忽略的"学问"》,《文汇报》2017 年 11 月 14 日。

[62] 时世平:《现代中国文学语言选择的主题变奏》,《中国社会科学报》2019 年 12 月 9 日。

[63] 时世平:《章太炎的汉语言文学观》,《上海师范大学学报(哲学社会科学版)》2014 年第 2 期。

[64] 时世平:《从传统到现代的衍变——文言白话转型论》,《理论现代化》2013 年第 5 期。

[65] 时世平:《在传统与现代之间——〈狂人日记〉的文言小序与史传传统》,《江汉论坛》2010 年第 9 期。

[66] 时世平:《救亡·启蒙·复兴——现代性焦虑与清末文字救国论》,《南开学报》2013 年第 1 期。

[67] 时世平:《以日为鉴:近代中国文学语言转型的他者视角》,《社会科学辑刊》2015 年第 2 期。

[68] 时世平:《严复译必求"雅"翻译考》,《扬州大学学报》2014 年第 2 期。

[69] 王海晗:《从梁启超"新民"到鲁迅的"立人"》,《鲁迅研究月刊》2019 年第 11 期。

[70] 石莹丽:《梁启超与胡适国学观的异同及近代影响》,《山东社会科学》2019 年第 11 期。

[71] 熊文韵、赵黎明:《论梁启超"过渡期"的新诗文体观》,《海南师范大学学报》2018 年第 6 期。

[72] 关爱和:《梁启超"新民说"格局中的史学与文学革命》,《文学遗产》2018 年第 5 期。

[73] 李敏:《戊戌东渡后的梁启超与"文学"概念的转变》,《中山大学学报》2018 年第 5 期。

[74] 杨经建:《从语言工具论到语言目的论——胡适对现代母语文学的想象性构设》,《河北学刊》2019 年第 5 期。

[75] 段怀清:《再论胡适的"不用典"——兼论"五四"新文学的"现代意识"》,《山东社会科学》2019 年第 5 期。

[76] 朱德发:《胡适在"五四"文学革命中所表现出的儒帅风范——纪念新文学运

动百周年有所思》,《中国现代文学论丛》2017 年第 2 期。

［77］朱德发：《胡适对五四新文学运动意义的评述——为纪念文学革命百周年而作》,《山东师范大学学报》2017 年第 4 期。

［78］文贵良：《胡适关于新文学与国语建设的三种价值维度》,《湖南师范大学社会科学学报》2016 年第 1 期。

［79］邓伟：《试析"文学革命"时期胡适语言文字变革空间的开拓》,《青海社会科学》2013 年第 6 期。

［80］泓峻：《文学革命与国语运动的真相及胡适诸君的贡献》,《文史哲》2012 年第 3 期。

［81］徐时仪：《略论汉语文白的转型》,《上海师范大学学报》2008 年第 2 期。

［82］黄兴涛：《近代中国新名词的思想史意义发微》,《开放时代》2003 年第 4 期。

［83］唐文明：《何谓现代性?》,《哲学研究》2000 年第 8 期。

［84］耿传明：《〈天演论〉的回声——清末民初知识群体的心态转换与价值翻转》,《天津社会科学》2007 年第 5 期。

［85］耿传明：《无政府主义与中国现代文学现代性的起源》,《华东师范大学学报》1999 年第 2 期。

［86］袁进：《试论中国近代文学语言的变革》,《上海社会科学院学术季刊》1997 年第 4 期。

［87］闫润鱼：《论中国近代启蒙运动的历史规定性》,《中国人民大学学报》2006 年第 2 期。

［88］张向东：《"五四"文学革命中的"书写形式"革命——横行书写 分段 新式标点符号》,《兰州学刊》2010 年第 3 期。

［89］郜元宝：《为什么粗糙——中国现代知识分子语言观念与现当代文学》,《文艺争鸣》2004 年第 2 期。

责任编辑：陈晓燕
封面设计：石笑梦
版式设计：胡欣欣

图书在版编目（CIP）数据

现代中国文学的语言选择与文体革新/时世平 著. —北京：人民出版社，
　2024.3
ISBN 978－7－01－026365－6

Ⅰ.①现…　Ⅱ.①时…　Ⅲ.①文学语言-研究-中国-现代　Ⅳ.①I206.6

中国国家版本馆 CIP 数据核字（2024）第 043921 号

现代中国文学的语言选择与文体革新
XIANDAI ZHONGGUO WENXUE DE YUYAN XUANZE YU WENTI GEXIN

时世平　著

人民出版社 出版发行
（100706　北京市东城区隆福寺街 99 号）

中煤（北京）印务有限公司印刷　新华书店经销

2024 年 3 月第 1 版　2024 年 3 月北京第 1 次印刷
开本：710 毫米×1000 毫米 1/16　印张：19.75
字数：285 千字

ISBN 978－7－01－026365－6　定价：59.00 元

邮购地址 100706　北京市东城区隆福寺街 99 号
人民东方图书销售中心　电话（010）65250042　65289539